A AMANTE DO GENERAL JAPONÊS

Rani Manicka

A AMANTE DO GENERAL JAPONÊS

Tradução de
LÉA VIVEIROS DE CASTRO

Título original
THE JAPANESE LOVER

Primeira publicação na Grã-Bretanha pela
Hodder & Stoughton, uma empresa Hachette UK

Copyright © Rani Manicka, 2010

O direito de Rani Manicka de ser identificada como autora desta obra foi assegurado por ela em concordância com o Copyright, Designs and Patents Act 1988.

Todos os direitos reservados. Nenhuma parte desta obra pode ser reproduzida ou transmitida por qualquer forma ou meio eletrônico ou mecânico, inclusive fotocópia, gravação ou sistema de armazenagem e recuperação de informação, sem a permissão escrita do editor.

Todos os personagens nesta obra são fictícios e qualquer semelhança com pessoas reais, vivas ou não, é mera coincidência.

Direitos para a língua portuguesa reservados
com exclusividade para o Brasil à
EDITORA ROCCO LTDA.
Av. Presidente Wilson, 231 – 8º andar
20030-021 – Rio de Janeiro – RJ
Tel.: (21) 3525-2000 – Fax: (21) 3525-2001
rocco@rocco.com.br
www.rocco.com.br

Printed in Brazil/Impresso no Brasil

preparação de originais
MÔNICA MARTINS FIGUEIREDO

CIP-Brasil. Catalogação na fonte.
Sindicato Nacional dos Editores de Livros, RJ.

M245a	Manicka, Rani
	A amante do general japonês/Rani Manicka; tradução de Léa Viveiros de Castro. – Rio de Janeiro: Rocco, 2011.
	Tradução de: The japanese lover
	ISBN 978-85-325-2636-6
	1. Romance norte-americano. I. Castro, Léa Viveiros de. II. Título.

10-6708	CDD-813
	CDU-821.111(73)-3

Para meu pai e todos os indianos da Malásia,
onde quer que eles estejam.

Só para esclarecer.
Batu Tujuh não existe na Malásia
ou em nenhum outro lugar.

A VELHA E A ESCRITORA

Kuala Lumpur, 2008

Dentro da grande casa tudo estava escuro, exceto o depósito, onde a luz branco-azulada de um poste de rua entrava por uma janela alta, sem cortina. Encolhida sob um fino cobertor no seu estrado de madeira, Marimuthu Mami fitava o quadrado iluminado no chão de cimento. Madrugada. E ela não tinha pregado olhos.

Ontem, ela havia ficado atrás da cortina da sala e visto a moça estacionar o carro do lado de fora do portão. Bem, ela não era exatamente uma moça, mas usava jeans e, para Marimuthu Mami, que tinha noventa e dois anos de idade, qualquer pessoa usando jeans tinha que ser jovem. O vento – era a estação das monções – virou do avesso o guarda-chuva da moça e ela teve que correr pela calçada do jardim na chuva. Ela estava encostando o guarda-chuva quebrado na parede da varanda quando Marimuthu Mami chegou à porta.

Normalmente, a velha não tinha permissão para abrir os portões de ferro, porque a cidade fora tomada por imigrantes ilegais da Indonésia que roubavam e assaltavam em plena luz do dia. Entretanto, as enchentes tinham atrasado sua filha, e ela telefonara e dera permissão a Marimuthu para abrir os portões.

A moça se sentou na ponta de uma poltrona de ratã. Foi dito, então, que ela era uma escritora que queria conhecer a história de vida da sua anfitriã.

Marimuthu levou um susto. Dela!

A autora interpretou isso como sendo má vontade.

– Eu pagarei, é claro – ela disse depressa, mencionando uma soma justa. Mas quando pareceu que o silêncio iria perdurar, ela acrescentou que sabia que Marimuthu Mami levara a vida protegida de uma esposa e mãe tradicionais e que não haveria nem segredos sórdidos nem revelações chocantes. Ela se inclinou para a frente.

– O que eu estou realmente buscando são informações acerca da ocupação japonesa na Malásia. A senhora sabe o que isso representou para a senhora e seus amigos. Eu posso até não usar o seu nome, se a senhora não quiser que eu use – prometeu. – De fato, eu vou disfarçá-la tão bem que ninguém irá reconhecê-la.

Marimuthu Mami ficou olhando para a moça.

– Ou talvez a senhora pudesse apenas falar sobre a comunidade em geral. É só como uma colaboração – ela insistiu, mas estava ficando insegura do sucesso da sua missão.

Mas Marimuthu continuou calada. Ela não conseguia falar. Ocultas nas dobras do sári estavam suas mãos bem apertadas. Falar sobre o *passado*, aqui, na casa da filha? Depois que ela finalmente dominara a arte de esquecer coisas. Agora que precisava até usar um caderno para saber se tinha tomado sua medicação. Às vezes ela entrava na cozinha com a intenção de comer e sua filha lhe lembrava com delicadeza: "Mas você acabou de comer."

– Ah, sim, é claro.

E, nos últimos tempos, ela acordava completamente perdida, incapaz até de lembrar quem era ou onde estava. A primeira vez que isso aconteceu, ela soltou um grito de medo, fazendo a filha e o genro virem correndo para junto dela.

A visão deles dois trouxe-lhe de volta a certeza de que ela morava na casa deles.

– Sim, sim, é claro – ela acalmou seus rostos preocupados. – Eu agora me lembro de vocês dois. – Mas eles a levaram ao médico. Estava tudo bem com a velha, ele disse. Entretanto, recomendava palavras cruzadas para melhorar sua memória.

Então o genro deu a ela o *New Straits Times*, aberto na página de palavras cruzadas, e disse que ninguém precisava ficar velho. Antigos *rishis* afirmavam que os seres humanos só envelhecem porque veem outros seres humanos envelhecerem. Ela ficou ali sentada docilmente – ela o tinha visto envelhecer.

– Tente se lembrar – ele a encorajou. – O passado pode ser mais difícil, então comece simplesmente pelo que você fez ontem.

Se ele soubesse. Sobre o passado, como ele estava enraizado em seu peito, como seu tronco e seus galhos eram fortes. Como ele ficaria chocado se soubesse que ela se lembrava de tudo, de cada detalhe precioso. Eles achavam que o passado estava morto porque ela nunca falava nele, nem mesmo quando houve toda aquela comoção sobre crimes de guerra cometidos pelos japoneses na TV.

A moça inclinou-se mais para a frente, ansiosa, implorando.

– Eu não quero que a senhora fofoque sobre as outras *mamis* ou algo semelhante.

Mamis? E de repente, lá estavam elas. Todas elas. Ressuscitadas, as mulheres que chegavam sob guarda-chuvas pretos para matar o tempo naquelas tardes longas e quentes, tanto tempo atrás.

A moça abriu a bolsa e tirou um pacote lá de dentro.

– A senhora não precisa me responder agora, mas se resolver ajudar, vai precisar disto – ela disse, e colocou as fitas em cima da mesinha. Sorrindo, ela se levantou e se virou para ir embora. Então pareceu hesitar. Quando se virou de novo para olhar para Marimuthu Mami, ela não era mais a moça ansiosa e pouco à vontade, fingindo estar buscando umas poucas informações sem importância. Essa mulher tinha visto um tesouro e o desejava.

– Pelo menos, fale sobre a grande serpente.

Marimuthu Mami teve que desviar a vista dos olhos vorazes da mulher. Ela se despediu, trancou os portões de ferro e se sentou na sala que escurecia lentamente, para esperar a volta da filha.

O telefone tocou. A voz da filha estava ansiosa:

– A mulher veio? Ela já foi embora? Você trancou o portão? Você está com uma voz esquisita. Você está bem? – Marimuthu garantiu que estava tudo bem e voltou para sua cadeira. Quando a filha chegasse em casa, iria com certeza ralhar com ela.

— Você não está sentada de novo no escuro, está? — Mas talvez, hoje, só hoje, ela tivesse pena da velha mãe e a tocasse de leve no braço, só por um momento. Sua filha não gostava de tocar nem de ser tocada.

O ar da manhã estava frio e Marimuthu Mami estremeceu. Seu desejo agora não era remexer o passado, mas *morrer* em paz, sem atrapalhar ninguém. Ela se esticou devagar, cuidadosamente. Junta por junta, porque de manhã elas sempre estavam duras. Ergueu-se e manobrou os pés de modo que eles não tocassem o chão, mas se enfiassem num par de sandálias de borracha. A brisa fria da terra não era boa para ninguém, quanto mais para ossos velhos. A luz do poste apagou. Pela janela, as folhas de bananeira eram formas achatadas contra o céu que clareava, acenando-lhe suavemente. Ela própria tinha plantado aquelas árvores.

No andar de cima, podia ouvir o genro se movimentando. Estava na hora de ela se levantar também. Deu o primeiro passo arrastado do dia, depois parou. Seus pobres ossos cansados... E começou a desejar sua cama, talvez com um saco de água quente e outro cobertor tirado do armário debaixo da escada. Mas até isso pareceu esforço demais. Ela voltou a se deitar, e, antes mesmo de ter puxado o cobertor por cima do corpo, começou a sonhar.

Tinha posto a sombrinha japonesa dentro de um saco plástico e ousadamente, sem permissão, estava abrindo a porta e saindo. Do lado de fora da casa da filha não havia uma rua e casas em frente, mas um vasto campo, e lá, para sua surpresa, havia milhares de mulheres de todos os tamanhos, formas e cores. E cada uma delas carregava uma sombrinha japonesa! Nunca lhe havia ocorrido que pudesse haver tantas, ou que as mulheres tivessem tanto orgulho de suas sombrinhas. Algumas chegavam a girá-las coquetemente, como gueixas. E, de repente, também não sentia mais vergonha da dela. Pela primeira vez, ela a abriu em público. Queria que todos vissem o belo estampado de cerejeiras.

Então pensou que tinha sido uma vida boa; ela a viveria de novo. Por que deveria negar alguma parte dela? Como a jovem jornalista ficaria surpresa se soubesse que ela não tinha vivido sempre como um ratinho num depósito. Que um dia tinha sido a dona de uma casa com muitas janelas, cujos vidros, centenas deles, brilhavam como as facetas de uma joia preciosa. E tornou a se lembrar dos homens que a tinham amado, e tocado sua boca; enrugada, tão enrugada. "Amor, ah, amor!" Ora, ela não tinha esquecido nada.

E as lembranças vieram aos borbotões.

UMA SERPENTE NA CASA DO MATRIMÔNIO

Vathiry, norte do Ceilão, 1916

Era um espaço pequeno, temporariamente dividido ao meio com um cobertor fino. Num dos lados, dois homens estavam sentados de pernas cruzadas, fumando em silêncio. O velho sacerdote estava bem alimentado, mas o outro era só pele e ossos, o que era surpreendente, considerando que nunca tinha trabalhado na vida. Ele preferia ficar sentado numa barraquinha de beira de estrada, tomando chá com os outros vagabundos da aldeia, enquanto a esposa arava a terra.

Arrumados em frente ao sacerdote estavam um relógio de bolso importado numa caixa de feltro, um calendário muito usado e um caderno marrom. Uma ou duas vezes a mulher atrás da cortina gritou para o seu deus: "Muruga, Muruga." O sacerdote virou a cabeça na direção do som abafado, mas o homem ao lado dele não prestou atenção. Aqueles eram problemas femininos e, de todo modo, a mulher já estava mais do que acostumada com aquilo. Ela já tivera cinco filhos, e um ou dois – ele esquecera quais – tinham caído de dentro dela na terra enquanto trabalhava.

– Está quase no fim – disse a parteira, e, tirando o limão do bloco de madeira, empurrou-o de leve no chão de terra batida. Ele rolou por baixo do cobertor na direção dos homens, para dizer a eles que a cabeça do bebê tinha saído. Imediatamente, os dois homens se viraram para o belo relógio do sacerdote. Abrindo o caderno numa página em branco, o sacerdote anotou a hora exata – 16:35 da tarde. Na produção de horóscopos, um erro de quatro minutos podia prejudicar toda a leitura. Consultando o calendário, ele começou a fazer cálculos meticulosos enquanto o homem aguardava o primeiro choro.

Mas esse custou a vir, e ele demonstrou o primeiro sinal de apreensão naquela noite: parou de fumar e, como uma tartaruga, esticou o pescoço marrom na direção da cortina e ficou imóvel, desse jeito. Até ele ouvir: um gemido doce, surpreendentemente cheio de esperança como o som alegre da água correndo sobre um leito seco de rio.

Uma menina, ele pensou maravilhado, mesmo antes que a voz rouca da parteira anunciasse e o bebê começasse a chorar direito. Rapidamente, para esconder a alegria, pois secretamente acalentara esperanças, ele cobriu a bandeja de torrões de açúcar que teria oferecido ao sacerdote caso o bebê fosse um menino, e estendeu a bandeja de açúcar mascavo. Mergulhado em seus cálculos, o sacerdote pôs distraidamente na boca a oferenda e, sem levantar a cabeça, continuou com as contas.

O homem voltou a fumar calmamente, mas, dentro do peito, seu coração derretia. Ele não pensou em como poderia alimentar mais uma boca com sua parca renda. Em vez disso, deleitou-se com imagens de laços de fita na ponta de tranças, pulseiras de vidro e sorrisos envergonhados. Mas quando o sacerdote resmungou "Súbita e imensa riqueza", o homem levantou rapidamente a cabeça, com os olhos brilhando. Mas o sacerdote olhava suas anotações, com a testa franzida.

– O que há de errado? – perguntou o pai.

O sacerdote sacudiu a cabeça e refez um ou dois cálculos enquanto o pai coçava os ombros, chupava os dentes e tamborilava sem paciência com os dedos no chão de terra.

Finalmente, o sacerdote largou a caneta. Com um suspiro, pois detestava dar más notícias, ele ergueu a cabeça e, no seu jeito lento e ponderado, explicou:

– Parecia que a criança estava destinada a se casar com um homem de imensa fortuna. Entretanto, dois planetas de mau agouro, Rahu, a cabeça da serpente, e Kethu, seu rabo, estão situados em sua casa do matrimônio. Portanto, o casamento da criança vai ser um desastre. – Ele desviou os olhos ao anunciar o resto: – Também pode haver "perturbações" causadas por outros homens.

Essa era a pior notícia possível. O que mais uma menina podia fazer na vida a não ser ter um casamento feliz? E "perturbações", o que o homem estava querendo dizer com isso? Como um pai poderia erguer a cabeça depois de ouvir tal declaração? Mas o pai, preguiçoso, mas nada bobo, não pareceu arrasado nem envergonhado. Olhou para o sacerdote com um ar inquisidor. Sem dúvida deveria haver uma maneira de neutralizar os efeitos maléficos da serpente.

Havia.

O sacerdote sugeriu que a criança despejasse leite na cabeça de uma estátua de serpente, para aplacá-la, enquanto rezava para Pulliar, o deus-elefante, que enroscava serpentes subjugadas em seu corpo como se fossem pulseiras e cintos. Se ela fizesse isso com concentração e sinceridade, tudo ficaria bem.

– E ela fará. Diariamente – o pai jurou.

Depois que a parteira enrolou o bebê e foi embora, e o sacerdote voltou para o seu templo, do outro lado da estrada, a mulher tirou a cortina feita de cobertor e a transformou numa rede para o bebê. Ela a pendurou com uma corda na viga do meio da casa, e a balançou até ser vencida pelo sono. Depois que o homem se certificou de que ela estava dormindo, ele se aproximou arrastando as nádegas pelo chão até onde estava a recém-nascida. Erguendo um lampião, tirou o pano que a cobria e contemplou a criança nua, exceto pela atadura no umbigo. Ela mexeu a boquinha suja de leite e as perninhas, em protesto pela perda de calor, mas suas pálpebras quase transparentes não se abriram. Ele teve uma ideia. Ora, ela provavelmente ia ser uma beleza para conquistar o coração de um homem imensamente rico. Ele resmungou baixinho. Com certeza não ia se parecer nada com a mãe.

Ele olhou rapidamente para a figura deitada ao seu lado, a cabeça apoiada no braço. O cansaço a fazia roncar, e o som o irritou, mas ele achou melhor deixá-la dormir. Bem cedo na manhã seguinte, era melhor que ela desse um jeito de tirar aquele cheiro desagradável de sangue que parecia ter penetrado nas paredes da casa dele.

Ele tornou a desviar a atenção para a criança, e seus olhos ficaram marejados. Seu tesouro, sem dúvida a coisa mais preciosa que jamais teria. Talvez ela fosse igual à avó dele. Ele se lembrava de uma megera, mas sabia que um dia fora uma beldade. Aos olhos dele, o bebê era a criatura mais linda do mundo. Talvez ele pudesse tirar o filho mais burro da escola e oferecer seus serviços ao velho Vellaitham, o tratador de vacas. Assim, a menina teria sua vasilha de leite todo dia. E ela tinha que começar a rezar... assim que aprendesse a juntar as mãos. Ele cuidaria disso.

Ele sorriu sonhadoramente. Daria a ela o nome de Parvathi, e assim como Parvathi tinha conquistado o coração do senhor Shiva com seus anos de sincera devoção e penitência, sua filha iria aplacar a temida serpente. Com um prazer sem pressa, ele tentou imaginar o que o sacerdote queria dizer com "imensamente rica": carruagens puxadas por cavalos com cortinas nas janelas, belas roupas, grandes extensões de terra, uma mansão na cidade, uma quantidade de empregados... Não, na verdade ele mal conseguia imaginar isso, mas qualquer coisa dessas serviria, de fato.

Embevecido, ele passou o dedo pela mãozinha delicada da criança; sua pele era a coisa mais sedosa que seu dedo incuravelmente preguiçoso já tinha visto. Inconsciente do seu toque e de seus pensamentos, o bebê dormia placidamente. Ele recordou seu primeiro choro, nada parecido com o dos meninos, mas frágil e estranhamente nostálgico. Como se sua alma já ansiasse por todo aquele dinheiro. E de repente, sem qualquer aviso, ele teve um pensamento torpe: se a criança estava mesmo destinada a se corromper e degradar, então ele podia ao menos prosperar antes disso. E como uma rajada de vento frio endurece calda de açúcar, aquele pensamento endureceu seu coração, transformando-o para sempre.

Ele retirou o dedo e, com a boca franzida, ajeitou o pano velho em volta do corpo do bebê. Precisava derreter os enfeites de ouro que a mulher usava no nariz para fazer pequenos sinos para os tornozelos da menina – assim ele sempre saberia onde ela estava. Ele fez uma careta; a porta da sua casa não tinha trinco, e a casa não tinha cerca. Precisava mandar os filhos erguerem um daqueles muros impenetráveis feitos de lama e folhas de palmeira. E outra coisa que ele precisava fazer era mandar os dois meninos mais velhos derrubarem a árvore que crescia ao lado da sua casa. Nenhum garoto treparia na árvore para espionar o seu tesouro. Perturbações, bah!

E nos olhos fundos que contemplaram a criança não restava nem mesmo uma centelha de ternura.

PARTIDA

Parvathi acordou com o cheiro de uma tempestade se formando. Ficou deitada bem quieta até ter certeza de que todos estavam dormindo profundamente, depois afastou a coberta e, erguendo-se na escuridão, removeu os sinos dos tornozelos. Segurando-os com a mão bem fechada, ela pulou habilmente por cima da mãe, depois do pai e, por fim, dos cinco irmãos adormecidos. No escuro, a mão dela tocou no metal. Em toda a aldeia, aquele casebre miserável era o único que tinha um trinco. Ele abriu em silêncio. O rosto dela, no formato de uma folha de bétele, virou-se num último olhar para trás. Tudo ainda estava correndo bem.

Ela abriu a porta e ficou parada no umbral. Estava com dezesseis anos e nunca tinha passado desacompanhada por aquela porta. Mesmo agora, quando não havia ninguém para ver ou para ralhar com ela, não lhe ocorreu fazer isso. Talvez porque ela soubesse que o amor do pai, ao contrário do da mãe, era frágil e se quebraria ao primeiro sinal de desobediência. Ou talvez ela acreditasse no mito que o pai tinha perpetuado: que não havia nada mais importante para uma mulher do que sua pureza, e que os homens (todos eles demônios lascivos) iriam roubá-la na primeira oportunidade. Do outro lado daquela porta, sozinha, não havia garantia de proteção.

Houve um clarão branco no céu, iluminando uma blusa e uma saia comprida – ambas tão desbotadas que não dava para saber a cor original. Parada na ponta dos pés, ela segurou no batente da porta com uma das mãos, esticando o pescoço comprido e fino, com o corpo para a frente, e estendendo a outra mão o mais longe que conseguiu. Um gesto curioso e milenar, não o de uma jovem tentando agarrar os primeiros pingos de chuva, mas parecendo mais o de uma dançarina graciosa esticando-se para puxar um amante para dentro do quarto.

O céu tornou a acender-se e uma pedrinha azul em sua narina esquerda brilhou quando ela se virou e olhou para o antigo templo cercado de coqueiros, suas folhas balançando ao vento. Sob a chuva e aquela luz branca, ele era simplesmente espetacular.

O templo em si era acanhado, mas ficava num terreno cheio de pedras altas que o tornavam especial e poderoso. Acreditava-se até que a maior delas era uma das rochas que Hanuman, o deus-macaco, tinha atirado no mar para que Rama e seu exército pudessem cruzar o desfiladeiro da Índia até Lanka. Em noite de lua cheia, os fiéis de outras aldeias vinham tocar naquelas pedras mágicas e pedir graças, mas durante o dia as crianças aprendiam ali a ler as escrituras, a escrever e a contar.

Tocando respeitosamente as pedras, seus irmãos entravam. Ela não. O pai achava que era suficiente para ela aprender o alfabeto escrevendo as letras com grãos de arroz espalhados sobre um *muram*. Mesmo assim, aquelas pedras não lhe eram desconhecidas. Desde que tinha quatro anos, todos os dias, exceto quando estavam menstruando, Parvathi e a mãe caminhavam os trinta e um passos de sua casa até elas.

Ela contemplou as velhas pedras momentaneamente brancas. Nunca quisera pedir nenhum favor a elas. Talvez fosse esquisita ou sonhadora, mas tinha a impressão de que só ela compreendia que não havia nenhuma graça a ser alcançada de seus rostos lisos e fechados. Aquela lisura era uma ilusão. Elas não tinham sido sempre assim; não tinham rolado pelas encostas das montanhas por vontade própria. Um macaco gigante enfiara nelas suas garras afiadas e as tinha arrancado do ventre da mãe. Agora, elas eram órfãs no exílio.

Parvathi ficou olhando para a parede de chuva até achar que estava quase na hora de a mãe acordar. Então fechou a porta e voltou para o seu lugar pertinho da parede. Tornou a prender os sinos nos tornozelos e se deitou de lado, olhando para a mãe, ouvindo sua respiração regular. Sabia que nunca mais ouviria isso.

Como as pedras, ela também em breve iria para um triste exílio. A mala já estava fechada e esperando no canto da pequena cabana. Esta era a última vez que ela se deitava encostada na parede.

Esse pensamento foi tão assustador que Parvathi teve que passar o braço pela cintura da mãe. Pois ela era uma garota simples que havia passado a vida toda sozinha no quintal da casa do pai, sonhando acordada enquanto ele recusava o pedido de casamento de todos os rapazes da aldeia. Até quatro meses atrás, quando o pretendente rico que um dia fora profetizado finalmente apareceu.

Durante as negociações, Parvathi foi mandada para o quintal, onde se sentou com o ouvido colado na porta e ouviu o casamenteiro descrever o "rapaz", um viúvo de quarenta e dois anos. Aparentemente, a esposa dele, pobre criatura, fora vítima de uma misteriosa febre tropical. Isso, no entanto, foi logo esquecido, uma vez que havia outra morte que ele achou muito mais interessante – a do avô do rapaz, cuja riqueza era lendária. De tal forma que, mesmo inconsciente por causa da idade e da doença, ele ficou deitado em seu leito de morte sem querer ou sem conseguir se separar de suas terras e do seu ouro, até que os filhos colocaram uma bolota de ouro e terra em sua boca e a mantiveram fechada para convencer sua alma a partir. Parvathi ficou perplexa com esse truque maldoso.

Quando ela voltou a prestar atenção na conversa, o casamenteiro estava contando que o futuro noivo tinha partido para uma terra distante chamada Malásia e que, seguindo a tradição dos antepassados, tornara-se tão imensamente rico na nova terra que ganhou o apelido de Kasu (dinheiro) Marimuthu. A voz do casamenteiro subiu dramaticamente:

– Você pode imaginar um homem comprando uma ilha só para acomodar seus pavões?

Parvathi arregalou os olhos. Uma ilha cheia de pavões dançantes! Que coisa incrível devia ser! Havia mesmo tanta coisa no mundo que ela desconhecia, vivendo confinada na casa do pai. Mas, dentro da cabana, o pai riu para mostrar ao casamenteiro que ele também era um homem vivido e que entendia o exagero como sendo um sinal de que ele era um bom vendedor. A risada foi interrompida pelo casamenteiro, que pediu para ver a moça.

– Infelizmente, minha esposa levou-a para visitar uma tia doente – o pai mentiu. – Mas você não tem o retrato que eu enviei? Ele foi tirado há três meses apenas.

O casamenteiro balançou rapidamente a cabeça.

– Sim, sim, é claro que tenho, e ela é mesmo muito bonita, mas eu costumo confirmar essas coisas. Algumas pessoas trapaceiam. E eu tenho que zelar pela minha reputação. Embora, pessoalmente, não consiga entender por que trapacear, uma vez que a moça ou vai terminar sendo torturada pela sogra, ou, pior ainda, sendo mandada de volta para casa totalmente arruinada. Eu já soube de uma ou duas que cometeram suicídio ainda na viagem de volta por mar.

O pai de Parvathi balançou a cabeça e sorriu. Uma ovelha não poderia ser mais plácida.

– Felizmente para a minha filha e para a sua reputação eu não tenho inteligência suficiente para ser inescrupuloso. Pode perguntar a quem quiser, a felicidade da minha filha é tudo para mim. A pele dela é minha pele.

Seguiu-se uma pausa breve e desagradável.

Finalmente, o casamenteiro perguntou com frieza:

– Quando a dona da casa estará de volta?

– Eu gostaria que fosse amanhã. É difícil para mim cuidar da terra e da casa sem minha esposa. Ela disse que estaria de volta em duas semanas, mas você sabe como são as mulheres quando se encontram com suas mães. Todo dia eu rezo para ela voltar logo.

O casamenteiro olhou bem para o camponês mirrado em frente a ele, mas este o encarou sem pestanejar. Se os olhos revelavam a alma, então a desse homem era tão pura quanto ele era feio. Além disso, o casamenteiro tinha compreendido logo no início de sua carreira que Deus às vezes confiava uma grande beleza aos cuidados de gente simples. Nenhum homem poderia ser tão pobre e tão astuto ao mesmo tempo.

Como era certo que os outros casamenteiros deviam estar trabalhando duro para encontrar a esposa perfeita para Kasu Marimuthu, ele sabia que teria que fechar negócio naquele dia. Ele não ia fazer outra viagem até aquele fim de mundo para sentar diante daquele simplório. Esta comissão daria a ele a fama que sempre sonhara. E a fortuna, ele sempre ouvira dizer, batia à porta da fama. Além disso, na semana seguinte ele estaria ocupado preparando o casamento da própria filha com um noivo maravilhoso que ele mesmo tinha encontrado em Colombo.

O casamenteiro sorriu.

– Sua palavra é suficiente para mim – ele disse, e inclinando a cabeça para trás, despejou uma quantidade de chá na boca aberta. Parvathi, agachada na terra com seus trapos disformes, tocou no próprio rosto, pensando: "Será que sou mesmo linda?"

– Parvathi, está na hora de acordar – a mãe murmurou em seu ouvido, e na mesma hora a moça se levantou e começou a enrolar seu tapete de dormir. O som de seus sinos fez o pai abrir um olho e olhar na sua direção. No escuro, ela sentiu o olho fixo nela e cochichou rapidamente: – Nós só vamos ao templo, Apa.

– Hum – ele resmungou severamente, e voltou a fechar o olho.

Elas guardaram os tapetes e saíram para o quintal, onde os homens nunca iam. Naquele dia não houve necessidade de levar o velho lampião para encher no poço porque ele estava cheio de água de chuva. Protegidas pela escuridão, mãe e filha soltaram os cabelos e tiraram as roupas. Parvathi se agachou na chuva e enfiou uma lata vazia de leite no recipiente. A água que caiu sobre sua cabeça estava ainda mais fria do que a chuva que tamborilava sobre seu corpo. Ela ofegou, mas a mãe não emitiu som algum. Esta seria a última vez. Elas se banharam rápida e silenciosamente. Em seguida, sua mãe partiu em dois um raminho de amargosa para elas limparem os dentes.

Elas se levantaram ao mesmo tempo e foram até o lado da casa onde o telhado formava uma cobertura. Lá, havia uma muda de roupas limpas pendurada na corda. Elas se vestiram com as costas rente à parede. Foi desconfortável; os pés delas estavam enlameados e as pontas úmidas das roupas grudaram em suas canelas. Sua mãe resmungou baixinho, mas Parvathi aproveitou aquele momento. Era a última vez que elas se vestiam juntas. Limpando os pés o melhor que puderam, calçaram sandálias, se enfiaram debaixo de um guarda-chuva e se dirigiram para o templo andando no meio do lamaçal.

Como sempre, na entrada do templo, Parvathi agarrou a pequena vasilha de leite e olhou para trás, para as pedras acinzentadas. Como sempre, elas estavam imóveis no meio das sombras. Então Parvathi tirou as sandálias dos pés, lavou-os num laguinho raso ladrilhado e, depois de despejar algumas gotas na cabeça, entrou no templo.

O lugar estava deserto e silencioso, e o chão gelado sob seus pés descalços. As janelas nos aposentos dos sacerdotes noviços nos fundos do templo já estavam amarelas com a luz dos lampiões a óleo. Suas sombras se moviam por lá, amarrando as vestes, pendurando contas sagradas diagonalmente em seus corpos e passando cinzas sagradas na testa, nos braços e no torso. Quando ela era mais moça, costumava olhar para as janelas e imaginar como seria a vida daqueles corpos jovens, mas à medida que os anos foram passando e ela se tornou mulher, não podia mais nem mesmo olhar na direção deles. Eles, é claro, não tomaram conhecimento da mulher e sua filha.

O sacerdote responsável, sentado nos degraus do templo fazendo uma guirlanda de ervas sagradas, ergueu os olhos e cumprimentou brevemente a mãe de Parvathi, que tinha juntado as mãos sob o queixo. Mas para Parvathi ele abriu uma boca mole, vazia e manchada de suco de bétele e disse com uma voz cheia de afeto:

– Ah, então você veio ver seu velho tio pela última vez, não é?

– *Om* – Parvathi disse. *Om* na terra de Jaffna significava simplesmente "Sim".

– Eu guardei um pouco de arroz-doce para você – ele disse com um sorriso, mas Parvathi não conseguiu sorrir de volta. Virando-se, ela seguiu a mãe, que, baixinho, já estava murmurando preces enquanto começava as perambulações rituais ao redor de diferentes divindades. Três vezes ao redor de cada deus e nove vezes ao redor do conjunto de semideuses. Isso feito, elas tomaram as posições costumeiras no chão e esperaram os noviços entrarem no templo. No horizonte, o céu tinha se tingido de rosa e, quando o sino do lado de fora tocou, o velho sacerdote abriu as portas de madeira que davam no vestíbulo interno que abrigava a estátua de pedra do deus-elefante, Pulliar.

Ele fez um sinal para Parvathi, chamando-a, e ela lhe entregou a vasilha rapidamente. Adicionando seu conteúdo a um balde grande já cheio até a metade de leite, ele começou a cerimônia de banhar o deus. O sacerdote segurou um lampião a óleo de muitos pavios sobre a estátua recém-lavada, e todos ergueram as mãos juntas sobre a cabeça, em oração.

Sem que a mãe soubesse, Parvathi não estava rezando para o deus-elefante, e sim para sua pequena ajudante, a cobra deitada aos pés dele, um ato que a mulher teria considerado tão inadequado quanto rezar para a vasilha de leite pousada ao lado da cobra. A mãe também ignorava que a moça nunca tivesse sentido nada, exceto um temor respeitoso por aquele deus poderoso e que tinha devotado toda a sua lealdade àquela insignificante cobrinha de bronze. E o que era ainda mais incompreensível, ela não tinha rezado para pedir um bom marido e uma boa família, mas o maior amor do mundo, alguém que não hesitasse em pôr a mão no fogo por ela. Alguém que morresse por ela. Não que ela quisesse que ele morresse, é claro, apenas a disposição para isso já era suficiente. Ela não sabia por que desejava aquilo, já que ninguém na aldeia jamais tinha desejado algo tão pouco prático, mas o fato é que era isso que ela desejava.

Talvez essa ideia tivesse entrado na cabeça dela quando, uma tarde, abriu a porta para um mendigo que tinha sorrido para ela e perguntado:

— Minha filha, o que você está fazendo aqui quando sua alma está chamando por *ele*? Depressa, peça por isso, por esse amor sem limites do qual não há nem separação nem ausência, pois Deus concede todo desejo sincero.

Como ela poderia saber que ele não estava falando de amor mortal, mas de aspiração divina? Aquela manhã, com a chuva batendo ruidosamente no telhado, Parvathi contou à sua amada cobra o quanto amava a mãe e pediu que ela tomasse conta dela enquanto estivesse longe.

— Não a deixe ficar triste nem solitária — ela sussurrou. — Proteja-a enquanto eu estiver longe e guarde-nos da ira do meu pai quando eu voltar. Porque, cobra querida, talvez eu volte muito antes do que ela imagina.

O sacerdote ergueu uma vasilha de cobre cheia de pó de açafrão vermelho e despejou sobre a estátua preta, e mais do que a quantidade usual caiu sobre a cobra. Ela ficou vermelha — a cor do casamento. Um bom augúrio. Talvez suas preces tivessem sido ouvidas, afinal de contas.

PASSAGEM

Depois da chuva, o tio de Parvathi chegou para acompanhá-la em sua longa viagem até a Malásia.
— Não se esqueça do quanto estamos sofrendo aqui. Envie dinheiro assim que puder — o pai disse a ela com severidade.
— Sim, pai — ela assentiu, e ele balançou a cabeça e se afastou para que o resto da família pudesse se despedir dela.
Parvathi deixou a mãe por último. Os olhos da mulher estavam vermelhos e inchados. Comprimindo os lábios para eles não tremerem, ela espalhou cinzas sagradas na testa da filha.
— Muruga, Muruga — ela murmurou baixinho, para que o marido não escutasse e ficasse zangado com ela —, por favor, guarde esta minha boa filha. Proteja-a, pois eu não posso mais protegê-la.
Parvathi atirou-se aos pés da mãe e beijou-os, e embora soubesse que isso iria enraivecer o pai, gritou:
— Ama, não me abandone agora! Não deixe que eles me levem para tão longe de você.
O pai entortou o lábio superior numa careta de raiva e a mãe gritou "Vá com Deus" e saiu correndo na direção da porta aberta da casa. Fez isso porque sentiu o sangue ir todo para a cabeça e teve vontade de enfiar as unhas no rosto daquele imprestável do marido dela. Ela só parou quando chegou no quintal da casa, banhado de sol, onde sabia que não seria incomodada. Ali, os homens nunca íam. As pernas cederam e ela caiu no chão, uma massa inerte.
Ela olhou em volta, espantada, como se estivesse vendo o próprio quintal e a cozinha sem telhado pela primeira vez. Nunca havia notado como era bem construído o muro de galhos, lama e folhas de palmeira. Ninguém podia enxergar o lado de fora nem o

de dentro. E, nesta prisão, sua filha, pobrezinha, tinha passado a maior parte da vida. Mas então a mulher sorriu um sorriso secreto ao pensar que, pelo menos nisso, o marido fora enganado, porque a moça tinha feito buracos no muro e olhado para fora. A princípio, a mulher ficara espantada ao ver que ela fizera todos os buracos na altura de meio metro. E então, um dia, ela percebeu que a filha não estava observando as pessoas, e sim os animais que passavam.

Com as palmas das mãos apoiadas na terra úmida, ela examinou a pele áspera e seca, as articulações grossas e a terra preta sob as unhas. As mãos da filha eram lisas, delicadas, indefesas. Era surpreendente que a moça, em toda a sua perfeição, tivesse sido formada dentro de um corpo tão triste e feio como o dela. Sua filha só estava fazendo o que todas as moças faziam: casando-se. Ela estremeceu. A filha era pequena demais para estar indo para tão longe. Ela mal alcançava o ombro da mãe.

Apoiando o peso do corpo numa das mãos, ela usou o indicador da outra para escrever na lama a única palavra que sabia soletrar – o nome da filha. Ela o escreveu várias vezes, até formar um círculo em volta dela, um círculo mágico. Pois era um conhecimento muito antigo, passado de geração em geração, de mãe para filha, que o círculo é uma forma sagrada; quando você o faz, uma energia sagrada corre para dentro dele. Em seu espaço mágico, nada de ruim pode acontecer. Ela ficou olhando para o céu vazio. Uma mão tocou os buracos vazios em suas narinas onde um dia existira ouro, e amaldiçoou o dia em que a filha nasceu. Pois foi nesse dia que a carne do marido virou pedra. Mas e quanto a ela? Ela permitira que isso acontecesse. Mas espere! Muito antes de abandonar a filha, ela já tinha abandonado a si mesma. A menina considerava a mãe perfeita e confiável. Ninguém dissera a ela que nesta terra nada perfeito tem permissão para existir. Ela deitou a cabeça nos joelhos e, em seu mundo desbotado, emitiu um lamento.

Nada disso teria acontecido se o sacerdote tivesse controlado a língua. Ela emitiu outro som – de impaciência. E ralhou severamente consigo mesma. Seu marido tinha razão. As mulheres não deviam poder pensar. De que adiantava culpar um homem de Deus? Aquele era o destino da menina. E agora a menina tinha partido e pronto. A mulher fechou a porta do seu sofrimento. Era uma porta de ferro e se fechou com um terrível clangor. Que ficasse fechada para sempre. Ela precisava preparar o almoço para os homens antes de sair para cuidar da terra.

Ela olhou na direção do lado da casa. Só havia uma sandália encostada na parede. Estranho. A outra não estava à vista. Ela piscou os olhos. Não fazia mal. Iria descalça mesmo. Levantando-se pesadamente, pisou para fora do círculo mágico.

A partir do momento em que a mãe lhe virou as costas, Parvathi teve a impressão de ter mergulhado de cabeça num sonho tão fantástico que seu espírito se enroscou num esconderijo bem no fundo de si mesma. Durante cinco dias, ela e o tio se sacudiram dentro de uma carroça até que as estradas de terra deram lugar às largas estradas pavimentadas de Colombo. A cidade era um movimento só. As pessoas enchiam as ruas como formigas.

No porto, eles entraram num enorme navio. Em silêncio, ela se juntou às outras mulheres na sombra enquanto o navio, vagarosa e majestosamente, erguia o corpo maciço e se afastava do cais. Ele pairou no alto e então, de repente, com um tremor que o balançou de proa a popa, mergulhou de volta na água. Juntas, as mulheres taparam a boca com velhos panos. Enquanto elas gemiam, nauseadas, os homens cozinhavam em grandes caldeirões. Acima, gaivotas voavam no quente céu azul, e, na água, bandos de golfinhos vinham brincar ao lado do navio. Mais tarde, o navio foi tragado pela escuridão da noite, no meio das estrelas.

Finalmente, quando ela menos esperava, um pedacinho de marrom: terra. Houve gritos de excitação e muita movimentação. Dos conveses superiores, veio o som das comemorações. Uma paisagem verde surgiu no horizonte e o vento aumentou. Uma lata de biscoitos foi mandada para elas. Um quarto de biscoito foi parar em sua mão. Ela o comeu em três lentas mordidas. O navio se aproximou mais e o porto de Penang apareceu. Eles atracaram; a viagem terminara.

Parvathi olhou em volta, atônita. Ó! Deus não tinha colorido todas as pessoas em tons de marrom. De jeito nenhum! No seu jardim de pessoas havia todos os tons de rosa, branco, amarelo e preto. Ela nunca imaginara isso. Ela as ouviu emitir sons estranhos, ininteligíveis, mas era um sonho, afinal de contas, e nos *hums, ahs* e movimentos de cabeça e gestos, ela os entendia.

Esquisito que, de repente, a firmeza da terra é que parecia estranha. Então, o monstro de ferro preto cuspindo fumaça em que ela subiu levou-os para o coração daquele país úmido.

Na casa de parentes, ela viu maravilhada a água jorrar de torneiras, e – seus irmãos não a tinham enganado afinal – a eletricidade acender as lâmpadas. Ali ela encontrou sabão que fazia espuma e, quando a noite chegou, deram-lhe uma plataforma erguida sobre pernas que se chamava cama; o colchão era tão macio que ela se revirou a noite inteira tentando encontrar um lugar duro para seu corpo. Como sentiu falta da mãe naquela cama macia.

O dia do casamento chegou. Seu espírito aterrorizado se recolheu ainda mais para dentro do esconderijo, mas ninguém pareceu notar, ou então, se notaram, não se importaram. *Ó, querida cobrinha. Salve-me do meu destino. Eu, que tenho sido fiel a você por tanto tempo, salve-me.*

Crianças se amontoaram na porta para olhar com olhos arregalados para as mulheres conversadeiras colorindo suas mãos e seus pés e vestindo-a com as roupas maravilhosas que o noivo tinha mandado. Tão pesadas que, para ficar em pé, ela teve que ser ajudada por duas mulheres, que a levaram até um espelho muitas e muitas vezes maior do que o espelho redondo de fazer a barba do seu pai. Ela ficou olhando fascinada, mas elas cobriram seu rosto com um véu e a levaram para um templo todo decorado, cheio de gente, onde um homem alto e forte veio sentar-se ao seu lado.

Ela era tímida e assustada demais para olhar diretamente para ele. Tudo o que guardou foi uma impressão de olhos cruéis. À vista dela estavam as mãos levemente cruzadas. Grandes e cobertas de pelos escuros, e muito mais claras do que as dela. Ela ficou sentada como uma estátua, quase sem respirar, consciente do calor vibrante e do rugido silencioso que emanavam daquele corpo. Sob o acompanhamento de tambores e cornetas, ele se virou brevemente para ela, que sentiu o *thali* pesado de ouro cair em volta do seu pescoço enquanto a multidão atirava arroz sobre eles.

Pronto; ela estava casada.

Foi erguido um pano, e atrás dele o noivo levantou seu véu para que os recém-casados pudessem dar um ao outro pedaços de banana molhada em leite. Ela se recusou a olhar o marido nos olhos. Felizmente, porque se tivesse olhado, teria visto a tensão ao redor de sua boca, e seu pobre espírito teria ficado ainda mais aterrorizado.

– Correu tudo bem, um bom presságio para um casamento longo e próspero – o sacerdote comentou, sorrindo obsequiosamente para o marido dela. Todo mundo estava cheio de sorrisos e cumprimentos, mas o marido nada disse.

Com os olhos baixos, ela entrou no longo carro preto e eles foram conduzidos pela cidade, depois por uma estrada deserta no meio da selva. O ar começou a mudar, tornou-se mais seco, com cheiro de mar. Ao lado dela, mas bem separado, como que por um abismo profundo, estava sentado o marido, com o corpo virado, frio, calado, furioso. Ela deveria ter ficado nervosa, mas aquele atordoamento, tão útil, a manteve segura, protegida, inalcançável.

A casa dele, alguém lhe dissera, era perto da praia, um belo lugar chamado Adari, Querido. Finalmente, eles passaram por altos portões. Parvathi contemplou a casa erguendo-se na direção do céu azul e, com um grande suspiro, foi arrancada do seu sono confortável.

ADARI

Localizada na beira de uma floresta, à primeira vista ela parecia inteiramente construída de pedras preciosas engastadas em algum metal escuro, tão irreal quanto algo saído de um conto de fadas. Mas à medida que o carro foi se aproximando, diferentes facetas refletiram o sol, adquirindo um brilho ofuscante. Ah! Se o pai dela tivesse visto isso, ele jamais teria ousado fazer o que fez. Aproximando-se, ela viu que a casa era feita de pedaços de vidro roxos, azuis e cor-de-rosa, unidos por ferro batido. Entretanto, aquela primeira impressão de um palácio feito de pedras preciosas permaneceu com ela para sempre.

Uma entrada de carro circular, com estátuas enfileiradas, ia dar numa varanda coberta. Alguém abriu a porta do carro e, para entrar auspiciosamente em sua nova casa, ela pisou no chão primeiro com o pé direito. Vagarosamente, pois as roupas e as joias eram pesadas e incômodas, ela saltou. Havia gente enfileirada nos degraus da frente, e mais algumas pessoas esticando o pescoço nas sacadas das duas alas da casa, querendo ver a nova esposa. Nervosa, ela olhou para as pessoas. Parecia haver tanta gente, mas, como ela ficou sabendo depois, a maioria era de empregados, que estavam ali para servi-la.

O marido veio para o seu lado e, juntos, eles subiram os degraus brancos até a entrada da casa, onde havia seis colunas azul-acinzentadas, incrustadas de trepadeiras e flores de mármore branco. Estendendo-se de cada lado delas até o final do edifício havia terraços com incríveis arcos feitos de vitral. De seus tetos pendiam enormes cestas de samambaias entremeadas de lâmpadas que pareciam cachos de uvas. Do terraço, eles desceram os seis degraus que levavam a um pátio aberto. Lá, Parvathi esqueceu a multidão que a observava e olhou em volta, de olhos arregalados, maravilhada.

Colunas enormes – dessa vez brancas, adornadas com desenhos azul-acinzentados – sustentavam a sacada e o telhado. Mas aqui alguém tão poderoso quanto Deus deve ter dito "Que se faça uma luz colorida", e ela se fez. Entrando pelos vitrais, o sol formava uma miríade de mosaicos coloridos nas paredes, nas colunas, no chão, nas pessoas, nos animais e no lago-criatura coberto de musgo, com nenúfares e peixes dourados saindo de sua boca.

Numa parte do amplo pátio havia uma árvore antiga. O tronco cinzento era grosso e liso, e as folhas eram verde-musgo. A casa devia ter sido construída em volta dela, já que um de seus maiores galhos entrava por uma das janelas do segundo andar.

Nos galhos menores havia muitas gaiolas douradas penduradas, todas vazias, com as portas abertas, enquanto um bando de pássaros, todos eles brancos ou albinos, pousavam onde queriam na árvore. Foi só mais tarde que Parvathi soube que eles não eram livres, que o rapaz que cuidava deles arrancava estrategicamente suas penas, de modo que já não podiam voar. Mas naquele momento ela ficou extasiada, quando, como sonhos ou ideias, tons fantásticos de azul e rosa coloriam os belos pássaros quando eles se moviam. Pombos domesticados, totalmente indiferentes ao barulho e à multidão, caminhavam, magicamente coloridos, pelo chão. Um papagaio empoleirado na beira da fonte inclinou a cabeça de lado e fixou nela seus olhos redondos.

Naquele momento, o noivo falou pela primeira vez:

– Você – ele ordenou asperamente a uma criada –, leve esta senhora para um quarto na ala oeste, e os outros voltem imediatamente para seus aposentos.

Os músicos pararam de tocar e fez-se um pesado silêncio. Parvathi já esperava por isso, é claro, mas talvez não diante de tantos olhos curiosos. Um calor lhe subiu pela garganta e pelo rosto, e seu estômago se contraiu, deixando-a quase sem conseguir respirar. Ela devia ter permanecido no nevoeiro mental em que se encontrava antes. Então não teria que suportar essa humilhação.

Afinal de contas, esse era o momento que vinha temendo desde que o casamenteiro fizera referência ao retrato dela.

Ela não tinha visto o retrato que o pai mandou para ele, mas sabia que não era dela. Ninguém na aldeia tinha uma máquina fotográfica. Para ouvir o seu clique, era preciso viajar até a cidade, mas a única vez que ela havia saído da aldeia foi quando fez aquela imagem de Pulliar com um punhado de bosta de uma das vacas de Vellaitham e, acompanhada da mãe, a levara para outra aldeia próxima. Lá, junto com outras meninas, Parvathi colocara seu pequeno ídolo num riacho e, enquanto ele ia embora flutuando, ela havia rezado por um bom marido.

O pai dela tinha enganado o casamenteiro, e agora...

Ela ouviu uma voz suave em seu ouvido. Com os olhos baixos, Parvathi a seguiu por uma escadaria de ferro batido até a sacada. Uma porta de vidro dava na ala oeste e elas entraram num longo corredor onde havia diversas portas duplas de cada lado. A voz suave perguntou educadamente se ela queria escolher um quarto. Parvathi sacudiu a cabeça, e a primeira porta foi aberta e a voz anunciou:

– O Quarto Lilás.

Parvathi entrou.

O Quarto Lilás; mas que coisa. Parvathi ficou parada, uma anã naquele quarto esplêndido, alto, e olhou maravilhada para as paredes forradas de verde-azulado e ricamente decoradas com aves-do-paraíso, pagodes chineses e salgueiros-chorões. Aqui, também, uma bela rapsódia de luz violeta, azul e rosa entrava pelas janelas e portas de vidro.

Ela transferiu seu deslumbramento para um enorme lustre de contas azuis, pendurado no meio do teto. Sob ele, sobre um tapete creme, havia uma fantástica cama de metal com quatro colunas. O mosquiteiro fora tingido de azul e estava amarrado com fitas de tom índigo. Contra uma parede havia um armário francês do século XVIII, perto dele uma penteadeira e um delicado banquinho, pintados de azul e debruados de dourado. Ao lado, estava pendurada uma gaiola vazia, aberta, feita de bambu e pintada a nanquim.

Na parede em frente à cama havia um grande quadro a óleo de um macaco branco surpreendido no ato de comer uma fruta, com cascas de tangerina ao seu redor. Parvathi reparou, maravilhada, como a claridade naquele quarto tinha sido distribuída para que apenas o macaco ficasse banhado por uma pura luz branca. Ela ficou na ponta dos pés e tocou no rabo do macaco. A tinta era grossa e brilhante.

Uma fria rajada de vento fez as cortinas voarem para dentro do quarto. Engatinhando, Parvathi foi até a sacada e observou a multidão sair, gesticulando e especulando a respeito do casamento.

Ela abraçou os joelhos e esperou enquanto o silêncio se instalava na casa. Logo o marido iria subir, e haveria recriminações; explicações seriam exigidas dela. Mas ele não subiu. Em vez disso, ela o viu entrar atrás do seu longo carro, que saiu pelos portões. Kasu Marimuthu tinha saído! Por algum tempo ela não se mexeu, como se aquilo fosse um truque e o carro pudesse virar e voltar, mas a rua permaneceu vazia. Ao ver que estava realmente sozinha, ela se levantou e examinou o lugar.

A casa dava para uma praia dourada e um mar muito azul, e cerca de trinta metros adiante, no meio do mar, ela a viu: a ilhazinha maravilhosa, povoada apenas de pavões. Havia um pequeno barco de madeira sob um telhado de sapê que ela imaginou que fosse usado para ir até lá. Mas naquela tarde a maré estava baixa e a água tão rasa que ela achou que daria para ir andando até a ilha.

Parvathi se debruçou e contou oito sacadas de cada lado da casa. Nos fundos, sem pintura e a certa distância da porta dos fundos, ficavam os alojamentos dos criados. Havia dois homens parados, conversando. Entre eles, a carcaça de um bode, pobre animal, amarelo de açafrão e sal, pendurado num arame. Sem dúvida, parte do banquete de casamento. Do outro lado dos muros da casa, até onde o olho conseguia enxergar, havia apenas vegetação verde-escuro. Ela teve a sensação de estar completamente isolada na selva, mas sentiu um estranho prazer nisso.

Ela se virou para dentro do quarto.

Sentada na beirada da cama, ela tirou as joias, formando uma pilha brilhante ao seu lado. O único item que não tirou foi o seu *thali*, o símbolo do seu status de mulher casada, um pingente feito pela junção de duas peças de ouro. Elas representavam os pés do marido, de modo que não importa onde ele estivesse ou o que estivesse fazendo, seus pés estariam sempre tocando no coração da esposa.

Aproximando-se devagar da mala, tirou lá de dentro a velha sandália da mãe. Ao vê-la, quase perdeu o controle. Beijou-a apaixonadamente, fechou os olhos e pensou na mãe batalhando sozinha, tão longe, e naquele momento Parvathi sentiu tanta saudade que quase chorou.

Por fim, guardou a sandália e voltou a se sentar na cama. Na mesinha de cabeceira havia uma estátua de porcelana de Scaramu. Ela passou o dedo pelo seu traje elaborado e ficou imaginando quem ele seria e por que estaria ali. O ventilador de teto girava preguiçosamente e ela olhou desejosa para a extensão branca às suas costas. A verdade era que estava completamente exausta. Ela ia se deitar um pouco, não fecharia os olhos, apenas descansaria o corpo. Ela não ia ser surpreendida dormindo. Não, pularia da cama assim que ouvisse passos no assoalho do lado de fora. Enroscando-se em volta da pilha de joias, ela adormeceu.

E acordou numa estranha névoa azul, ficando imediatamente alerta. Então ela pensou: alguém deve ter entrado e fechado o mosquiteiro azul. Olhou em volta, cansada. Um pequeno lampião fora aceso ao lado da porta. Ela ficou imóvel, ouvindo. Alguma coisa a despertara. Ao longe, o mar sussurrava. Então um grito agudo soou na noite. Sem dúvida um animal, mas muito longe para oferecer algum perigo. Ainda assim, ela ficou imóvel, vigilante. Seu corpo reagira àquele som como se sua sobrevivência estivesse em jogo. Lá estava ele de novo: um ruído. Amplificado pela acústica da casa. Alguém estava se movimentando lá embaixo.

Adicionando suas tornozeleiras à pilha brilhante ao seu lado, ela abriu o mosquiteiro e saiu da cama. A madeira sob seus pés não fez barulho. A porta abriu silenciosamente para o corredor, iluminado aqui e ali pelos cachos de lâmpadas que pareciam uvas. Ela parou na entrada da sacada e, através de uma pétala de vidro cor-de-rosa, contemplou o pátio lá embaixo, transformado num mundo encantado. Pequenas luzes tinham surgido ao redor da fonte verde e dourada, e a luz que vinha dos corredores de vidro ao redor tinha desenhado rastros luminosos nas paredes e no chão. E havia um som de moedas de prata jorrando. Sem dúvida, seres do outro mundo viviam ali.

Mal esta ideia se formou em sua mente, ela viu a figura do marido na luz leitosa de um vidro fosco. Com a cabeça baixa, e aparentemente com a ajuda do corrimão, ele subia a escada com passos incertos. O que havia de errado com ele? Intrigada, ela foi até o topo da escada, onde sua aparição inesperada o assustou e o fez perder o equilíbrio.

Felizmente, ele conseguiu agarrar o corrimão com uma das mãos, e o rosto que ficou exposto para ela estava tão largado e estranho que Parvathi teve certeza de que ele devia estar doente. Ela não tinha esquecido seu murmúrio indignado, nem o medo que sentira do homem, mas desceu a escada correndo, com a mão estendida para ajudá-lo. Mas ele estendeu um braço para impedi-la, antes de cair pesadamente para trás nos degraus, com os joelhos abertos e o peso todo sobre uma das mãos. Ele gemeu de dor. Devia ter se machucado ao cair.

À luz da água que caía da fonte, ela examinou pela primeira vez o homem com quem tinha se casado. Grandes gotas de suor lhe cobriam o nariz e ele tinha a cabeça inclinada num ângulo estranho enquanto seus olhos esbugalhados pareciam ter muita dificuldade em focalizá-la.

– O que há de errado com você? – ela perguntou, num sussurro assustado, pois tinha pouco conhecimento de embriaguez e não identificara o estado dele. Kasu Marimuthu abriu a boca, o canino esquerdo era de ouro, e riu, sua gargalhada ecoando debochadamente nas paredes da casa. Quando parou de rir, virou-se para ela e disse:

– Eu deixei um copo na beira da fonte. Vá buscá-lo para mim.

Então ela sentiu o cheiro de álcool e levou um susto tão grande que não conseguiu se conter:
– Ah! Você está bêbado. – A voz dela ecoou nas paredes assim como tinha acontecido com a gargalhada dele, tornando-se acusadora, aguda, tão desprovida de docilidade que ela tapou a boca com a mão, mortificada.

Os olhos dele se enfureceram. A disposição afável desapareceu.
– E por que eu não estaria? – ele perguntou, furioso. – Eu pedi uma ave-do-paraíso e me deram uma pavoa insignificante.

As palavras da mãe lhe voltaram aos ouvidos: "E quando você estiver longe de mim, lembre-se disto: se um homem ferir você apenas com palavras, não diga nada, não faça nada, porque, depois que ele for dormir, as palavras poderão ser retiradas como uma roupa apertada." Parvathi baixou os olhos, mostrando submissão, sem saber que isso só fez com que o marido ficasse ainda mais furioso. *Tudo* a respeito de sua esposa o enfurecia, ele concluiu, irritado. A falta de estilo, beleza, altura, educação, sofisticação, e agora esse irritante ataque de timidez. A garota não tinha conserto. Ele resmungou, zangado:
– Anda logo com essa bebida.

Parvathi obedeceu imediatamente. Ele segurou o copo pela metade, e então exclamou exasperado:
– Pelo amor de Deus, pare de andar de um lado para o outro como uma avestruz e sente-se!

Ela se sentou alguns degraus abaixo dele.
– Vou mandá-la de volta para o seu pai amanhã.

Ela balançou silenciosamente a cabeça. Não tinha esperado outra coisa desde que pusera os olhos na casa dele. Até então tivera uma esperança insensata. Mas, na verdade, aquilo nem era culpa do pai dela. Como ele poderia, pobrezinho, vivendo como vivia, compreender o que "enorme riqueza" queria realmente dizer? Como ela, ele devia ter imaginado muito menos. Senão, ele teria entendido. Locais que tinham nomes como Quarto Lilás precisavam de patroas altas e refinadas.
– Você sabia, não é?

Ela olhou para ele, abrindo bem os olhos.

– Sim, mas você precisa entender que eu não pude fazer nada. Minha obrigação é obedecer ao meu pai em qualquer circunstância.

– Que tipo de homem faz isso com a própria filha?

Uma lágrima escorreu pelo rosto dela.

– O que vai acontecer com você quando for para casa? – perguntou ele, e naquele breve instante ele pareceu cansado e bondoso.

Ela fungou e esfregou o nariz com o lado da mão.

– Não sei. Se meu pai me aceitar de volta, eu vou ajudar minha mãe como sempre fiz.

Ele sacudiu a cabeça, lamentosamente.

– Não pense que eu não sinto pena de você, mas ninguém, *ninguém* mesmo, engana Kasu Marimuthu impunemente. Seu pai deve ser um idiota ou então um louco. Quem mais poderia pensar num esquema tão imbecil? Se ele imaginou que eu não a mandaria de volta por medo de manchar meu bom nome, bem, ele apostou mal.

– Por que você simplesmente não se recusou a casar comigo esta manhã quando me viu? – perguntou baixinho.

Ele ergueu a cabeça orgulhosamente.

– Outra pessoa poderia casar com você, é isso que você está dizendo? Eu não ligo se virar assunto de mulheres fofoqueiras, mas havia pessoas importantes naquele salão de quem eu preciso para os meus negócios. Eu não podia fazer papel de palhaço na frente delas. – E então, como se de repente se lembrasse de que era *ele* a parte ofendida, ele olhou para ela com fria animosidade. – Se você precisa culpar alguém por arruinar sua vida, culpe o seu pai.

No silêncio que se seguiu, ele olhou para dentro do copo como se fosse infinitamente profundo. Finalmente, ergueu os olhos e, levantando uma sobrancelha, disse:

– Nós devíamos afogar nossas mágoas juntos.

Ela olhou incrédula para ele. Que vergonha. Estava desgraçada para o resto da vida e ele queria que ela se embebedasse junto com ele! Ela sacudiu a cabeça.

– Ora, ela disse não para um cálice de amor – ele observou sarcasticamente, ou pelo menos foi o que pretendeu, mas as palavras soaram desanimadas e pungentes. Ele olhou em volta, meio tonto, e depois deitou a cabeça nos frios degraus de pedra e fechou os olhos. Ah, vejam o grande Kasu Marimuthu agora. Tão rico e tão triste. Mas quando ela imaginou que ele tinha adormecido, ele levantou a cabeça e, de um gole só, esvaziou o copo. Largou-o, vazio, na escada e se levantou. – Desejo-lhe uma boa noite, madame. Esteja preparada para partir de manhã. Em que quarto você está?

– No primeiro quarto à esquerda do corredor.

– Ótimo – disse, enquanto tentava fazer uma reverência, tropeçava e era obrigado a se agarrar no corrimão para não cair. Segurando no corrimão, ele desceu a escada. No meio do pátio ele parou, virou-se para ela e pareceu prestes a dizer alguma coisa, mas deve ter mudado de ideia, porque sacudiu a cabeça e fez um gesto de desânimo.

– Esqueça – ele resmungou, e foi embora.

Quando ele desapareceu, Parvathi viu que precisava ir ao banheiro. Tinha visto uma casinha perto dos alojamentos dos criados e saiu pela porta da frente, seguindo pela ala sul, para chegar até lá. Um vento frio estava soprando e a selva era escura e ameaçadora. Gritos e sons estranhos vinham de suas profundezas. Mal ela terminou, abriu a porta e, tremendo de medo, correu de volta para casa. Ela sabia que não ia mais conseguir dormir. Instalou-se, então, no chão da sacada para esperar. A manhã podia chegar. Ela estava preparada.

Na biblioteca, Kasu Marimuthu pegou uma garrafa de uísque e se deixou cair tão abruptamente numa cadeira reclinável que ficava atrás da escrivaninha que precisou se segurar na beirada da mesa para interromper o impulso para trás. Serviu-se de uma dose da bebida e estava levando o copo aos lábios quando a porta abriu.

– O que é que você – ele começou a dizer, zangado, mas parou, espantado, no meio da frase. Não foi a noiva indesejada quem entrou, mas uma mulher grande segurando um círculo de luz. Ela parou na porta, e ele fitou incredulamente aquela aparição. Ninguém podia ser tão feia assim.

Ela caminhou para dentro do aposento e, à luz da lâmpada de leitura da escrivaninha, ele viu com alívio que era uma de suas criadas. O coração dele estava batendo com força no peito. Ela lhe dera um grande susto. Mulher estúpida. Ele achou que ela fosse a cozinheira. O que estaria fazendo na biblioteca àquela hora da noite?

– O que você quer? – gritou zangado, porque aquele temor inicial não tinha ido embora.

Em vez de parar diante da escrivaninha, ela deu a volta e parou ao seu lado. Agora ele estava realmente furioso. Que impertinência. Tentou levantar-se, mas viu que estava grudado na cadeira. O suor começou a escorrer de baixo dos seus braços pelos lados do seu corpo imóvel. Ele ficou olhando para ela, meio hipnotizado pelas feições rudes e selvagens.

– Eu vim pedir-lhe um pequeno favor, patrão.

Ele olhou espantado para ela.

– Sei que o senhor não consegue mostrar o molde do seu coração para a sua esposa, patrão, mas o senhor não tem o direito de deixar o molde dos seus pés sobre o dela.

Kasu Marimuthu não conseguia acreditar no que estava ouvindo. Uma criada? Esquecendo o lugar dela desse jeito? Isso era uma coisa sem precedentes.

– Que ousadia! Saia daqui! – exclamou, e tentou mais uma vez se levantar, mas desta vez ela encostou de leve o dedo indicador em seu pomo de adão, e comentou com naturalidade:

– É aqui que um homem guarda o seu carma. Todos os pecados que comete ao longo de suas muitas vidas estão catalogados e registrados aqui. Até a Bíblia o considera como sendo a prova do primeiro pecado do homem, não é?

Como uma mulher tão baixa podia ser tão presunçosa! Ele tentou recuar, mas viu que não tinha mais qualquer comando sobre seu corpo. Não conseguia nem mexer os dedos. Essa mulher monstruosa teria usado de alguma feitiçaria para deixá-lo paralisado na cadeira?

A reação dele foi cômica. Jamais na vida estivera numa posição daquelas, nunca tinha sido tratado daquela forma. Ele respirou fundo e sentiu o cheiro desagradável de cebola ou alho na mão dela. E então, sem qualquer aviso, aquela pessoa que construíra um império financeiro, aquele adulto que era respeitado e reverenciado dia e noite, tornou-se mais uma vez a criança confusa e amedrontada, escondida num armário, vendo o pai e os tios enfiarem terra e ouro na boca do seu avô. Ele teve a impressão de que o chão estava cedendo sob ele, e seus olhos, já grandes como os de um sapo, se arregalaram ainda mais. Mas como a criada não se alegrou com aquela confusão e aquele medo súbitos, ela não riu.

Em vez disso, fitou-o bondosamente.

– Se pudesse ver o que eu vejo em sua esposa – ela disse serenamente –, você cairia de joelhos, maravilhado. Saiba que ela é uma alma adorada que encarnou para experimentar amor nas circunstâncias mais improváveis.

– Eu vou despachá-la daqui de manhã – ele declarou, e de forma ameaçadora, porque, mesmo paralisado e bêbado, o cérebro afiado em sua cabeça tinha deduzido, corretamente, que nenhum mal lhe aconteceria, pelo menos não da parte dela. Esta era simplesmente uma cozinheira que tinha esquecido o lugar dela e agido por lealdade a alguém que erroneamente via como sendo sua nova patroa. Uma parte dessa dedução não fazia sentido, mas ele não estava em condições de raciocinar melhor e solucionar o mistério.

Ela sorriu e ele viu que sua boca era grande como a de um cachorro. Na verdade, não havia um só traço de beleza naquela mulher.

– Você é um homem bom. Se não fizer mais nenhum mal a ela, prometo que em breve você verá o que eu vejo. – Ele ergueu as sobrancelhas. Que ousadia daquela mulher.

– Agora – ela disse gentilmente –, durma e amanhã você não se lembrará de nada disso. – E com os olhos ainda abertos e olhando para ela, o homem caiu num sono profundo e sem sonhos. Ela passou delicadamente os dedos longos e fortes por cima das pálpebras dele, fechando-lhe os olhos. Então, com a mesma imponência com que tinha entrado, ela saiu, levando sua vela derretida. Não uma criada, mas uma rainha.

O BOM SAMARITANO

Kasu Marimuthu acordou deitado de barriga para baixo, sem cinto e sem sapatos, mas ainda usando as roupas da véspera. Isso só podia significar que Gopal, seu criado, e um dos outros rapazes o tinham levado para cima e colocado na cama. Deus, como sua cabeça estava doendo. Ele estendeu o braço na direção da mesinha de cabeceira e tateou à procura de um cigarro. Ao encontrá-lo, virou de barriga para cima, acendeu-o e deu uma longa tragada. Enquanto a fumaça subia, começou a refletir sobre o irritante problema de ter adquirido uma esposa que não tinha interesse em manter.

Ele pensou nela – pequena, escura, feia – e viu a fumaça tremer. A ideia de apresentá-la como sua esposa à sociedade elegante que ele frequentava era insuportável, e ele tornou a xingar o casamenteiro. Idiota. Imbecil. Cabeça-oca. Como tinha caído naquele truque tão velho? Mas o que o enfurecia mesmo era a ideia de um matuto miserável conseguir levar a melhor com ele, Kasu Marimuthu.

Kasu Marimuthu interrompeu essa linha de pensamento. Tinha passado o dia anterior sentindo-se zangado e impotente. Já chegava disso agora. Hoje ele não só estava mais calmo como também seguro do que faria em seguida. Ela não servia para ele, então a coisa mais sensata a fazer era chamar quem a tinha trazido para o país para levá-la de volta. E quanto mais cedo, melhor.

Ele tinha a seu favor todos os direitos de um homem enganado, e, como não tinha nem mesmo – como era seu direito fazer – provado dos encantos duvidosos da sua nova esposa, não previu nenhum impedimento em relação a esse plano. Isso causaria um escândalo na sociedade cingalesa, é claro, mas e daí? Podiam falar à vontade. Ele já fora objeto de fofocas antes. Nada era irreparável – como Kasu Marimuthu tinha descoberto, satisfeito – quando se tinha muito dinheiro.

Puxou um cordão pendurado ao lado da cama e, minutos depois, Gopal chegou com um bule de café e uma caneca de prata numa bandeja. O criado não tentou conversar com o patrão, mas encheu silenciosamente a caneca de café e a colocou na mesinha de cabeceira. Então ele passou por uma porta almofadada. Em seguida, ouviu-se o som de água correndo.

O café ajudou. A cabeça de Kasu Marimuthu clareou um pouco, e os pensamentos se voltaram para questões de trabalho. Mas logo estava pensando de novo na sua situação pessoal. Ele entendeu que não sabia o que seria mais apropriado, escolher alguém para levar sua esposa indesejada de volta para junto das pessoas com quem vivera antes do casamento, ou levá-la pessoalmente. Ao concluir que não estava ligando para o que era mais apropriado, ele resolveu levá-la pessoalmente quando fosse para o trabalho naquela manhã.

Gopal fechou a torneira e saiu do banheiro. Fechando a porta atrás de si, ele saiu do quarto tão silenciosamente quanto tinha entrado. Quando ficou sozinho outra vez, Kasu Marimuthu passou a mão na testa. A parte central estava estranha, quente e latejando. Era a bebida. Como se tivessem acontecido ontem, aquelas noites que ele passara suando frio, sabendo que tinha perdido completamente o autocontrole, voltaram com força total. Ele sacudiu a cabeça. Fora ferido mortalmente na época. Mas não agora. Não havia mais nenhum vazio para preencher. Disso ele tinha certeza. Resolveu não tocar em bebida.

Tomadas essas duas decisões, Kasu Marimuthu fumou um segundo cigarro, saiu da cama e tomou o mesmo caminho que Gopal, entrando na pequena antecâmara em discreto estilo japonês que lhe servia de quarto de vestir. Deixando uma trilha de roupas atrás de si, ele passou por uma esplêndida banheira de pedra importada do Cairo, dirigindo-se para o que parecia ser uma parede comum de madeira, mas que era, de fato, uma porta disfarçada que ia dar num pequeno cubículo ladrilhado. Kasu Marimuthu não considerava essa parte do seu banheiro adequada para ser vista por seus finos hóspedes. Ele entrou e fechou a porta.

O cômodo tinha apenas uma torneira e uma vasilha grande sob ela. Gopal a havia enchido até a borda. Uma concha de pau exatamente igual à que Kasu Marimuthu tinha usado em criança, no Ceilão, flutuava na água. Ele a encheu de água e jogou a água gelada sobre a cabeça. Na mesma hora, a dor de cabeça desapareceu. Com alegria, com muita água derramada e muita satisfação, Kasu Marimuthu terminou o banho.

Ele saiu e se enxugou vigorosamente com uma grossa toalha de algodão como a que seu pai e o pai dele costumavam usar. As coisas macias e decorativas que passavam por toalhas nos outros banheiros da casa não eram para ele. Barbeou-se na pia do banheiro e, indo para a antecâmara, vestiu uma camisa branca de mangas compridas e calças largas marrons. Depois passou óleo no cabelo e o repartiu no meio. Pronto: Kasu Marimuthu estava preparado para qualquer coisa que o mundo tivesse para atirar sobre ele.

Ao passar pela sacada que dava para o pátio, ele olhou para baixo e viu uma mulher pesadona subindo os degraus que davam na cozinha. Ele sabia que ela era a cozinheira, mas por que, uma vez que eles nunca tinham conversado, a visão dela lhe dava a estranha sensação de que seus caminhos tinham se cruzado e ele tinha trocado palavras com ela? Inclinou-se para olhá-la melhor, ou talvez para consolidar o fragmento de memória, mas ela desaparecera no hall que ia dar nas cozinhas.

Franzindo a testa com o esforço, ele tentou forçar a memória, mas não conseguiu, e, como já estava na porta do Quarto Lilás, tirou aquele detalhe inacabado da cabeça. Entrando no quarto sem bater, ele encontrou a esposa sentada no chão, com a mala arrumada e aparentemente pronta para ir embora. Ela levou um susto e se levantou imediatamente. Meu Deus, a mulher parecia uma mendiga.

Marrom, uma cor péssima para ela. Ele fitou seus ombros estreitos que sonhavam com comida, qualquer comida, e o cabelo severamente esticado para trás, e percebeu que ela correspondia com perfeição à ideia que ele fazia de uma empregadinha. A ideia de que ele, que poderia ter feito sua escolha dentre as mulheres mais lindas de Jaffna, tivesse se casado com aquela criatura insignificante o fez estremecer. Que alívio seria vê-la pelas costas.

– Eu guardei todas as joias de volta na caixa e a deixei ali – disse ela, apontando para a penteadeira.

Ótimo, ele já ia perguntar isso a ela.

– Você está pronta para ir? – perguntou, zangado.

Ela balançou afirmativamente a cabeça.

Ele abriu a boca para dizer a ela que o acompanhasse, mas, para sua total surpresa, encontrou em seus lábios, no ar entre eles dois e nos olhos espantados dela, palavras que ele *nunca* tivera a intenção de dizer.

– Muito bem – ouviu-se dizendo –, mas houve uma ligeira mudança de planos. A pessoa que vai reservar a passagem de volta não pode cuidar disso neste momento, então, se você quiser, poderá passar alguns dias aqui, à beira-mar. Considere isso umas pequenas férias.

Ela ficou obviamente atônita com o convite, mas a forma vigorosa com que balançou a cabeça aceitando-o mostrou sem sombra de dúvida que ela queria ficar.

– Acho que você está precisando de uma boa refeição. Tome um bom café e depois passe o dia na praia, ou então explore a casa e o terreno.

Ela sorriu com timidez. Ele não retribuiu o sorriso, mas caminhou pesadamente até onde estava o sino para chamar os criados e tocou-o.

– Isso sempre traz um criado. Peça a quem vier para mostrar-lhe como usar o toalete. Você não deve saber. É um sistema moderno. – Ele passou a mão devagar pela testa. Estava quente e latejava um pouco. – Vou deixá-la então – ele disse, porque agora que as palavras que ele nunca tivera a intenção de pronunciar tinham saído de sua boca e não podiam ser retiradas, ele estava muito aborrecido consigo mesmo. Ele foi até a penteadeira e quase arrancou a caixa de joias. O que dera nele para fazer aquilo?

Mas, ao descer a escada, ele começou a se sentir cada vez menos aborrecido por ter feito aquele convite inesperado. Era certo que quando ela voltasse para casa seria vista como a infeliz que não tinha conseguido conservar o marido. Por que ele a castigaria? Ela não tinha culpa de ter nascido feia, de ter um pai canalha. Ela podia ficar alguns dias. Que mal havia nisso? Afinal de contas, ele mal a veria. Enquanto guardava a caixa de joias de volta no cofre, ele olhou para a caixa que pertencera à sua primeira esposa. Automaticamente, desviou os olhos. Quando fechou a pesada porta do cofre, a outra caixa estava inteiramente esquecida, e ele saiu do escritório todo contente com sua própria generosidade. Tinha cometido uma boa ação.

Entrou no banco de trás do carro e pensou em enviar uma mensagem para os parentes da moça a respeito de sua intenção de mandá-la de volta nos próximos dias, mas isso não pareceu correto nem mesmo a ele – eles iriam interpretar mal a demora, achando que ele estava se aproveitando da situação. Não, ele ia mandar um telegrama para aquele imbecil daquele casamenteiro. *Moça errada ponto mandando de volta ponto avise ao pai ponto.* E a ideia do pandemônio que aquele telegrama iria causar fez Kasu Marimuthu se recostar no confortável assento do seu Rolls Royce e sorrir pela primeira vez desde a hora do casamento.

O BOM SAMARITANO
CONTOU UMA MENTIRA

Parvathi contemplou a porta fechada. Na noite anterior ele estava decidido a mandá-la embora na primeira oportunidade. Por que esse adiamento? Mas ela sentiu uma onda de excitação com aquele pequeno indulto.

Alguém bateu à porta, e Parvathi endireitou os ombros e disse:
– Entre.

Uma mulher entrou, juntou as palmas das mãos sob o queixo e disse que se chamava Kamala. Tinha quadris largos e pernas finas que saíam de baixo do sári que tinha amarrado bem alto na cintura para facilitar os movimentos. Ela não podia ter mais de trinta anos, mas sua boca murchara como a de uma velha.

– Uh! O patrão quer que você me mostre como usar o vaso sanitário – Parvathi disse. – Ele me disse que é diferente...

– Sim, Ama, eles são diferentes nesta casa – declarou a criada solenemente. – Vieram da Inglaterra. São iguais aos que as pessoas brancas usam. Você não se agacha, mas senta num vaso, e depois que termina, você puxa uma alavanca e a água sai de um tanque para dentro do vaso e, de algum modo, em vez de transbordar, é tudo sugado para baixo, urina, fezes e água, saindo por um cano que leva tudo para o mar. É uma coisa incrível.

Como Kamala era da Índia, ela falava tâmil sem enrolar as palavras, e Parvathi, que nunca tinha ouvido nada a não ser o sotaque doce e cantado dos seus conterrâneos, teve que se concentrar para entender o que ela dizia.

– Por aqui, por favor, Ama – Kamala disse, abrindo uma porta disfarçada na parede. Ela conduziu Parvathi por um quarto de vestir até um banheiro de mármore cinzento, e Parvathi rezou uma prece silenciosa de gratidão por não ser obrigada a usar de novo a casinha ao lado da selva, à noite. Enquanto isso, Kamala tinha aberto um armário sob a pia e tirado uma concha de pau lá de dentro.

– Os brancos podem ser inteligentes, mas não são muito limpos. Eles não usam água para se lavar como nós. Em vez disso, eles rasgam pedaços de papel de um rolo que fazem especialmente para isso e o usam para se limpar. Entretanto, eu descobri que aquele papel tem um bom uso até para nós; se você jogar um pouco dele no vaso, então quando suas fezes caem a água não pula e molha a sua bunda – ela disse, balançando a cabeça com ar sabido para Parvathi. – Você pode usar a água dali – acrescentou, entregando a concha para Parvathi. – Tudo bem então, Ama, eu vou esperar lá fora pela senhora, está bem?

Havia toalhas macias num suporte, uma barra de sabonete perfumado num prato. Parvathi agachou-se no banheiro e se lavou, pegando água com a concha e jogando-a por cima da cabeça. Depois que se vestiu, ela abriu a porta e encontrou Kamala sentada no chão, com um cotovelo apoiado no joelho, a outra perna dobrada e enfiada sob o corpo. Ela se levantou, apoiando as mãos no chão e erguendo os quadris antes de erguer o corpo. Era exatamente assim que a mãe de Parvathi ficava em pé, e uma grande tristeza encheu o peito da moça.

– Venha, Ama – Kamala disse. – Eu vou mostrar onde fica a sala de comer.

– Obrigada. – Fora o pedacinho de banana molhado em leite atrás do pano, Parvathi não tinha comido nada no dia anterior. Ela quase recorrera a um pote cheio de doces ao lado da cama, mas, por fim, não tinha rompido o selo com medo de que alguém chegasse e brigasse com ela. Kamala levou-a para uma outra escada, que ficava depois da escada onde ela havia sentado de madrugada para conversar com Kasu Marimuthu.

– A senhora fez uma boa viagem do Ceilão até aqui, Ama?

– Sim, foi boa.

– É mesmo? Quando eu vim, foi horrível. O mar estava tão agitado que até os homens ficaram enjoados, e então alguém morreu e eles o embrulharam num pano branco e o atiraram ao mar, e a senhora nunca vai acreditar nisso; eu mesma não acreditaria se não tivesse visto com meus próprios olhos, mas enormes tubarões apareceram do nada e atacaram o corpo antes mesmo de ele cair na água! Todas as mulheres gritaram. Algumas ficaram totalmente histéricas. Para ser honesta, eu fiquei com um pouco de medo, e eu sou corajosa. Nunca vou me esquecer disso. Por aqui, por favor, Ama. – Elas viraram num corredor que dava para a ala norte.

A sala de jantar era a primeira sala da ala. Respeitosamente, Kamala se afastou para Parvathi entrar. A luz do sol entrava pelas diversas janelas altas. Do lado oposto, duas portas duplas davam num gramado imaculado que terminava na areia branca. Uma ponta da longa mesa no meio da sala tinha sido coberta com uma toalha branca e arrumada com louça de porcelana, talheres de prata e todo tipo de comida estrangeira.

Parvathi olhou, incerta, para Kamala.

– O que é tudo isso?

– Ah, Ama, eu não a culpo por não saber. Nós também não temos essas coisas na Índia, mas isso é comida de gente branca. – Ela foi até a mesa e tirou a tampa de uma travessa de prata. – Está vendo, este é o pão deles, muito bom. Entregue fresco todas as manhãs de uma padaria que o patrão tem na cidade. De noite, eles trazem todos os pãezinhos que não venderam, e nós podemos comê-los. Eu gosto mais dos de coco. Honestamente, Ama, a senhora não sabe o quanto eu sou feliz de morar nesta casa.

Ela parou de falar enquanto dobrava um guardanapo dentro de uma cestinha e começava a colocar algumas fatias de pão nela.

– Sabe, Ama, antes de vir para cá eu era tão pobre que uma vez empurrei um cachorro para pegar um pouco de comida podre numa lata de lixo. Meu marido é um homem muito cruel. Foi ele que arrancou todos os meus dentes. Ele me batia até quando eu estava grávida. Eu não queria dormir com ele e colocar mais filhos no mundo, mas a cada poucos meses as dores vinham e eu tinha que largar a plantação para parir. Três vezes eu tomei veneno.

Sim, Ama – ela repetiu –, três vezes. Deus sabe o quanto eu era infeliz, eu nem pensei nas crianças. A dor foi indescritível. Parecia que minhas entranhas estavam pegando fogo. Nunca mais eu posso comer comida temperada. Eu fico muito doente. Mas morar aqui é como estar no paraíso. Cada um de nós tem seu quarto, uma cama para dormir e um armário para guardar seus pertences. A senhora não imagina que luxo é isso. E o patrão é um homem tão bom que mandou pendurar um caldeirão de ferro sobre brasas ao lado da cozinha para que os empregados tenham acesso a leite quente o dia todo. Eu nunca tinha visto tanta generosidade. Eu daria a vida por ele. E agora ele se casou com a senhora, Ama, e eu sei que a senhora também é uma boa pessoa. Eu nunca me engano a respeito das pessoas. Isso me deixa tão feliz que eu tenho até vontade de chorar.

Ela fungou alto e, erguendo a ponta do sári, pressionou os olhos secos.

– Bem, isto aqui é geleia de morango, feita com as frutas de uma árvore que só dá na Inglaterra – informou erradamente. – A outra é geleia de laranja e é feita com uma laranja azeda que eu acho que só dá em climas frios. Naquele pote marrom tem mel que Kupu, o vaqueiro, pega na floresta, e debaixo desta tampa tem manteiga. Aquilo ali é queijo, mas eu tenho que avisar que é queijo de homem branco, então não se parece nada com o nosso *paneer*. – Ela apontou para um bule de prata. – Ali tem café, e naquele bule redondo, chá. Entretanto, nenhum dos dois tem leite nem açúcar. A senhora mesma põe os dois, na quantidade que quiser. Hum... o que mais? Ah, sim, se quiser ovos, diga-me como os prefere, e Maya prepara para a senhora.

– Não, não – Parvathi disse, sacudindo a cabeça. – Isso é mais do que suficiente.

– Tudo bem, então, Ama, eu vou torrar estes pães para a senhora. Só vai levar um minuto – ela disse, e saiu levando a cestinha de pão.

Parvathi escolheu uma cadeira de frente para a praia. Ela contemplou o mar brilhando ao sol e soube que todos os seus belos sonhos eram um lagarto repulsivo no teto da casa de alguém. Estava na hora de abandonar as fantasias infantis de paixão e amor, pois ela entendia agora que tal amor não vem para pavoas insignificantes. Até o noivo dizer isso, ela não tinha adivinhado. Julgara ser igual a todo mundo. Não havia nenhuma beldade na sua aldeia. Todo mundo era apenas comum.

Ela pensou na ida para casa, para enfrentar a ira e a vergonha do pai, e sentiu uma onda de terror. Se ao menos Kasu Marimuthu a deixasse ficar, mesmo que fosse só como uma empregada como Kamala. De fato, ela ficaria em troca de casa e comida apenas. Mas ela sabia que ele não iria ceder. Era óbvio pela sua expressão que só em pensar nela como esposa ele ficava doente.

Kamala voltou com dois recipientes de torrada. Parvathi pegou uma. Ainda estava quente e tinha um cheiro tão bom que o estômago dela roncou de fome. Ela a colocou no meio do prato, e, num semicírculo em volta dela, pôs uma colher de geleia, um pouco de mel e um pedacinho de manteiga. Depois partiu uma pontinha de torrada com os dedos e já ia molhá-lo na geleia quando não só ouviu como sentiu o silêncio forçado de Kamala. Ela olhou para cima e a mulher estava olhando para ela como se fosse explodir se não pudesse dizer o que estava pensando.

– O que foi? – Parvathi perguntou.

– Ama, não é assim que se come esse tipo de comida.

– Ah!

– Com uma faca, a senhora tem que primeiro espalhar manteiga na torrada, e depois a geleia. O mel é espalhado diretamente na torrada. A primeira esposa do patrão só passava um bocadinho de manteiga na torrada, mas ela não queria engordar. Depois ela segurava a torrada assim – e ela estendeu o polegar e o indicador na frente da boca – e dava pequenas mordidas nela. Porque ela comia como fazia todas as outras coisas, lindamente. E ela sempre, sempre mastigava de boca fechada. Pelo visto, todas as pessoas brancas fazem isso. Elas também não falam de boca cheia. Acham que é falta de educação. E esse pano dobrado ao lado do prato é um guardanapo. Ela usava as pontas dele para limpar os cantos da boca de vez em quando. E sabe o que mais não se pode fazer na mesa? Nada pode ser despejado diretamente na boca. Pequenos goles devem ser dados na beirada da xícara. Imagine se você fizesse isso na Índia. Todas as diferentes castas iam ter que começar a carregar seus copos para toda parte, não é? Enquanto Kamala ria da própria piada, Parvathi fez o que ela lhe ensinara. Mastigar com a boca fechada era estranho e desconfortável, mas não o suficiente para evitar que a manteiga e a geleia no pão ocidental fossem a coisa mais gostosa que ela já tinha comido.

– Posso servir um pouco de café para a senhora? – Kamala disse.
– Sim, obrigada. Você quer uma xícara?
– Ah, quanta generosidade de sua parte. Que Deus lhe conceda uma vida longa. Vou buscar a minha caneca.
– Use uma dessas xícaras – Parvathi disse depressa.
– Aiyoo, Ama, tem certeza?

Parvathi assentiu com a cabeça.

– A senhora é muito bondosa, Ama. A primeira esposa jamais ofereceria, e muito menos me deixaria beber nessas xícaras caras.
– Ela pôs duas colheres de açúcar no café. – Ouvi dizer que ela veio de uma família ruim e, quando eles resolveram mudar de casa, todas as plantas que não davam flores havia anos de repente floresceram. Ela era anglo-indiana, muito orgulhosa e sem religião. Ora, o tempo todo que ela esteve aqui, eu nunca a vi entrar na sala de oração e... – Kamala ergueu o queixo para demonstrar a própria inocência – ... eu a vi comendo carne enlatada. Se eu não tivesse visto com meus próprios olhos durante uma de suas famosas danças, eu jamais teria acreditado. Que vergonha!
– Famosas danças?
– Ela as chamava de "bailes". Festas grandiosas onde as pessoas vinham para comer, beber e dançar no grande salão que fica no fundo dessa ala. E como elas bebiam. No final da noite, centenas de garrafas de vinho e outras bebidas tinham sido consumidas. Eu costumava sentar no meio do mato e assistir aos convidados chegando com as roupas chiques, as mulheres cober-

tas de joias. Às vezes eles usavam máscaras, coisas maravilhosas, bordadas de pedrarias e plumas. A primeira esposa sempre usava uma máscara de lobo de cetim e uma fita de veludo vermelho amarrada no pescoço. Uma vez eu ouvi um dos convidados dizer que ela dava os melhores bailes de toda a Ásia. Até mesmo a realeza costumava vir. Você logo os identificava. Quando estavam presentes, ninguém mais podia usar amarelo ou branco, e eles sempre vinham com um grande séquito de pessoas que bebiam suas palavras.

A mulher fez uma pausa para tomar ruidosamente o café.

– Essas eram as únicas vezes que eu a via rindo e realmente feliz, fora isso ela estava sempre entediada. Ela nunca descia antes das dez da manhã. Para ser justa, suponho que ela não tivesse mais nada para fazer durante o dia a não ser pintar as unhas e folhear revistas ocidentais procurando modelos que pudesse pedir a Ramu, ele é o alfaiate, para copiar para ela, mas nunca exatamente como estava na fotografia. Ela detestava que alguém tivesse a mesma coisa que ela. Sabe que o sári mais caro do mundo foi feito para ela? Ele tinha linha de ouro de verdade e era enfeitado com tantas pedras preciosas que foram necessárias mais de quinze mil presilhas de jacquard para mantê-las todas no lugar, e ele levou três mil horas para ser feito, com dez rapazes trabalhando vinte e quatro horas por dia. E eu soube que um deles ficou cego por causa da roupa. Que pecado usar um sári desses! – Kamala sacudiu a cabeça com uma expressão triste.

– Ela não precisava de tanto enfeite. Era clara como uma bengalesa e muito, muito bonita. Tudo o que ela vestia ficava lindo nela. A senhora não vai acreditar se eu disser isso, mas quando ela descia de manhã com o penhoar, ela resplandecia tanto que parecia que era a própria deusa Lakshmi que estava descendo a escada. Eu era capaz de ficar horas olhando para ela. Mas de que adianta tanta beleza? Eu pergunto. O pobre patrão. Ele não merecia aquilo. De jeito nenhum. E aquilo quase o matou, mas não se preocupe com isso agora. Vou esperar lá fora pela senhora, está bem, Ama?

– Espere. Humm... você quer comer alguma coisa?
– Ah, Ama, que bondade a sua! A senhora é realmente muito gentil. Eu não costumo comer de manhã, mas já que a senhora ofereceu, acho que vou aceitar uma fatia de pão para molhar no café. – Ela pegou uma torrada. – Na verdade, vai ficar tão bom com um pouquinho de manteiga, não vai? – Ela passou manteiga na torrada com liberalidade. – Manteiga tem um gosto tão bom – ela disse, e, pegando outra torrada, passou manteiga nela também. – Eu adoro. De fato, acho que é a coisa que eu mais gosto de comer no mundo. Ela parece com a nossa manteiga, só que é mais salgada.

Parvathi convidou Kamala para sentar-se à mesa com ela, mas a criada sacudiu a cabeça vigorosamente, horrorizada com a sugestão, dizendo:

– Não, de jeito nenhum! E eu não sou mesmo de sentar às mesas. Estou acostumada a comer no chão. Eu prefiro. – Ela foi até um lugar ensolarado perto de uma das janelas e, agachando-se no chão, dobrou ao meio uma torrada antes de enfiá-la gulosamente na boca.

É claro que não era certo fofocar com as criadas, mas...

– O que foi que você disse que quase matou o patrão? – perguntou Parvathi.

– Ai, ai, Ama, por que a senhora pergunta? Foi um escândalo horrível, todo mundo ficou sabendo. Honestamente, ela arrastou a honra do patrão na lama. Que mulher faz isso?, eu pergunto. Eu não o culpo por ter queimado todos os retratos dela e por ter proibido que o nome dela fosse mencionado em sua presença. Mas então ele deu para beber, Ama. Toda noite ele se embebedava. Às vezes ele acabava com todo o álcool da casa e ia para a adega no meio da noite buscar mais bebida. E às vezes, Ama, ele gritava e praguejava como um homem possuído. Nós ouvíamos os gritos dele do nosso alojamento. Estávamos todos muito preocupados com ele. Então, um dia, Maya começou a colocar, secretamente, remédio na comida dele e cerca de seis meses depois ele parou de repente. E agora ele ficou tão forte que deixa todas as garrafas de uísque ficarem na casa, e nas festas, e ele dá muitas festas nesta casa, ele serve os convidados, mas não toca na bebida. Mas Maya disse que, se ele voltar a beber, ela não vai poder fazer mais nada. Parvathi ficou imóvel. Algumas das palavras que Kamala usou eram desconhecidas para ela e deviam ter um sentido um pouco diferente, mas seria possível que a palavra cingalesa usada para "partir" significava "morrer" na Índia?

– O que foi que aconteceu com a primeira esposa? – perguntou.

Kamala abriu a boca cheia de comida mastigada.

– Ninguém lhe contou? – perguntou, incrédula.

Parvathi sacudiu a cabeça.

– Ai, ai, ai, Ama, aquela mulher, se é que ela pode ser chamada de mulher, fugiu para a Argentina com um jogador de polo. Eu ouvi dizer que ele tinha vindo para treinar o time do príncipe, mas sei que eles se conheceram num dos bailes dela. Um homem alto, muito bonito. A princípio, ele costumava vir às festas do patrão, e depois começou a vir durante o dia quando o patrão não estava em casa, e eles iam juntos à praia. Ele a estava ensinando a nadar. Eles costumavam rir muito. Mas se ela tivesse me perguntado, Ama, eu teria dito a ela para tomar cuidado. Esses homens brancos não são iguais aos nossos. Eles são fáceis de conseguir, mas também são fáceis de perder. Eu sei tudo sobre eles. Eu trabalhei para uma família branca em Déli.

"Fiquei lá quase um mês. Então, um dia, eu saí para pendurar roupa, caí dentro da piscina e fui direto para o fundo. Felizmente, o jardineiro estava lá e me pescou com uma vara comprida. Depois disso, a memsahib disse a ele para esvaziar a piscina e lavá-la, e quando o Sahib chegou em casa, ele me pagou o mês inteiro e me mandou embora. Acho que eles ficaram com medo de que eu pudesse tornar a cair na piscina deles. – Ela riu. – Mas graças a eles eu agora sei falar um pouco de inglês – disse, e iniciou um monólogo de sons estranhos: – 'Tire essa máscara idiota do rosto. Pegue isso do chão. Faz um calor danado neste país. Seja bonzinho e me prepare um G&T.'"

Parvathi largou a torrada e limpou calmamente os cantos da boca, mas tinha parado de prestar atenção. A esposa de Kasu Marimuthu não tinha morrido de uma misteriosa doença tropical. Ela tinha fugido com um homem branco!
— Kamala — chamou de repente, interrompendo a conversa da mulher. — O que é uma adega?
— É um salão debaixo da casa onde todas as garrafas caras de álcool são guardadas.
— Você acha que eu posso vê-la?
— Ela está sempre trancada, mas eu acho que Maya tem uma chave. Por que a senhora não pergunta a ela?
Parvathi concordou:
— Vou perguntar. Quem é Maya?
— Ah, Maya é a cozinheira. Mas ela é mais do que uma cozinheira, muito mais. Ela é uma curandeira.
— É mesmo?
Kamala assentiu gravemente.
— Não posso dizer mais nada a respeito dela. A senhora tem que ver por si mesma — disse, e caiu num silêncio incomum.
Quando Parvathi terminou de comer a segunda torrada, Kamala tinha tomado duas xícaras de café e comido cinco fatias de pão; três com manteiga e duas com mel e geleia. Parvathi saiu da cadeira e Kamala ficou em pé.
— O que a senhora gostaria de fazer agora, Ama?
— Eu vou dar uma olhada por aí.
— Quer que eu lhe mostre a casa?
— Não, pode continuar a fazer o seu trabalho. Eu me viro sozinha.
— Tem certeza? Porque eu estou nesta casa há mais tempo do que Maya, e sei tudo sobre ela. Em detalhes. Por exemplo, todos os vitrais vieram da Inglaterra, mas o arquiteto e os construtores eram todos da Índia. E o arquiteto teve que assinar um contrato dizendo que ele não guardaria cópias do projeto, portanto nem ele nem a família dele jamais poderiam usar aquela planta em outro lugar do mundo.

— Obrigada, mas eu quero andar um pouco sozinha por aí — Parvathi disse, e se virou para sair.

— Ama.

— Sim?

— A senhora não vai contar a ninguém que eu falei sobre a primeira esposa, não é? Nós não podemos mais falar nela, mas eu achei que a senhora deveria saber.

Parvathi sorriu.

— Não se preocupe. Eu não vou contar ao patrão. Por falar nisso, você sabe que tipo de trabalho o patrão faz?

— Bem, ele tem a padaria e a mercearia na cidade. Ele também tem fazendas de borracha por toda a Malásia. Eu também sei que ele tem muitas terras no Ceilão e na Índia. Já ouvi até falarem de investimentos na Inglaterra e na América. E Gopal diz que uma boa parte da renda dele vem do contrato que ele tem com o sultão para fabricar e distribuir *toddy* no país todo.

A CURANDEIRA

Havia quarenta quartos no segundo andar, vinte por ala, dez dando para o mar e dez para a selva nos fundos, mas só alguns Parvathi conseguiu abrir, e mesmo nesses ela entrou com distração, registrando-os apenas vagamente. Suas mãos tocaram em osso, chifre, porcelana, ônix e laca veneziana, mas sua cabeça só conseguia pensar: *Kasu Marimuthu mentiu; a esposa dele não está morta*, enquanto seus olhos buscavam sem parar vestígios da mulher.

Na sala de visitas, ela parou diante de um armário cheio de cristais venezianos e imaginou por que copos tinham tantas formas e tamanhos. Ela não sabia que cada bebida exigia um tipo. Contemplou uma jarra, diferente de todas as que já vira, um pássaro de mármore para servir água. Havia tantas coisas para admirar. Cadeiras de medalhão, tigelas de ponche chinesas, armários decorados. Tudo tão maravilhoso.

Na sala de música, ela se sentou no banquinho de veludo roxo de um piano de cauda verde-claro e amarelo com partituras de música sobre ele. Ao pressionar as teclas, ficou encantada em descobrir e produzir belos sons. Afastou-se dele com relutância e se aproximou de portas imponentes, na entrada do grande salão de baile. Quando entrou no lugar escuro e cheio de eco, ela descobriu os interruptores de luz e observou extasiada cinco grandes lustres se acenderem. As paredes eram um zigue-zague de vidro colorido. Era muito bonito, mas de certa forma triste, como se ele se apegasse à lembrança de tempos mais felizes quando a realeza o frequentava. Ela fechou as portas e continuou a explorar a casa.

As paredes da biblioteca de Kasu Marimuthu eram pintadas de verde-escuro e o aposento cheirava a tabaco. Só quando ela realmente entrou, viu que era um repositório de milhares e milhares de livros encapados de couro em estantes que iam até o teto. Aqui, ela não esperava encontrar o retrato de sua antecessora, mas talvez descobrisse mais segredos do homem orgulhoso que, por um incrível truque do destino, tinha se tornado seu marido.

Talvez ela tivesse ido para trás da escrivaninha e se sentado na enorme cadeira ou mesmo tentado abrir as gavetas se não fosse pelo grande quadro atrás da escrivaninha. Ela ficou pregada no chão, olhando para ele. Mais tarde iria saber que o homem estranhamente pintado com o braço passado delicadamente em volta do pescoço de um cisne era um palhaço. A tarefa dele era fazer as pessoas rirem. Mas seus olhos brilhantes e duros a fizeram recuar e, como se estivessem vivos, eles acompanharam sua retirada.

A caminho da cozinha, ela entrou na sala de oração. Uma fumaça perfumada saía de dentro dela. As paredes tinham quadros de divindades, e num altar havia uma estátua de mármore, sorridente, de um metro e meio de altura, de Mahaletchumi, a deusa da riqueza. Moedas saíam de sua pele e suas roupas. Parvathi se lembrou de sua mãe dizendo que toda casa deveria ter uma Mahaletchumi "sentada", já que se acreditava que uma deusa "em pé" é uma deusa prestes a ir embora e levar sua generosidade com ela. Mas o que sua mãe, que morava num casebre de lama, podia ensinar ao grande Kasu Marimuthu sobre riqueza?

Parvathi encostou a testa no chão. Quando ergueu a cabeça, ela se viu cara a cara com uma deusa de oito braços, de vinte centímetros de altura e feições grosseiras. Seis serpentes cobriam sua cabeça. Dois dos seus braços tinham quebrado e estavam depositados ao lado dela, ridículos pedacinhos de barro e tinta descascada. Não podia haver contraste maior entre a bela deusa de mármore e aquele enfeite barato, mas ficou logo claro que alguém a amava, e muito. Era preciso ter fé de verdade para rezar para uma coisa daquelas.

Parvathi soube imediatamente que apenas aquele ídolo, naquela casa inteira, não pertencia ao seu rico marido. Ela imaginou quem seria o dono e sentiu uma estranha afinidade com essa pessoa; sabia o que era ficar diante de um deus grande e poderoso e desejar adorar aquela coisa insignificante aos seus pés. Ela passou cinzas sagradas na testa e saiu.

No chão de uma cozinha impecável, uma mulher enorme estava sentada com as pernas esticadas na frente do corpo e cruzadas na altura dos tornozelos. Suas mãos grandes e fortes estavam ocupadas dividindo uma pilha de folhas em três partes. Ela trazia um charuto preso entre os dentes. Quando Parvathi se aproximou, ela apoiou o charuto na beira de um prato rachado que estava usando como cinzeiro, e levantou o rosto gordo.

Havia discos dourados do tamanho de moedas em suas orelhas e narinas, e uma concha pendia de um barbante preto em seu pescoço. Virando de lado, ela se levantou facilmente e com admirável agilidade para uma mulher daquele tamanho. Em pé, usando um sarongue malaio e uma blusa clara, ela era uma montanha de mulher, impressionantemente feia. Parvathi fitou seus olhos grandes e escuros e soube que tinha encontrado a dona da estátua quebrada.

Os dentes da mulher brilharam, marrom-avermelhados.

– Espero que a senhora não se importe, eu terminei o meu trabalho e estava descansando um pouco – ela explicou.

Rapidamente, Parvathi disse:

– Está bem. Quem é você?

– Eu sou Maya, a cozinheira – respondeu a mulher.

Ah, a curandeira.

– Aquela deusa na sala de oração é sua?

– Sim. O patrão me deu permissão para deixá-la naquele lugar, uma vez que ele raramente entra na sala.

– Eu não a reconheci. Quem é ela?

– Aquela é Nagama, a deusa-serpente.

– O que aconteceu com os braços dela?

– Ah, quando eu era apenas uma criança, um homem santo me deu aquela estatueta. Todo mundo achava que ele era maluco porque, se alguém falasse com ele, ele sorria debaixo dos cachos do cabelo e sacudia as unhas, umas coisas nojentas, marrom-acinzentadas, torcidas, com quase 30 centímetros de comprimento, para a pessoa. Ele morava debaixo de uma árvore e, quando eu passava por ele a caminho da escola, ele me cumprimentava com a cabeça. Um dia, ele me chamou e disse que tinha um presente especial para mim, mas que eu tinha que ir procurá-lo antes que a sombra da tarde tocasse uma pedra próxima no dia seguinte ou ele teria que ir embora sem entregar o presente para mim.

Quando eu cheguei no dia seguinte, ele apontou para um buraco nas raízes expostas da árvore onde ele tinha colocado a estátua de Nagama. Disse que ele mesmo a tinha feito, e eu teria que viajar pelo mundo com ela até o dia que um de seus braços caísse. E que eu teria que esperar ali até que a sua terceira mão caísse. Quando eu disse que faria isso, ele mandou que eu chegasse mais perto e estendeu as mãos com as palmas para cima olhando para mim, assim.

Maya levantou as mãos com os dedos bem abertos.

– "Aproxime-se e entrelace os dedos com os meus", ele disse, mas eu não quis. As unhas dele eram realmente horríveis, e eu dei um passo para trás. Ele murmurou "Venha" e olhou para mim de um jeito que de repente todo o meu nojo desapareceu e eu me aproximei com boa vontade dele. Ajoelhei-me diante dele e ele entrelaçou os dedos nos meus. A pele dele era incrivelmente macia, como pétalas de flor. Pareceu que durou apenas alguns segundos, mas eu devo ter caído num sono ou num transe profundo, e foi só quando ele caiu para a frente que eu acordei. Toda a repulsa que eu sentia antes voltou, e com ela veio também o medo, porque o peso morto estava por cima de mim. Eu me soltei e o corpo dele caiu no chão. Corri até em casa. Aquela noite eu delirei de febre. Tive a sensação de que milhares de insetos estavam correndo por sobre o meu corpo.

Maya parou por um momento.

– Fiquei doente uma semana, e quando melhorei, ele já tinha sido enterrado, mas ali, no meio das raízes, estava a deusa. Eu a levei para casa. Não aconteceu de repente, mas pouco a pouco eu comecei a olhar para as pessoas e saber o que as afligia. Visse eu uma planta ou algumas ervas crescendo na beira do rio, sabia imediatamente que doenças elas podiam curar. Logo, senti desejo de partir, e a minha deusa e eu iniciamos nossas viagens, por todo o mundo, sem dinheiro nem direção. Eu podia estar simplesmente parada num cais contemplando o mar e de repente um homem corria até uma pessoa de aparência importante e explicava que a filha estava doente demais para fazer a viagem, e aquela pessoa importante se virava para mim e dizia: "Você, menina, sim, você, quer trabalhar para mim?"

"'Sim', eu dizia, e partia para o Egito. Desse modo, eu viajei pelo mundo, até o dia em que cheguei nesta casa e o primeiro braço caiu."

– Por que aqui?

– Não sei, mas sei que esta casa foi construída sobre solo sagrado. Só existem poucos lugares iguais a este no mundo.

– E o segundo braço, quando foi que quebrou?

Maya olhou para ela com uma expressão impenetrável.

– Ele quebrou ontem. Depois que a senhora chegou.

– Ah! E o que isso quer dizer?

– Eu não sei. Vamos ter que esperar para ver.

Elas ficaram olhando uma para a outra. Então, Parvathi, que estava acostumada a compartilhar pausas apenas com sua mãe, quebrou o silêncio:

– O que você deixou para trás, na Índia? – perguntou.

A boca grande e feia de Maya abriu e ela riu.

– Apenas um casebre de barro com um telhado de folhas de coqueiro.

– E os seus pais?

– Minha mãe morreu quando eu era muito pequena e meu pai se casou de novo. Ela ficou feliz em me ver pelas costas.

Nenhuma das duas disse nada enquanto Parvathi lutava com a pergunta que ocupava sua mente.

– Meu marido é... quer dizer, ele ainda bebe muito?

Maya ergueu as sobrancelhas, espantada com a velocidade da língua de Kamala. Ela fitou pensativamente a patroa por alguns instantes.

— Na realidade, ontem foi a primeira vez que ele bebeu em mais de um ano. — Ela sorriu de repente. — Mas a culpa não foi sua. Se ele recorreu à garrafa foi porque estava procurando um motivo. Se não fosse a senhora, teria sido outra coisa. Tenha paciência. Ele é um homem bom. Ele parou uma vez. Pode parar de novo, se quiser.

Parvathi sentiu um certo desconforto. Mais uma vez ela estava falando sobre o marido com uma criada, e esta mulher tinha respondido com tanta altivez que sua curiosidade pareceu ainda mais deplorável. Agora ela via que tinha sido tola em ficar ouvindo as críticas feitas por Kamala disfarçadas em derramados elogios. Ela devia ter demonstrado mais dignidade. Para início de conversa, ela não tinha nada com isso. Ele nem queria ser marido dela. Ficaria furioso se soubesse que ela retribuíra sua gentileza imiscuindo-se em seus assuntos particulares.

Como se tivesse percebido a mudança em Parvathi, Maya revirou os olhos escuros na direção do fogão e disse:

— Estou fazendo *varuval* com sangue de bode para o jantar esta noite.

— Eu não como carne — Parvathi disse.

Maya sorriu.

— Só para o patrão então. Vou preparar algo muito especial para a senhora. A senhora vai até a praia hoje?

— Sim, acho que vou.

— Vou mandar uma merenda para a senhora levar — Maya disse num tom adequado a uma criada dirigindo-se à dona da casa.

— Sim, isso será bom. Obrigada — disse Parvathi, friamente, assumindo o papel de dona da casa.

— A merenda vai estar embrulhada num pano, mas a mantenha escondida o tempo todo. Os macacos por aqui são ótimos ladrões e os machos podem ser muito ferozes.

— Pode deixar — Parvathi assentiu, e saiu da cozinha pela porta dos fundos. Virando à esquerda, ela chegou ao alojamento dos criados. Junto dele ficava a leiteria. Estavam fazendo queijo ou manteiga, e o cheiro era muito forte. Do outro lado da leiteria, havia diversos varais de roupa secando ao sol. Quase no final da propriedade, havia uma construção quadrada de tijolos onde ficava o gerador. Lá de dentro vinha um barulhão.

Um homem de botas de borracha estava parado ali perto. Tinha uma longa cicatriz no lado esquerdo do rosto e seus olhos eram pequenos, úmidos, sem esperteza alguma. Ele levantou as mãos respeitosamente na direção dela e disse que o nome dele era Kupu. Enquanto falava, seu olho direito tremia. Ah, o vaqueiro, o apanhador de mel. Mas ele disse a ela que sua tarefa verdadeira era cuidar do gerador e garantir que sempre houvesse óleo suficiente no motor. Recuando, ele desapareceu no interior barulhento. Protegendo os olhos do sol, ela viu um estábulo de vacas mais adiante e um homem com um balde de leite equilibrado na cabeça caminhando na direção da leiteria.

Ela deu a volta na casa, passando por uma estufa com fileiras de orquídeas exóticas, algumas da altura dela.

Na frente da casa, uma garota descalça, com a longa saia enfiada na cintura, estava varrendo os ladrilhos com uma vassoura feita de folhas de coqueiro. Água com sabão descia pelos degraus de pedra. Quando viu Parvathi, ela largou a vassoura e se aproximou para cumprimentá-la do mesmo modo que Kupu tinha feito. A cabeça inclinada da garota estava tão perto que Parvathi viu os piolhos andando em seu cabelo. Então a garota ergueu os olhos grandes e sofridos para Parvathi e sorriu tristemente, como se Parvathi não fosse humana e, sim, uma deusa, para quem ela estivesse contando em silêncio suas aflições.

Parvathi acenou com a cabeça e se afastou rapidamente.

Ela atravessou os portões, guardados de cada lado por touros de bronze de tamanho real. Na véspera, ela nem tinha reparado neles, apesar de grandes e brilhantes. Ela olhou para trás e fitou a casa que brilhava em sua pele de vidro e luz. Em breve ela iria partir. Na praia, ela tirou as sandálias; a areia estava quente e agradável sob seus pés. Ela caminhou até onde o solo era quebradiço e cedeu sob seu peso, e depois pela beira da água até o começo de uma pequena aldeia de pescadores com casinhas de madeira sobre estacas. Metros e metros de redes vermelhas de pesca estavam estendidos para secar na areia.

Uma criança coberta com um pano branco corria atrás de um grupo de meninos que se espalharam por todas as direções, gritando: *"Hantu, hantu!"* Eles pararam subitamente ao vê-la. Aproximando-se dela, falaram timidamente em malaio, mas, sem conseguir se comunicar, eles retomaram a brincadeira e Parvathi deu meia-volta e retomou o caminho de casa. Quando a casa estava à vista, ela se sentou na sombra de uma árvore ao lado de um punhado de lindas flores roxas. Ela colheu uma. Para sua surpresa, as folhas murcharam bem diante de seus olhos. Bem de leve, ela tocou em outra folha e ela murchou no mesmo instante. Ela imaginou como uma planta tão delicada conseguia sobreviver.

No céu azul, andorinhas se divertiam com o vento. Ela se deitou de costas, fechou os olhos e viu claramente o seu infeliz retorno. Ela ia ser o assunto da aldeia. Todo mundo ia rir do pai dela por ter sido tolo a ponto de tentar trapacear com um retrato trocado. Até Parvathi na sua existência protegida tinha ouvido uma história semelhante. E na história a moça fora mandada de volta tão arruinada que tinha cometido suicídio. Ela abriu os olhos e contemplou o oceano, tão cinzento e brilhante que parecia feito de metal derretido. O sol estava muito quente, e na sombra ela ficou tonta. Ela não iria voltar para casa. Deveria haver outras casas grandes por ali precisando de criadas. Assim ela poderia mandar dinheiro para casa todos os meses e ninguém jamais precisaria saber a verdade.

Quando ela acordou, já estava quase na hora do almoço. Alguém tinha levado um embrulho com comida e água, e tinha embrulhado de tal jeito que parecia apenas um pedaço de pano ao lado dela. Ela comeu com apetite. Quando estava fechando a tampa da merendeira, ela notou uma coisa mágica: as folhas que ela pensara que estivessem mortas tinham revivido. Por algum tempo, ela se divertiu tocando nas folhas e vendo os filamentos se fecharem sobre si mesmos, e em seguida se abrirem de novo. Quando se cansou da brincadeira, ela colheu um punhado de flores roxas, amarrou-as numa ponta do sári e começou a caminhar na direção oposta à que tinha caminhado antes.

Parvathi andou por algum tempo, o mar à sua esquerda e florestas fechadas à sua direita. Lá na frente havia grandes pedras cinzentas. Ela subiu até o topo e ficou vendo as ondas baterem nas pedras, formando uma espuma branca lá embaixo. Os respingos que molharam seu rosto eram frios e refrescantes. Ela ficou lá por muito tempo, não querendo sentir saudades depois.

Aproximou-se da casa e viu algo que não tinha visto antes. Um retângulo de madeira preso em duas cordas pendia do galho de uma árvore. Ela o reconheceu como sendo um balanço das histórias que sua mãe costumava contar: o lugar onde a heroína ficava sentada, esperando sonhadoramente pela volta do amado. Segurando-se nas cordas, ela se sentou e deu um impulso com os pés, primeiro devagar, depois, à medida que ganhava confiança, com mais e mais força. Logo ela aprendeu a esticar as pernas quando ia para frente e a dobrar os joelhos quando voltava para trás. Inclinando a cabeça para trás, ela viu a copa verde das árvores acima, e através dela pedaços de nuvens e de céu azul. Não importava que ela tivesse que voltar. Não importava se ela jamais se casasse nem tivesse filhos. *Não importava. Não importava.*

Logo estava se balançando mais alto do que jamais poderia ter imaginado. Pela primeira vez desde que saíra de casa, ela não sentiu medo nem preocupação, e começou a rir de pura alegria. Já estava escurecendo quando finalmente desceu do balanço. Seus braços doíam e suas pernas estavam bambas, mas não era exagero dizer que aqueles tinham sido os melhores momentos de sua vida.

Maya recebeu-a no pátio e entregou-lhe um vaso de vidro para pôr as flores. Parvathi as colocou ao lado da cama, muito satisfeita com elas. Aquela noite, sentou-se sozinha na ampla sala de jantar.

– Coma comigo – disse a Maya.

Mas esta explicou que estava jejuando e só comia uma refeição por dia, antes do pôr do sol.

Depois do jantar, Parvathi foi até a varanda. Era uma noite escura, sem lua. Tão escura que nem mesmo a espuma das ondas estava visível. Sua mãe tinha dito um dia que era em noites como esta que a deusa Kali copulava com o senhor Shiva. Maya estava fumando numa cadeira de balanço num canto da varanda e tinha feito menção de se levantar ao ver Parvathi se aproximar, mas a nova patroa se acercou dela rapidamente, pôs as duas mãos no colo da mulher, ajoelhou-se aos seus pés e, numa voz envergonhada, disse:

— Por favor, eu não quero mais fingir. Eu me sinto tão perdida e você é a única pessoa com quem eu posso falar. Eu não sou sua patroa. Nada poderia estar mais longe da verdade. Venho de uma família muito pobre. Nós moramos num casebre em ruínas, com goteiras no telhado que meu pai e meus irmãos são preguiçosos demais para consertar. Por um capricho do destino, meu pai conseguiu enganar o seu patrão com um retrato trocado, mas agora que ele viu que eu sou escura e feia, já tomou as providências para me mandar de volta para casa. Logo eu terei partido.

A mão grande de Maya pousou na cabeça de Parvathi. Ela não era pesada, mas infinitamente delicada. Ah, como ela estava triste e amedrontada. Ela soluçou sobre os joelhos da mulher enquanto o vento murmurava nas árvores, e a mulher emitia sons doces que terminavam com a palavra "da". Quando usada a respeito de um menino ou de um homem, ela era pejorativa e grosseira, mas usada por Maya a respeito dela, a palavra foi um gesto de carinho tão grande que Parvathi nunca mais queria sair daquele colo macio.

Finalmente, a mulher disse:

— Você é tão jovem e bonita, e para pessoas como você os deuses concedem graças especiais.

Parvathi levantou a cabeça, espantada.

— Mas eu não sou bonita.

Maya sorriu.

— A beleza, minha filha, está nos olhos de quem vê. Seu marido convenceu a si mesmo de que só existe um tipo de beleza. De fato, você é muito bonita.

— Eu sou? — Parvathi disse, confusa.

— É sim. Você ainda não sabe disso porque viveu muito protegida. Mas em breve você verá isso nos olhos dos homens.

— Você não entende, Maya. O patrão não me quer. Ele já disse que vai me mandar de volta. Não há dúvida quanto a isso. E ele tem razão. Como uma camponesa sem educação como eu pode ser a dona de uma casa como esta? Mas, ao mesmo tempo, eu não posso voltar, senão meu pai vai se tornar motivo de riso na aldeia. Você não sabe como ele é. Ele jamais me perdoará. Para me fazer sofrer, ele vai castigar a minha mãe. Ele vai culpá-la por não me ensinar como satisfazer meu marido. A única maneira que eu vejo de escapar disso é fugindo e me tornando uma criada. Deve haver outras casas como esta. Eu tinha esperança de que você conhecesse um lugar onde estivessem precisando de empregada doméstica. Eu sei cozinhar e limpar tão bem quanto qualquer pessoa.

Maya riu.

— Filha — ela disse —, tenha fé. Você lembra que eu disse que você chegou num dos lugares mais poderosos da Terra? Isto aqui é o centro. O tempo como você o conhece não existe. Aqui, a eternidade pode ser encontrada num momento ou pode passar tão depressa que desaparece num piscar de olhos. E embora você possa ter sido privada do seu grande sonho por ora, veio até aqui para buscar o que tem de ser, e portanto não pode partir até compreender o que veio fazer aqui.

— Eu não entendo o que você quer que eu faça.

— Este é o meu conselho. Esqueça a beleza passageira desta casa; sente-se de costas para ela. Assim, ninguém poderá removê-la. Até o sol, a lua e as estrelas terão que girar em torno de você. Fique bem imóvel neste espaço sagrado e seu pedido será atendido.

O relógio de parede da casa soou alto e Parvathi olhou para Maya sem entender. O que a mulher estava dizendo? Como ela ia se sentar de costas para a casa? Ela precisava de algo mais sólido do que isso. No meio da escuridão, uma coruja piou.

— O que é isso? — Parvathi perguntou.

Maya sorriu e começou a cantar com uma voz inesperadamente doce e infantil:

"Você é a iluminada.
Você é a iluminada.
Você está andando agora,
Mas logo estará dançando."

Houve um silêncio quando ela terminou e disse baixinho:

— Lembre-se de que toda mulher tem dentro de si a habilidade necessária para conquistar o homem que quiser. Um homem nasce com a habilidade de empurrar, e uma mulher, com a de puxar. Ela puxa o homem para dentro do seu corpo e, com a semente dos dois, puxa a própria vida para dentro de si. Fique parada e você puxará para você tudo o que quiser. Agora vá dormir. Eu tenho que esperar aqui pela volta do patrão.

Parvathi se levantou obedientemente, mas, chegando numa coluna, parou e virou para trás.

— A que horas o meu marido vai voltar? – perguntou baixinho.

Maya não virou a cabeça nem desviou os olhos da escuridão ao longe e tampouco parou de balançar.

— Hoje ele vai chegar tarde, muito tarde – ela murmurou.

— O que você vai fazer até lá? – Parvathi quis saber.

— Eu vou ficar aqui sentada, imóvel – Maya respondeu misteriosamente.

Parvathi virou-se e atravessou o pátio; todos os pássaros estavam silenciosos, adormecidos. Ela entrou em seu quarto. O pequeno lampião ao lado da porta tinha sido aceso. Ela foi até a sacada e ficou um longo tempo observando a ponta do charuto de Maya brilhando na escuridão. Depois ela se deitou na cama, de olhos abertos, ainda sem entender. Virou a cabeça na direção do mar e adormeceu embalada por ele. Seu último pensamento foi que ela seria tudo o que ele quisesse se a deixasse ficar.

O DEUS DO SEXO

Ela sonhou que sabia exatamente como se sentar com as costas apoiadas na casa e invocar o seu maior desejo. E, do mar, ele vinha. Brilhando ao sol. Um deus. Ela não conseguia ver seu rosto, mas ele era de uma beleza incomparável. A mão que ele encostava em seu rosto era fria e firme. – *Não refreie nada* – ele murmurava numa voz que parecia música.

Já estava quase amanhecendo quando ela abriu os olhos e o encontrou na beirada da sua cama, usando roupas ocidentais e cheirando a bebida, mas não bêbado. Não como na noite anterior.

– O seu nome é mesmo Parvathi? – perguntou.

– Por que você duvida?

– Minha primeira esposa se chamava Parvathi, e eu imaginei se o seu pai...

– Não, este é o meu verdadeiro nome – ela disse, tão baixinho que ele teve que chegar mais perto para ouvir.

Ele olhou para o vaso de não-me-toques, sem comentário. O silêncio caiu sobre suas figuras imóveis. Só as cortinas se moviam, deixando entrar a brisa do mar.

– Eu sinto muito mesmo que meu pai tenha tentado enganá-lo – ela murmurou finalmente. – Ele não é um homem mau. Mas nós somos muito pobres. Alguém como você não pode imaginar o que é ser desesperadamente pobre.

Mas ele continuou olhando para ela com olhos frios e impiedosos, e ela perguntou:

– Você nunca cometeu nenhum erro na sua vida, então?

Ele afastou o rosto como se ela o tivesse esbofeteado.

– Você não se parece nada com ela e não merece esse nome – disse ele com ódio. – Ela era alta e clara, de uma beleza estonteante. Eu jamais chamarei você pelo nome dela.

Ela o olhou espantada. Ele queria que ela acreditasse que ele ainda estava tão apaixonado pela mulher que tinha fugido com outro homem que não podia tolerar a ideia de chamá-la pelo mesmo nome. Em que tipo de mundo de cabeça para baixo ela viera parar?
— Nas histórias antigas, personagens sem importância são conhecidos por mais de um nome. E como você, obviamente, não é a heroína desta história, durante o resto da sua estadia aqui você vai ser chamada de Sita — ele disse.

Ela estava sentada na cama com os joelhos dobrados e os cotovelos apoiados neles, mas se mexeu um pouco e um dos seus calcanhares ficou exposto; o olhar do marido se alterou, tornou-se subitamente faminto. Ora, lá estava a juventude outra vez, chamando por ele. Na pele lisa, ele viu toda a beleza e a inocência que tinha perdido, e a desejou de volta. Ela tapou o paraíso que ele tinha avistado de relance. Isso fez com que ele transferisse o olhar de volta para seu rosto. E então ele pensou que talvez tivesse sido apressado demais naquela manhã quando considerou uma boca tão redonda e cheia como sendo ridiculamente infantil. Tinha um biquinho lustroso. E seu pescoço de cisne era realmente bonito. E aquela sua voz extraordinária. Bem...

Bem, ele tinha direitos, afinal de contas.
— Sita — ele disse baixinho.
— Sim?
— Mostre-me seus calcanhares.
— O quê?
— Mostre-me seus calcanhares — ele repetiu, com uma voz diferente.

Que coisa bizarra era essa que estava acontecendo no mundo de cabeça para baixo? Sem tirar os olhos do rosto dele, ela ergueu a ponta do sári e, ao som dos sinos de suas tornozeleiras, mostrou-lhe os calcanhares. Ele encheu os pulmões e a puxou para ele.

O choque desse ataque inesperado a fez lutar, mas ele era muito mais forte, muito mais mesmo. Ela parou de resistir e ficou deitada, imóvel, como tinha visto a mãe fazer, tão imóvel quanto Maya tinha dito que uma mulher deveria ficar, para puxar tudo o que quisesse para si. E ela se lembrou do único conselho que a mãe lhe dera – poderia haver sangue da primeira vez. Enterrando a boca na depressão no meio de sua garganta, ele sentiu o cheiro dela; Attar de Nada. "Não refreie nada", o deus marinho tinha dito. "Sita", ele a tinha chamado. Sim, ela podia ser Sita, por um breve momento ou pelo tempo que fosse necessário. E que alívio – não foi insuportável. Depois, ele juntou os joelhos dela e rolou para o lado.

Ela esperou até ele estar roncando baixinho antes de ir até o outro lado da cama. Durante algum tempo, ela ficou olhando para ele, pensando: *Sua esposa não morreu, ela fugiu com outro homem.* Ficou parada mais um instante ao lado dele, jovem, dolorida, misteriosa, triunfante. Ela o tinha puxado para dentro do seu corpo! Mas uma parte dela ainda não se tornara inteiramente mulher, não era capaz de sustentar a força de sua nova convicção e precisava de mais. Ela se ajoelhou, cruzou as mãos sobre a cama, e, descansando o queixo sobre elas, observou-o atentamente.

Ela ficou assim por um longo tempo, enquanto ele dormia, perdido num sonho onde só havia escuridão, e num lugar tão distante dela que ela jamais poderia alcançar. Ele a deixava sem pistas. Ela achou que a pele dele poderia ser a ponte, e passou delicadamente a unha por entre os pelos nas costas da mão dele. Ele estava tão distante que nem se mexeu. Ela observou como os pelos subiam e desciam. E então ela acompanhou com o dedo a sua trajetória, e ele era sedoso, como penugem. Um animalzinho. Mas, atualmente, não domesticado e exigindo cautela.

Ele estava zangado. Sem dúvida, com razão. Talvez também fosse um homem bom, mas ele e o pai dela tinham arruinado todos os seus sonhos com um golpe impensado. Uma rajada de vento levantou a cortina e ela bateu melancolicamente, e de repente ela sentiu a fragilidade do seu destino nas mãos calejadas daquele homem orgulhoso. Afastou-se dele e teve medo daquela casa e dos seus tristes segredos, de Maya e de suas palavras misteriosas. Ela já sabia que as noites nesta casa eram diferentes. Alguma coisa acontecia. Uma porta se abria para uma dimensão paralela e através dela entravam espíritos invisíveis, mestres do disfarce, para lançar feitiços de semelhança, mas até eles sabiam que não eram capazes de mudar verdadeiramente as coisas, então fugiam com pressa antes da chegada da luz clara da manhã. Ela sabia que o marido ia acordar, seco de bebida e mágica, e mais uma vez os olhos dele iriam desbotar suas roupas e chamá-la de feia. Toda noite ela teria que lutar para ganhá-lo de volta. Com seu corpo.

Aqueles em quem ela confiava, que deveriam ter corrido para ela com os braços abertos de pena, a traíram e a levaram a este impasse. Como ela poderia fingir que não?

– Você também me abandonou, meu amado deus-serpente? – murmurou ela. Mas ao ouvir o som da própria voz, tão indefesa e solitária, ela ficou de gatinhas e começou e engatinhar para longe do homem adormecido, tropeçando nas pontas do sári, caindo com força sobre o cotovelo, soltando um grito, olhando para trás assustada, se arrastando para trás, de bunda, empurrando com as mãos, até suas costas baterem na parede do canto do quarto.

Ela apertou os joelhos contra o peito. Assim encolhida, olhou medrosamente para ele. Pequenos ganidos escaparam dela. Ela ficou horrorizada com o barulho. Tapou a boca com as mãos, mas os gemidos ficaram mais agudos e atravessaram a frágil barreira que ela erguera. Mas ela não precisava ter se preocupado, porque o marido continuou a roncar tranquilamente, mesmo depois que ela começou a soluçar e a chamar pela mãe.

Depois, ela ficou sentada ali, num estado de confusão e exaustão, e ouviu o som oco feito por uma parte metálica do telhado que tinha se soltado e estava batendo com o vento. Ela começou a convencer a si mesma de que tudo daria certo. O pai não a tinha traído. Ela fizera o melhor que podia. Ele não tinha culpa; ninguém tinha. Aquele era o seu destino. Ela ia ficar sentada quieta, esperando. Veria o que a deusa Nagama tinha planejado para ela.

Finalmente, deve ter dado cinco horas, porque ela ouviu Maya voltar para a casa para cozinhar o arroz-doce que era oferecido aos deuses. Ela se sentia dolorida e vazia, estranha e com fome. Com

muita fome, na verdade. Levantando-se com dificuldade, foi lavar o sangue e as lágrimas. Depois ela se deitou, cansada, do outro lado da cama. Sonhou que a mãe tinha caído no poço. Nua e tremendo, ela estava soluçando, chamando por Parvathi, mas Parvathi apenas se debruçou no poço e disse que não podia mais atender por outro nome que não fosse Sita, e, ao ouvir isso, a mãe gritou:
— Você trouxe vergonha tão depressa para a nossa família, minha filha?

MEDINDO UM VIPALA

Parvathi abriu os olhos e avistou pedacinhos gloriosos de luz colorida nas paredes e no teto, e disse a si mesma que estava contente por não ter acordado sob a vista dele. Era melhor que eles só se encontrassem durante a magia da noite. Então os dois podiam fingir. "Mostre-me seus calcanhares", ele tinha dito. Ela chutou a coberta e fitou os pés. Eles pareciam comuns. Aquilo devia ter sido uma ilusão dos espíritos noturnos. Mas nem eles tinham sido capazes de convencê-lo a dizer: "Fique aqui e seja minha esposa." Ela teria que esperar pela noite. Para ver se a escuridão faria com que ele a desejasse.

Então ela se lembrou de que não significava nada ser usada. Aquela outra moça também tinha deitado com o marido. Só que a vergonha e a tristeza a tinham feito abortar durante a viagem de volta.

Depois do café, Parvathi foi para a biblioteca. Evitando o olhar direto do palhaço, aproximou-se dos livros encapados de couro. Eles mal pareciam ter sido tocados. Tirou um deles da estante e o abriu. Ele estava coberto de palavras pequeninas. Ela o pôs de volta na estante e pegou outro. Ele tinha imagens de árvores. Ela se sentou numa cadeira para ver as imagens.

– Você sabe ler?

Ela se levantou depressa, culpada. Pensava que ele tivesse ido para o trabalho. Ele estava franzindo a testa, mas tinha dito que ela podia explorar a casa e o terreno.

– Não – ela admitiu, afastando-se do livro. – Eu só estava olhando as imagens, e estava sendo muito cuidadosa.

– Ah – ele disse, e, se aproximando, fitou a página que ela estava olhando. – Eu decidi que você deve ficar aqui até a próxima menstruação. Caso haja um bebê a caminho. – Ele fechou o livro e olhou para ela com curiosidade. – Não sei o que você faz o dia inteiro. Deve ser muito tedioso.

– Não é, não – ela retrucou, e sacudiu a cabeça com força.

– Você já frequentou a escola?

– Não. Meu pai acha que as escolas são só para meninos.

– Você gostaria de aprender alguma coisa enquanto está aqui? Eu poderia contratar um professor particular para você.

Ela não conseguia acreditar no que estava ouvindo. Seu próprio professor! Um profissional! Ela sempre sonhara em ir à escola para aprender com um professor de verdade, em vez de ser obrigada a se contentar com os irmãos que lhe ensinavam muito menos do que tinham aprendido naquele dia. Ela concordou com entusiasmo.

– O que você gostaria de aprender?

Ela se lembrou de Kamala tagarelando naquela língua estrangeira.

– Inglês – ela disse. – Eu gostaria de aprender inglês.

Kasu Marimuthu pareceu achar graça.

– Tudo bem – ele disse. – Vou arranjar um professor para vir amanhã.

Ela sorriu timidamente.

– Obrigada.

– Eu vejo você no jantar, por volta das oito – ele disse, e saiu.

Kasu Marimuthu sabia, é claro, que era uma perda de tempo, mas ele achou que seria interessante ver quanto ela conseguiria aprender em um mês. Ela não parecia muito inteligente, mas sem dúvida era animada. Ele riu baixinho ao pensar na reação do camponês ao ver a filha falando inglês.

Parvathi parou, indecisa, na porta da sala de jantar, olhando com grande apreensão para as facas, os garfos, as colheres e os outros utensílios desconhecidos sobre a mesa. Kasu Marimuthu chegou às oito e quinze. Maya não estava à vista, mas um criado postou-se atrás dele.

– Pode retirar os talheres da minha esposa, Gopal. Ela vai comer com a mão. – Virando-se para ela, ele disse: – Amanhã você

vai aprender a usar talheres, então, pelo menos enquanto estiver aqui, você vai ser civilizada. – Então ele tomou seu lugar na cabeceira da mesa. Ela ficou parada no meio da sala, sem saber o que deveria fazer. Uma esposa tinha obrigação de servir o marido.
– Sente-se – ele ordenou secamente, e indicou o lugar ao lado dele. A comida foi servida pelo homem cuja conversa não foi além de um cumprimento respeitoso.
– Ele não fala?
– Sim, mas eu prefiro que ele fique calado.
– Ah – Parvathi disse nervosamente.
– Você é vegetariana? – ele perguntou, olhando para o que ela tinha no prato.
– Sim – ela respondeu calmamente.
– Por quê?
– Eu me tornei vegetariana aos cinco anos. Estavam matando um bode na vizinhança e os gritos dele pareciam com os de uma criança, e eu não consegui comer mais nenhum tipo de carne depois disso. Meus irmãos não se importaram com isso.
– Tenho certeza de que não – Kasu Marimuthu disse com um ar severo.

Disfarçadamente, ela o observou colocar pedacinhos de comida no garfo, levá-los à boca e mastigá-los com a boca fechada. Como ele tinha dito, aquilo tudo parecia muito civilizado.
– O que você fez o dia todo? – ele perguntou, partindo mais comida para pôr no garfo.
– Eu passei o dia na praia.
– O que, o dia todo? Bem, suponho que você não tivesse nada de melhor para fazer. Não faz mal, espero que seu professor de inglês a mantenha ocupada amanhã – ele disse.
Ela mordeu o lábio. Onde estava a habilidade para atrair este homem? Como sentar-se de costas para esta casa e fazer a lua, as estrelas e o sol girar em torno dela? Ela baixou a cabeça.
– Eu fiquei com muito medo hoje – ela disse a ele. – Uma vaca chamada Letchumi se aproximou de mim e eu achei que ela ia me derrubar, então eu gritei e quase corri, mas as mulheres da leiteria

gritaram para eu ficar parada. Ela só queria lamber minha mão. Eu não sabia que a língua delas era tão áspera.

Kasu Marimuthu riu. Ela olhou espantada para ele. De repente ele pareceu mais jovem, este estranho que a desaprovava. Ao ver que ela o estava observando, ele parou subitamente.

– Você tem que tomar cuidado é com os pavões. Eles são muito mal-humorados. Nunca pegue o barco para ir até a ilha – disse ele, antes de desviar a atenção para a comida.

– Você sabia que Maya é uma curandeira?

Ele ergueu os olhos, claramente surpreso.

– Maya?

– A cozinheira.

– Minha cozinheira, uma curandeira?

– Sim. Esta tarde, uma fileira de pessoas doentes apareceu, e simplesmente encostando dois dedos nos pulsos delas, ela parecia saber sem dúvida o que havia de errado com elas. Ela também distribuiu um bocado de remédios.

– Remédios? Que tipo de remédio?

– Raízes e ervas, eu acho. Ela tinha um ar imponente ali sentada com todas aquelas pessoas se inclinando diante dela, tão gratas. Ela deve ser boa.

– Realmente – ele disse com um ar de reprovação.

Parvathi hesitou.

– Sim. Para uma, ela deu conchas e ensinou como espalhá-las no corpo com as espirais apontando para dentro. Isso, ela disse, vai erguer as sombras invisíveis que causam a dor da mulher.

Kasu Marimuthu sacudiu a cabeça, espantado com a loucura daquela gente. Ele fez um sinal para o criado, que na mesma hora tornou a encher seu copo. No silêncio que se seguiu, Parvathi percebeu que tinha cometido um erro ao contar isso para ele. Rapidamente, ela prosseguiu:

– Também tinha um homem que veio porque estava tendo problemas com sua plantação, e ela disse a ele para olhar dentro das teias de aranha e trazer os insetos que encontrasse lá. Então ela diria a ele o que fazer. Não é impressionante?

Ele olhou para ela.

— Essas pessoas não entraram na casa, entraram?

— Não, não — ela disse na mesma hora, intimidada pelo seu olhar zangado. — Tudo aconteceu debaixo do pé de jacarandá.

— Então tudo bem — ele disse após alguns instantes, e, para grande alívio dela, voltou a comer.

E ela também fechou a boca, contente por não ter contado a ele sobre o chá de gengibre que Maya tinha distribuído de graça. Eles comeram silenciosamente, ao som do tique-taque do relógio de pêndulo da sala de estar, até que ele disse, de repente:

— Então, o que você acha da casa?

— Ela é realmente muito bonita.

Ele sorriu com naturalidade. Não esperava que ela dissesse outra coisa.

— O que significa aquela pintura do palhaço?

Ele largou o garfo e olhou para ela como se estivesse surpreso ou admirado.

— O que *você* acha que ela significa?

— Eu não sei.

— Ah. — Foi um som de desapontamento. Ele ergueu a taça de vinho, tomou um gole e olhou para ela por cima da borda. — Não se pergunta o significado de uma pintura. Nem mesmo para o artista. Pinturas são linguagens secretas faladas entre corações. Todo artista tenta mostrar o que lhe vai na alma, e não é educado permitir que ele veja que fracassou. — Ele se inclinou para frente sobre os cotovelos e olhou para ela com curiosidade, o garfo esquecido sobre o prato. — O que ela faz você *sentir*, Sita?

Ela baixou os olhos; não queria parecer ridícula.

— Nada, na verdade.

Ele endireitou o corpo, com os lábios franzidos.

— Do cântaro sai vinho, é claro. — Ela olhou para o prato, confusa. Ele estava aborrecido com ela. Mas ele deve ter reconsiderado. Sua simplicidade, sua ignorância não eram culpa dela. — Vá e fique tão perto da pintura que a forma pare de enganar o olho e se torne o que realmente é, partes do corpo humano.

Depois do jantar, Kasu Marimuthu se retirou para o escritório, e Parvathi subiu a escada sozinha para o seu quarto. Ela estava quase dormindo quando ele entrou. No escuro, a ilusão tinha se espalhado ainda mais, porque ele murmurou com o hálito carregado de vinho no ouvido dela:

– Você tem o pescoço mais lindo que eu já vi numa mulher.

Na manhã seguinte, ela ficou na frente do espelho e olhou para o seu pescoço. Ele crescia dos seus ombros estreitos, fino e comprido e sem nada de extraordinário. Ela então parou diante da pintura, chegou o mais perto possível sem que as cores começassem a borrar e se misturar, e nem assim enxergou partes de um corpo humano ou significados ocultos. Maya parou ao lado dela.

– O que você acha, Maya? – perguntou. – Você sente alguma coisa quando olha para essa pintura?

Mas Maya apenas sacudiu os ombros.

– Para mim, é só uma pintura, como qualquer outra – disse ela, mas deu uma sugestão útil: – Vamos tirá-la da parede e ver se tem uma data ou um título atrás?

Parvathi não fazia ideia de que poderia haver alguma coisa atrás do quadro. Elas o retiraram da parede, mas não havia nada nas costas. Kasu Marimuthu tinha razão: "Ou você compreendia ou não."

– Talvez não haja nenhum significado oculto. Talvez seja apenas uma pintura de um palhaço e um cisne – ela disse e, desapontada, foi esperar pelo professor de inglês. Ele chegou às oito horas em ponto.

Ponambalam Mama usava óculos e devia ter pelo menos setenta anos, mas tinha andado a pé cinco milhas da cidade até lá, e planejava fazer isso todo dia, exceto aos domingos. Ele tinha catarata num olho, mas, tirando isso, não havia ninguém mais esperto e animado.

Ele olhou severamente para ela na sala de música, como se eles fossem adversários medindo um ao outro antes da batalha.

– Antes de começarmos, eu gostaria de dizer que o homem branco inventou algumas coisas extraordinárias e ergueu algumas instituições admiráveis. Suas cidades são imponentes, suas leis, justas e bem pensadas, sua música ocasionalmente sublime, e sua poesia, bem construída. Mas antes de você começar a supor que o homem branco é superior e começar a imitá-lo como se fosse um macaco, pense no seguinte. O indiano nem sempre esteve estirado no chão, bêbado de aguardente ordinária; ele só está na sarjeta porque se esqueceu da solidez de suas credenciais, da incrível exatidão e do brilhantismo de seus sistemas ancestrais.

Parvathi ficou olhando para ele em silêncio.

– Para dar apenas um exemplo; a divisão do tempo em várias subdivisões. Um kalpa corresponde a 4.320 mil anos. São necessários quatro yugas para fazer um kalpa. Um yuga, ou dia de Brahma, corresponde a mil anos dos deuses. Um dia e uma noite dos deuses são iguais a um ano humano. Um ano humano tem seis estações, primavera, calor, chuva, outono, inverno, tempo fresco. Então cada estação dura dois meses, um mês lunar escuro e um claro. Um mês lunar corresponde a vinte e oito nakshatra. Um nakshatra corresponde a vinte e quatro horas solares. Vinte e quatro horas solares correspondem a trinta e um muhurta (quarenta e oito minutos). Um muhurta é igual a dois ghati (vinte e quatro minutos). Um ghati é igual a trinta kala (quarenta e oito segundos). Um kala é igual a dois pala (vinte e quatro segundos). Um pala é igual a seis prana (quatro segundos). Um prana é igual a dez vipala (0,4 segundo). Um vipala é igual a sessenta prativipala (0,000666 de segundo).

– Como eles mediram 0,000666 de segundo? – perguntou Parvathi.

– Há uma boa chance de que jamais tenhamos uma resposta para isso. E já que estamos aqui, por favor, lembre-se de que embora a história diga que o homem branco foi o primeiro a voar, a única língua com uma palavra para aeronave é o sânscrito. Essa língua também abriga instruções detalhadas sobre como dirigir, manter e até mesmo pousar essas máquinas. Isso tudo ter se perdido para sempre é a tragédia indiana. – Ele parou por um momento para saborear, com evidente satisfação, a surpresa dela, antes de dizer: – Agora que já estabelecemos que o homem branco não é mais inteligente do que o indiano, vamos começar a estudar essa língua prática, caprichosa, maravilhosa.

Depois de todas aquelas palavras grandes e complicadas que Parvathi mal conseguiu entender, ela devia estar humilhada, mas, pelo contrário, sorriu satisfeita para ele. Ele era exatamente o tipo de professor com que ela sempre sonhara. Eles começaram com o alfabeto. Ela anotava tudo o que ele dizia num caderno. No final da aula, ele deu a ela um livro infantil que tinha trazido e disse:

– Vamos começar com ele amanhã.

Parvathi ficou na sala de música e reviu sua lição enquanto ele almoçava sozinho na sala de jantar. Logo depois, ele partiu na garupa da bicicleta do jardineiro, suas mãos finas agarrando o selim de metal, seu dhoti branco esvoaçando ao vento. Parvathi sentou-se na sombra de uma árvore na praia e recitou o alfabeto em voz alta. Quem poderia imaginar isso? Ela estava aprendendo inglês!

Aquela noite, ela tomou banho e se juntou a Maya para as orações. Depois, sentou-se na sala de música e encheu vinte e seis páginas com cada letra. O marido não voltou para jantar, e ela só tornou a vê-lo na mesa do café da manhã. O rádio estava ligado e ele estava lendo os jornais.

Ele ergueu os olhos quando ela entrou.

– Você está acordada. Como foi a aula de inglês?

– Eu estou aprendendo o alfabeto – ela informou entusiasmada.

– Bom lugar para começar – ele comentou de forma breve, e, inclinando a cabeça sobre o jornal, ignorou-a completamente. Quando sua xícara de café ficou vazia, ele empurrou a cadeira para trás e desejou bom dia a ela. Parvathi, que tinha ficado em pé e esperado até ele sair da sala, retomou o seu lugar na mesa e disse a si mesma para ser paciente. De dia a mágica não funcionava. Depois do café, ela foi para a sala de música para rever a lição e esperar o professor.

Às oito em ponto, Ponambalam Mama entrou na sala.

– Bom-dia – cumprimentou-a em inglês. Ela o cumprimentou de volta e eles começaram a aula. Quando ele notou que Parvathi tinha decorado todo o alfabeto, ergueu as sobrancelhas fartas e seu olho bom brilhou de satisfação.

— Muito bem — ele disse, e abriu outro livro que trouxera consigo. — Vamos aprender primeiro a soletrar alguns substantivos. Substantivos, aliás, são palavras usadas para identificar pessoas, lugares, coisas e ideias. — Então ela ficou sabendo que A era a primeira letra do substantivo que queria dizer maçã em inglês, apple. B de boy (menino), C de cat (gato) e D de dog (cachorro). O tempo voou na companhia de Ponambalam Mama. Quando chegou a hora de ir embora, ele tirou da bolsa de pano um dicionário inglês-tamil e disse a ela para aprender dez palavras por dia, escolhidas ao acaso.

Quando o estava levando até a porta, Parvathi viu Maya entrando num carro com dois homens chineses, que a levaram embora.

— Kamala, para onde eles estão levando Maya?

— Este é o mês chinês do Fantasma Faminto. Não se pode andar na cidade de tantas cinzas espalhadas por toda parte. Eles queimam coisas para seus mortos, carros, casas, roupas, até criados de papel. A fumaça leva essas coisas até o mundo dos espíritos, onde seus parentes podem usá-las. Eles estão levando Maya para fazer orações para eles.

— O quê? Maya faz orações para chineses?

— Ah, sim, Ama. Maya é muito famosa. Vem gente de toda parte para vê-la. Não há nada que ela não possa fazer.

Parvathi entrou e sentou-se para comer o almoço que Maya tinha preparado. Havia pudim de ameixa de sobremesa.

DEUS VEM

Era uma noite clara e estrelada e Parvathi estava na sacada quando viu o gato-almiscarado, a ponta do rabo brilhando, prateado, ao luar. Ele tinha achado alguma coisa para comer na beira da praia, mas deve ter ouvido um barulho, porque parou, prestou atenção e, agarrando a comida com a boca, correu na direção da floresta. Parvathi atravessou a casa correndo, até a sacada que dava para a floresta, onde ela viu seu rabo felpudo desaparecer na escuridão, justamente na hora em que Maya abria o portão que dava para a floresta e desaparecia na escuridão, sem um lampião! Ou a mulher tinha uma excelente visão noturna ou ela imaginara aquela cena.

Havia um chá de cará e folhas medicinais fervendo no açúcar sobre o fogão, e Maya estava picando alguma coisa quando Parvathi entrou na cozinha.

– Maya, eu vi você entrando na floresta hoje, pouco antes do amanhecer?

– Sim, Da, eu costumo ir até a floresta de madrugada para colher as plantas que preciso para o meu remédio.

– Mas no escuro, sem um lampião?

– Sim, Da. É melhor assim. Quando você carrega um lampião, você é vista antes de ver. Além disso, no escuro, um lampião só serve para impedir que você enxergue tudo, exceto o fraco círculo de luz dele.

– Maya, você pode me levar junto da próxima vez que for lá?

A mulher ficou calada por alguns segundos.

– Talvez não da próxima vez. Você ainda não está pronta, mas acho que em breve, muito em breve.

– É por causa dos tigres e dos elefantes selvagens?

Maya sorriu.

— Eu estava pensando mais em escorpiões e centopeias.

Desapontada, porque estava louca para entrar na floresta, Parvathi subiu nas pedras e se sentou na beirada de uma delas. Enquanto contemplava a espuma branca do mar, alguma coisa fez sombra em seu rosto. Ela olhou para cima e viu uma enorme borboleta com asas de veludo branco e um corpo de pó de carvão. Fazendo uma volta lenta em torno da cabeça dela, a borboleta pousou em sua mão. Ela bateu as asas uma vez e depois fechou-as e esperou. Ela se lembrou da mãe dizendo "Quando um animal branco se aproxima de você, é um sinal de graça". Passado um instante, ela tornou a voar. A borboleta foi embora e ela viu Kupu correndo na direção dela.

— Ama! Ama! – chamou.

Ela se levantou e esperou por ele. Ele parou na frente dela, seu corpo molhado de suor e os olhos brilhando de excitação.

— Acho que encontrei uma estrutura muito antiga na floresta – ele disse, ofegante.

— O que é?

— Não sei, mas nunca vi nada parecido. E é velha, muito velha.

— Você me leva até lá? – ela perguntou, avidamente.

Ele hesitou, olhou para suas sandálias finas.

— É longe e o caminho não é fácil. Talvez seja melhor eu abrir uma trilha, primeiro.

— Não – ela disse depressa. – Eu consigo. De verdade. Por favor, Kupu...

— Está bem.

Parvathi sentiu um arrepio quando eles passaram pelo portão que Maya naquela manhã lhe dissera que ela ainda não estava preparada para atravessar. Eles passaram pelas bananeiras que cresciam na beira da floresta e de repente estavam dentro daquele mundo maravilhoso, ao mesmo tempo assustador e sedutor. Parvathi tinha imaginado que ele fosse frio e tivesse um cheiro doce, mas era o oposto. Era quente, úmido e cheirava a madeira podre e a alguns cogumelos que cresciam nela. Muitas camadas de folhas tornavam o chão um solo vivo. Por vezes os passos erguiam nuvens de esporos negros. Na frente, Kupu balançava o facão, cortando o mato em movimentos graciosos. Toda vez que ele olhava para trás, ela dizia que estava bem, e eles entravam cada vez mais naquele mundo decadente.

Havia plantas carnívoras enroscadas no meio das samambaias, e árvores com a casca pendurada em tiras – por baixo elas eram vermelhas. Outras tinham mofo branco crescendo nelas. Samambaias gigantescas arranhavam seus braços. Em moitas de bambu havia ninhos de pássaros de cores tão vibrantes que pareciam joias. O facão de Kupu ia cortando, até mesmo belas frutinhas vermelhas do tamanho de uvas. Às vezes apareciam galhos baixos e eles tinham que se abaixar para passar. Então, mais alto do que o som incessante dos insetos, macacos e aves, veio um latido forte. Ela já ouvira esse som antes. Ele começava todo dia no meio da manhã e ia ficando cada vez mais forte, um som que nem mesmo os bilhões de folhas da floresta conseguiam abafar.

– O que é isso?
– É um macaco chamado Siamang. Essa é a fêmea – Kupu disse.
Depois do latido veio um canto.
– E esse é o macho – informou Kupu. – Talvez você consiga vê-los. Nós estamos indo para o lugar onde eles moram.

Eles chegaram num lugar onde a vegetação de cada lado deles parecia impenetrável. Dos galhos de árvores gigantescas, pendiam enormes trepadeiras, às vezes com galhos compridos e fortes e espinhos no formato de anzóis, da grossura da canela de um homem. Aqui, Kupu subiu no tronco das árvores com a agilidade de um macaco, abrindo caminho para ela. Pequenos animais subiam correndo pelos galhos e desapareciam. Mas, em determinado momento, ele segurou nas patas traseiras e na cauda de um lagarto que pareceu voar sobre ele, furioso. Ele o empurrou com raiva e o lagarto caiu no chão.

– Ele era venenoso? – perguntou Parvathi.
– Venenoso e malvado – ele confirmou –, mas eu estou acostumado a agarrá-los. Eu faço laços com folhas de palmeira e os laço. – Ao lado de uma pedra coberta de musgo, perto de uma colina, ele parou e se virou para olhar para ela. – É aqui – ele disse.

Ela olhou em volta. – Onde?

Ele apontou para uma árvore caída, com as raízes de fora.

— Ela deve ter caído durante a tempestade que houve na noite anterior à sua chegada — ele explicou, e ela viu que a árvore tinha sido arrancada da encosta, expondo um portal. Ele parou na entrada e acendeu um fósforo.

— Está vazio — ele anunciou. — Mas se você preferir, eu vou na frente.

Parvathi olhou para a abertura na encosta e ficou atônita ao ver logo acima dela a grande borboleta branca. Ela esvoaçou para cima e desapareceu onde a luz entrava por entre as folhas. Um pássaro voou de repente de uma massa de folhas na direção da cabeça dela. Abafando um grito, ela se abaixou e entrou pela abertura estreita num espaço pequeno e sem janela. O ar estava inteiramente parado. Naquele raro silêncio, ela ouviu Kupu entrar atrás dela. A respiração dele era regular e suave. Ela esqueceu que eles estavam no meio de uma floresta carregada de som e atividade. No silêncio, ouviu o som do fósforo dele e, na luz fraca, olhou em volta, curiosa. Era realmente um espaço vazio, mas havia uma camada tão grossa de terra no chão que, embora ela conseguisse ficar em pé ereta, Kupu tinha que inclinar o pescoço.

— Veja — ele murmurou, e Parvathi viu que todas as paredes eram cobertas de hieróglifos e, no centro da parede em frente à entrada, havia o desenho de duas serpentes entrelaçadas.

— Você acha que este templo foi erguido para venerar o deus-serpente?

— Não sei — Kupu respondeu, e eles se entreolharam e disseram: — Maya. — Quando o quinto fósforo apagou, Kupu não acendeu outro.

— Vamos — ele disse no escuro.

As primeiras gotas de chuva trouxeram um cheiro pouco familiar, um cheiro úmido de terra, embriagador. Milhões de folhas começaram a tremer. Animais, Maya tinha dito a ela, não gostavam de vento; ele repartia seu pelo e o frio alcançava seus corpos, mas eles não se importavam com a chuva. Realmente, a vegetação ganhou vida com a movimentação deles. Parvathi reviveu o tempo que tinha passado ali sozinha com Kupu, no quanto tinha sido estranho. Imaginou se ele teria sentido a mesma coisa. A voz dele ao chamá-la para ir embora também estava esquisita. Começou a chover bastante. Escorria água pelos troncos das árvores e o chão se tornou escorregadio. Parvathi escorregou, tentou se segurar num tronco e gritou quando sua mão entrou pela casca da árvore, porque estava tudo podre. Ela retirou a mão, coberta de um líquido amarelo e verde e uma coisa pegajosa, preta. Ela olhou apavorada para aquilo. Kupu tirou a túnica e deu para ela limpar a mão. Ela começou a agradecer, mas ele sacudiu a cabeça como se não fosse nada, e eles continuaram andando. Perto de uma árvore alta, com metade das raízes exposta, ela tornou a escorregar em algumas folhas molhadas e caiu, machucando o quadril. Então ele se inclinou por cima das raízes e estendeu a mão para ajudá-la.

– Você se machucou? – ele perguntou, preocupado. – Eu jamais deveria tê-la trazido. Agora o patrão vai ficar zangado comigo.

– Eu estou bem – ela disse.

Ele olhou para os braços dela, magros e cheios de arranhões.

– Eu não devia ter trazido você – ele repetiu.

E ela olhou para o corpo tenso e musculoso curvado na direção dela e ficou maravilhada com a facilidade com que ele mantinha o equilíbrio, embora estivesse com as pernas, o corpo e as mãos apoiados em lugares muito precários. Ela não aceitou a mão que ele lhe oferecia. Em vez disso, passou os olhos pelo pescoço molhado, pelos ombros onde a chuva resvalava em sua pele e caía em gotículas no seu peito, escorrendo por sua barriga. Ela pensou na água entrando em suas botas pretas de borracha.

Então um pensamento, solto, íntimo. Ele já teria tido dor nas costas? Ele iria para o quarto e esfregaria um óleo aromático no pescoço e nas costas, desmanchando os nós por baixo dos músculos endurecidos? Ela respirou fundo e não conseguiu distinguir entre o perfume da floresta e o dele. Sob a chuva, Kupu se tornara parte da floresta, misterioso e perigoso. Naquele momento, só eles dois existiam. Quando seu olhar ingênuo retornou ao rosto dele, a chuva estava usando a cicatriz que ele tinha no rosto como

um leito de rio; filetes de água caíam sobre a pele dela. Parvathi fitou a borda roxa da ferida; a própria cicatriz, marrom-clara, dura, mais couro do que pele.
– O que aconteceu com o seu rosto? – perguntou ela.
Ele piscou os olhos, os cílios molhados grudando uns nos outros.
– Eu fui atacado por um tigre quando era criança.
– Ah.
A chuva tinha grudado a roupa em seu corpo, mas os olhos dele, ao contemplarem a moça caída no chão da floresta, não se encheram de desejo. De fato, não havia nada para ver em sua opacidade. Nem surpresa nem condenação, nem mesmo a percepção instintiva que ele tinha, sem querer, despertado curiosidade sexual em outro ser humano. Nada tinha sido registrado. Felizmente, mas impossível, sem dúvida, depois do modo como Parvathi tinha olhado para ele. O rosto dela ficou vermelho e confuso. A humildade e a falta de traquejo social dele devem tê-lo impedido de compreender o que ela estava pensando. Desprovido de malícia, ele teria ficado estupefato se soubesse.
– Venha, temos que continuar. Ainda falta um bom pedaço – ele disse.
Parvathi aceitou a mão que ele oferecia, e ele a puxou com facilidade. Depois disso, ela manteve os olhos no chão.

Eles chegaram na porta da cozinha todo sujos e encharcados. Maya foi na direção deles.
– O que aconteceu? – ela perguntou.
– Kupu encontrou uma ruína no interior de uma colina na floresta. Deve ser um templo da serpente. Há serpentes gravadas na parede. Vamos, Maya. Você tem que ver – ela disse, puxando a mão da mulher.
– Vamos entrar primeiro, filha. – E tirando o charuto da boca, ela queimou todas as sanguessugas agarradas nas pernas de Parvathi.
Assim que parou de chover, eles tornaram a entrar na floresta. Maya teve que se arrastar para dentro daquele espaço apertado. Eles a ouviram soltar uma exclamação de surpresa:
– Meu Deus, este não é um templo comum de serpente!

É um portal – ela disse admirada. Parvathi e Kupu aguardaram em silêncio enquanto Maya ia de joelhos até a parede e erguia um lampião a querosene para ver as formas estranhas gravadas na parede. Ela virou o rosto espantado para eles.
– E não foi cavado na encosta. A colina se formou em torno dele. Ele tem milhares de anos, dez, talvez quinze mil anos. Vocês não fazem ideia do quanto este lugar é sagrado e especial. Um povo muito evoluído, com um conhecimento extraordinário dos céus e possuindo visão interna espiritual, dons que não possuímos mais, construiu isso. Os homens mais santos de hoje sabem que esses portais permitiam que os antigos ligassem o céu à Terra e se encontrassem com Deus ainda em sua forma física, mas o conhecimento de como fazer isso foi perdido para sempre.
– Incrível – ela disse, sacudindo a cabeça, maravilhada. Ela tocou os desenhos nas paredes. – E vejam todos estes símbolos sagrados. Que sorte eu tenho de poder ver tantos numa única vida. Ah! As duas serpentes dançantes a que você se referiu, elas simbolizam a energia da serpente. Deve haver uma torre redonda em algum lugar debaixo de toda essa terra. Torres são a melhor maneira de conter a energia circulante.
"Esta colina deve conter também um observatório espacial, porque essa raça adiantada estudava os planetas, as estrelas e as galáxias. Estão vendo estas linhas?", disse, apontando para um desenho que parecia uma espinha de peixe. "Isto é um calendário capaz de prever fenômenos solares e lunares com extraordinária precisão. Ele é lido usando-se seja o luar ou a luz do sol que entra por aquela vigia. Tenho certeza de que se cavássemos por aqui encontraríamos ossos, talvez até ossos humanos."
Ela notou o olhar de terror de Parvathi e, com um sorriso bondoso, disse:
– Nosso passado muitas vezes nos enche de aversão pelo que fomos e pelo que suspeitamos que ainda permanece em nós, mas não podemos julgar essas pessoas com base na nossa moral, pois a moral sofre mudanças com o tempo. Por ora, nossa cultura mais elevada, mais refinada, considera os sacrifícios como sendo cruéis e desumanos, mas essas civilizações mais antigas tinham um con-

ceito diferente de energia. Elas sabiam que a alma era indestrutível. Então não havia um sacrifício real envolvido. Só o que estava sendo oferecido era a aceitação em abrir mão do corpo mortal. A concordância de Abraão em sacrificar o próprio filho foi suficiente, mas Jesus teve que oferecer seu corpo numa cruz.

"Você percebe? Essas pessoas estavam fazendo uma troca. Era uma crença antiga que durante um eclipse total, naqueles poucos minutos em que o mundo fica escuro, um túnel ou uma passagem sagrada se abre, e ocorre uma rara e poderosa oportunidade de comunicação com os deuses. Mas o tempo que o túnel fica aberto para os deuses é também o tempo que os demônios têm para passar pelo mesmo túnel. Eles precisam ser alimentados. O sacrifício era uma troca de energia. Em troca de uma conexão profunda, eles davam a força vital. Eles eram tão consumidos pelo fogo de sua fé que teriam dado o próprio sangue e a própria carne se fosse necessário, e muitas vezes davam mesmo. Com o passar do tempo, porém, as pessoas esqueceram o verdadeiro significado do sacrifício e começaram a oferecer o que não era importante para elas, dez bodes gordos, a filha do vizinho, o coração dos inimigos. E quando ocorreu essa falta de comprometimento e de fidelidade na nossa forma de dar as boas-vindas a Deus, perdemos a capacidade de nos encontrar com nosso Criador."

Maya olhou para eles, seu rosto largo e feio coberto de sombras lançadas pelo lampião que carregava na mão.

— Vai ser muito interessante ver tudo o que existe dentro desta colina.

Kupu e Parvathi concordaram com ela.

— Agora você sabe, Da — Maya disse calmamente —, por que a deusa ficou sem o braço por você. Veja o que a sua vinda causou.

Parvathi ficou contente com essa ideia, mas naquela noite ela se sentou na beirada da banheira e imaginou se Maya não estaria enganada, afinal de contas — se não era apenas coincidência. Sua menstruação tinha vindo. Ela não estava grávida. E Kasu Marimuthu com certeza iria devolvê-la para o pai.

MUDANÇAS

Kupu ficou parado no escritório de Kasu Marimuthu com os ombros erguidos na altura do pescoço e os braços cruzados submissamente. Fora das botas pretas, seus pés descalços eram de uma cor muito mais clara do que o resto dele.

– E então – disse Kasu Marimuthu. – Conte-me tudo. Eu quero ouvir direto da boca da primeira pessoa a entrar no templo.

– Na verdade, senhor, eu não fui a primeira pessoa a entrar.

Kasu Marimuthu franziu a testa.

– Eu fui informado de que você o tinha descoberto.

– Isso é verdade, senhor, mas quem entrou primeiro foi sua esposa.

– O quê?

– Sua esposa disse que queria ir, senhor. Eu não pude deixar de levá-la, mas não achei que ficava bem entrar antes do que ela. Mas antes eu acendi um fósforo para ver se o lugar era seguro.

Gopal, que estava encostado numa estante, nas sombras, disse:

– É a nova patroa, senhor. Ela trouxe sorte para esta casa. A árvore se desenraizou sozinha na madrugada de sua auspiciosa chegada.

Kasu Marimuthu se dirigiu para a voz sem se virar.

– E é exatamente por isso que você só deve falar quando eu me dirigir a você. Não quero ouvir mais uma palavra de sua boca. – Para Kupu, ele disse: – Ele fica na minha propriedade?

O olho de Kupu tremia incontrolavelmente.

– Sim, senhor.

– Você tem certeza absoluta?

Kupu levantou a mão e tocou no olho que não parava de tremer.

– Sim, senhor. Ele fica a menos de uma milha do rio que limita a propriedade.

Kasu Marimuthu balançou a cabeça, satisfeito. Era uma boa coisa ele ter comprado mais terra. Mas mesmo que o homem estivesse errado e o templo ficasse fora da sua propriedade, ele simplesmente compraria mais terra do sultanato.

– Que tipo de templo é ele?

– Eu não sei, senhor. Não é uma mesquita, uma igreja ou um lugar chinês de oração, e com certeza não é um dos nossos. Não é possível calcular o formato dele no momento. Tem muita terra e muita vegetação cobrindo-o. Mas ele parece ter sido construído com pedras brancas muito grandes, todas cortadas e unidas com tanta precisão que eu não consegui enfiar a lâmina do meu canivete entre elas. Se o senhor quiser, os rapazes e eu podemos escavá-lo.

– Quanto tempo você acha que isso vai levar?

– Talvez algumas semanas para arrancar a vegetação e retirar a terra, mas um tempo maior para lavar as pedras. Nós vamos ter que carregar água do rio ou, se isso não for possível, levá-la de casa.

– Tudo bem, comecem a limpeza amanhã. Eu vou contratar escavadoras e duzentos homens para ajudar você; faça-os trabalhar em dois turnos. Imagino que serão precisos muitos meses para desencavar tudo, mas eu quero ver o templo o mais cedo possível.

Kupu tocou o meio do peito e inclinou a cabeça uma vez. Quando Kasu Marimuthu sinalizou com um aceno de cabeça, ele recuou respeitosamente.

– Você também – Kasu Marimuthu disse, e Gopal saiu silenciosamente.

Kasu Marimuthu se recostou na cadeira e girou-a para olhar pelas janelas de vidro. Bem distante, o jardineiro estava amarrando um saco em volta de uma jaca para impedir que os esquilos e os morcegos tivessem acesso à fruta antes de ela amadurecer. Ela já tinha quase trinta centímetros de comprimento. Um menino estava levando as vacas de volta para o estábulo e o ar da tarde ressoava com o barulho dos sinos e dos gritos de *"hrraah, hrraah"* quando se ouviu uma batida tímida na porta de Kasu Marimuthu.

– Entre – ele disse.
Parvathi entrou e fechou a porta atrás dela. Ele olhou para ela sem dizer nada. Ela estava usando o mesmo sári marrom que ele tanto tinha detestado naquela primeira manhã. O cabelo estava molhado e solto nas costas. Ele nunca tinha reparado no quanto era comprido.

Ela ficou parada no meio do escritório e, envergonhada, disse a ele que a menstruação tinha vindo. Ele ouviu o pequeno discurso até o fim e continuou a olhar para ela, vendo-a torcer nervosamente as mãos, até chegar à bizarra conclusão de que não queria ser casado com ela, mas também não queria mandá-la embora. Em geral, ele não era um homem supersticioso, mas ele próprio podia ver que até então o seu casamento só lhe trouxera sorte. No dia do casamento, ele tivera a oportunidade de adquirir três propriedades de 500 acres cada, uma no caminho para Pekan, uma em Jerantut e outra em Malaca. E ele não tinha esquecido aquela primeira manhã e todas aquelas palavras não planejadas. E, depois de todos esses anos, desencavar um templo em suas terras! Ele devia estar ressentido por ter sido enganado, mas, estranhamente, estava de modo total indiferente em relação à sua situação. Ele fez sinal para ela sair, com um ar distraído.

E ele não estava bêbado aquela noite quando entrou no quarto dela e se debruçou de propósito sobre o corpo adormecido até ela abrir os olhos assustados para ele. Quando viu que o susto tinha passado, ele chegou perto do ouvido dela e sussurrou:

– Diga ao seu pai que ele não receberá um centavo do meu dinheiro. Nunca. – Então ele endireitou o corpo e saiu.

Parvathi passou os três dias seguintes no escritório com o professor de inglês, enquanto, na floresta, Kupu revelava um talento inesperado para escavação. Ele sabia exatamente quando parar os grandes tratores e trazer as pás. Tinha um instinto tão apurado que nenhuma pedra sofreu um único arranhão.

E então:

— Recebi uma carta de casa, Maya — Parvathi gritou alegremente, dando pulos na cozinha. — E veja o carimbo do correio. Eles devem ter mandado a carta assim que eu parti. — Ela a abriu com excitação. — Meu irmão mais velho escreveu no lugar do meu pai. Ele manda lembranças... — E então ela fechou a cara e leu o resto em silêncio. Quando tornou a levantar a cabeça, seus olhos estavam amargos. — Eu devia mandar dinheiro o quanto antes. Minha mãe adoeceu de saudades minhas, e como ela não está podendo trabalhar, a família está passando necessidades. Meu pai pediu dinheiro emprestado para pagar a minha viagem e o meu enxoval. E agora ele precisa do dinheiro de volta.

— Enxoval? Que enxoval? — Maya perguntou.

— Bem, o fato é que meu pai está muito zangado e acha que eu me esqueci da minha família depois de tudo o que eles fizeram por mim. — E tornando a olhar para a carta, ela leu um trecho em voz alta:

"Lembre-se, minha filha, de que enquanto você está sentada na mesa do seu marido, comendo refeições deliciosas, nós não temos nem uma travessa de arroz para dividir entre nós. E quando você saltar da sua carruagem, eu quero que se lembre de que sua mãe perdeu um pé de sandália e, sem dinheiro para substituí-lo, agora anda descalça. Ela já cortou duas vezes o pé nas pedras e nos espinhos."

Os olhos de Parvathi encheram-se de lágrimas. Ela nunca tinha pensado que a mãe não iria substituir o pé de sandália.

— Eu tenho sido tão egoísta. Preciso fazer alguma coisa, mas o quê? Eu não tenho dinheiro. Será que devo pedir ao meu marido?

Maya sacudiu a cabeça.

— Não. Isso não vai ser nada bom, Da. Escreva para o seu pai e diga a ele que seu marido está furioso por ter sido enganado. Que você não passa de uma prisioneira aqui. Normalmente é isso que acontece com os valentões, eles só dominam aqueles que percebem que são mais fracos do que eles, e o seu pai, perdoe-me por dizer isso, é um deles, então ele irá curvar-se diante de Kasu Marimuthu. Ele vai desistir da vida fácil que tinha planejado levar e vai

passar algum tempo sem incomodar você. As coisas por aqui irão se ajeitar, e então você poderá mandar dinheiro para a sua mãe. Mas, por ora, eu vou lhe dar algum dinheiro, não o suficiente para satisfazer o seu pai, é claro, e a sua mãe não ficará melhor de vida, mas nós o mandaremos junto com um par de sandálias para ela.
– Mas eu não posso aceitar o seu dinheiro.
– Eu renunciei a todos os prazeres mundanos. De que me serve ter dinheiro?
– Eu só aceito se for um empréstimo.
– Como quiser, Da.

Uma semana depois, Kasu Marimuthu foi inspecionar o local. Parvathi não foi com o marido. Ela esperou até Maya ter terminado de fazer o almoço e então foi junto com ela. As mulheres ficaram admiradas com o que havia sido escavado em tão pouco tempo. A colina adquirira a forma de uma ferradura com um complexo de estruturas dentro dela. A sala hexagonal com a qual eles tinham ficado tão excitados agora parecia pequena e insignificante comparada com a estrutura principal ao lado dela, uma alta torre redonda. Do lado de fora, degraus estreitos a circundavam até o topo, mas Kupu disse que não era seguro subir. Os homens também tinham exposto pedras arrumadas em semicírculos, e, agrupadas em conjuntos de duas ou três, esferas perfeitas de sessenta a noventa centímetros de altura.
– Tudo aqui foi cuidadosamente medido e planejado. Há segredos extraordinários ocultos em cada molde, marcação, superfície, comprimento e peso. Nem elas – Maya disse, apontando para as pedras erguidas – estão mortas. Estão apenas esperando pelo dia em que uma pessoa suficientemente iluminada irá despertá-las. E embora os mistérios da geomancia sagrada só sejam revelados com muita relutância para os não iniciados, e o tempo em que homens puros e irrepreensíveis podiam contemplar os deuses em toda a sua divindade tenha terminado, eu sonhei na noite passada que talvez elas não estejam esperando em vão. – Ela ficou pensativa por alguns instantes.

— Mesmo hoje essas pedras falam umas com as outras. Está vendo aquela pedra parecida com uma língua ali adiante? Ela é uma pedra muito especial, uma pedra de comunicação. Ela fala até com seres humanos. Nas minhas viagens pelas Américas, um xamã, ele tinha trezentos anos quando eu o conheci, me contou que diz a lenda que se você encostar a testa nelas, elas a levarão para dentro do mundo delas e lhe ensinarão coisas.

Maya levantou as mãos e apontou para umas marcas nas pedras.

— Está vendo aquelas marcas redondas salientes? Correntes de energia boa deveriam estar saindo delas, alimentando todos aqueles a quem tocam. Mas nem toda energia da terra é boa. — Ela apontou para o chão do aposento em que elas estavam. — Esses anéis são tigelas de prata invertidas, enterradas debaixo da superfície. Eles estão falando com as energias más, impedindo que elas se levantem, dizendo: "Não nos atinjam, leste ou oeste."

— Como você sabe tudo isso? — Parvathi perguntou.

— Eu sinto isso tudo, mas existe um modo de ter certeza, que é usando uma vara de vedor. Vamos voltar aqui amanhã e seguir as linhas de energia que saem daquela pedra principal ali adiante. Vamos ver aonde elas nos levam.

Maya e Parvathi voltaram cedinho no dia seguinte com varas de vedor que Maya tinha feito com pedaços de metal e madeira, para começar a mapear as trilhas da energia emitida pelas pedras. Como Maya havia previsto, havia várias trilhas saindo das pedras. A lama ia até seus tornozelos e as samambaias subiam pelos seus braços enquanto elas seguiam as varas de vedor. Mas de súbito, sem motivo aparente, Parvathi começou a oscilar de um lado para outro, embora Maya, alguns passos à frente, continuasse a seguir a trilha sem nenhuma interferência.

— Maya, tem alguma coisa errada com a minha vara.

Maya parou.

— Como é possível? — ela disse. Voltando, ela pegou a vara de Parvathi e imediatamente ela começou a se mover sem problemas. Maya olhou para Parvathi. — No que você estava pensando?

— Na verdade, eu estava me lembrando da minha mãe.

Uma expressão impenetrável cruzou o rosto largo de Maya antes que ela se virasse, dizendo bruscamente:
— Chega por hoje. Eu tenho que começar a preparar o jantar. Vamos marcar o local e voltar amanhã.
— O que foi que você fez hoje? — Kasu Marimuthu perguntou sem curiosidade enquanto comia arroz e carneiro.
— Bem, Maya e eu usamos varas de vedor para acompanhar as linhas de energia que saem das pedras erguidas no templo.
Kasu Marimuthu sacudiu a cabeça, espantado.
— Que ideia estapafúrdia. Como existe uma gama enorme de energias naturais e artificiais presentes em toda a superfície da Terra, procurar energia com uma vara de vedor é uma tarefa sem nenhuma base intelectual. Qualquer um poderia afirmar que traçou um "padrão" com resultados inconsequentes. A menos que vocês estejam buscando água ou minerais, estão perdendo seu tempo. E quanto às aulas de inglês? Você perdeu interesse nelas?
— Não, é claro que não. Nós só passamos duas horas fazendo isso, mas se você preferir, eu paro.
Por um momento, Kasu Marimuthu olhou sério para ela. Depois ele sorriu, um sorriso mau, debochado.
— Não, continue. Vamos testar a teoria de Baudelaire de que só o paganismo, se bem compreendido, pode salvar o mundo. Sim, de fato eu estou muito curioso para ver este mundo podre que a minha cozinheira doida vê.
Mas, afinal, Parvathi não continuou, porque quando ela foi se sentar ao lado de Maya naquela noite, elas tiveram a primeira e última discussão.
— Maya — ela perguntou —, por que a vara de vedor parou de funcionar na minha mão?
Primeiro Maya tentou disfarçar, dizendo:
— Não se preocupe. Isso às vezes acontece.
Mas ela estava segurando com força a mão da mulher, e insistiu:
— Mas por que isso aconteceu quando eu estava pensando na minha mãe? E por que o seu rosto mudou tanto? Eu preciso saber. Por favor, me diga!

Mesmo vendo a hesitação de Maya, Parvathi continuou insistindo, até que, finalmente, Maya comprimiu os lábios e disse:
— As varas de vedor podem ficar confusas quando a pessoa que está trabalhando com elas pensa em alguém que já morreu. Quanto mais recente a morte, mas depressa elas deixam de funcionar.
Parvathi largou a mão de Maya como se ela estivesse pegando fogo.
— Como você pode dizer uma coisa tão cruel! — gritou. — Meu marido tem razão. Tudo isso é bobagem. Como nós podemos pensar que estamos mapeando energias quando toda a superfície da Terra está coberta de todo tipo de energia? E como se pode saber alguma coisa sobre pessoas que morreram milhares de anos atrás? Minha mãe não está morta. Está ouvindo? Ela está *viva*.
E ela fugiu correndo e só viu Maya na noite seguinte, quando foi fria e formal com ela. "Eu jamais teria dito uma coisa dessas para ela", ela pensou, furiosa. "Como ela pode fazer isso? Ela não devia nem ter pensado numa coisa dessas, quanto mais dizer." Maya, por sua vez, não procurou a patroa e ficou na cozinha. E depois, à tarde, de uma janela do andar de cima, Parvathi a viu executando os rituais debaixo de uma árvore. Na verdade, ela sentia uma falta terrível de Maya. Entretanto, não queria perdoá-la enquanto ela não retirasse o que tinha dito. Se sua mãe estivesse morta, ela teria sentido isso de alguma forma. Disso ela tinha certeza.

Dois dias depois, Kasu Marimuthu chegou cedo do trabalho. Ele interrompeu a aula de inglês e mandou o professor para casa. Então ele se sentou perto dela e disse que o pai dela tinha mandado um telegrama para ele. A mãe dela tinha falecido.
— Ela faleceu? — Parvathi perguntou educadamente.
Kasu Marimuthu confirmou:
— Faz quase uma semana.
— Ah.
Houve uma pausa.
— Meu pai disse mais alguma coisa?
Kasu Marimuthu desviou os olhos.

– Ele pediu dinheiro.
Parvathi não sentiu nada. Ela encostou as palmas das mãos no peito.
– Você vai dar dinheiro a ele? – murmurou.
– Sim – ele disse calmamente. – Meu advogado já preparou uma carta. Seu pai vai receber uma quantia, bem alta aliás, e em troca ele vai se comprometer a nunca mais tentar entrar em contato com você.
"Se você quiser, nós podemos ir ao templo hoje e pedir ao sacerdote para orar por sua mãe."
Ela olhou para o marido.
– Meu pai disse que doença ela teve?
Dessa vez, Kasu Marimuthu não desviou os olhos, ele a encarou e disse, bem devagar e com muita clareza:
– Ela se enforcou.
Parvathi se levantou abruptamente, e enquanto recuava para longe dele, ela sussurrou com voz rouca:
– Eu estou bem. De verdade. Só preciso de um pouco de tempo. Se você não se importar.
– É claro – ele disse.
Ela se virou e saiu rapidamente da sala. Os pés dela a levaram para a porta da frente. Engraçado, ela não se lembrava de ter ido até a porta. Ela ficou um minuto parada nos degraus da entrada. Precisava ficar sozinha. O mar. Ela iria até o mar. Correu na direção da praia. Ela já estava na beira do mar quando viu que chegara lá. Estava tendo lapsos de tempo. Que estranho. Ela pensou nas pedras e se viu no pé delas. Quando chegou no topo, sua respiração estava ofegante e seu peito apertado e queimando. Ela contemplou o horizonte. Lá embaixo, o mar rugia e quebrava.
Ela agarrou a cabeça com as duas mãos e tentou se lembrar da mãe. E para sua grande surpresa, viu que não conseguia. Só conseguia ver o rosto do pai, desdenhoso e descontente. Ela bateu na testa com a palma da mão. Diversas vezes. *Estúpida. Estúpida.*
De repente, sua mente reproduziu aquela bela mulher. Ela a viu de novo, não azul ou roxa, mas ilesa e em nada diminuída.

Toda ela estava ali. Ela a recordou no mercado, virando uma garrafa de mel de cabeça para baixo para ver se ele tinha sido diluído. Ela possuía um jeito de virar a garrafa de modo que o mel descesse em espirais e anéis, pingando apenas do meio. Mas quando a garrafa foi levada para casa, Parvathi só conseguiu fazer o mel escorregar pelos lados.

Ela deve ter feito aquilo na viga central da casa. Mas como teve coragem? Parvathi pensou no que Kamala tinha dito: "Cometer suicídio é fácil. A decisão só demora um minuto. E depois, se a tentativa falhar, você fica triste e envergonhada por ter sido tão egoísta e não ter nem pensado nos seus filhos. Mas na hora é fácil."

Então Parvathi urrou de dor.

Em casa, Kasu Marimuthu se serviu de uma dose generosa de uísque. Ela voltaria quando estivesse pronta. Ela pedira um tempo. Ele lhe daria.

O sol estava quase desaparecendo atrás da casa e a voz dela estava rouca de tanto soluçar quando Maya foi se sentar ao seu lado. Elas ficaram olhando para o mar agitado enquanto a lua subia sobre ele.

– Eu terminei de traçar o caminho de energia que estávamos seguindo – Maya disse docemente. – Ele entra pelo rio, o atravessa e caminha na direção da casa. Ele circula a casa, formando uma bolha protetora de energia antes de entrar pela porta dos fundos e sair pelas janelas. Tomando o caminho que oferece menor resistência, a energia vem então para essas pedras, antes de entrar no mar e seguir na direção daquela ilha. – E ela apontou para uma ilha ao longe.

Dito isso, elas ficaram sentadas em perfeito silêncio.

Horas depois, Maya rompeu o silêncio para perguntar se ela gostaria de comer alguma coisa. Parvathi sacudiu lentamente a cabeça. E algumas horas depois Maya perguntou se ela gostaria de entrar. Mais uma vez, ela apenas sacudiu a cabeça. Por fim, Parvathi deitou a cabeça no colo de Maya, exausta, e Maya cobriu seu corpo encolhido com uma ponta do sári para ela dormir.

Mas toda vez que cochilava, ela despertava com um grito de susto. Uma vez, ela murmurou: "Há quanto tempo ela está pendurada ali?" E outra vez: "Pelo amor de Deus, desamarrem aquela mulher." Foi só de madrugada que um sono pesado finalmente tomou conta dela.

Esperando na porta de vidro da varanda com um copo de uísque na mão, um embriagado Kasu Marimuthu se deparou, com uma mistura de incredulidade e admiração, com a visão fantástica da sua cozinheira carregando nos braços sua esposa adormecida como se ela não pesasse mais do que uma guirlanda de flores.

Kasu Marimuthu deixou passar uma semana antes de chamar a esposa à biblioteca. Quando ela entrou, ele estava atrás da escrivaninha. Ele pegou um molho de chaves numa corrente e estendeu para ela. Ela pegou as chaves, mas quando hesitou e pareceu não saber exatamente o que fazer com elas, ele se aproximou e prendeu-as no cinto dela, dizendo com um tom de voz irônico:

– Agora que você é oficialmente a senhora de Adari, está na hora de conhecer as damas do Clube do Guarda-Chuva Preto. A sua antecessora achava as ocupações delas muito provincianas, mas eu acho que você vai achar a amizade delas muito conveniente.

O CLUBE DO GUARDA-CHUVA PRETO

Na realidade, o Clube do Guarda-Chuva Preto não era um clube, era apenas uma reunião semanal das esposas de sete homens que tinham saído do Ceilão para preencher cargos secundários nos departamentos do governo britânico da Malásia. As mulheres se revezavam como anfitriãs dessas reuniões que aconteciam à tarde, depois que elas tinham realizado suas tarefas e enquanto os homens ainda estavam no trabalho. Como elas moravam perto umas das outras, cada uma delas chegava, dependendo do clima, ou sob um guarda-chuva preto, ou com ele enfiado debaixo do braço.

A pauta das esposas era, como a primeira esposa de Kasu Marimuthu tinha dito com desdém, no mínimo provinciana. Elas se encontravam para falar sobre as refeições que tinham preparado para suas famílias, para fofocar sobre as atividades do resto da comunidade cingalesa, para discutir eventos que estavam sendo organizados no templo e para exibir os trabalhos manuais – tricô, crochê, costura.

Nervosamente, Parvathi se arrumou para a primeira reunião. Elas teriam ouvido as fofocas a respeito de como ela se tornara esposa de Kasu Marimuthu? Ela seria desfavoravelmente comparada à sua sofisticada antecessora? Com nervosismo, ela entrou na cozinha onde Maya, abençoada Maya, disse que ela estava linda, o que ajudou um pouco.

Todos os vizinhos saíram de suas casas para admirar o Rolls e olhar para Parvathi. Envergonhada, ela caminhou na direção da casa de madeira erguida sobre colunas de concreto. Sua anfitriã, uma mulher de aparência matronal, estava esperando no alto da escadaria de pedra. Com uma sensação de desânimo, Parvathi viu que ela estava usando um sári de algodão bem engomado e uma blusa branca, com o cabelo untado com óleo e enrolado na nuca. Parvathi adivinhou que dentro da casa não haveria um cinto de pedrarias nem um enfeite dourado de cabelo para dividir entre os outros membros.

– Entre, entre – a anfitriã disse, risonha.

Parvathi juntou suas sandálias às das outras e subiu a escada. Um silêncio se fez no interior da sala da frente da casa quando as outras mulheres vestidas de algodão fitaram a nova esposa de Kasu Marimuthu com olhos avaliadores. Elas não tinham impressionado a primeira. Ela demonstrara abertamente o desprezo que sentia por suas vidas protegidas e tinha perguntado daquele seu jeito orgulhoso, ocidentalizado: "Seus *maridos* vão ao mercado para vocês?" E realmente elas deviam ter causado uma péssima impressão nela, morando em casas que pertenciam ao governo e contando cada tostão. As mulheres tinham olhado para os seus brincos de brilhante e tinham se consolado dizendo: "Com o quê ela tem que se preocupar? O marido dela empresta dinheiro para a família real."

Todo o dinheiro delas tinha que ser cuidadosamente poupado para pagar pela educação dos filhos. Elas tinham sido educadas acreditando no valor da educação. Como uma raça, elas reservavam a mais alta estima para pessoas cultas, reunindo todas as atividades comerciais sob o rótulo vulgar de "cuidar de loja" ou "fazer negócio". A menos, é claro, que o homem em questão tivesse alcançado as alturas que Kasu Marimuthu tinha alcançado. Ele, elas chamavam de Kuberan, o homem que o próprio deus Vishnu tinha procurado para financiar seu luxuoso casamento.

As mulheres foram apresentadas. A comunidade cingalesa era famosa por seus apelidos. Ninguém parecia escapar deles.

Manga Mami (Manga mulher casada) porque tinha uma mangueira enorme no quintal.

Kundi Mami (Bunda mulher casada) porque tinha um traseiro muito grande que chamava atenção.

Negeri Sembilan Mami (Negeri Sembilan mulher casada) porque era a única lá do estado de Negeri Sembilan.

Padi Mami (Escada mulher casada) porque a dela era a única casa de dois andares na região.

Dr Duraisami Penjathi (esposa do dr. Duraisami) que era tratada com o respeito devido à esposa de um médico e embora fosse uma Mami não era chamada assim.

Melahae Mami (Pimenta mulher casada) que era tão feroz e explosiva que nem o marido tinha coragem de abrir a boca na própria casa.

Velei Mami (Dourada mulher casada) porque tinha a muito apreciada cor dourada de uma manga nova.

À medida que os apelidos eram revelados para Parvathi, esta recebeu o dela: Rolls Royce Mami (mulher casada que tem um Rolls Royce).

Parvathi sorriu e tomou o lugar que lhe fora reservado. As mulheres se inclinaram para a frente, curiosas a respeito da filha do homem esperto o suficiente para enganar um homem tão importante quanto Kasu Marimuthu. Kundi Mami começou o interrogatório com o grave assunto da história familiar de Parvathi. Como era o nome do pai dela? Quem era seu avô? Ela respondeu. Não, elas sacudiram em uníssono suas cabeças untadas com óleo. Não, ninguém tinha ouvido falar nele. De que aldeia ela vinha? Vathiry. Ah, essa era a aldeia vizinha à de Manga Mami. Todo mundo se virou para olhar para ela, mas ela sacudiu a cabeça com pena. Não, ela nunca tinha ouvido falar na família de Parvathi, mas será que ela conhecia um Tangavellupilai? Parvathi conhecia a família dela? Foi a vez de Parvathi sacudir a cabeça, penalizada. Ela nunca saía de casa. Elas balançaram a cabeça aprovadoramente. Meninas não deviam andar soltas como meninos.

E quanto ao nome dos parentes dela na Malásia? Sokalingham? Qual Sokalingham? Era aquele que trabalhava no serviço público? Não, não era o Sokalingham do serviço público. Ah... os Sokalingham de Kuala Lipis. Nesse caso, elas também não os conheciam. Nenhuma das Mamis conhecia gente de lá. Até Negeri Sembilan Mami sacudiu a cabeça, pesarosa. Não fazia mal, nada disso importava. E quanto à família dela? Quantas pessoas?

Cinco irmãos. Eles também viriam para a Malásia? Não? Pois deveriam vir. Esta era a terra de leite e mel. Se eles não estivessem fazendo nada mais do que trabalhar na terra, ela deveria mandar buscá-los. Sem dúvida Kasu Marimuthu poderia empregá-los em algum lugar no seu império. "Um magnata" foi como Padi Mami se referiu a ele.

– Acho que meu pai e meu marido vão decidir se eles virão ou não – Parvathi disse. As Mamis concordaram gravemente.

Os filhos de Kundi Mami voltaram da escola, e ela os mandou direto para a cozinha. Sem sair da cadeira e sem olhar na direção deles, ela soube quando eles terminaram de mastigar o último bocado de comida, e ordenou autoritariamente que eles fossem para o quarto fazer o dever de casa. Por fim, a curiosidade das Mamis diminuiu e elas se voltaram para seus trabalhos manuais. O orgulho tomou conta da voz delas. Essa era a alegria delas. Era o que elas faziam apenas por prazer. Elas mostraram o que estavam fazendo. Kundi Mami estava tricotando pequenas flores que ia juntar para formar um cachorrinho ou uma boneca, ela ainda não tinha decidido. O dr. Duraisami Penjathi estava bordando um conjunto de fronhas, e tanto Velei Mami quanto Padi Mami estavam fazendo tapeçarias de pavões. Elas estavam quase terminando e Parvathi ficou impressionada com a aplicação delas. Melahae Mami estendeu a colcha de retalhos inacabada, e Negeri Sembilan Mami mostrou o complicado desenho de contas que ela estava costurando no sári de casamento da filha.

– E o que você gostaria de fazer? – Elas olharam esperançosas para ela.

Parvathi hesitou. Não havia boneca, cachorro, fronha ou tapeçaria que ela pudesse fazer que fosse ficar bonita o bastante para ser exibida em Adari, e com certeza nenhum dos seus sáris era fino o suficiente para ela se dar o trabalho de embelezar. Mas ela estivera na sala de costura e havia muitos rolos de fazenda e peças de retalho. Ela ia fazer uma colcha. Uma colcha luxuosa para seu pai, para os meses de monção, para quando suas dores o mantivessem acordado.

Enquanto bolos e chá eram servidos, elas começaram a ouvir um barulho ritmado.
— O que é isso? — Parvathi perguntou.
— É o velho Vellupilai triturando meus temperos e pimentas.
Por quê? Quem faz esses serviços para você?
— Eu não sei — Parvathi confessou. As outras mulheres se entreolharam. Apesar de sua falta de cultura, de sua incapacidade em falar o idioma local ou ganhar dinheiro, elas eram figuras importantes em sua casa. Não saber nada do que acontecia sob o próprio teto era algo incompreensível para elas.
— Então — Negeri Sembilan Mami perguntou —, quantos criados você tem?
— Eu não sei — Parvathi admitiu.
Agora as mulheres ficaram realmente chocadas. Elas não tinham criados. Só Padi Mami, por causa de sua dor nas costas, tinha uma mulher indiana para limpar três vezes por semana. Ela pagava dez dólares por mês, mas só tinha coisas horríveis para dizer a respeito da mulher. Ela era uma bêbada, respondona, suja, fedorenta e comilona.
— Não faz mal — Melahae Mami consolou-a. — Você ainda é jovem e bonita. Não precisa preparar ensopados de berinjela só para ele correr para casa, para você.
As outras Mamis riram animadamente.
Quando ela estava indo embora, elas perguntaram se podiam conseguir mudas dos vasos de rosas japonesas da casa dela. Parvathi ficou feliz em concordar.
Então Padi Mami sorriu e disse:
— Foi uma boa coisa o seu marido ter se casado com você. A primeira esposa dele não prestava. Veja a vergonha que ela trouxe para ele. Mas o que se pode esperar de uma *indiana*? Elas só servem como criadas.
— É mais fácil confiar numa serpente do que numa indiana — disse Melahae Mami.
— É sempre um erro casar fora da sua espécie — Negeri Sembilan Mami concordou calmamente.

Parvathi não disse nada, mas quando chegou em casa, foi direto para a cozinha.
– Como foi lá? – Maya perguntou com um sorriso.
Parvathi tocou no braço de Maya e o puxou para baixo. Maya sentou-se no chão, e Parvathi deitou-se ao lado dela com a cabeça no colo da mulher.
– Maya – ela disse, olhando para o rosto debruçado sobre o dela –, você acha que os indianos são muito diferentes dos cingaleses?
– Ah – Maya disse devagar. – As pessoas que abrigam preconceito em seus corações não sabem que isso faz muito mais mal para elas do que para as pessoas contra as quais elas o expressam.
– Eu não quero voltar lá. O modo como elas falaram das indianas me deixou zangada. Como eu posso voltar lá se elas falam assim do seu povo? Eu me sinto desleal para com você.
– Não se ofenda por mim. A origem recente delas é da terra de Jaffna, mas basta voltar mais no tempo e elas vão se transformar nas odiadas indianas bem diante dos seus olhos. Então, percebe, meu povo é o povo delas.
– Mas se eu voltar lá, vou ter que corrigi-las.
– Mas por que falar sobre isso? Ao brigar, você vai perder não só a amizade delas, mas, o que é mais importante, sua preciosa energia. E, de todo modo, elas encarnaram em certa raça para vivenciar todas as lições e oportunidades que aquela raça oferece. Então, se elas querem casar dentro daquela raça e ter filhos daquela raça, quem é você para dizer o contrário? Eu devo acusá-las de serem racistas porque elas não querem deixar a raça delas pela minha? Deixe-as em paz. Por que destruir suas ilusões de superioridade? Ao recorrer ao preconceito, elas revelam a falta de confiança em seu próprio valor. Não deseje mal a elas. Não cabe a você julgar. Não faça o que elas fazem. Não veja as diferenças. Veja as semelhanças.
Parvathi permaneceu um longo tempo calada, pensando. Ela não cozinhava para o marido, não tinha filhos e não achava que fosse ficar muito animada com trabalhos manuais. As Mamis eram mais velhas do que ela. Elas se vestiam de modo diferente.

E com certeza elas não se deitavam no escuro e desejavam que um homem estivesse disposto a morrer por elas.

– Não existem semelhanças – ela respondeu finalmente.

– Existem, sim – Maya disse com firmeza. – É só que você ainda não as encontrou. Não desista tão depressa.

– Maya – Parvathi disse após algum tempo. – Quem tritura nossos temperos e pimentas?

Maya ficou surpresa.

– O velho Vellupilai.

Parvathi riu.

– Ah, Maya – ela disse e tornou a rir. Tinha algo em comum com os outros membros do Clube do Guarda-Chuva Preto, afinal de contas. Maya tinha razão. Agora que ela encontrara a primeira semelhança, de repente muitas outras foram surgindo, o sotaque, a origem, o gênero. Elas não estavam cheias de esperanças em relação ao futuro e não desejavam felicidade para si e suas famílias?

– Mas tem uma coisa – Parvathi disse, franzindo a testa. –Todas elas dirigem suas casas e eu me senti como uma menina tola hoje por saber tão pouco sobre o funcionamento da minha. Eu não sei nem quantos criados nós temos.

– Isso é fácil de resolver. Nós temos vinte e dois criados. – Enfiando a mão dentro da blusa, Maya tirou lá de dentro uma carteira e a entregou a Parvathi. – E se você quiser, pode começar a aprender alguma coisa sobre o funcionamento da sua casa indo esta noite até a praia com Amin para comprar peixe.

Parvathi abriu a carteira e contemplou as notas estranhas.

– Dólares dos Estreitos – ela disse e riu; ela ia sair para fazer compras pela primeira vez. Maya sorriu.

Já havia gente esperando na praia. Mulheres malvestidas e com velhos panos amarrados na cabeça estavam acocoradas em semicírculo, conversando. Na areia ao lado delas, um ou dois bebês dormiam sobre um sarongue. Homens velhos tinham caixas de metal com folhas de bétele e tabaco preto ao lado deles enquanto jogavam damas. Crianças brincavam na beira do mar. Não havia noção de tempo, fora o ir e vir das marés. Os barcos em forma de quarto crescente se aproximaram.

Quando os pescadores pularam na água, suas famílias entraram no raso e olharam excitadas para dentro do barco para ver o que eles tinham apanhado; os velhos, com os ombros cobertos por panos desbotados, balançaram a cabeça, satisfeitos. Então, três gerações puxaram os barcos para a praia, usando rolos e varas de bambu, enquanto as mulheres ficavam paradas com as mãos na cintura, esperando na beira do mar. No sol da tarde, os músculos fortes das pernas dos pescadores brilhavam como madeira encerada. E quando as ondas recuavam, as pernas dos homens e seus sarongues coloridos criavam um belo reflexo na água e na areia molhada.

Amin e Parvathi se aproximaram de um dos barcos atracados. Lá dentro estava cheio de peixes. Alguns estavam imóveis. Outros, mais corajosos e espertos, tinham ido para o fundo do barco onde havia um pouco de água do mar, e lá eles lutavam e abanavam o rabo em vão. Mas até devem ter sentido a areia sob eles, e, um por um, eles foram ficando imóveis. Parvathi deu alguns passos para trás. Amin olhou interrogadoramente para ela, que fez sinal para ele continuar. Enfiando a mão no barco, ele começou a escolher os peixes que queria. Apontou para a sua seleção, uma pilha de cavalas.

– Quanto? – perguntou em malaio.

– Quatro centavos – o pescador respondeu.

Amin puxou o relógio de correia de prata que o patrão lhe dera de aniversário mais para cima do braço, e fez uma expressão de incredulidade. – Menos, menos – ele disse.

– Três centavos – o pescador disse.

Amin fez um ar convincente de espanto.

– Três centavos! Por tão poucos?

Parvathi teve a impressão de que Amin estava se exibindo porque ela estava lá e que quatro centavos era um preço justo. O pescador virou seu rosto curtido, escarpado como as ondas tempestuosas, para a nova senhora da grande mansão na beira da praia. Seus olhos se encontraram e eles se encararam por alguns segundos. Os dele tinham sofrido muitas provações; eram cheios de solidão, de paciência, de espera. Era como se ele tivesse passado tantos dias e noites sozinho no mar que tivesse se tornado o mar. E agora ele, mais do que os outros homens, sentia o sal em seu suor e a maré alta e a maré baixa do sangue em seus pulsos. Ele sabia segredos. Nos seus olhos fundos e impenetráveis havia o conhecimento de que ele estava vivo porque o mar o tinha favorecido, mas que um dia poderia reclamá-lo para si. Então sua mulher e seus filhos ficariam horas na beira da praia examinando o horizonte incessante e inutilmente.

Ele imaginou que ela tinha acesso a quantidades inimagináveis de dinheiro. Mas isso só servia para colocá-lo em desvantagem. Ele era pobre, e os pobres devem sempre ceder aos ricos. Era um privilégio vender para os ricos para tê-los como fregueses, mesmo que eles roubassem você nesse processo. Além disso, ele não era um comerciante de verdade. Pois ele acreditava em *rezeki*, na vontade de Deus. Que a pessoa devia sempre trabalhar muito e agradecer a Deus por todas as suas dádivas, pequenas ou grandes. Se Deus só estava disposto a conceder dois centavos e meio, que fosse. Ele suspirou em sinal de derrota.

– Tudo bem, então. Dois centavos e meio – ele disse.

Parvathi olhou para os dedos queimados dos pés do homem enfiados na areia molhada, para a camisa rasgada e o pano que ele amarrava em volta do pescoço para proteger seus braços e a nuca do sol forte do meio-dia e do ar frio da noite. Ela olhou para o chapéu triangular que não tinha impedido que o rosto dele ficasse da cor do bronze e para a pobreza terrível que reconheceu em sua palma estendida. Sem pensar, ela se aproximou e enfiou na mão dele uma nota de cinco dólares. O pescador começou a balançar a cabeça, ele não tinha troco para dar. Mas Parvathi sacudiu a cabeça e ele de repente compreendeu. Ela estava *dando* dinheiro para ele.

O homem simples abriu a boca para protestar. Era demais. Ele não podia aceitar. Ele estendeu o dinheiro de volta para ela, mas ela sorriu e, fazendo um sinal para Amin, que estava boquiaberto, começou a se afastar. Amin estava dizendo alguma coisa com uma voz lamentosa, mas ela não prestou atenção. Seu coração estava cheio de alegria. De costas para a casa, ela fizera algo de bom.

Assim que eles voltaram, Amin correu para dizer a Maya que não deviam mais deixar a patroa sair para fazer compras porque ela ainda não tinha aprendido o valor da moeda dos Estreitos. Mas Maya disse a ele que não tinha autoridade para impedir a nova senhora de Adari de fazer o que quisesse. Entretanto, ela acrescentou, se ele tinha essa autoridade, devia mesmo impedi-la. Sacudindo os ombros num gesto de indiferença, Amin saiu pela porta dos fundos.

A NOVA SENHORA DE ADARI

Dois dias depois, os homens vieram correndo dizer a ela que tinham achado a pele de uma cobra grande perto da escadaria da torre; eles achavam que devia ser uma cobra-real. Eles a aconselharam a não se aproximar do sítio arqueológico enquanto não conseguissem prendê-la e matá-la. Na voz mais autoritária que conseguiu, Parvathi os proibiu de matar qualquer cobra nas terras do marido. Ao contrário, eles deveriam deixar ovos e uma tigela de leite para ela.

– Ela pode nos picar – eles gritaram em uníssono.

Parvathi disse que ela mesma alimentaria a cobra. Todo dia, chovesse ou fizesse sol.

– E se ela aparecer para comer enquanto você estiver lá? Você vai ficar encurralada.

– Cobras detestam subir escadas – Maya disse com um sorriso.

Finalmente, a torre foi declarada segura para as mulheres entrarem. Entretanto, a escada não tinha corrimão e era tão íngreme que dava tonteira olhar para baixo. A um terço lá de cima, Parvathi começou a subir de gatinhas, bem devagar. Na entrada, era preciso se abaixar para passar. Um lampião a óleo lançava uma luz fraca no pequeno aposento, que só tinha uma caixa de granito em formato de caixão. Ela não tinha tampa. Lá dentro, havia traços de grãos brancos.

Um silêncio tenso pairava no ar e Parvathi esfregou os braços para dissipar uma estranha sensação de estar sendo observada. Se um deus tinha um dia morado ali, ele não devia ter sido do tipo amigável.

– Onde estão os deuses? – murmurou.

– Este não é o templo – Maya disse, e elas subiram a escada até o topo, onde ficava uma plataforma. – Este é o templo.
– Isto aqui?
Maya assentiu.
– O que eles faziam aqui?
– Aqui eles se encontravam com os deuses que vagam nos ventos.
– Então para que servia o pequeno aposento que fica no meio?
– Lá eles se preparavam para o encontro com seus deuses. Aquele era o quarto dos ritos secretos, onde eles jejuavam durante semanas, e às vezes torturavam seus corpos na esperança de que seus egos pudessem tornar-se tão frágeis que se rachassem e suas almas pudessem surgir, prontas para captar as energias e as vibrações vindas dos céus.

Durante o jantar, naquela noite, Kasu Marimuthu disse:
– Então você foi ao sítio arqueológico hoje? O que foi que achou?
– Por que você o chama de sítio? Trata-se de um templo.
– Não há nada ali que sugira tratar-se de um templo. Por estar tão perto do mar, pode ter sido uma torre de observação, um sistema primitivo de alarme de ataques marítimos.
– Uma torre de observação? Mas e quanto ao aposento do meio?
– Provavelmente uma espécie de depósito. Possivelmente até o alojamento do pobre infeliz que cuidava da torre.
– Que estranho você dizer isso. Só de pensar naquele quarto, eu fico toda arrepiada.
– Por quê? É um quarto vazio.
– Mas ele não esteve sempre vazio. Maya diz que nada se perde, nunca, que até as paredes retêm cada pensamento e cada ato que acontece num lugar. Tudo fica registrado. E as paredes ali estão chocadas.
Kasu Marimuthu fitou a esposa com perplexidade.
– O que *você* acha que aconteceu ali dentro?

— Eu não sei. Maya diz que pessoas foram torturadas lá. — Ela fez uma pausa. — Repetidamente.
Ele a olhou de um jeito estranho.
— Espero que você não saia por aí repetindo essas coisas, senão vão pensar que eu me casei com uma doida.
Ela sacudiu a cabeça depressa, e ele mudou de assunto:
— Mas eles devem ter sido escultores excepcionais, incrivelmente precisos. Eu nunca vi nada igual.
— Maya diz que aquelas não são pedras. Que elas foram moldadas.
— Você às vezes me espanta — Kasu Marimuthu disse, exasperado. — Como você pode considerar tudo o que uma mulher ignorante diz como sendo uma verdade sagrada? O concreto, minha querida esposa, só foi descoberto recentemente. Então elas não foram "moldadas", foram cortadas por pedreiros muito habilidosos. Além disso, o concreto não dura nem centenas de anos, que dirá milhares.

Parvathi ficou calada, mas se lembrou de Ponambalam Mama dizendo a ela que já existiam aeronaves milhares de anos atrás, o que só podia significar que o homem tinha esquecido que um dia ele soube voar. O homem também deve ter esquecido que já sabia como fabricar pedra que podia durar muitos e muitos séculos.

Eles terminaram a refeição em silêncio.

Quando Parvathi foi para o templo no dia seguinte, a tigela estava vazia; o ovo fora inteiramente comido, não tinha sobrado nem um pedacinho de casca. Subindo na plataforma, ela pôde ver as copas de muitas árvores, e foi então que notou a família de Siamangs. Os pais, um adolescente e um bebê agarrado à mãe.

Eles tinham parado de fazer o que quer que costumassem fazer e estavam todos deitados de costas ou de bruços nos galhos, observando-a. Até o bebê tinha tirado o rostinho peludo, de olhos brilhantes, de dentro do pelo da mãe para dar uma espiada rápida em Parvathi antes de tornar a escondê-lo lá dentro. Ela acenou para eles, mas não responderam. Então o macho inflou de repente seu papo quase do mesmo tamanho que sua cabeça e emitiu um grito agudo, que em seguida se tornou uma exibição do poder de suas cordas vocais e depois um dueto melodioso. De vez em quando, o adolescente, que não ficava quieto, mas se balançava de galho em galho como um trapezista, pendurado em seus braços longos e ágeis, se juntou à apresentação. Parvathi, achando que era para ela, ficou feliz.

Assim que o professor de inglês saiu no dia seguinte, Parvathi foi para a floresta com uma penca de bananas maduras para os Siamangs. Parou para ver um macaco voar graciosamente de um galho para o outro, e de repente percebeu um clarão escuro com o canto dos olhos. Ela virou a cabeça e viu um enorme macaco macho se dirigindo para ela. As bananas. Ela devia tê-las atirado no chão e corrido, mas estava assustada demais com a boca aberta do animal e seus longos caninos; tinham quase seis centímetros de comprimento. Ele já estava muito perto. Inacreditável! Ali estava o perigo, correndo em sua direção, e ela observava como se aquilo estivesse acontecendo no final de um longo túnel. Ela compreendia que tudo estava acontecendo numa velocidade inacreditável; entretanto, tinha a impressão de que tudo acontecia em câmera lenta. A lentidão significava que ela via e ouvia tudo em detalhes: o modo com que o pelo do animal saía do seu corpo e voava no ar quando suas pernas deixavam o chão, e voltava para o lugar enquanto ele ainda estava no ar, tornando a subir no pulo seguinte. O barulho ensurdecedor da sua aproximação e seu grito, tão selvagem, tão ameaçador. *Recue. Vá embora. Dê.*

Então, algo inesperado – uma bola de folhas de goiabeira, um ninho de formigas – voou na cara do macaco. As formigas expressaram imediatamente sua fúria pelo ninho destruído. O bruto berrou de dor e de raiva e saiu correndo na direção de onde tinha vindo. Parvathi virou o rosto para a goiabeira, e Kupu a cumprimentou respeitosamente.

– Ama – ele disse, vindo se postar na frente dela. – Não é seguro andar por aqui carregando comida.

Ela concordou com a cabeça, e então seus joelhos bambearam e ela caiu sentada no chão. Ele se agachou ao lado dela. Ela olhou para as roupas molhadas dele e depois para o seu rosto.

– Você está molhado – ela observou com a voz trêmula.

Ele virou a cabeça na direção da goiabeira onde tinha largado o seu saco de juta no chão.

– Eu estava colhendo algas ao redor da ilha para Maya.

– Ah – ela disse. Agora ela entendia. Ele tinha saído do mar e, com um reflexo espantoso, arrancado da goiabeira um ninho de formigas e atirado na cara do animal enfurecido. Ela não ficou surpresa; já o tinha visto agarrar um lagarto em pleno voo com as mãos. Parvathi contemplou as próprias mãos. Elas estavam segurando com força as bananas. Se o macaco a tivesse alcançado... Ela abriu os dedos e as frutas caíram no seu colo.

– Para onde você estava indo com as bananas?

– Eu queria alimentar os Siamangs.

– Eles não estão com fome – ele disse lentamente. – Há comida suficiente na floresta.

– Eu achei que podia fazer amizade com eles.

Uma ideia, inteligente e muito competente, brilhou nos olhos dele. Ele era muito mais inteligente do que aparentava. A estupidez era um fingimento, um disfarce.

– Tem uma maneira melhor – ele disse, e com os dentes trincados e a língua empurrando um dos lados da bochecha ele deu um rosnado que terminou num gemido. – Experimente.

Ela experimentou.

– Mais baixo – ele disse.

Ela tornou a tentar.

– Melhor – ele disse –, mas faça com que o último som demore mais.

Ela se esforçou para acertar.

– Perfeito.

– Funciona também com outros animais?

Um pálido sorriso surgiu em seus lábios, deixando-o com um ar infantil.

– Não com todos, mas funciona com os Siamangs.
– Onde fica o ninho dos Siamangs?
– Eles não constroem ninhos. Durante o dia, costumam percorrer seu território em busca de comida, e à noite dormem em galhos de árvores, sentados, com a cabeça entre os joelhos.
– Obrigada por me salvar.
– Quer que eu a leve de volta para casa?
– Não – ela respondeu. – Eu vou entrar na floresta.
– Quer que eu vá com você?
– Não. – Maya tinha dito que entrar na floresta não era mais perigoso do que atravessar a rua. Desde que você pensasse como ela, se transformasse nela, ela sempre a receberia de braços abertos e cuidaria de você do mesmo modo que cuidava de todos os animais que viviam nela. – Eu agora estou bem – ela disse a Kupu. – Pode ir.

Ela o viu juntar as algas que tinha deixado cair no chão. Ainda pingando água salgada como o ser meio anfíbio que ela achava que ele era, ele se dirigiu para a sala do gerador.

Ela ficou onde estava por algum tempo. Depois, respirando fundo, levantou-se e caminhou na direção da floresta. Na borda da floresta, ela se virou para olhar na direção da sala do gerador e viu Kupu já de roupas secas, encostado na parede, observando-a. Ela acenou e ele acenou de volta; com uma prece silenciosa, ela entrou na floresta. Ela não o viu esgueirar-se para dentro da selva atrás dela nem percebeu que não ficou nem por um segundo fora da vista dele.

Do alto da torre, ela podia ver a família de Siamangs espalhada preguiçosamente pelos galhos das árvores. Ela deu nome a cada um deles: o pai ela chamou de Humpty, a mãe de Mary, o intrépido rapaz tinha que ser Jack, e a pequenina era obviamente uma Jill. Naquele dia, ela teve seu primeiro encontro com Jack. Ela fez aquele ruído com a boca, e após alguns minutos ele se pendurou num galho e saltou sobre a plataforma. Erguido sobre duas pernas, ele a examinou com atenção. Nos galhos das árvores, os pais saíram de sua letargia e prestaram atenção no que estava acontecendo no telhado da torre entre o filho e o humano.

Parvathi ficou imóvel quando ele caminhou em sua direção, suas longas mãos erguidas acima da cabeça para manter o equilíbrio. A um metro de distância, ele parou e se agachou. O pai dele mastigou pensativamente um talo de folha, mas a mãe soltou um ronco – um alerta nervoso. Ignorando-a, o adolescente impulsivo franziu os lábios e se sentou. Seus olhos castanho-avermelhados fixados nela, inocentes, vulneráveis, inteligentes. Mas, de repente, ele interrompeu o contato visual, olhou para cima e agarrou algo pequeno, um inseto, que comeu.

Tentando recuperar sua atenção, Parvathi tornou a emitir o som, e parou de repente. Ela atraíra a atenção do Siamangs, mas outra coisa tinha atraído a atenção dela. Ela se levantou e foi para um dos lados da plataforma, onde trepadeiras pendiam de uma árvore, formando uma parede grossa. Nervosamente, ela abriu a cortina verde e encontrou Kupu, seu cabelo escuro bem disfarçado no meio da casca da árvore e das folhas.

– O que você está fazendo aqui? – perguntou.

– Você estava fazendo o som de forma errada – ele disse, envergonhado.

– Você me seguiu até aqui?

– Sim.

– Eu achei que você tivesse dito que eu estava segura na selva.

Ele deu um sorriso torto.

– Eu não tinha tanta certeza de que a selva estaria segura com você.

Parvathi teve que morder o lábio para não rir, mas na verdade ela não gostava da ideia de ser espionada. Então, ela disse com severidade:

– Eu não preciso ser vigiada como se fosse uma criança. Entretanto, já que você está aqui, acho melhor sair dessa árvore e vir se sentar perto de mim.

Ela deu um pulo e aterrissou na plataforma. A pele dele cheirava a mar. Ela desviou os olhos.

– Conte-me sobre a batalha com o tigre.
Ele passou a mão na cicatriz.
– Não foi uma batalha. Eu estava trabalhando num circo, e uma das minhas tarefas era dar comida aos animais. Um dia, na hora da comida, que é quando os tigres ficam mais ferozes e imprevisíveis, uma das jaulas não tinha sido trancada direito e de repente abriu. Uma hora eu estava ali parado com um balde cheio de carne crua e, na outra, as garras do tigre estavam no meu rosto e ele estava com a boca em volta do meu pescoço. Mas eu não senti dor. Durante aqueles poucos segundos, não existiu mais nada a não ser os olhos amarelos brilhando, o hálito quente e o rugido profundo que parecia vir das entranhas da fera. Foi como se ele tivesse feito uma mágica, como se tivesse me paralisado. Então o treinador apareceu batendo com o chicote e ele saiu de cima de mim.
– Eles mataram o tigre?
Ele olhou com tristeza para ela.
– Na Índia, até os animais pequenos são mais preciosos do que os trabalhadores. Eles me mandaram embora. Disseram que eu era desatento.
– O que aconteceu com você?
– Ah, depois veio uma dor terrível e muitos dias de febre. Eu sonhava sem parar com aquele tigre. Sonhei que ele me sufocava até a morte, mas não tive medo. Às vezes eu falava com ele. Eu dizia a ele: "Depressa, Akbar, esta dor é insuportável."
Ouviu-se o som de homens se aproximando e, como se tivesse despertado de um sonho, Kupu deu um salto e se escondeu atrás da cortina de vegetação. Aquele movimento súbito fez com que Jack desse uma cambalhota para trás e saltasse, agarrando um galho que devia estar a mais de cinco metros de distância, e começasse a fazer incríveis acrobacias. Parvathi ouviu um movimento na árvore ao lado e viu que Kupu tinha ido embora. Indo até a beira do telhado, ela olhou para baixo. Os homens tinham trazido uma gaiola alta com um buraco redondo no topo, de modo que apenas a cobra pudesse entrar para comer os ovos.

Com o passar do tempo, Parvathi encontrou guirlandas de flores, cânfora e incenso. Ninguém jamais viu a grande serpente, mas talvez alguém tenha feito um desejo que foi realizado, porque os homens tinham começado a chamá-la de árvore dos desejos. Então, quando não se tratava mais de, simplesmente, alimentar o deus, eles construíram um abrigo para ele. Uma simples estrutura de madeira com uma base de concreto e um altar, mas o que mais aquele povo pobre podia fazer? Ela achou a fé deles tocante, o abrigo, um pequeno espaço quadrado de paz e silêncio. Todo jardim, ela pensou, devia ter um santuário assim, um agradável espaço de oração.

Mas seu marido sacudiu a cabeça rica e educada. Mas o que ele sabia a respeito da fé real, inquestionável? Nada. Ele achava que devia ser óbvio para qualquer pessoa que tivesse metade de um cérebro que os Siamangs estavam simplesmente usando seus longos braços para pegar os ovos. Senão, haveria pedaços de casca pelo chão.

As mulheres locais não percebiam isso. Que gente afortunada. Elas vinham limpar o telheiro, trazendo seus sinos, seus panos, seus lampiões, sua tagarelice, suas guirlandas de folhas de mangueira e, finalmente, seu êxtase, e o lugar se transformou num santuário. A qualquer hora elas iam colocar óleo no lampião solitário e foram mesclando suas vidas com o santuário. Camponesas simples são pessoas especiais. As histórias que contam têm valor. Em pouco tempo, a intensidade de suas orações transformou aquele local num lugar de peregrinação. Se ela fosse um deus, também viria visitar aquele local de devoção.

Foi lá que Parvathi encontrou o jardineiro, e pediu que ele preparasse um pedacinho de terreno para ela plantar uma horta. Ele reservou um canto de terreno desocupado, e ela começou a cultivar feijões, tomates e pimentas. Enquanto trabalhava no solo com sua enxada, ela se imaginou colhendo os feijões ainda verdes e tenros. Suas costas ficaram doloridas, mas quando o marido chegou de tardinha, ela ainda estava trabalhando. Ele saltou do carro e foi até ela, que esperou por ele com a mão apertando as costas.

– Você está mais escura ainda – ele disse, aborrecido.
E de repente ela viu que seu cabelo estava todo descabelado, suas roupas estavam grudadas no corpo suado e seu rosto estava salpicado de lama. Segurando o pulso dela, ele olhou para as unhas pretas e os calos em suas mãos – ela estivera tirando raízes do solo. Ele olhou para ela.
– Você é a senhora de Adari. Por que quer parecer uma criada?
Ele largou a mão dela e ela coçou uma picada de mosquito. Eles olharam um para o outro na suave luz do entardecer, dois estranhos. Ao longe, Kupu estava parado ao lado da sala do gerador, com uma perna enroscada na outra, observando-os. Parvathi baixou a cabeça, envergonhada. Ela não ia mais trabalhar na terra. Sabia que Kasu Marimuthu estava esperando que ela falasse alguma coisa, mas ficou calada. Se ao menos pudesse dizer que não queria estar sempre perfumada, colorida e coberta de pedras preciosas, mas ela sabia que não devia dizer isso. Ela precisava esperar. Quem se dirigia a ela ainda era o sóbrio capitalista, e ela quase nunca tinha a coisa certa para dizer a ele.

Dentro em pouco a noite ia cair e o empresário cabeça-dura iria embora e bebidas fortes trariam o poeta que sairia para percorrer os vendedores ambulantes da cidade e voltaria com pacotes de comida escolhida cuidadosamente para não conter carne. E eles escutariam concertos no rádio.

Quando a lua estava cheia, eles comiam no jardim. Ela enchia com cuidado o belo vaso Ming do século XVII de água e ele colocava lá dentro um punhado de orquídeas que ele mesmo havia cortado. Ele se recusava a arrumá-lo, preferindo juntar, ao acaso, todos os diferentes tipos e cores. Anos depois, quando ela pensava nele, recordava as orquídeas iluminadas pelo luar brilhando no vaso azul e branco, e a sua voz embriagada recitando poesia. Grandes poemas indianos e às vezes Blake. Saindo de alguma profundeza dele para surpreendê-la. Como era estranho que este homem tão prático à noite se tornasse um amante tão ardente da beleza.

A bebida insuportável – porque ela já tinha experimentado uísque – devia ser uma porta secreta para outro mundo, um mundo muito mais bonito do que aquele em que ele vivia durante o dia. Toda noite ele a abria e eles atravessavam a escuridão e entravam num depósito de esplendor. Uma vez lá, ele usava e abusava dos presentes que encontrava. Ela corria atrás dele para catar os itens preciosos à medida que caíam das mãos dele. Ela sabia que, quando o dia amanhecesse, aquele mundo iria desaparecer em pleno ar. E então ele se tornaria mais uma vez um desfile de acusações, olhares frios e de uma negação proposital de sua própria existência. Que só enquanto eles estavam lá é que ele desejava que ela evoluísse.

Então eles iam para a biblioteca e, no meio dos incontáveis livros, ele tentava educá-la; poesia, arte, literatura, música... Ele ligava o gramofone.

– Isto é Wagner – ele dizia, jogando-se numa cadeira, um copo preso entre os joelhos, enquanto uma música intensa, visceral enchia os espaços entre eles. – Está vendo como ele se recusa a encontrar definição para esses acordes?

Embora ela fechasse os olhos e ouvisse com toda a atenção, nunca conseguia ouvir o que devia ouvir, o que era tão claro para ele.

– Está ouvindo?

Ela abria os olhos e fitava seus olhos que esperavam, vigilantes. Ela não queria desapontá-lo, não mesmo.

– Não – ela confessava com tristeza, no entanto. Ela não ouvira nada de especial. Não conseguia nem perceber a diferença entre os sopros e os violinos.

Justiça seja feita, ele não demonstrava nem decepção nem aborrecimento. Balançava a cabeça, pensativo, e se levantava para escolher outro disco.

– Isto é Verdi. Preste atenção na mudança de tonalidade.

Tonalidade! Ela deixava os sons leves e exuberantes flutuarem em torno dela.

– Ouça a diferença agora.

Ela inclinava a cabeça, concentrada.
– Agora – ele dizia –, esse! – Esse? – Esse, esse som mais baixo. Aí vem ele de novo. – Onde? – E outra vez.

Mas vagarosamente, noite após noite, com o relógio de parede batendo alto no fundo, ela achou que estava começando a ouvir sons tão melodiosos que precisavam ser completados por outro som mais baixo. Eles deixaram Offenbach para trás, e ele pôs Mozart para tocar. Notas puras, perfeitas, saíram da máquina. Ela olhou para ele.

– Está ouvindo os acordes agora?

Acordes? Naquele dia ela achou que não ia mais conseguir suportar. Precisava acabar com aquela humilhação.

– Sim – ela respondeu.

Ele olhou para ela e sorriu, um sorriso lento, cansado.

– Não há nenhum. Mozart era bom demais para recorrer a esses excessos. Boa-noite, Sita. – Ele se levantou, mas não para colocar outro disco. Para sair. E não voltar. Assim ela entenderia que não o havia desapontado até aquele momento, que ele admirava sua honestidade. Deuses e homens não deviam se encontrar. Ambos vão sentir a mesma consternação.

Se ela não tinha nenhum ardor pelo sublime, tudo bem; ele a castigaria com o prosaico. Ele a ensinaria a receber. Melhor assim. Ela temera o advento das festas ao ar livre e dos jantares glamorosos quando Kamala e as garotas teriam que baixar a baixela de prata para servir aos ricos e poderosos do país.

Em troca de uma quantia obscena, Kasu Marimuthu contratou madame Regine para dar um polimento na esposa. Parvathi esperou por ela na sala do piano. A mulher tinha um "passado", dava para ver no primeiro olhar. De idade indeterminada, toda vestida de preto, ela entrou e contemplou a luxuosa decoração. Mas quando seus olhos bateram na moça de aparência nervosa que tinha vindo ensinar, ficou olhando para ela por alguns momentos, analisando-a. Então se aproximou e, com um brilho divertido nos olhos, disse com um sotaque carregado, numa voz rouca de fumante:

– É sempre uma surpresa agradável quando um marido subestima os encantos da esposa e não o contrário. Isso torna a minha vida bem mais fácil.

Depois desse raro momento de aprovação, madame Regine provou ser uma pessoa bem difícil de agradar. Ela não gostava de comida apimentada, reclamava do calor sufocante, queixava-se dos nativos depravados que, ela dizia, "ficavam olhando para ela de boca aberta", e dos seus desafetos preferidos, os empregados sem treinamento de Adari. Num esforço para impressionar a dama formidável, Kasu Marimuthu abriu uma garrafa de Château Lafite Rothschild 1904 na hora do jantar. Ele brindou o tempo que ela vivia na Malásia e todos eles beberam o que havia de melhor na adega de Kasu Marimuthu.

– Humm – Kasu Marimuthu saboreou.

– Vinagre – madame Regine disse. – Deve ser este calor insuportável. – Então, virando-se para uma criada, ordenou sem o menor charme ou educação: – Água mineral.

Durante o dia, porém, ela levou Parvathi para um mundo diferente, um mundo de gosto perfeito. Um mundo mais distante e mais perigoso do que a selva, cheio de armadilhas e alçapões para os incautos – para aqueles que não pertenciam a ele. Aqui a sociedade era exclusiva e exigente. Além dos pratos de sopa, das tigelas para limpar os dedos e das regras complexas sobre talheres, havia coisas inesperadas, como não cortar o pão com a faca, mas parti-lo com os dedos, um pedacinho de cada vez, e esses pedacinhos tinham que ser passados entre os lábios com os dedos. Isso era acompanhado de todas as terríveis exigências de um jantar fino, o cálice de vinho tinto, a taça de champanhe, o copo bojudo de conhaque, o copo alto de gim-tônica, o copo curto de uísque, o cálice pequeno de sherry. *Sorbets* azedos entre um prato e outro e sorvetes doces de sobremesa. Abraços, beijos sociais, guardanapos – nada, ao que parecia, era trivial demais para ser tratado.

Passando delicadamente uma esponja molhada em vinagre gelado na testa, madame Regine passou para comportamento. Parvathi aprendeu que o simples fato de virar um pouquinho os cotovelos para dentro podia melhorar muito a silhueta. Com livros equilibrados na cabeça, elas acertaram centenas de detalhes na aparência ou no comportamento de uma mulher, sem nenhuma importância na opinião de Parvathi, mas que assumiam proporções monumentais se executados incorretamente. Pelo visto, o objetivo de uma mulher elegante era transformar no mesmo instante cada palavra, ação e objeto num ornamento. Então madame Regine ensinava requinte como uma sofisticação de uma época passada.

Quer dizer, até o dia em que ela olhou manhosamente para a aluna e disse:

– Talvez agora você aprenda... como é que se diz mesmo, a "flertar" um pouco. – Isso, da parte da mulher que nunca tinha se sentado tempo suficiente no sol para saber sobre volúpia. Ela não sabia que volúpia vem devagar através de gerações pelo lado materno. Ela surge em corpos cor de canela através da fricção da areia entre os dedos do pé, do som de tambores distantes no vento, de cristais de sal na pele nua.

– Pisque devagar. Mostre os pulsos. E – disse a solteirona para a moça da ilha –, quando você estiver com aquele que você adora, deve esquecer imediatamente tudo o que eu ensinei. – E de repente, inesperadamente, comer com os dedos não era mais anti-higiênico ou nojento, mas inteiramente desejável. – Com a ponta dos dedos, traga a comida diretamente para a boca. Segure-a nos lábios, assim. Espere um momento. Olhe nos olhos dele enquanto seus lábios acariciam não só a comida, mas também os seus dedos.

Parvathi achou melhor não informar a madame que não havia ocasião para pôr em prática esse conselho, porque o marido quase nunca a olhava diretamente, preferindo, em vez disso, dirigir-se ao espaço que ficava dez centímetros à esquerda do seu rosto.

Mas madame Regine então a surpreendeu ao piscar o olho e dizer alegremente:

– Faça isso quando resolver arranjar um amante.

O LÓTUS VERMELHO

Parvathi lembrou que as Mamis estavam admirando almofadas bordadas uma tarde quando Padi Mami mencionou a dançarina cigana, indiana, há pouco tempo chegada do templo de Pandharpur, no estado de Maharashtra. Ao que parece, sua beleza era tamanha que até uma ida ao poço seria motivo para um jovem se apaixonar perdidamente por ela, mas, renunciando a tudo, ela devotara sua vida a dançar para lorde Krishna.

– São todas lótus vermelhos essas dançarinas de templo – Kundi Mami disse com firmeza, mas, a caminho de casa, Parvathi decidiu que queria ver a moça dançar. Podia ser sua única chance de ver uma mulher realmente linda.

– Maya, o que significa quando alguém é chamado de lótus vermelho? – perguntou enquanto elas faziam guirlandas de rosas.

Maya não levantou os olhos.

– Ela é uma devassa – a criada respondeu sucintamente.

– Ah! – Parvathi exclamou.

– Como vai indo a sua família de Siamangs? – perguntou Maya, pois ela não gostou do cheiro de fofoca.

– Tem alguma coisa errada com Jill. Eu acho que a perna direita dela ficou infeccionada por um corte. Ela está tão fraca que mal consegue se agarrar no pelo da mãe. A mãe está sempre examinando aquela perna, tomando cuidado para não tocar na ferida, mas ela deve estar ficando pior porque ontem cuspiu saliva nela e esfregou com o dedo. Eu espero sinceramente que Jill não morra. Se ao menos eu pudesse fazer alguma coisa.

– Vou dar um remédio para você. Leve e chame com delicadeza a mãe. Se estiver suficientemente desesperada, ela virá.

No jantar, Parvathi disse:

— Tem uma famosa dançarina cigana que veio da Índia. Padi Mami e o marido foram assistir e disseram que ela é muito boa. Podemos ir também?
— Por que não? — disse o marido. — Descubra quando é o próximo espetáculo.

Para a ocasião, bananeiras tinham sido cortadas e amarradas de cada lado da entrada do templo. O presidente do comitê do templo foi até a rua para recebê-los e colocar uma guirlanda de flores em seus pescoços enquanto o sacerdote se agitava na porta, e Parvathi recordou Melahae dizendo: "Eu me lembro dos bons tempos do Ceilão, quando os sacerdotes costumavam dizer para as pessoas comuns: 'Entrem, entrem. Sentem-se e comam.' Hoje em dia, eles só se importam com os ricos. Só são amáveis com eles."

Dentro do templo, lampiões especiais foram acesos. No final do templo, uma estátua azul de lorde Krishna com uma flauta na boca tinha sido erguida e ricamente enfeitada. Uma multidão dividida por gênero já estava sentada no chão. Um lugar fora reservado para Parvathi na frente do setor das mulheres. Ao olhar em volta, ela viu que nenhum dos membros do Clube do Guarda-Chuva Preto estava presente além dela.

Então ela entrou, aquela mulher fatal, com olhos pintados e boca vermelha, e um silêncio desceu sobre a multidão. Sem tomar conhecimento da plateia, foi diretamente até a estátua e se atirou a seus pés. Momentos depois, ergueu-se sobre as mãos, as costas dramaticamente arqueadas. Com um movimento fluido, sinuoso, ela se levantou. Batendo com os pés no chão, começou a dançar, virando os olhos de um lado para outro, os lábios sorrindo e entoando sem parar o nome do seu senhor, como num êxtase de devoção.

Lótus vermelha! Não havia nada mais piedoso ou temente a Deus do que a dança dessa mulher. Suas tornozeleiras não apenas tilintavam, elas riam, elas choravam, elas falavam. Com as mãos, ela fez um gesto para desenhar os grandes pés de Krishna. Pois ela era Ratha se preparando ansiosamente para a chegada de Krishna. Sua fantasia rugia e murmurava. Embora sem saber se ele vinha, ela pôs *kajal* nos olhos, esfregou sândalo nos seios e colocou flores nos cabelos. De repente, ela parou de se arrumar e seus pés pintados de hena começaram a correr em círculos – agonia. Preocupação com o que estava retardando o seu amante. Mesmo sob as luzes brilhantes do templo, Parvathi aceitou sua agonia. E quando ela virou o rosto na direção da brisa do rio Yamuna e começou a imitar os movimentos de lágrimas, Parvathi sentiu seus próprios olhos começarem a arder.

Os olhos da dançarina ficaram enormes, os címbalos soaram, suas sobrancelhas se ergueram – surpresa. Sua devoção fora recompensada; um feitiço tinha sido lançado, e agora ela podia ver seu amado em toda parte – nas paredes, na chama do lampião, no céu, nas árvores lá fora, na cadeira, na cama. Em toda parte. Ele caía sobre ela como chuva. Ela levantou as mãos para segurá-lo, com uma expressão de alegria no rosto, e começou a dançar com entusiasmo. A dança a enlouqueceu e ela sentiu o toque do deus. Luz, graça, alegria, tudo lhe chegou ao mesmo tempo. Finalmente, ela parou diante da estátua, ofegante, exausta. Ela não buscou o aplauso da multidão, mas correu para trás de uma parede e desapareceu.

Atrás de Parvathi, alguém disse:

– Só uma cigana poderia dançar assim.

Ao ouvir isso, sua companheira fungou e respondeu:

– Só uma cigana ia querer dançar assim. Isso não deveria ser permitido num templo. Deus mora aqui.

Mas Parvathi estava maravilhada. Ela nunca tinha visto ninguém dançar, muito menos tão bem e com tanta energia. Essa mulher realmente amava com entrega total. Esse era o tipo de amor com que Parvathi tinha sonhado a vida inteira. Se ao menos ela pudesse amar assim. As pessoas estavam se levantando para sair, mas Parvathi, pensando em seus sonhos não realizados, continuou sentada.

O marido se aproximou e disse:

– Vamos?

Ela se levantou e saiu atrás dele. Eles não conversaram no carro e, quando chegaram na varanda, ela disse:

– Pode ir na frente. Eu não estou cansada. Daqui a pouco eu vou. – Ele deve tê-la olhado com estranheza, mas ela já tinha aberto a porta e saído para o ar frio da noite. As cordas do balanço amassaram seu sári. Ela deu um impulso e, mantendo as pernas esticadas para a frente, deixou a cabeça cair para trás. Entre as folhas da árvore, a lua e as estrelas brilhavam.

Naquela manhã, Mary tinha vindo para o terraço. A princípio ela ficou parada, olhando com cautela para Parvathi. Mas Parvathi falou de forma delicada com ela, e ela foi se aproximando com cuidado. Sentando-se, ela puxou o bebê doente que estava agarrado ao seu corpo e estendeu a bola macia de pelo escuro para Parvathi. Ele não pesava mais do que uma batata. Ternamente, com a mãe vigiando, Parvathi lavou a ferida com o líquido que Maya lhe dera. O bebê gemeu uma vez e depois ficou quieto. O pobrezinho estava tão fraco que estava mais morto do que vivo. Ela enrolou uma atadura em Jill e devolveu o bebê à mãe, que enfiou cuidadosamente a bolinha de pelo escuro no seu corpo e saltou do telhado.

As estrelas e o vento correram na direção de Parvathi. Se ela conseguisse ficar de costas para a casa por tempo suficiente, encontraria a eternidade em um momento. O céu noturno se tornou todo o seu mundo. Ela perdeu a noção do tempo e levou um susto ao ouvir passos. Virou a cabeça. Seu pescoço doeu. Ela não tinha percebido o quanto estava dura.

– Entre. Está tarde – o marido disse.

Ela deixou os pés tocarem o chão, arrastando-os.

– Maya vai cozinhar caranguejos para você amanhã – ela disse.

– Isso vai ser bom.

O balanço parou.

– Você sabe o nome da dançarina?

– Não, mas posso perguntar ao sacerdote se você quiser saber – ele ofereceu gentilmente, como se sentisse pena dela.

– Não, não, não importa. Foi só um pensamento passageiro.

— Eu a vejo lá em cima então — ele disse, e deu as costas para ela. Sentada na cama, Parvathi abriu seu livro favorito, *A bela e a fera*. Bela também teve que se sacrificar pelo pai. Na ilustração, Bela exibia um rostinho em forma de coração muito parecido com o dela, mas tinha cabelo castanho e enormes olhos cor de esmeralda, enquanto Fera era mostrada com mãos em forma de patas e um rosto leonino, mas não inteiramente feio. Não havia imagens do belo palácio onde Fera morava, mas Parvathi o imaginava parecido com Adari. Ela o imaginou dizendo: "Esperei a vida toda por você. Construí este palácio para você. Tudo o que desejo é agradá-la." Se ela fechasse os olhos, podia ouvir os corredores murmurando o que ele não conseguia dizer: "Seja minha. Liberte-me." E ela se ouviu dizer: "Eu te amo. Eu sou sua."

Chegou a hora de madame Regine partir. Ela se comportou esplendidamente, mas a satisfação de se livrar do calor, das empregadas mal treinadas e da falta de conversa civilizada era impossível de esconder.

Parvathi ainda não conseguia lembrar se a pessoa falava com o vizinho da direita durante a sopa, o peixe e a entrada, e com a pessoa sentada à esquerda durante a carne, o doce e o chá, ou o contrário. Mesmo assim, madame informou a Kasu Marimuthu que a esposa dele estava pronta para encantar e ser encantada pela mais sofisticada das sociedades. Ele, por sua vez, informou à esposa que estava planejando dar uma festa ao ar livre, algo bem inglês.

Parvathi sentou-se sozinha na cama aquela noite com o dicionário e encontrou a palavra nova daquele dia: anglófilo: substantivo e adjetivo (pessoa) que aprecia a Inglaterra e tudo o que é inglês.

OS ANGLÓFILOS

Parvathi esperou a primeira festa com uma expectativa nervosa, pois achava que não estava preparada. De fato, tinha certeza de que cometeria algum grave *faux pas*. Ainda assim, pensara em uma estratégia – ela não ia comer, beber nem fazer nada antes de ver alguém fazer. Depois disso, copiaria exatamente o que visse.

A estratégia esbarrou no primeiro empecilho quando Kasu Marimuthu parou na porta do seu quarto e perguntou, surpreso:

– É *isso* que você está planejando usar?

Ela não tinha nenhuma peça reluzente para sua vitrine.

– Mostre-me todas as suas roupas – ele ordenou, entrando no quarto com passos enérgicos.

Ela abriu o armário e se afastou para ele olhar os sáris ordinários que o pai tinha comprado para o seu enxoval. Incrédulo, ele se virou para olhar para a mulher com quem se casara.

– Isso é tudo?

Ela balançou afirmativamente a cabeça e se lembrou de madame Regine dizendo: "Eu não vou ajudar com suas roupas porque não sei nada sobre elas."

– Que coisinha engraçada você é – ele resmungou, virando-se para confrontar os artigos ordinários do armário da mulher, sáris marrons, verde-garrafa, cinzentos e amarelos sujos. E ele também ficou chocado ao pensar que tinha prestado tão pouca atenção a ela que não notara as roupas feias e ordinárias que usava. – Bem, agora não dá para fazer mais nada – ele disse, mas parou de repente.

– Ou talvez dê. – Agarrando a blusa do sári que a mulher tinha usado no casamento e fazendo um sinal por cima do ombro para que ela o seguisse, ele saiu a passos tão largos que ela teve que correr para conseguir acompanhá-lo. Eles atravessaram o pátio e se dirigiram para um quarto onde ela nunca entrara. Quando explorou a casa pela primeira vez, aquele quarto estava trancado, e desde então ela se interessara mais pelo que acontecia na selva. Parou do lado de fora da porta e apontou impacientemente para o molho de chaves pendurado na cintura dela. Com pressa, ela o entregou ao marido e ele abriu a porta do quarto de sua primeira mulher.

Parvathi olhou em volta do quarto verde-claro. Havia um divã sobre um tapete de seda cor de esmeralda. Na parede atrás dele estava pendurada uma pintura de um beija-flor branco alçando voo de uma laranjeira. E que estranho, mas essa mulher tão sofisticada, que costumava fazer compras na Bond Street, tinha uma coleção de bonecas que enchia toda uma parede do cômodo. Parvathi pensou que jamais conseguiria dormir vigiada pelos olhos cegos de centenas de bonecas vitorianas em trajes completos, algumas bem grandes, sentadas enfileiradas nas prateleiras. Em outra parede estava pendurada a sua marca registrada, a máscara de cetim de lobo. Kasu Marimuthu abriu as portas de um armário forrado de espelhos.

– O corpo dela era maravilhoso, portanto as blusas não vão caber em você – ele disse, sem se dar conta ou sem se importar com a crueldade dessa observação –, mas vamos ver se achamos um sári que combine com a sua blusa. – Ele tirou um sári verde, todo bordado e obviamente muito caro. – Este – ele disse, e segurou-o debaixo do queixo dela.

– Mas não combina com a blusa – comentou ela.

Ele sorriu ironicamente.

– Para ter estilo, minha cara, você tem que conhecer as regras e estar preparada para quebrar algumas.

Ela olhou para ele, espantada. Ele queria que ela quebrasse regras? Como seria possível? Ela fora criada para obedecer – para ouvir e sempre fazer o que mandassem. Uma coisa era certa: nenhum dos outros maridos das Mamis dizia-lhes para quebrar regras.

Mas Kasu Marimuthu não tinha terminado. Na biblioteca, ele abriu um cofre escondido atrás de um quadro e examinou rapidamente seus tesouros.

– Ah – ele disse, quando encontrou a caixa de veludo. – Abra – ordenou, entregando-a para ela. Lá dentro havia um colar de rubis feito sob medida, com um cinto combinando. Enquanto ele fechava o colar, mandou que ela dissesse à costureira que reformasse todas as blusas da sua antecessora para que coubessem nela.

– Bem, o que você está esperando? – perguntou impacientemente assim que acabou de fechar o colar.

Parvathi correu até o quarto e se olhou no espelho, maravilhada. O marido tinha razão. Aparentemente, verde e cor de laranja combinavam quando Kasu Marimuthu decidia assim. Tão bem que uma inglesa se aproximou dela para comentar a combinação.

– Eu nunca teria imaginado, sra. Marrymuthu – ela disse –, que hortelã e laranja pudessem ficar tão bem juntas.

– Obrigada – Parvathi agradeceu, olhando para baixo, para o sári. Então, esse não era um verde qualquer, era cor de hortelã.

Depois dessa primeira vez, todas as festas se misturaram umas com as outras: os convidados reunidos ao redor de um palco onde uma orquestra tocava ao vivo, e no vento o cheiro de um porco caçado nas plantações de borracha com lanças, cães e armadilhas, passando de vermelho a marrom num espeto. Esse era um dos favoritos dos empresários chineses.

Eles eram um enigma para ela, aqueles homens malvestidos que respondiam a todas as perguntas a respeito dos seus negócios com a boca virada para baixo e a declaração universal de que os negócios eram *"bo ho"*, nada bons, ou se falassem inglês, com as palavras "vamos sobrevivendo". Entretanto, o marido disse a ela que eles eram imensamente poderosos e estavam entre os homens mais ricos da Malásia. Ele também disse que, para esses homens, o tema da morte jamais deveria ser mencionado; a simples palavra "morte" os deixava nervosos.

– É uma característica da raça – afirmou ele. – Nascer chinês significa ter um medo terrível da morte. – Eles não querem saber dela.

Mas eram as mulheres que eles levavam consigo que intrigavam Parvathi. Era sempre uma terceira ou quarta esposa, ou às vezes uma concubina alegando o status de quinta esposa. Com o corpo magro e liso de um rapaz adolescente, todo o sexo delas estava no rosto (que normalmente era muito bonito), no cabelo brilhante, preto-azulado, e nas pernas lisas e bem torneadas. Mas, em volta delas, Parvathi encontrou uma parede invisível, impenetrável. Dos malaios ela gostava. Uma raça charmosa que sempre vinha com um presentinho, que, traduzido literalmente, significava "um presente da mão". Os homens eram muito educados e suas esposas, graciosas e sensuais. Não havia muitos deles nas festas de Kasu Marimuthu, pois não tinham vocação natural para empresários.

E havia também os brancos, na maioria britânicos, homens e mulheres altos que sorriam gentilmente para ela, aquela mulher pequenina tentando falar a língua deles. A primeira coisa que eles sempre faziam era encontrar outro rosto imperialista para comentar o quanto sentiam saudade das tortas de carne do açougue perto de casa, de um peixe com fritas, dos assados de domingo, da leitura dos bons jornais etc., etc. Lá estavam eles no belo jardim de Kasu Marimuthu, desfrutando da farta hospitalidade e reafirmando sua superioridade cultural. Uma vez Ponambalam Mama acusou-a de dar nomes europeus aos Siamangs porque considerava a raça branca superior à dela.

— E não é? — ela havia respondido.

— Você não vê que eles estão convencidos da superioridade deles apenas porque você também está? — ele retrucou, frustrado. — Você sabe que quando o homem branco chegou à Índia ele só se misturava com a realeza, e, portanto, convencido da superioridade deles, ele se tornou nativo, copiando a língua, os costumes, os hábitos e até se casando com as princesas. Então, entende, nosso valor e nossas riquezas nós guardamos em nossas próprias mãos.

Parvathi sacudiu a cabeça, discordando.

— Você não vai negar que nós somos muito atrasados comparados com eles. Você sabe que tudo nesta casa foi projetado por eles?

Ponambalam Mama suspirou e disse algo sobre os ciclos da evolução humana, sobre a civilização egípcia, que construíra coisas que não podiam ser replicadas nem mesmo hoje pelos homens brancos mais adiantados.

E embora tenha ficado calada depois disso, Parvathi manteve a opinião de que os brancos eram, de fato, diferentes. E os filhos deles não eram submissos como os asiáticos. Desobedientes, atrevidos e cheios de curiosidade, sempre perguntando: "Por quê?"

Como se percebesse o crescente complexo de inferioridade de Parvathi, um dia, enquanto elas observavam um corvo procurando minhocas no chão, Maya disse:

– Quando você ficar sentada, calada, ouvindo a conversa deles, não se esqueça de que em outras vidas você já foi branca. E quando você era dessa cor, também falava como se só isso a tornasse superior aos outros homens de cores diferentes. Você sabia que o corvo vê preto o que é branco e branco o que é preto? Então, para ele, eles são todos pretos e você é branca. A sua realidade é uma ilusão da sua percepção.

O corvo grasnou, e Maya acrescentou:

– No dia em que você ouvir isso como uma canção, saberá que descobriu que a sua realidade não é sólida. Se você mudar sua percepção, mudará sua realidade.

Não convencida disso, Parvathi não tentou mudar sua percepção, mas continuou a escutar secretamente as fofocas das mulheres brancas. Elas mal reparavam nela, em parte porque ela permanecia imóvel, e em parte porque o convencimento delas não deixava que suspeitassem que o seu vocabulário ultrapassara o delas havia muito tempo. Por intermédio delas, ela soube que Kasu Marimuthu era *"nouveau riche"*, que Adari era "uma Versalhes hollywoodiana" e que ela era a "substituta de pele suja". Mas Parvathi não lhes queria mal. Na realidade, ela era totalmente fascinada por elas.

Ela poderia passar horas ouvindo-as conversar sobre os filhos, compras na NAAFI, o calor insuportável, os criados ladrões, a ausência de um bom sistema escolar, reminiscências dos chalés no campo, das roseiras na primavera e fofocas sobre pessoas que conheciam. Elas pareciam reservar as observações mais maldosas para India Jane Harrington, a esposa do diretor da escola. Ela era frequentemente criticada por decepcionar seus pares, enquanto as outras mulheres se uniam mais e sacudiam a cabeça com reprovação.

– Honestamente – disse a sra. Adams –, a mulher faz com que se tenha vergonha da própria raça. Ela agora passou de leviana para misteriosa.

Parvathi começou a observar disfarçadamente a sra. Harrington. Tinha um sotaque diferente que alongava o "a". Ela também fumava como uma chaminé e bebia para valer, mas com seus brilhantes olhos verdes, lábios vermelhos e um corpo esguio e sinuoso, parecia uma estrela de cinema. Sua estrela não brilhava menos por causa de uma filha sem graça e resmungona chamada Kakoo, que Parvathi um dia ouviu perguntar à mãe: "Esse é o bichinho de estimação dele?" ao ver uma mosca zumbindo em volta da cabeça de um garçom. E a mãe respondeu, com certa irritação: "Você tem que ser sempre tão boba?"

Bem, logo ficou claro que não eram as mulheres que evitavam a companhia dela, *ela* é que mantinha certa distância e buscava a companhia dos maridos delas. Mas não havia comportamento nem "leviano" nem "misterioso" aparente. É verdade que ela dançava com muitos homens, mas as outras também, e exatamente da mesma maneira que ela. Os homens punham as mãos nas costas dela, mas nunca as pousavam acima do lugar onde acabava a roupa e começava a pele. Às vezes os dedos deles quase tocavam a borda do pano, mas nunca, nunca a ultrapassavam. O decoro era observado com perfeição. Parvathi concluiu que as mulheres tinham era inveja dela.

Então, um dia, ela estava parada na janela da sala de música sozinha quando ouviu no corredor as vozes da sra. Harrington e do major Anthony Fitzgerald. Em um átimo de segundo ela resolveu se esconder atrás da cortina. Eles entraram correndo; ele fechou a porta, trancou-a e se virou para ela. E então, como se estivessem dançando, ele conduzindo, puxando, ela correndo na direção dele e suas bocas se juntando em beijos sôfregos. Ele a empurrou para um canto. As unhas vermelhas dela curvaram-se ao redor do pescoço vermelho dele, e num instante suas calças cinzentas estavam caídas em volta dos seus tornozelos.

Parvathi ficou tão curiosa a respeito das manobras deles quanto dos cães no quintal da casa do pai. Ela ouviu os ruídos, os gemidos, a respiração ofegante e observou as nádegas brancas do major Anthony Fitzgerald sacudirem como se fossem feitas de gelatina de leite de coco. Não se tratava de uma invasão de privacidade porque eles eram outra espécie na floresta. Porque era inteiramente distinto do que ocorria entre ela e Kasu Marimuthu. Não só o prolongamento proposital do ato que podia acabar tão depressa, mas o modo como *ambos* se entregavam a ele, e o prazer audível que a mulher tinha com ele.

Então India Jane Harrington fez uma coisa surpreendente: ela ficou tensa, com o rosto contorcido, mas não, Parvathi percebeu espantada, de dor e sim de prazer, então ela guinchou e ficou mole. Prazer! Mas sua mãe sempre suportara aquilo em silêncio, como se fosse uma obrigação.

Depois disso, India Jane virou o rosto e disse: "Depressa, Anthony." E como se ele estivesse aguardando por essa ordem, olhou para ela e disse, ofegante: "Sim, sim, é claro." Virando o rosto, e como os cães do quintal do pai costumavam fazer, ele deu um último impulso e afundou dentro dela. Eles ficaram unidos por mais alguns segundos, então o major saiu de dentro dela e, virando-se, começou a ajeitar as roupas.

De um bolso, ele tirou um lenço grande, debruado de azul. Usou-o para limpar as partes e, num piscar de olhos, levantou as calças e ficou pronto para sair. Mas, em vez de sair, ele hesitou, puxando o lenço, olhando em volta envergonhado.

– Pode ir agora – India Jane disse, ainda encostada na parede, sua voz retomando o tom frio e superior de sempre. E ele obedeceu; saiu rapidamente, com um olhar furtivo para trás, como se estivesse abandonando a cena de um crime. Os cães se comportavam com mais dignidade. Parvathi ficou sozinha com sua presa.

A mulher abriu os joelhos e, com um movimento ágil, passou a palma da mão entre as pernas, de trás para frente. Então ela endireitou o corpo e foi calmamente até as luxuosas cortinas de seda e limpou a mão nelas. Havia um espelho do outro lado da sala e ela contemplou a si mesma. Ela era bonita e entediada. Dez majores comedores de torta de galinha não a teriam satisfeito. Ela jamais deveria ter se casado com o diretor da escola. Obviamente, ela era boa demais para ele, para o mundo ao qual pertencia agora. Ela sem dúvida tinha imaginado algo diferente, mais glamoroso.

Molhando a ponta do dedo na língua, ela alisou um cacho de cabelo perto do rosto. Tirou da bolsa um cigarro e o acendeu. Deu uma longa tragada. Depois foi até o armário de bebidas e se serviu de uma dose. Do lado de fora, a orquestra começara a tocar a música mais sedutora do mundo, o *rongeng*. E no gramado os homens brancos estavam tentando dançar, mas sem o ritmo inato nem o estilo instintivo dos dançarinos profissionais da Malásia.

India Jane foi até as janelas altas; parada a menos de meio metro de Parvathi, ela ficou observando os dançarinos. O reflexo no vidro mostrava uma expressão de desprezo nos lábios. Finalmente, ela se afastou da janela, apagou o cigarro e pegou sua roupa de baixo que estava ao lado da escrivaninha. Ela não a vestiu, enfiou-a na bolsa e saiu da sala.

Parvathi saiu do esconderijo e foi até as cortinas onde a sra. Harrington tinha limpado a mão. O cheiro da cópula pairava ali perto. A cortina o tinha absorvido. Uma frágil lembrança do momento de prazer de India Jane Harrington. Parvathi ficou parada onde ela estivera e olhou para onde ela havia olhado. Que mulher obscena, desrespeitosa, desprezível. Não era de admirar que as outras mulheres não gostassem dela. E no entanto, como ela era corajosa em fazer o que queria sem se importar com as consequências. A mulher ficou mais especial e perfeita aos olhos de Parvathi. Sem tocar em nada e sem deixar nenhum sinal de sua presença, como se estivesse na selva, Parvathi saiu, desviando das cinzas que a sra. Harrington tinha derrubado no caro tapete.

No gramado, o padre Marston se aproximou dela.

– Se não se importa com a pergunta, qual é a sua religião?

– Eu sou hindu – Parvathi respondeu, virando-se para olhar para aquele rosto magro e cansado. Ele tinha febres frequentes, mas tinha uma vocação e seus olhos brilhavam.

– Ah, então você deve ter uma divindade favorita. Deixe-me adivinhar... é Ganesha, o deus-elefante, não é?

– Na verdade, eu rezo para a pequena cobra prateada que o serve.

O sacerdote recuou como se uma cobra tivesse saltado de sua boca e lhe dado um bote. – Meu Deus! – exclamou, genuinamente horrorizado. – Eu nunca ouvi uma coisa dessas. Como você sabe que ela é um deus? Quem foi que disse?

Parvathi sacudiu os ombros.

– Sra. Marimuthu, a senhora sabe que foi por causa de gente que rezava para ídolos e para imagens sem valor que Deus enviou o Seu único filho para a Terra, para nos dizer quem Ele realmente é? O filho Dele se chamava Jesus e morreu numa cruz por nós. Mas ainda há alguns de nós que insistem em rezar para cobras. No cristianismo, foi a serpente que tentou Eva e fez o homem pecar. Como a senhora pode rezar para um símbolo do mal?

Parvathi não soube responder.

– Amanhã eu vou passar aqui e deixar uma Bíblia para a senhora. Por favor, leia e me diga o que achou. Eu estou muito interessado em ouvir sua opinião. Eu sei sem sombra de dúvida que Deus não é, definitivamente, uma cobra.

Aquela noite, Parvathi sentou-se na varanda com Maya.

– Maya, você já leu a Bíblia?

– Já. Por que pergunta?

– Bem, um padre católico me perguntou como eu podia rezar para um símbolo do mal. Ele disse que Deus não pode ser encontrado num pedaço de barro nem numa escultura de pedra, por mais bonita que ela seja. E continuar fingindo que sim depois que Deus mandou Seu único filho à Terra para nos dizer que não é simplesmente pagão.

Maya suspirou.

— Você poderia dizer que a sandália de sua mãe que você guarda com você é ela?

— Não.

— Ela é só um pequenino aspecto dela, e, no entanto, para você, ela a representa tão completamente que basta você olhar para ela que a imagem completa de sua mãe lhe vem à cabeça. Você poderia ter trazido uma blusa velha, uma joia, um pente quebrado ou qualquer outra coisa que fizesse você lembrar dela.

— Sim.

— Encontrar a divindade em toda a sua inteireza seria impossível para o homem, então ele vê uma luz, um arbusto em chamas, um anjo, uma aparição numa cruz, e ele chama isso de Deus. Mas, com a arrogância costumeira do homem, ele começa a acreditar que aquela pequena parte que ele tomou é o Todo. A escultura de pedra é um símbolo. Qualquer coisa que você venere pode se tornar Deus porque Deus existe em todas as coisas vivas e mortas que você vê. Ele está em tudo e em toda parte. Se uma pessoa acreditou o suficiente num pedaço de pedra, essa pedra um dia irá abrir os olhos e mostrar que Deus vive nela. Não importa se alguém decidiu adorar uma pedra, um homem, uma árvore ou uma cobra. Basta acreditar para ser verdade.

— Deus irá se manifestar para você na forma que encha seus olhos de ternura. Que diferença tem para Deus se é um homem moribundo numa cruz ou uma serpente que é usada para fazer o devoto pensar Nele? O importante é amá-Lo de todo o coração. É verdade que Ele jamais irá aparecer como uma serpente para um cristão, mas Ele aparecerá assim para você.

Lá embaixo, Kasu Marimuthu, sem se importar com as preocupações espirituais da sua jovem esposa, ergueu o copo e bebeu. E foi bebendo cada vez mais ao longo dos anos. As garrafas chegavam da Inglaterra em baús.

TENTAÇÃO

Parvathi parou no topo da escada que levava à festa, usando o sári mais caro do mundo e sandálias de saltos altos bordadas de topázios amarelos e olhos de tigre. Seus olhos lindamente maquiados examinaram o gramado onde garçons de uniformes engomados e luvas brancas serviam convidados elegantes. Graciosamente, ela começou a descer. Quem poderia imaginar suas origens agora, o casebre de um só cômodo, as duas mudas de roupa no guarda-roupa. Não restava quase nada da antiga pessoa nela que pudesse trair esse novo ser. Aqui, tudo era alegre e cintilante: o passado não ousava se aproximar. Ele ficava nas sombras, como um fantasma confuso. Ora, não havia uma só mulher ali presente que não invejasse sua riqueza e sua posição.

A orquestra estava tocando algo rápido e sugestivo, e havia casais dançando. Numa longa mesa com uma toalha branca, havia diversas travessas e vasilhas de cristal com nozes, passas, sanduíches, salgadinhos, fatias de bolo de frutas importado, bolos locais bem coloridos e enfeitados, biscoitos chineses, chocolates importados e outras guloseimas. O arranjo de flores do centro era incrivelmente exótico; o jardineiro tinha retirado o centro de algumas flores e os tinha encaixado nos cálices de outras. A troca tinha sido executada com tanta habilidade que era impossível perceber. Não muito longe, um porco selvagem girava lentamente no espeto. O cheiro de madeira queimada e de carne tostando chegou até ela, que se virou na direção da brisa do mar. Esta fez seu sári se encher de ar e todas as joias bordadas nele brilharam nos últimos raios de sol.

Parvathi deu um gole no belo coquetel criado especialmente para ela: uma criação verde transparente com pétalas de rosa e sal na borda. Como era não alcoólico, ele não se tornou muito popular, mas isso não tirava a importância do fato de ela ser alguém especial, ela era a esposa de Kasu Marimuthu. As pessoas queriam conversar com ela. Até os garçons tinham sido ensinados a se dirigir a ela como "madame".

Uma dama veio falar com ela. Tinha olhos iguais aos das bonecas do quarto da primeira esposa. Verdes com raios emanando de uma estrela lá dentro. Mas, ao contrário das bonecas, ela exibia uma teia de rugas em volta dos olhos. Quando Kasu Marimuthu olhou para Parvathi e fez um sinal, chamando-a, ela se desculpou educadamente e se afastou.

Ele a apresentou a um conhecido do trabalho. Ela o cumprimentou graciosamente, nunca esquecendo a ocasião em que respondera uma pergunta com as palavras: "Exatamente isso eu tenho", e o olhar zangado que ele tinha lançado na direção dela. Depois que os convidados tinham ido embora, ele disse: "A brevidade é sua aliada. Você é um gênio até abrir a boca."

Parvathi inclinou a cabeça e lambeu com gosto o sal da borda do copo, e, quando ergueu os olhos, olhou para um par de olhos vigilantes, intensamente azuis. Por um instante, ela foi apanhada de surpresa pela ousadia do olhar do homem, e então se recobrou e desviou o olhar. Ela disfarçou o mal-estar. Mas tinha feito uma coisa errada. Tentou pensar quem ela já tinha visto fazer aquilo. Ah, India Jane Harrington. Ela devia ter esperado que um dos outros fizesse antes de copiar o gesto, porque percebeu que era um gesto excessivamente sensual. Ela não tornaria a fazê-lo.

Quando ela tornou a vê-lo, ele estava conversando com alguém, e estava com a cabeça ligeiramente inclinada, ouvindo com atenção. Ele era diferente dos convidados habituais de Kasu Marimuthu, e definitivamente não era inglês. Mais do que a pele morena ou o queixo quadrado, havia nele uma impaciência e uma tensão que o distinguiam.

Soou um gongo; estava na hora de começar a dança do leão. Enquanto as pessoas começavam a se reunir em volta do palco, Parvathi tomou o caminho oposto em direção à beira do gramado.

Ela parou por um momento onde começava a praia e desejou que as monções chegassem. Aí as roupas bateriam loucamente no varal, os coqueiros se inclinariam sob a ventania e, com o vento e a chuva, toda a poeira seria lavada do ar, de modo que este se tornaria tão limpo que seria possível ver tudo em seu estado mais claro, mais puro. Seria possível ver até as teias de aranha que brilhavam entre as folhas dos coqueiros e os grãos de areia na praia. E ali onde ela estava ficaria cheio de cocos caídos e de folhas verdes.

O sol já tinha se posto atrás da casa, lançando sua sombra violeta sobre a areia e aquela última luz alaranjada que os aldeões chamavam de *mambang*, espírito flutuante, pairava sobre a água escura. Nas varandas, os criados tinham iniciado o ritual executado duas vezes por dia de regar as samambaias e acender os lampiões das sacadas. Essa era a sua hora favorita do dia.

Caminhando até onde começava a areia macia, ela tirou os sapatos e, passando pelos buraquinhos feitos pelos caranguejos, parou por um momento na beira da água.

Então, erguendo o sári até quase a altura dos joelhos, entrou no mar. A água estava morna e ela encolheu os dedos na areia. Uma gaivota voou acima dela. Hipnotizada pelo modo como o sol pintava de vermelho as pontas de suas asas transparentes, Parvathi levou um susto ao ouvir alguém se juntando a ela na água. Ela se virou. Era o desconhecido. Tinha enrolado as calças de linho branco até a batata das pernas. Elas eram douradas. Ele se aproximou e parou ao lado dela. Sem os saltos altos, ela mal alcançava o peito dele. Ela olhou para o rosto dele. Ele tinha olhos de oceano.

– Você é muito infeliz, não é?

Ela abriu a boca para negar aquela observação ridícula, mas ficou sem ar. Sua mente ficou vazia e não conseguiu emitir um som. Eles olharam um para o outro. Este oceano a desejava. Involuntariamente, ela abriu as mãos e o sári mais caro do mundo caiu na água salgada. Na base da sua barriga, uma onda do branco mais azul quebrou e seu corpo inteiro ficou tão intensamente alerta quanto o cervo que sente o cheiro do predador no vento. De repente, ela começou a perceber tudo; o céu cor-de-rosa atrás da cabeça dele, o vento revelando-lhe o corpo através da camisa, as centenas de pelos dourados que cobriam sua pele, o cheiro da sua colônia, o gosto de sal no ar, as ondas quebrando a seus pés, o grito da ave no céu e aquela fração mínima de movimento que seus corpos fizeram na direção um do outro.

Ah! Como ela o desejou. Ela queria apertar o corpo contra o dele e implorar a ele para fazer, na luz cor de laranja, as coisas que o marido fazia com ela no escuro. Por algum motivo inexplicável, a lembrança da ocasião em que ela espiara pelo buraco do muro do pai e vira os dois cães lhe voltou à mente. A cadela agachada, sacudindo o rabo, chamando. Então, como se eles tivessem sabido o tempo todo, um correu para o outro, roçando, andando em círculos, tremendo, ofegando, fazendo sons guturais. Eles chegaram a se erguer nas patas traseiras para lamber o focinho um do outro. Então o cachorro montou na fêmea. A princípio ela ganiu e se moveu sob seu peso, mas depois os dois ficaram tão imóveis que Parvathi imaginou se teriam adormecido. Mas um quarto de hora depois, eles se afastaram e ficaram por um instante lado a lado, e então primeiro o cachorro e depois a cadela foram embora.

Com um movimento leve, sonhador, de grande sensualidade, a mão dela se ergueu na direção do rosto dele, como que para acariciar a face magra onde um músculo pulsava. As pulseiras se chocaram fazendo um som doce.

Sita.

A mão dela parou. Alguém tinha chamado seu nome. Ela virou a cabeça na direção do som, usou a mão parada para acenar, e então se afastou abruptamente do homem e caminhou de volta para terra seca. Um instinto bem lá no fundo dela queria voltar para a água, mas a fachada de sua vida se impôs e sua mente surgiu, furiosa e implacável. Ela era a esposa de Kasu Marimuthu, impecável, misteriosa e inquestionável. Que comparação era essa com cães? Eles não eram cães. Ela, com certeza, não era.

Seria possível que ele tivesse achado que ela erguera a mão para afastá-lo? Sim, sim, era isso que ela ia fazer. Sua culpa se transformou numa raiva fria, e não mais dirigida a si mesma. Ela era inocente. Tinha tentado afastá-lo, mas ele tinha prática nesse tipo de coisa. Aquele homem estava enganado: ela não era nem a primeira esposa de Kasu Marimuthu nem a esposa do diretor. Sujeito grosseiro. Será que ele achava que a esposa de Kasu Marimuthu era ordinária a esse ponto? Ela era decente, era uma boa mulher. Ela não tinha amantes. Que ousadia a dele. Parvathi recolheu as sandálias e, carregando uma em cada mão, começou a correr na direção da casa. O perdedor não foge sempre com o rabo entre as pernas? O sári molhado grudou em suas pernas. Meu Deus, o sári! Ela arruinara a roupa que Kamala disse que um garotinho em Jaipur provavelmente tinha ficado cego para fazer. Ele tinha sacrificado a visão dele à toa.

O que iria fazer agora? Ela correu para o lado da casa. Maya saberia como salvar o sári.

Quando chegou na porta dos fundos, ela começou a chamar:
– Maya, Maya, veja o que eu fiz.

Na porta, Maya olhou para a bainha do sári e depois para o rosto vermelho e ofegante de Parvathi. Fios de cabelo tinham escapado do coque e cobriam o seu pescoço. Ela imaginou o que teria acontecido para obrigar a criança de repente a lutar com emoções de mulher, mas não havia nenhuma expressão em seu rosto quando ela disse calmamente:
– São seis metros de fazenda, Da.
Parvathi respirou fundo.
– Por favor, Maya, me ajude a salvá-lo.
– É claro. Tire o sári e me dê.

Maya encheu um balde de água no jarro de barro que ficava ao lado da porta dos fundos e despejou-o nos pés de Parvathi, e Parvathi entrou na cozinha. Ela se despiu rapidamente, e correu para cima enrolada num velho cobertor. No quarto, ela foi até o espelho. O que viu lá a deixou chocada. Levantou a mão e tocou nos lábios trêmulos.

– Eu não sou infeliz. Eu sou muito feliz – ela disse ao seu reflexo, mas, no último momento, seus olhos, que brilhavam tão estranhamente, se desviaram do espelho.

Virando-se, ela foi até a sacada. O homem ainda estava na água, com as mãos enfiadas nos bolsos, contemplando o horizonte. E a mulher do diretor, com um drinque na mão, estava andando em sua direção. Uma imagem indesejada das pernas da mulher enroscadas em volta dele passou pela cabeça dela. E daí? "Ela que fique com ele", ela disse em voz alta, mas sua voz soou diferente e zangada. Quem teria pensado? Ela estava com ciúmes.

Parvathi entrou e começou a se vestir.

– Na verdade, foi bom eu tê-los visto juntos. Eles merecem um ao outro. Ambos são iguais – ela disse a si mesma, e dessa vez ficou aliviada ao notar que sua voz estava normal. Com habilidade, ela retocou a maquiagem e consertou o penteado. No espelho, uma mulher elegante, calma olhou para ela. Ela voltou para a festa.

– Ah, você trocou de roupa – alguém disse.

– Sim, eu derramei alguma coisa na roupa – respondeu Parvathi com educação.

– Sita – o marido chamou.

– Sim – ela disse, e se virou com um sorriso.

Kasu Marimuthu estava junto do estranho de olhos azuis. O sorriso ensaiado de Parvathi não se abalou.

– Samuel, minha esposa, Sita. Sita, Samuel West. Ele é americano. E se tudo correr bem, talvez façamos alguns negócios juntos.

– Olá, Sita – disse Samuel West. Os olhos dele eram simpáticos, e seu aperto de mãos foi caloroso e firme, mas breve. Foi como se aquele episódio na água jamais tivesse acontecido.

– Prazer em conhecê-lo, sr. West.

– Por favor, apenas me chame de Samuel.

– Está bem – ela disse formalmente.

– Vocês têm um belo trecho de praia. As águas são seguras para nadar?

– Sita não nada – Kasu Marimuthu disse.

Samuel West ergueu as sobrancelhas, surpreso.

– Ah – disse, e ia dizer mais alguma coisa, mas alguém do outro lado do gramado chamou e Kasu Marimuthu pediu licença e saiu depois de prometer que voltaria.

Ela olhou para Samuel West.
— Venha comigo. Tem uma coisa que eu acho que você vai gostar.
— Claro — ele disse, e foi atrás dela. Ela o levou até a churrasqueira, onde muitas pessoas já estavam reunidas, e pediu a um dos rapazes que cuidavam do fogo um pouco do prato novo que Maya tinha preparado: camarões gigantes temperados com rum e especiarias. Samuel não quis garfo nem faca. Seus dentes brancos e retos partiram um camarão ao meio. Que homem lindo ele era. Talvez o mais bonito que ela já tinha visto.
— Isso está uma delícia — ele disse. — A comida na Ásia tem um gosto tão melhor.
Para isso ela tinha uma resposta no seu estoque de tópicos de conversa:
— É o sol. Tudo tem mais sabor quando amadurece ao sol.
— Hum.
Ela o observou comer. Devia ser bom ser tão confiante. Saber que o que você fizer vai estar certo. Nunca precisar olhar para alguém para saber como se comportar. Devia ser maravilhoso ser uma criança pequena e aprender que você pertence a uma raça superior. Que não tem que se curvar diante de ninguém. Não havia nenhuma afetação no modo como ele limpava a boca com o guardanapo. Ele agia como um homem. Bonito. Ele era bonito.
Samuel ergueu os olhos de repente e a apanhou olhando para ele.
— Você gostaria que eu a ensinasse a nadar? — ofereceu.
Antes que Parvathi pudesse pensar numa resposta apropriada, a esposa do diretor apareceu do lado deles, com a pelve atirada ligeiramente para a frente, um drinque na mão e um olhar sensual. Ela falou com uma voz sedutora:
— Você está perdendo seu tempo, Sam. Os nativos acreditam que existem espíritos perigosos escondidos na água, esperando para levar os incautos. Eles se reúnem na praia, batem os pés nas ondas, mas nunca nadam.
Samuel West lançou um olhar duro para ela.

— Sabe, sra. Harrington, é bom que não estejamos na Arábia, porque os árabes têm uma péssima opinião do convidado que insulta seu anfitrião.

India Harrington virou o rosto sem nenhum arrependimento para Parvathi, embora seu corpo continuasse virado para o macho. Seus olhos faiscaram, mas sem malícia. Ela só queria o homem. Quem poderia culpá-la? Ele era um tesão.

— Eu não estava insultando ninguém. É verdade, não é, sra. Marry-muthu? O povo deste país *tem* medo de entrar no mar.

Boa notícia, sra. Harrington. Este homem não é para mim.

— Eu não sei, sra. Harrington — Parvathi disse. — Eu também não sou deste país. Entretanto, talvez seja útil para a senhora saber — ela fez uma pausa e, virando o rosto para ocultá-lo de Samuel West, piscou o olho e continuou: — que no meu país nós gostamos de ter uma caixa de lenços de papel na primeira gaveta da direita.

Aquilo só levou um segundo para ser registrado, e então India Jane Harrington sorriu, um sorriso lento, esplêndido.

— Eu imaginei quem seria. Eu sabia que tinha que ser alguém pequeno. Eu quase falei com você — ela disse.

— Você deveria ter falado. Estava quente demais dentro daquela cortina de brocado.

A sra. Harrington jogou a cabeça para trás e deu uma gargalhada.

— Ah, você é uma preciosidade.

— Agora vocês dois precisam me desculpar. Acho que meu marido está me chamando — Parvathi disse com leveza. Quando se afastou, ela ouviu Samuel West perguntar: — Do que vocês estavam falando?

E India Harrington respondeu:

— Essa é uma história que é bem melhor que não seja contada.

Num certo momento, ele veio se despedir. Na luz do lampião, os olhos dele não refletiam a luz, eram quase só pupilas.

— O senhor precisa voltar aqui, sr. West.

— Eu voltarei. Esta foi uma noite muito interessante. — A voz dele mostrava força e determinação. Esse homem nunca havia desejado nada desesperadamente; tudo sempre lhe vinha às mãos com facilidade e rapidez. Ele era um americano no estrangeiro. Nada barrava o seu caminho.

— Boa-noite, sr. West — ela disse, e sorriu educadamente.

— Boa-noite, Sita — ele disse, e, por alguma razão que ela não compreendeu, não sorriu de volta.

Naquela noite ela sonhou que ele ia até ela e ela dizia a ele: "Não toque no que você ainda não pagou." Mas ele simplesmente ria e dizia: "Você não sabe, para ter estilo é preciso quebrar algumas regras?"

— Eu não vou fugir com você — ela avisou.

— Mas eu não quero que você fuja comigo. Eu só quero o que você prometeu na praia — ele disse, e estendeu a mão para o seu sári. Mas Maya apareceu de repente, sorrindo repulsivamente.

— Vamos ver o que você consegue fazer com o filho de Deus — ela disse. E o que aconteceu com Draupadi quando o rei malvado tentou despi-la e violentá-la na história dos Pandavas aconteceu com Parvathi. Quanto mais o homem de olhos azuis puxava o seu sári, mais pano aparecia, até haver uma montanha de sári ao lado dele, mas Parvathi continuava totalmente vestida e casta.

— Eu disse que não era igual à esposa do diretor — ela disse.

Mas de repente ela estava no tribunal, e Kasu Marimuthu, usando uma toga de juiz, uma peruca e segurando um sanduíche de pepino, disse:

— Eu não posso aceitar *isso* como prova. O que eu quero saber é o que aconteceu com o primeiro sári.

— Ele está com Maya — ela respondeu.

— Não é verdade — o palhaço disse, segurando o cisne debaixo do braço. — Ele está todo rasgado.

— Eu sabia. Todas as mulheres são infiéis! — exclamou Kasu Marimuthu. — Sita ficou na fogueira e não se queimou. Prove a sua castidade da mesma maneira.

E como em todos os seus pesadelos, sua mãe apareceu do nada e perguntou:

— Você não nos envergonhou, não é? — E de repente o chão se abriu debaixo de Parvathi e ela começou a cair nas profundezas da terra.

Ela acordou assustada. Eram quase duas horas da manhã. Cobrindo-se com um cobertor, ela foi até a sacada e ficou parada sob as estrelas. Era uma noite fria e, mesmo enrolada no cobertor, ela estremeceu. Lá longe no mar, um pescador solitário estava em seu barco, pescando à luz de um lampião. O vento que soprava de leste para oeste trouxe o cheiro da fumaça do charuto de Maya.

Normalmente, ela teria ido para junto da mulher, mas naquele dia ela não queria companhia. Em vez disso, ficou horas contemplando o céu enquanto sua mente revia sem parar o momento impensado em que sua mão se ergueu de moto-próprio para tocar no estrangeiro de olhos azuis. Quando as luzes do carro de Kasu Marimuthu apareceram no portão, ela se escondeu nas sombras, e esperou até ouvir Maya fechar a porta da frente antes de voltar para a cama. Quando ouviu os passos cambaleantes do marido no corredor, ela se virou de lado e fingiu que estava dormindo. Mas ele não parou na porta do quarto dela. Raramente a procurava nos últimos tempos. Mas se ele tivesse entrado, ela teria fechado os olhos e fingido que ele era o homem de olhos azuis.

À luz de um único lampião, Maya estava sentada, removendo com toda a paciência a casca de sete sementes de limão com uma pequena faca. O que ela encontrou dentro transformou em pasta no seu pilão e enrolou em pequenas bolas para dar a uma mãe que a tinha procurado aquela tarde chorando porque a filha era uma ninfomaníaca insaciável.

— Ajude-a. Ajude-a antes que o pai a mate. Tem que existir algo que acabe com esse apetite pecaminoso.

O CÃO

Quando ela desceu na manhã seguinte, o sári estava pendurado na sombra da grande árvore do pátio, parecendo não ter sido prejudicado pela exposição à água salgada. Mas quando ela se aproximou, viu que havia uma leve marca ondulada deixada pela água – o sári mais caro do mundo estava arruinado. Ela se afastou dele. Que isso lhe servisse de lição. Nunca mais ela ia ficar a sós com ele. Estava decidida quanto a isso. O homem a seduzia com os olhos. Era a existência de homens como ele que fazia homens como seu pai aprisionarem as filhas.

De todo modo, aqueles fortes sentimentos da véspera tinham desaparecido. Agora ela sabia que tinha sido uma espécie de loucura, mas passageira, sem importância e improvável de se repetir, se ela se mantivesse longe dele.

Ela compreendera mais uma coisa naquela manhã. O homem não era um cão, mas um gato selvagem, matando por matar, o impulso de matar despertado por um movimento ou um som. A solidão dela devia ter despertado esse instinto nele, e ele tinha se preparado para a matança, embora não estivesse com fome nem quisesse comer.

Ela estava andando na chuva, pela beira da água, perdida em seus pensamentos, quando um homem apareceu de repente ao seu lado. Ela se virou, pondo a mão no coração.

– Ó, sr. West – ela disse, espantada. – O senhor me assustou.

Ele sorriu, uma tática atraente.

– Eu gosto do modo como você sempre se engana. É Samuel.

Ela o encarou. Ele estava encharcado. Assim como ela. Não havia vento e a chuva caía reta, como agulhas. Uma gota de chuva deve ter caído nos olhos dele, porque ele piscou de repente, insu-

portavelmente lindo. E ela sentiu de novo aquela vontade insana de tocar nele. E não de um jeito delicado, mas com violência. Era perigoso ficar ali. Não havia ninguém por perto para impedi-la. Ela deu um passo para trás.
– Eu tenho que ir – ela disse, e deu as costas para ele.
– Espere, Sita.
Ela se virou lentamente.
– Meu nome não é Sita, sr. West. É Parvathi.
Ele olhou intrigado para ela.
– Parvathi – ele pronunciou de um modo bonito. Ela desejou que ele o dissesse de novo.
Por que tinha contado isso a ele?
– É um belo nome. Eu gosto.
– Eu também – ela disse, e sorriu.
Alto, orgulhoso, sem se dar conta e, sem dúvida, sem ligar a mínima para o fato de que aquele seu comportamento "impróprio" estava fazendo com que gente como a sra. Adams tivesse vergonha de sua pele branca, ele também sorriu. E assim que ela relaxou, tornou a sentir aquele desejo de rolar no chão com ele. De morder sua boca. De lamber seu rosto. De trepar com ele ali mesmo na areia, com a água batendo em seus corpos excitados. Sem afabilidades, sem desculpas, sem fingimento. Rude. Primitivo. Gritar de prazer como India Jane Harrington. Mas India Jane não tinha mostrado a ela que aquilo era algo momentâneo, de pouco valor? Ela não podia desistir daquilo que tinha sonhado a vida inteira, do caminho com um coração. O que ele poderia saber de um caminho com um coração?
– O que você está fazendo aqui? – ela perguntou friamente.
– Eu vim ensiná-la a nadar.
Que falta de imaginação, sr. West.
– Eu preciso mesmo ir embora agora – ela disse, e deu um passo determinado para trás, mas ele agarrou a mão dela. E como aquilo se aproximou do tipo de violência que ela estava pensando, uma carga de eletricidade explodiu em seu braço. Mas quando ela olhou entre os cílios molhados, viu na mesma hora que ele não

tinha sentido o mesmo. Não era assim para ele. Ele não estava com os nervos à flor da pele como ela. Com os olhos da mente, ela se viu arrancando os botões da camisa dele com os dentes e o rosto atônito dele dizendo: "Por que você tem que rasgá-la quando pode tirá-la de um modo civilizado?"

Ele tinha entrado no território dela sem a qualificação necessária, de mangas curtas, procurando um romance de férias debaixo de uma palmeira. *Dê outra olhada nessa planta que você trouxe para mim. Uma coisa fraca e insípida com folhas venenosas e frutas amargas, sem sementes.* Ela já tinha isso com Kasu Marimuthu. *Aprenda com o cão quando quiser se aproximar de uma cadela.*

– Ouça! – ele gritou com urgência na voz, mas quando conseguiu a atenção dela, ele diluiu o momento com palavras comuns, rotineiras. – Eu sei que é loucura, e me sinto um tolo, mas não consigo tirar você da cabeça.

Ela ficou olhando para ele, para aqueles olhos vívidos, tentando enxergar por trás deles. O que estava realmente acontecendo? Como ela podia dizer a ele que tinha passado a vida inteira esperando por um amor que não tivesse limites, por uma planta cheia de espinhos, de cheiro almiscarado, que só florescesse durante as monções? E essa semente selvagem, ela quis dizer a ele, vivia para sempre. Ela era sem limites, vasta e eterna. *Volte, Parvathi, volte. Você não irá encontrá-la aqui.* Ela torceu o braço para se soltar. Na imaginação dela, ele recusava a simples ideia de largá-la por um instante, isso era algo impensável, mas ele a soltou na mesma hora. Isso era um romance de férias, uma planta fraca, afinal de contas.

Olhe para ele. Ele já estava arrependido de ter sido tão impulsivo, tão atrevido. Ele já estava com um pedido de desculpas na ponta da língua. *Meu bom homem, não piore as coisas.* Mas a culpa não era dele; ninguém poderia culpá-lo por não atacá-la. Teria sido extremamente impróprio, até mesmo grosseiro.

– Sinto muito, sr. West. O senhor não pode me ensinar a nadar.

– Por que não? – respondeu com ardor. – Você não está apaixonada por *ele*. O que aconteceu entre nós na água não acontece com frequência, e eu nunca fiz isso, nunca esperei na chuva por uma mulher. Eu tenho uma esposa no meu país. Eu achei que a amava até ver você.

Ele tinha uma esposa.

É claro que tinha – uma mulher pálida num país frio esperando o marido retornar de terras distantes. Poderia confiar nesse homem para pôr a mão no fogo por ela? Improvável. Tinha começado a ventar e a chuva estava caindo enviesada, direto em seu rosto, pinicando seus olhos e seus lábios. Ela mudou a posição do corpo e ele fez o mesmo. Como seus corpos estavam perfeitamente alinhados. No entanto, suas mentes estavam em mundos paralelos. Agora que tinha parado de caminhar, ela estava sentindo frio. E estremeceu.

– Você está com frio – ele disse, mas não fez nada. Não havia nada a fazer. Eles ficaram olhando um para o outro, impotentes. Ele estava a um passo de distância, mas isso significava uma distância de um passo. Seus corpos ansiavam um pelo outro, mas seus espíritos já sabiam que não havia final feliz para isso.

Parvathi abraçou a si mesma e olhou para a areia, pensando em Kasu Marimuthu, o maior impostor do mundo. Lá estava ele, fingindo ser branco, fingindo ser sofisticado. Mas, por baixo de toda aquela porcelana, dos talheres de prata e dos cristais venezianos, o homem gostava mesmo era de misturar arroz, ensopado, banana amassada e iogurte no prato e formar bolas macias com isso antes de levar à boca, e tudo isso sem usar nenhum talher. E enquanto ele mastigava essas bolas de comida, ele fazia ruídos de puro prazer. Ela pensou no rosto orgulhoso dele. O que faria se fosse descoberto? Fingiria que, como a sua primeira esposa, ela também tinha morrido de febre tropical? Puxa vida! Que fofoca saborosa para a comunidade.

Ela olhou para Samuel West, com desejo no ventre, um precipício escuro nos pés. Sim, ele era extraordinariamente bonito, mas ela não se entregaria a ele. Nem era por causa de Kasu Marimuthu ou da comunidade fofoqueira. Mas porque ele despertou um impulso violento que de modo geral ficava pacificamente adormecido dentro dela. Alguma coisa que ela não queria ver.

Alguma coisa que só poderia trazer vergonha e desgraça. Ela queria ser pura e recatada. Ela queria ser o que todo mundo queria que ela fosse. Queria ser igual aos outros membros do Clube do Guarda-Chuva Preto. Protegida.

– Sinto muito, mas não posso – ela disse, e se afastou rapidamente. Ele chamou por ela. Ela não se virou e começou a correr.

Ele não foi atrás dela.

Ela procurou e não encontrou dentro de si nenhum arrependimento por aquilo que tinha feito. Ela já tinha fechado essa porta. Ele encontraria outra ou então voltaria para sua pálida esposa. E ela precisava se vestir para ir a uma reunião do Clube do Guarda-Chuva Preto. De fato, estava ansiosa para ver a boneca de palha que Negeri Sembilan Mami estava fazendo. E ela iria sorrir e elogiar os esforços delas, e as outras Mamis fariam a mesma coisa em relação à sua manta. E ninguém jamais saberia que naquela manhã, na praia, ela desprezara o homem mais bonito da Terra.

Era seu aniversário, ela estava fazendo dezoito anos. Maya tinha iniciado um jejum de uma semana em homenagem a isso; Kamala e as outras moças tinham trazido flores; Kupu deu a ela um lindo coral branco; Kasu Marimuthu comprou joias, e Samuel West mandou um presente pelo seu marido.

– Sam disse que este cachorrinho precisa de um lar. Você o quer? – Kasu Marimuthu perguntou.

Ela o pegou nos braços e, com olhos tolos e confiantes, ele lambeu o rosto dela.

– Se eu quero? É claro que sim.

– Ele é bastante fora do comum para um dálmata, tem manchas marrons em vez de pretas, mas é surdo de um ouvido, então não serve para exposição nem para reprodução.

– Por que ele treme tanto? – perguntou.

– Uma mistura de excitação e medo, eu acho. É a primeira vez que ele se separa da mãe e dos irmãos. Coloque-o numa caixa no seu quarto esta noite.

Ela olhou para o marido.

— Você pode agradecer ao sr. West por mim?
— Agradeça você mesma. Eu o convidei para o churrasco amanhã.

Ele veio usando uma camisa branca, seu pescoço uma coluna forte, marrom, mas ela não ficou olhando.

— Olá — ela disse cordialmente.
— Olá, Sita — ele disse, para ela saber que Parvathi era o segredo deles. Ela sorriu e pensou que era bom ele ser um estrangeiro. Eles normalmente eram discretos. Ele trouxera luvas de borracha, enormes cortadores de unhas, lixas de unhas de metal, pó dental, sais de Epsom, Germolene, remédio de dor de barriga, uma garrafa de caulim e um termômetro retal.

— Minha nossa — ela disse, abrindo a sacola. — Bem, obrigada pelo cachorro e agora por isso. Como você sabia que eu queria um cachorro?

— Eu não sabia. Ele precisava de uma boa casa e eu não consegui pensar num lugar mais adequado — ele disse simpaticamente.

— Vou pedir que o tragam aqui — ela disse e tocou a campainha.
— Você já escolheu o nome dele?
— Ele se chama Kalichan.
— Um bom nome — ele aprovou, e ela ficou contente. Ele fez uma pausa. — É outono nos Estados Unidos e eu vou partir na semana que vem. — Ele olhou para ela com o mesmo desejo com que a tinha olhado aquele dia na água. — Mas eu vou voltar.

— Faça uma boa viagem — ela disse com naturalidade e sorriu, mas com tristeza. O sr. Samuel West era um homem amável, afinal.

E então Kasu Marimuthu chegou dando um tapa nas costas dele e perguntando:

— O que você vai beber, meu velho?

Na cozinha, Maya estava fervendo em fogo brando folhas secas de *Anacyclus pyrenthum* em óleo de coco para um homem que fora lá para se queixar que não conseguia mais sustentar uma ereção.

A CRIANÇA

Entrava e saía ano e Parvathi permanecia sem filhos, e Kalichan, que tinha se tornado ridiculamente apegado a ela, se comportava como se fosse seu filho. Mas às vezes ela se deitava na praia com o cachorro, vendo os rapazes corajosos limpando o vitral pendurados no telhado e percebia que a casa era um mausoléu muito bem conservado. Ela ansiava por vozes infantis.

– Maya – Parvathi perguntou com amargura –, além de não agradar ao meu marido, eu também sou estéril? Minha vida vai ser só isto, divertir pessoas que me são indiferentes?

Maya fez uma sugestão surpreendente:

– Adote uma criança. Do mesmo modo que uma pedra comum pode ser transformada num rubi precioso por uma mudança de ambiente, uma pequena mudança na casa pode fazer a semente do seu marido pegar.

Parvathi não achou a ideia má. Então, quando o sacerdote do templo de Pulliar chegou com a trágica notícia de que a dançarina cigana tinha morrido de repente e perguntou se eles concordariam em adotar sua órfã de três anos de idade, Parvathi não hesitou.

– Seria uma honra criar a filha dela – ela disse, com a imagem da bela dançarina correndo em círculos, desesperada, imaginando por que o amante não chegava, ainda fresca depois de todos esses anos.

O marido foi bem mais lento na resposta e, quando respondeu, foi com um breve movimento de cabeça, com a tristeza de um homem sem filhos oculta nos olhos. Os dois homens foram buscar a menina. Parvathi fechou Kalichan em seu quarto, porque ele tinha ficado grande e impetuoso, e poderia assustar a criança. Então ela foi para o topo da escada da varanda e ficou esperando.

Kasu Marimuthu abriu a porta do carro e lá de dentro saltou a criatura mais encantadora do mundo – uma boca redonda e vermelha, enormes olhos de pavão e uma profusão de cachos. Usando uma blusa curta de dançarina e uma saia rodada que ia até os tornozelos, ela examinou o ambiente com um ar atrevido.

Parvathi desceu a escada sorrindo.

– Venha – ela disse em tâmil, e estendeu as mãos num gesto de boas-vindas, mas a menina fechou os punhos e recuou até encostar nas pernas de Kasu Marimuthu, e então ela disse bem claramente, em inglês:

– Não.

A filha da dançarina falava inglês!

Parvati ficou de cócoras, fitou os olhos revoltados da criança e soube sem sombra de dúvida que aquela não era nenhuma órfã de dançarina cigana. Era a filha do seu marido. A dançarina era apenas a terra onde ele tinha depositado sua semente. E lá estava ela de novo, a dançarina cigana, mas não mais desesperada. Mais tarde, depois do espetáculo, depois que a multidão tinha ido embora, seu amante viera, afinal de contas. E ela deve ter dito para ele: "Guarde isto para mim depois que eu morrer, pois o que é vil deseja se tornar puro."

Verdade seja dita, Parvathi não ficou chocada. Ela podia ter fingido até para si mesma que não sabia, mas sempre soubera que a dançarina era amante dele. É claro que ela sabia; desde o momento em que ela perguntara ao marido o nome da dançarina e ele fingira não saber. Ela pensou nas Mamis, nas suas tardes sem ela, comendo muruku e debochando do fato de ela circular num Rolls, a senhora de uma casa cuja criadagem incluía um alfaiate e um *dhobi* e consumia um saco de arroz por dia, mas que era uma pobre ignorante que não sabia da outra vida do marido.

Pensando bem, ele tinha estado mais triste do que de costume dois dias atrás. Tinha chorado ao recitar sua poesia. Ela nunca o tinha visto chorar antes. Ele devia amar a dançarina. Pobre homem. Ter tido azar duas vezes. Não importa, a criança tinha um pai e a casa tinha uma criança. E ela, a pedra que poderia se transformar num rubi.

— Sita, esta é Rubini — o marido disse. — E esta, Rubini, é a sua nova mãe. Assim como você me chama de papa, deve chamá-la de ama.
Mas a criança sacudiu o punho para ela, com raiva, e começou a chorar.
— Não — Parvathi disse bondosamente, retirando a mão. — Deixe-a chamar-me de *Mami*.
— Venha, venha, minha pequena rainha — o marido disse para a menina.
— Papa — a adorável criança soluçou, aparentemente inconsolável. Ele se ajoelhou ao lado dela e massageou delicadamente seus dedinhos gordos, um por um. O choro parou.
— De novo — ela disse, fungando, e de repente sorriu. Ah, que coisinha linda. Quem poderia dizer não a ela?
— Arrá! — ele disse, e recomeçou. Uma velha brincadeira, então. Quando ele se virou para falar com Parvathi, a criança segurou o rosto dele com as mãos e o virou possessivamente de volta para ela. O pai era dela, e só dela. Ela já tinha perdido a mãe, e não tinha a mínima intenção de perder o pai. Kasu Murimuthu riu com naturalidade, com gosto. Então a criança se virou para Parvathi, suas sobrancelhas tão contraídas que formavam uma linha quase reta sobre seus olhos redondos, e formando outra linha reta com a boca, ela ergueu devagar, deliberadamente, o indicador da mão direita num gesto de advertência. Parvathi pôs a mão no peito. Não havia nenhuma dúvida. A filha da dançarina a detestava.
Mesmo assim, a criança entrou na casa como uma brisa da manhã, fresca e imaculada. O ruído dos seus pés inocentes era uma coisa maravilhosa. Alegrava o coração. E num instante todos ficaram bem em Adari. O salão de baile, que não tinha uso, foi aberto para ela andar de velocípede. Kasu Marimuthu trouxe gardênias para o cabelo dela. Ela quis que ele mesmo as prendesse.
— Boíta ou não? — perguntou toda coquete, virando o corpo de um lado para o outro, vaidosa de sua beleza. A gargalhada de Kasu Marimuthu ecoou na sala enorme. Ele nunca deixava de se encantar com sua linguagem ainda imperfeita.

— Sim, muito — ele disse com adoração, quando conseguiu parar de rir.

E acontecia o mesmo com todos na casa. Ninguém conseguia resistir a ela, e ela, por sua vez, parecia gostar realmente deles. Parvathi, aparentemente, era sua única inimiga. Ela respondia com um sacudir de ombros a qualquer pergunta que Parvathi dirigisse a ela, e lançava olhares ressentidos para ela sempre que ficava sozinha num lugar com a madrasta. Sua rejeição era tão intensa e inabalável que chegava a causar espanto.

— O que eu estou fazendo de errado? — Parvathi perguntou a Maya.

— Nada. A rejeição dela a você não é pessoal. Você percebe essa experiência como uma celebração da sua própria bondade, então não compreende o quanto ela é traumática para ela. Uma criança que perde a mãe, mesmo quando é considerada jovem demais para lembrar, é ferida de uma maneira que não pode ser medida. O fato de ela correr, brincar e parecer normal não quer dizer que não esteja vivendo o luto por uma perda irreparável. A perda de alguém que é insubstituível. A certeza de estar em segurança se perdeu para sempre. Assim como a crença de que ela merece ser amada. Ela vai sempre associar amor a abandono. Pobrezinha, ela não pode nem se voltar para Deus, pois não foi Ele que permitiu que ocorresse essa tragédia?

"Quando ela parece estar rejeitando você, é o contrário, ela só está testando a sua dedicação a ela. Para ver se você também vai abandoná-la. Para ver se tinha razão em não confiar em você. Para ver se a coisa que ela mais teme, a deserção inevitável, vai acontecer. Porque a coisa que ela mais deseja é se ligar a você, embora você seja a candidata mais perigosa para essa ligação, uma desertora em potencial. E devido à lealdade dela à mãe verdadeira, sua posição na vida dela se torna ainda mais ambivalente."

— Então eu não vou ter nenhum papel na vida dela? — perguntou Parvathi.

— Você pode fazer uma grande diferença sendo sempre cuidadosa, amorosa e protetora, e sempre que ela se mostrar provocadora, irracional e agressiva, não se importe, ela está sofrendo a dor da perda. Então, um dia, ela irá acreditar na permanência do elo que tem com você e perceber que o amor nem sempre é perigoso, e a raiva e a hostilidade irão desaparecer. Nesse dia ela irá se ligar a você. E então a separação se tornará um problema ainda maior.

Uma noite, já bem tarde, gritos vindos do quarto de Rubini fizeram Parvathi ir correndo para lá. Ela estava de olhos fechados, com o cabelo molhado de suor, grudado no rosto afogueado, e parecia estar muito aflita – debatendo-se, atirando os braços e as pernas. Delicadamente, Parvathi a acordou. Ela abriu os olhos e, por um segundo, fitou a madrasta sem reconhecê-la, com um olhar assustado, e então pareceu voltar ao normal e ficar momentaneamente aliviada, mas quando despertou de verdade, ela empurrou a mão de Parvathi e, soltando-se dos seus braços, foi para a outra ponta do berço, onde se encolheu de encontro às grades de madeira e olhou desconfiada para ela.

– Você está com saudades da sua mãe, não está?

Ela balançou a cabeça afirmativamente, os olhos cheios de confusão e dor.

– Eu não posso trazê-la de volta para você, mas prometo que vou tomar conta de você do jeito que ela tomaria – murmurou Parvathi, e, usando o dedo indicador, acariciou delicadamente o polegar da menina, até que uma sombra caiu entre elas, e com um novo soluço a menina ergueu os dois braços e se sentou na cama. Com grande carinho, Kasu Marimuthu a tomou nos braços e esfregou água-de-colônia em seus pulsos para ela se acalmar. Quando a menina adormeceu, ela a beijou no rosto e nas mãos, e murmurou várias vezes:

– Você pode confiar em mim. Eu não vou abandonar você.

A luz tinha começado a minguar e Maya se pôs a encher a casa com objetos verde-escuros. Levou retalhos de tecido verde e algumas sementes verdes para o lado de fora e os atirou para o que chamava de ventos outonais tibetanos para que eles fossem levados para todos os lados. Assim, ela espalhava o poder e as bênçãos da estação.

A PEQUENA DANÇARINA

Devia estar em seu sangue, como o instinto de comer e procriar, este tremendo desejo de dançar. Começou uma noite, depois do jantar, quando Kasu Marimuthu contou a história do unicórnio que salvou a Índia de ser invadida e arrasada por Gêngis Khan. Quando ele terminou, a menina escorregou do colo do pai, amarrou penas de pavão nos tornozelos e anunciou que iria dançar a história para o pai. Parvathi fitou a cauda do pavão e prendeu a respiração. A menina começou encostando o dedo indicador na testa, e, embora ela o retirasse quase que imediatamente, um longo chifre tinha crescido, de modo que todos os que a assistiram aquela noite puderam vê-lo. Com aquele ato pequeno, quase insignificante, ela se transformou, não era mais uma criança e, sim, um unicórnio que morava no meio de uma floresta encantada onde as folhas e as flores nunca morriam. Onde era sempre primavera. Rubini juntou as mãos e as cheirou – o cheiro fresco de primavera. Ela passou o indicador pelo rosto e deixou que ele pousasse em seu queixo – o unicórnio tinha milhares de anos e ainda era lindo. Rubini cobriu os olhos – mas nenhum humano podia vê-lo, a menos que ele permitisse.

Rubini virou a cabeça atentamente para um lado – o unicórnio estava no meio do mato ouvindo a conversa dos lenhadores. Puxando os ombros para trás, ela desempenhou o papel deles enquanto falavam sobre a chegada do grande conquistador, Gêngis Khan, e sacudiam a cabeça em desespero e medo. Então, puxando os ombros na direção do queixo, ela se tornou o unicórnio de novo. Seu rabo balançou, sua longa crina sacudiu – a Índia destruída! Seus templos queimados! Seus deuses e deusas esmagados! Deixando o lugar onde tinha morado a vida toda, ele correu durante dias até encontrar o cruel conquistador. Ele tinha terminado de fazer suas preces para o lago, a lua, o céu e estava começando a saudar o nascer do sol. Ajoelhando-se diante dele, o unicórnio começou a sussurrar – mas, é claro, ninguém jamais saberá o que aquela criatura mágica disse ao grande conquistador. Ela virou de costas resolutamente para mostrar que foi a única vez na história do poderoso conquistador que ele desistiu do seu objetivo.

A primeira vez que o professor de dança veio a Adari, Rubini tinha quatro anos e meio. Parvathi levou-o até o salão de música e deixou a porta aberta para poder observar da outra sala. Ele começou a marcar o ritmo, *"tei, taka, taka, tei"*, e a menina começou a dançar, mas com perfeição. Ela herdara alguma coisa que não se podia aprender, uma leveza, uma pureza de movimentos que vivia dentro do seu corpo. O que esse homem poderia ensinar a ela?

Então ela deu um giro e viu Parvathi assistindo. Imediatamente, ela correu para a porta e a fechou. Mas não foi desagrado. Era apenas uma artista que só queria mostrar o resultado final do seu trabalho. Mesmo assim, Parvathi não conseguiu resistir. Ela se escondeu nas sombras da varanda e assistiu pela janela a Rubini encostar uma palma sobre a outra de modo que as tramas dos seus polegares se tocassem, mover as mãos formando oitos na altura da cintura – peixe. Ou levantar uma das mãos, com o polegar e o indicador se tocando, e a outra se contorcer até o alto, acima da cabeça. Seus ombros se sacudiam, e aquela mão erguida fazia movimentos bruscos, mas sua cabeça ficava imóvel; ela não tinha função – pavão. E Parvathi podia jurar que tinha visto os músculos nas costas da criança tremerem quando o espírito do orgulhoso pavão veio animá-la.

No meio dos longos talos de capim de ponta branca na Ilha do Pavão, um pequeno palco com flores pintadas dos lados e enfeites dourados no teto foi construído para ela. Nas noites em que havia festa, Kupu levava-a de barco para a ilha. As cortinas de veludo vermelho se abriam para revelar sua pequena, ali parada, sozinha, tendo como fundo a paisagem. Quando os convidados erguiam o binóculo que os garçons tinham distribuído, ela juntava as mãos numa saudação. A música tocava, e ela sorria e começava.

Ela não era como a mãe, trágica e cheia de desejo. Não, não, ela era uma figurinha ardente vestida de roxo, suas pequenas pernas com calças pretas saltando no ar, girando sem parar, as saias subindo e batendo em sua cintura. Seu corpo mergulhava, suas mãos voavam, seus calcanhares se encontravam, seus pés batiam no chão e as penas de pavão em seus tornozelos cintilavam.

O céu ficava vermelho quando a luz do sol poente batia na água, e ela se tornava apenas uma silhueta, igualmente agitada. Kasu Marimuthu assistia com orgulho e amor. Que alegria ela era para ele. Ah, como ele a amava! O homem com a longa flauta parava a música e ela fazia uma reverência. Todo mundo aplaudia e comentava como ela dançava bem. Um resultado vitorioso.

— A mãe dela era uma famosa dançarina da Índia – Kasu Marimuthu dizia com orgulho, enfeitando-a de flores brancas. E em algum lugar, num local invisível, a dançarina sorria. *Guarde isto depois que eu partir.*

Um dia, por capricho, a menina resolveu representar Artenadiswaran, a dança do deus que era metade homem, metade mulher. Difícil de executar, e bem executada por poucas. O controle que era necessário para a dança fazia dela uma escolha extraordinária para alguém da sua idade, mas ela quis tentar assim mesmo. Durante toda a dança, um dos seus lados se movia com arrogância, empertigado, e o outro deslizava com graça e leveza. Os aplausos foram estrondosos. Ela se tornou famosa por causa disso. Vendo-a dançar, até os criados esqueciam que aquela era a mesma madamezinha exigente que tinha acessos de raiva por qualquer motivo. Seus defeitos se tornaram complementos necessários ao seu talento prodigioso.

E então todos se uniram para cuidar desse prodígio. Seu menor desejo era uma ordem. Quando ela perdia alguma coisa, a casa toda tinha que parar até que o objeto fosse encontrado ou substituído. A única pessoa que a menina não tinha coragem de atormentar era Maya. Só Maya conseguia fazê-la comer, limpar a bagunça que tivesse feito ou pedir desculpas por alguma desobediência.

Um artista da Inglaterra foi contratado para imortalizar aquela criança-prodígio. Ele morou na casa por dois meses. O retrato foi exposto na biblioteca, uma pintura refinada, arrojada, com fundo roxo. Toda enfeitada, ela estava numa festa. Linda, inocente, de coração aberto, resplandecente. Ainda não tocada pela paz, portanto, misteriosa. O que o futuro reservava para essa criança, com tanta fartura de comida e celebração?

– Fantástico – disse Kasu Marimuthu.

– Estupendo. – Foi a opinião do professor de dança. Ela era sua melhor aluna. Ele esperava que um dia ela viesse a ser famosa. Ele não tinha dúvidas quanto a isso. Ele vivia repetindo isso. Como recompensa, Kasu Marimuthu resolveu levá-la com ele numa pequena viagem, mas a trouxe de volta no dia seguinte.

Parvathi ficou parada na porta quando Rubini, ignorando-a, subiu a escada correndo e desapareceu dentro de casa, chamando pelo cachorro.

– O que aconteceu? Por que vocês já estão de volta? – perguntou.

O marido sacudiu os ombros.

– Ela chorou a noite toda porque estava com medo de que pudesse acontecer alguma coisa com você.

Parvathi não disse nada e se lembrou das palavras de Maya. "E quando ela finalmente se apegar a você, ela vai continuar a mantê-la a distância quando estiver por perto, mas vai chorar se ficar longe de você por qualquer período. É uma ansiedade que vem do medo de mais uma perda ou abandono."

CHEGA UM BEBÊ

Para ajudar a teoria de que uma pedra comum pode se transformar numa pedra preciosa na atmosfera correta, Maya começou a adicionar mais ovos na dieta de Kasu Marimuthu para tornar sua semente menos amarga. Para fortalecer o útero de Parvathi, ela lhe dava folhas de ashoka para mastigar e, três dias antes de sua menstruação, misturava três flores brancas de Adhatoda Vasica e três de Morinda Coreia moídas num copo de leite humano e lhe dava para beber.

Quase um ano depois, Parvathi deu a boa notícia a Kasu Marimuthu. Ele sorriu satisfeito. Uma alegre surpresa, sem dúvida.

– Vamos comemorar – ele disse. E estendeu a mão para a garrafa de uísque.

Os meses se passaram lentamente, como um sonho. Ela bebia as misturas que Maya punha diante dela e seu corpo começou a mudar. Passou a desejar tosai com coco ralado. Enquanto Maya os preparava e fritava no óleo de sementes de gergelim, Parvathi ficava sentada no chão da cozinha abanando o rosto e o pescoço com um leque de papel, e Kalichan deitava a cabeça nas patas da frente e ficava olhando para ela.

– O jardineiro encontrou um ninho de marimbondos na minha horta hoje. Ele acabou de me mostrar – Parvathi disse.

– Quantas entradas ele tinha? – Maya perguntou.

– Só uma, eu acho.

– Isso quer dizer que vai ser um menino – disse Maya.

E foi mesmo.

Ele nasceu à noite, enquanto Kalichan ficava ganindo e arranhando a porta, e, por fim, uivando ao se ver separado da dona em seu momento de agonia. Somada a essa comoção, de repente, inexplicavelmente, todas as vacas começaram a mugir no momento da chegada do bebê. Ela podia ouvi-las do seu quarto. E envolta numa névoa de dor, ela ouviu Kupu cantando para elas. Puseram o bebê nos braços do pai. Ele era escuro, mas o que tinha desagradado Kasu Marimuthu em sua esposa, agora provocou manifestações de amor. Delicadamente, ele acariciou a pele do menino e, erguendo-o junto ao rosto, sentiu o doce perfume de um filho. *Ele vai se chamar Kuberan.*

Astrólogos foram chamados. Todos disseram que a estrela do menino não combinava com a do pai. Ou as orelhas dele deveriam ser furadas como se ele fosse uma menina, e então ele não traria mais malefício para o pai, ou ele deveria ser simbolicamente vendido a um templo por um pouco de arroz-doce, como se não fosse mais filho do seu pai. Eles fizeram as duas coisas, mas não adiantou. A constituição forte de Kasu Marimuthu, que até então parecia inquebrantável, começou de repente a mostrar sinais de decadência.

– Por que você precisa beber tanto? – Parvathi perguntou.

– Ah, você – ele debochou carinhosamente. – Sempre na taverna. Vem me procurar no meu templo para variar.

Ela olhou para ele, derrotada, vulnerável e incrivelmente distante. – Como eu encontro o seu templo?

– Primeiro olhe para mim sem censura. Porque eu fiz a travessia. Eu fiz a travessia e agora só existo numa velha canção que ninguém mais se lembra. A única maneira de se juntar a mim é num copo.

Ela sacudiu a cabeça.

– Não posso. Eu tenho que rezar de manhã.

Ele riu.

– Você não sabe, você deve oferecer tudo no altar. Deus aceita tudo, especialmente as emanações alcoólicas da esposa obediente, pura de coração, do alcoólatra.

Ela estendeu a mão para a bebida e se sentou no chão ao lado dele. Ele deitou a cabeça no colo dela, cansado, e logo adormeceu. Delicadamente, ela afastou um cacho de cabelo da testa dele. Então se inclinou e beijou a pele cansada e enrugada que estava por baixo. A verdade é que ele bebia porque mesmo com todo o dinheiro do mundo não era feliz. Ela ergueu os olhos e viu Rubini parada na porta.

— Ele está doente? — a menina perguntou num sussurro assustado.

— Não, ele só está cansado. Amanhã de manhã ele vai estar bem. Vá dormir.

A menina obedeceu e voltou para a cama. Parvathi observou-a subir a escada. Ela calculara que Rubini fosse ter ciúmes do irmão, mas desde o primeiro momento, quando entrou no quarto junto com o pai, ela tocara carinhosamente no rosto da criança, e, com amor e orgulho, o tinha chamado de "Meu bebê". Quem ficou com um ciúme terrível do recém-chegado foi Kalichan. Ele rosnava ameaçadoramente toda vez que Parvathi pegava o bebê ou o beijava. Quando Kasu Marimuthu o repreendia, ele parava de rosnar, deitava-se com o queixo pousado nas patas da frente, mas com um ar infeliz.

Kasu Marimuthu avisou Parvathi para nunca deixar a criança e o animal sozinhos, mas Parvathi se recusou a levar a sério sua advertência. Em vez disso, ela contou a ele uma história que tinha ouvido no colo da mãe sobre um homem que deixou o animal de estimação, uma fuinha, tomando conta do seu primogênito. Um dia ele chegou em casa e encontrou a fuinha, com sangue escorrendo da boca, trepada em cima do berço. Com um berro de raiva, ele cortou a fuinha ao meio, mas, no berço, encontrou o filho sorrindo ao lado de uma serpente morta.

— Está vendo, é possível ter confiança até numa fuinha...

Mas Kasu Marimuthu franziu a testa, impaciente. Ele não tinha tempo para lendas populares.

— Kalichan sempre foi um pouco lento para entender, mas é só uma questão de tempo até ele se acostumar com o bebê e aceitá-lo como um membro da família. Olhe só para ele agora. Veja como ele está sorrindo. — Porque Kalichan tinha um modo de repuxar os lábios quando estava contente. Parecia um esgar, mas não era.

— Meu Deus! Chega de bobagem! — resmungou Kasu Marimuthu, e foi embora. Ele não achava que cachorros podiam sorrir.

Depois, ela viu Kamala sentar-se num banquinho de madeira e deitar o bebê sobre suas pernas finas. E enquanto Kuberan gritava sem parar, ela o untou com óleo e o banhou tão vigorosamente que Parvathi teve medo de que o bebê escorregasse de suas mãos. Depois ela enfiou o polegar dentro da boca do bebê e o pressionou de encontro ao céu da boca, e com a outra mão puxou seu nariz.

– O que você está fazendo?

– Isso vai deixar o nariz dele bonito e afilado como o de um bengalês.

Maya sacudiu a cabeça, mas Kamala jurou que era verdade. Ela fizera o mesmo com todos os seus filhos, e eles tinham nariz afilado.

Um domingo, depois do banho do filho, Parvathi entrou no quarto e seus joelhos ficaram bambos. Kalichan estava segurando o bebê pelo ombro, perto do pescoço. Embora ele estivesse com os dentes arreganhados, ainda não tinha mordido o menino. Ela se jogou no chão e falou mansamente com ele. Ela explicou que o bebê era só pequeno. Disse que ele era o seu primeiro amor e que o bebê era apenas uma coisinha pequenina. Ela pediu a ele para não machucá-lo. Ela prometeu amá-lo até morrer, e Kalichan largou o bebê e se afastou. O bebê estava urrando, apavorado, mas ela não foi pegá-lo. Ela estendeu os braços para o cachorro.

– Venha cá, seu bobinho – ela disse, e ele correu para ela e ficou com um ar envergonhado em seus braços.

– Não torne a fazer isso – ela disse, e ele olhou tão envergonhado para o que tinha feito que ela ficou com vontade de chorar. Ele começou a ganir e a tremer de medo e remorso, e Kasu Marimuthu, que estava parado na porta, correu para pegar o bebê e embalá-lo nos braços até ele parar de chorar.

– Ele não está machucado – Parvathi disse, implorando, mas Kasu Marimuthu, com uma expressão tempestuosa no rosto, nem olhou para ela. Sem dizer nada, ele entregou o bebê para ela e chamou o cachorro. Com um olhar triste para ela, Kalichan foi atrás dele. Ela segurou o bebê nos braços e olhou pela janela. Ele ia castigar o cachorro. Pobre Kalichan, ele odiava ficar preso. Ela ia ter

que tomar muito cuidado de agora em diante. Ela não ia mais deixá-los sozinhos até o menino ficar mais velho. Ela acariciou o bebê.
– Não tenha medo – ela disse –, vocês dois vão ser muito amigos um dia. Ele não quis machucar você, senão teria enfiado os dentes. Ele vai acabar amando você, você vai ver só. – Ela enterrou o rosto no pescoço do bebê e sentiu o cheiro do menino e do cachorro, e agradeceu a Deus por ter entrado no quarto naquela hora.

O som do tiro a pegou despreparada.

Parvathi ficou rígida de choque e deve ter apertado o bebê, porque ele começou a chorar de novo. Ela ficou segurando aquele embrulhinho nos braços, sem embalá-lo, sem tentar confortá-lo, até que Maya apareceu e ela entregou o filho a ela. Depois de entregar o bebê, Parvathi se virou e correu pelo corredor envidraçado, desceu a escada de pedra, saiu da casa e atravessou metade do gramado antes de parar de repente.

Kasu Marimuthu estava voltando para casa, segurando frouxamente a arma, os ombros curvados para a frente e o rosto cinzento pela coisa terrível que tinha feito. Quando ele a viu, parou e esperou. Atrás dele, Kupu e o jardineiro estavam se dirigindo para o clarão branco no chão. Parvathi tinha encerado o pelo de Kalichan com a palma da mão aquela manhã, usando o orvalho que encontrara na grama. Ela ergueu aquela mão – que tremia incontrolavelmente – na direção dos olhos. Não havia lágrimas, só aquela fúria terrível. A fúria era indescritível. Ela se fixou no metal que estava na mão dele. A mão dela ansiava em agarrar aquela invenção de aço cinzento.

– Aquele cachorro não era seu, você não podia matá-lo – ia dizer calmamente quando ele caísse apertando o peito miserável, com uma expressão incrédula no rosto. Seria súbito, e isso estava perfeito para ela. Ela tirou a mão do rosto, e deu um passo na direção dele. O rosto dela era uma máscara, só seus olhos eram poços de ódio.

Ele tinha matado o cachorro porque era um grande homem. E era imperativo que um grande homem fizesse um grande gesto. Ele não poderia ter separado o cachorro e a criança, ou esperado, ou mesmo dado o cachorro para alguém. Não, ele era um grande homem. Mas ela? Ela era o quê? Que sede era essa em ver o sangue dele derramado? No fundo, a vingança era tão inútil. O mal não podia ser desfeito. Não, ela não deveria chegar mais perto. Ela sabia disso. Ela deu um passo para trás. O marido, aquele tolo impetuoso, estendeu a mão trêmula e deu um passo para a frente. Dando meia-volta, ela correu pelo lado da casa em direção ao portão e entrou na floresta.

No templo, ela se sentou, com a mão tapando a boca, lembrando-se do que Maya tinha dito quando ela chegou na casa. "Sente-se e fique imóvel, e você vai puxar tudo o que quiser na sua direção." Então ela fez isso, ficou de olhos fechados, sem pensar, sem mover um músculo. Ela não sabe por quanto tempo ficou assim, mas, por fim, escutou um ruído de passos pesados no chão de pedra. Ela não sentiu medo nem preocupação. O som se aproximou e ela continuou sem reação. Mas quando ele parou bem diante dela, ela abriu os olhos; e piscou, espantada. Ora, era a velha fêmea, Mary! Ela estava tão velha. Seu pelo estava grisalho. Parvathi não a tinha visto por três anos e achou que tinha morrido, que tinha sido morta por caçadores tentando capturar seu bebê. Ah, que alegria tornar a vê-la! Que pena não ter um sanduíche de geleia de morango para dar a ela. E ao pensar nisso, ela começou a chorar incontrolavelmente, com as lágrimas escorrendo pelo rosto.

Mary pôs uma das mãos no colo de Parvathi e ergueu o dedo indicador para tocar as lágrimas que escorriam pelo seu rosto. E então a macaca fez uma coisa muito estranha. Ela aproximou o rosto e simplesmente olhou nos olhos de Parvathi. Parvathi ficou olhando para aqueles olhinhos cor de âmbar. Ao contrário dos olhos humanos, eles não tinham nenhum pensamento identificável por trás deles, e isso os fazia parecer rasos e atemporais, sem começo nem fim.

De repente, aconteceu: Parvathi sentiu sua realidade – e ela usou exatamente esta palavra mais tarde para descrever o sentimento para Maya – "tremer", como se o ar tivesse se transformado em água. Então sua mente foi tomada por um tufão. Ele se manifestou na forma de uma perda total de solidez, por uma sensação de ausência de peso, de movimento em arco, mas não um movimento para cima, mas um movimento para baixo, como se estivesse sendo puxada através de uma pequena abertura que ia dar nas profundezas da Terra. Ela não ficou assustada até registrar subitamente o vazio, a perda e uma tristeza terrível dentro dela.

Uma voz de homem gritou "Não!" em seu ouvido e ela atirou a cabeça para trás, e o movimento súbito fez com que a macaca se afastasse com um salto. Por um momento, macaca e mulher se entreolharam atônitas, e então Mary foi embora devagar e sem fazer nenhum ruído.

Quando Parvathi contou a Maya o que Mary fizera acontecer, Maya disse:

— Não é a macaca. É o solo que permite que vórtices de energia que normalmente não podem ser vistos, ouvidos ou sentidos sejam percebidos como um sentimento. Eu já disse a você antes que este solo é muito poderoso. Como em seu momento de tristeza você esqueceu as pequenas preocupações, esperanças e desejos e se conectou num nível mais profundo e significativo com outra criatura da natureza, um vórtice de energia permitiu que você sentisse a presença dele e lhe revelou um segredo. Ela disse que não só o seu passado, mas também o seu futuro, está ao seu redor, esperando para se manifestar. Que o tempo não é linear e sim esférico, e por causa disso ele pode ser mudado hoje, agora. Naquele momento de conexão, ele a deixou ver o que estava à sua volta, o que o seu presente está enviando para você.

— Mas foi uma sensação de infinita tristeza.

Maya não se manifestou.

— Por favor, você tem que me dizer. Como eu posso mudar o futuro se não sei o que preciso mudar? — Parvathi quis saber.

— Você está aqui porque quis experimentar o amor em todas as suas manifestações. Seu filho se ofereceu para testar sua noção de amor.

— Como assim?

— Como você o carregou na barriga, jamais será indiferente a nada que acontecer com ele, mas ele lhe causará dor.

– Por quê? O que você vê no futuro?
– Eu não consigo ver o futuro. Ninguém consegue, com certeza. Nada está definido. Ninguém pode saber ao certo. Nós, asiáticos, somos fatalistas demais com nossos videntes e nossos suspiros de "mas está tudo escrito". O futuro é um conjunto de probabilidades. A todo momento nós estamos mudando o futuro com nossos pensamentos, escolhas e ações. De fato, há até modos de mudar o passado se a pessoa souber como agir. Até mesmo uma mudança mínima numa pessoa pode trazer consequências para o seu futuro, e às vezes todo o futuro da humanidade pode ser mudado por causa de uma pequena decisão tomada por uma única pessoa num pedacinho remoto do mundo.

Parvathi sentiu uma onda de raiva invadi-la.

– Se é assim, como você pode ficar aí sentada e afirmar com tanta calma que um doce recém-nascido, que ainda não fez nada de errado, vai me causar tristeza um dia?

– As estrelas dele indicam isso, mas a ideia de que você ou qualquer outra pessoa é uma vítima é uma ilusão. Nada do que acontece com você é ruim, nunca. Tudo foi cuidadosamente escolhido para testar você, para ver se você está preparada para o próximo nível. As pessoas não entendem isso, mas, para evoluir, nós só precisamos responder a todos os nossos desafios com sinceridade. Como o amor incondicional não é uma emoção, sua passagem pelo corpo não está sujeita a certas condições. Ele é uma energia poderosa, imutável, eterna, infinita, e, como o fogo, ele tem o poder de transformar. A você e talvez até ao seu filho.

– E se não transformá-lo?

– Então isso será o resultado perfeito do seu amor. É difícil de compreender, mas tudo já é perfeito. Veja bem, o universo é feito apenas de três forças, positivo, negativo e equilíbrio. Quando um pêndulo encontra a paz? Quando ele para de oscilar e fica parado exatamente no meio, totalmente equilibrado. Compreenda que é isso tudo que está tentando alcançar, o equilíbrio perfeito. Sempre que você se deparar com qualquer tipo de problema ou caos, veja-o como algo que está em busca da posição do meio, que é a

paz. Seja um ser humano, um animal, uma situação, um país ou um planeta, a mesma lei cósmica está em ação.
— Não nos cabe julgar o caminho que uma pessoa escolheu. Lembre-se, aqueles que estão zangados, frustrados, desiludidos ou em lugares onde estão matando, enganando e mentindo já são tão divinos quanto jamais serão; apenas ainda não encontraram o equilíbrio. Permita que ele encontre o equilíbrio por seus próprios meios. Mas quer levemos mil vidas ou uma só para encontrar o equilíbrio, todos nós um dia o encontraremos.

Naquela noite, Kasu Marimuthu não voltou para casa para o jantar, e Parvathi ficou deitada na cama, atormentada pela visão dos arranhões que o cachorro tinha feito na porta nas ocasiões em que ela o trancara em seu quarto. Já era quase de manhã quando o marido voltou. Os passos dele pararam por um momento na porta do quarto dela, e então ele girou a maçaneta e entrou, mas quando viu que ela se recusava a abrir os olhos, mesmo com ele tanto tempo ali parado, ele pôs alguma coisa sobre a mesinha de cabeceira e saiu.

Era uma concha cheia de não-me-toques. Ela tocou nas flores macias. Kasu Marimuthu estava arrependido. Havia um papel mal dobrado no meio delas. Ela o abriu e viu a letra dele cobrindo o papel na diagonal. *Ele não lutou. Ele se entregou ao seu destino com um sorriso. Foi quase doce.* Ela estremeceu.

Quando ela viu o marido no café da manhã no dia seguinte, ele já tinha terminado e estava se levantando da mesa para sair. Ele se despediu dizendo brevemente para aquele espaço a dez centímetros do rosto dela:
— Bom-dia.

As chuvas de fevereiro que eram necessárias para uma boa colheita de mangas tinham chegado e ela virou a cabeça para olhar para o dilúvio lá fora.

DOENÇA

Kasu Marimuthu tinha 52 anos quando sofreu um derrame. A princípio, Parvathi achou que tinha sonhado com o grito, e não fez nada, mas a voz dele tornou a soar, mais alto, mais urgente. Ela saiu correndo da cama e o encontrou deitado com os olhos revirados, a boca repuxada de um lado e a mão esquerda torcida sob o corpo. Ela correu para chamar Maya e ficou olhando, aflita, quando ela se agachou sobre ele e segurou seu pulso entre o polegar e o indicador.

– Eu mando chamar o médico? – perguntou.

– Não – disse Maya. – Me dê uma hora e meia. Como a medicina ocidental não tem tratamento para a paralisia dele, uma demora não vai fazer diferença para eles. Mas, nessas primeiras horas cruciais, eu posso tirar um pouco dessa rigidez.

– Está bem – Parvathi concordou imediatamente, embora por um aumento dos ruídos ininteligíveis que Kasu Marimuthu emitiu tenha ficado claro que ele tinha fortes objeções ao plano de Maya.

– Acorde Kamala e diga a ela para aquecer dois punhados de cristais de sal e um de pimenta-negra.

Parvathi foi correndo chamá-la. Quando voltou, Maya estava usando o polegar e o dedo médio para beliscar as almofadas dos dedos de Kasu Marimuthu. Depois ela usou um alfinete de segurança que achou na blusa para espetá-las e esprem ê-las, fazendo-as sangrar. Enquanto Kasu Marimuthu continuava a balbuciar e a gritar de medo e dor, ela fez o mesmo com os dedos dos pés dele. Em seguida, ela massageou os dedos dele com movimentos firmes, para cima. Kasu Marimuthu gemeu baixinho.

Kamala chegou correndo com o sal e a pimenta embrulhados num pano branco. Maya pediu sementes de pimenta indiana. Enquanto Kamala ia buscar as sementes, Maya segurou a compressa quente no alto da cabeça de Kasu Marimuthu e ele deu um grito de fúria. Parvathi se encolheu de medo, e Maya falou calmamente com ele para acalmá-lo, mas não interrompeu a dolorosa terapia. De fato, ela chamou Gopal para segurar as mãos dele e começou a mover a compressa pela testa dele, pelo rosto zangado, com atenção especial aos lábios retorcidos, continuando pelo pescoço e pelo peito. Passou por debaixo dos braços e em seguida pelo corpo, pelos quadris, pela parte de trás dos joelhos, e finalmente pela sola dos pés. Enormes gotas de suor que tinham se formado na testa de Maya escorreram por sua garganta até o vale escuro entre os seios, e as costas de sua blusa ficaram encharcadas.

Kamala voltou com as sementes de pimenta indiana. Abrindo a boca de Kasu Marimuthu, ela as colocou debaixo da sua língua. Quando a compressa esfriou, Kamala foi instruída a reaquecê-la. Kasu Marimuthu gemia enquanto Maya beliscava seus dedos dos pés, batia em seus pulsos, massageava seu estômago e colocava todo o peso dela sobre suas costas. Depois, sem dar atenção aos gritos do paciente, ela tornou a colocar as compressas quentes em todas as regiões que estavam rígidas e imóveis.

– Chamem o maldito médico! – exclamou Kasu Marimuthu de repente. E seus olhos rolaram de volta para baixo e ele olhou chocado para Maya. A frase foi dita de forma meio truncada, mas ele podia falar. O tratamento local estava funcionando!

Maya sorriu.

– Estamos na primavera e todas as coisas podem ser curadas. Vou cozinhar a comida dele sem sal, óleo e carne, e vou massageá-lo por mais dez dias, e você deve banhá-lo em água muito quente e vesti-lo de vermelho.

Quando o médico chegou, encontrou Kasu Marimuthu sentado numa cadeira, fraco e com dores, mas de volta ao normal. Elas estavam enganadas, o médico disse; era impossível que Kasu Marimuthu tivesse tido realmente um derrame ou estivesse

semiparalisado duas horas antes. Devia ter sido uma contração temporária dos músculos, uma espécie de convulsão.
Ele olhou para Maya com todo o poder e a autoridade da sua profissão. Ele era, afinal de contas, um dos deuses da sociedade.
— Não é possível curar paralisia com a aplicação de compressas quentes e uma hora e meia de massagem, por mais vigorosa que seja.
— Daqui a cem anos, a maioria das coisas que vocês estão fazendo em nome da medicina será considerada brutal — disse Maya, erguendo-se em toda a sua altura.
O médico olhou para Parvathi severamente.
— No futuro, chame-me imediatamente. Eu já vi o mal que essas curandeiras fazem, mesmo com a melhor das intenções.
Abrindo a valise de couro preto, ele apanhou um estetoscópio para ouvir o peito de Kasu Marimuthu. Satisfeito com o que ouviu, ele se ocupou de outros exames de rotina. Por fim, o médico fechou a valise, declarou que não havia nada fisicamente errado com Kasu Marimuthu e foi embora.
— O senhor pode se levantar agora — Maya disse, mas Kasu Marimuthu se recusou.
— Não posso. Eu acabei de sofrer um grave derrame — ele disse.
— Não — disse Maya. — Se o senhor tivesse sofrido um grave derrame, teria caído no chão não apenas com o lado esquerdo, mas com o corpo inteiro afetado, e eu o teria tratado com uma compressa fria na cabeça e o teria feito vomitar, mas mesmo assim o senhor arrastaria a perna direita, apesar de voltar a andar.
Nos dias que se seguiram, apesar do prognóstico do médico e da afirmação de Maya de que não havia razão alguma para ele não andar, Kasu Marimuthu fez uma coisa estranha. Ele encomendou uma cadeira de rodas e se restringiu a ela. Ele também comprou uma bengala de prata que pendurou atrás da cadeira de rodas e nunca tentou usar. E então, como odiava ser carregado para cima e para baixo na escada, ele contratou construtores chineses para fazerem um elevador para ele.
Vestido com o roupão, ele disse a Parvathi:

— Não sei por que, mas me sinto como um escritor. — Na verdade, ele não tinha interesse em escrever. Sua verdadeira paixão era a leitura. A primeira vez que pediu a ela que subisse na escada móvel da biblioteca para pegar um livro que ele queria, ela percebeu que o marido sabia onde estava cada livro que possuía. Não era uma coleção qualquer, afinal. Ele tinha escolhido os milhares de livros com muito cuidado.

Uma tarde, quando estava lendo calmamente na varanda, ele viu o filho espiando dentro dos canteiros de flores na extremidade da casa. O menino tinha encontrado um ninho de passarinhos. Kasu Marimuthu já ia chamá-lo, para dizer para ele não tocar nos filhotes senão a mãe iria abandoná-los, quando algo o silenciou e ele observou o filho com um horror crescente. Ele viu o menino tirar um filhote do ninho e segurá-lo na palma da mão. Depois ele esticou bem a palma, expondo a criatura trêmula, que piava alto. O passarinho tentou ficar em pé, mas cambaleou. Ele o levou até a altura dos olhos. Então segurou a cabeça pequenina entre o polegar e o indicador e, propositalmente, torceu seu pescoço até ele parar de piar.

Enquanto Kasu Marimuthu arregalava os olhos diante daquela crueldade gratuita que testemunhara, Maya apareceu no seu campo de visão. Como num sonho, o menino levantou a cabeça e olhou para ela. Ela pôs a mão no rosto dele e o acariciou amorosamente até ele entrar numa espécie de transe. Com delicadeza, ela tocou em seu pomo de adão e a mão de Kasu Marimuthu subiu na mesma hora para tapar o seu. Ele teve a sensação desagradável de ter tido uma experiência semelhante.

Ela fitou o rosto do menino e disse:

— Você pode ser melhor do que isso. Eu sei que pode. Não deixe sua mãe amargurada. Eu vi o futuro e ele não é agradável, mas também não é feito de pedra. Nada está decidido. Você pode mudar o futuro. Você pode ser diferente. Você só precisa resolver mudar. Você veio aqui para controlar a si mesmo, lembra? — E então ela tirou a carcaça da mão do menino e foi embora. O menino ficou sozinho, e lentamente saiu daquele transe. Por um momento ele olhou em volta, confuso, depois sacudiu os ombros, pegou um pauzinho no chão e atirou longe, antes de sair correndo na direção da praia.

Kasu Marimuthu fitou pensativamente o horizonte, e se lembrou de Parvathi dizendo: "Maya está neste mundo, mas ela não pertence a ele. Ela é especial."

Naquela noite, quando Maya foi fazer a massagem nele, ele perguntou a ela:

– É verdade que você pode olhar dentro do olho esquerdo de uma pessoa e ver o animal com quem ela mais se parece?

Maya olhou rapidamente para Kasu Marimuthu.

– Sim – ela respondeu, e voltou a esmigalhar cuidadosamente um galhinho como se cada pedacinho fosse precioso.

– Então me diga o que vê no olho da minha filha.

Maya sorriu para si mesma.

– Agora que é jovem, ela é um pavão. Bonita, vaidosa e segura de si, mas com o tempo ela vai ficar bondosa e amorosa.

– E o meu filho?

– Ele tem os ombros estreitos de um lobo e os olhos ingratos de um crocodilo, o que vai fazer com que ele devore o coração de sua própria mãe.

– O que se pode fazer com ele?

– Nada. No plano de Deus, ele é o veículo perfeito de sua própria evolução.

Kasu Marimuthu pareceu perplexo.

– O senhor não consegue entender e eu não consigo explicar.

Kasu Marimuthu fechou os olhos. Em breve ele partiria, e a pouca disciplina que o menino tinha morreria com ele. Ele iria chamar seu advogado no dia seguinte, modificar o testamento, dar mais autoridade à esposa.

– Você pode dizer o que vê em mim?

– Um tigre. Solitário, ferido, assustado e zangado.

– E quanto a Sita? Que animal ela tem no olho esquerdo?

Maya ergueu os olhos para ele.

– O que o senhor acha?

– Uma corça. Doce, inocente e delicada.

Maya deu uma risada.

– Ah, patrão, o senhor não conhece a sua esposa. Ela não é uma corça. Ela é um leopardo da neve. Esquiva, corajosa, misteriosa, secreta.

Kasu Marimuthu emitiu um som de incredulidade.

– Não. Como pode ser? Ela é sempre tão quieta, tão tímida, tão parada. – E, ele pensou, mesmo quando deito sobre ela.

– O senhor a viu, mas não a reconheceu.

– O modo como ela permite que o menino mande nela não é nem misterioso nem predatório, é?

– Esse é um privilégio decorrente do amor que ela sente por ele.

Kasu Marimuthu ficou calado por um tempo. Então ele perguntou o que o seu coração queria saber.

– E a dançarina?

– Ela era um cisne de coração partido. Seu parceiro a abandonou.

Kasu Marimuthu fechou os olhos para esconder a dor, mas ela se derramou em sua boca.

– Eu ainda a amo – ele murmurou com grande tristeza.

– Eu sei – Maya disse, e ele nunca a tinha ouvido falar com tanta bondade e delicadeza.

ÚLTIMOS DIAS

Maya molhou os dedos na fina pasta de farinha de arroz e fez um desenho no chão, perto da porta, no quarto de Kasu Marimuthu.
– Um pentagrama? – ele observou passado algum tempo.
– Ah, então é assim que ele é chamado. Eu não sabia seu nome inglês.
– O que um símbolo ocidental de bruxaria tem a ver com o hinduísmo?
– Se ele é conhecido pelo senhor como um símbolo de bruxaria, então a energia masculina que governou este planeta nos últimos treze mil anos cumpriu sua missão de imbuir outro símbolo feminino de poder com uma conotação negativa. Estes triângulos interligados são um símbolo de amor incondicional.
Kasu Marimuthu deu uma risada breve.
– Por que um organismo importante e secular como o Governo dos Estados Unidos da América iria querer usar o símbolo do amor incondicional como logomarca de seu poderio militar e estampá-lo em cada tanque, avião de combate e míssil que ele fabrica?
– Isso faz a gente imaginar quem são na verdade aqueles homens que estão no poder, não é? – Maya sorriu. – Bem, ele está lá porque os homens que o colocaram lá compreenderam o seu poder sem limites. Em tempos de grandes sábios e de homens de coração puro, uma flecha atirada depois que um mantra tivesse sido sussurrado sobre ela conseguia atingir um alvo a muitas milhas de distância. Mas agora os inescrupulosos governam o mundo, e para manterem sua existência parasitária, não só eles não podem admitir que esses símbolos têm poder, como precisam destruir sua reputação e suprimir o uso por parte de outras pessoas.

Kasu Marimuthu franziu a testa e cruzou os braços.

— Por que um símbolo sagrado estaria disponível para ser mal utilizado?

— A raça humana está condicionada para julgar, as leis universais não. Uma lei é uma lei. A gravidade faz diferença entre um criminoso e um santo? Todos os símbolos sagrados são governados por leis cósmicas universais; eles estão disponíveis para todos que os desejem, e seu poder poderá ser usado para o bem e para o mal. Existe uma história muito antiga sobre um rei cruel que realizou martírios durante muitas centenas de anos, até que, finalmente, o senhor Shiva apareceu diante dele e concedeu-lhe uma dádiva, qualquer coisa que ele quisesse, riqueza, poder, imortalidade... Mas do Grande Deus Destruidor o rei só queria uma coisa, o poder de transformar em cinzas tudo o que tocasse! Para testar esse novo poder, o rei expressou o desejo de tocar na cabeça do seu benfeitor.

"O que Shiva podia fazer a não ser dar meia-volta e sair correndo, com o rei atrás dele? Observando dos céus, Vishnu, o Protetor, se transformou numa mulher irresistível e apareceu no caminho do rei. Foi amor à primeira vista. 'Case-se comigo!', ele exclamou. 'Jure isso pela sua cabeça', a sereia disse astutamente, e sem pensar o rei tocou na própria cabeça e a transformou em cinzas.

"As figuras são alegóricas, é claro, mas Shiva é uma força que não pode negar a um rei cruel o que concede a um santo que realizou o mesmo martírio. Da mesma forma, a energia que existe no pentágono concederá sua dádiva a quem quer que a utilize."

— Meu Deus, não posso acreditar que estou tendo essa conversa com você. Nem o rádio você ouve. O que sabe sobre o que está acontecendo do outro lado do mundo?

— Eu sou ignorante em assuntos mundanos, então talvez o senhor possa me dizer de onde vem a Estátua da Liberdade.

— Ela foi um presente da maçonaria francesa.

Maya levantou os olhos do que estava fazendo.

— Bem, bem, não uma daquelas sociedades secretas ocidentais, sem dúvida? — ela disse, e riu. — Na mão direita ela segura uma tocha, o símbolo do seu consorte, o deus-sol, porque ela é, de fato, uma deusa rainha da religião babilônica, até os espigões em volta da cabeça.

Kasu Marimuthu olhou para Maya com um ar severo. A mulher era louca.

– Para onde aponta toda essa bobagem?

– Para uma concentração do poder de uma linhagem fria, rigidamente pragmática, muito antiga, que não é inteiramente humana. – Nesse ponto Kasu Marimuthu ergueu as sobrancelhas com um ar cético, mas Maya continuou assim mesmo: – Eles já possuem a maior parte da riqueza da Terra e são incrivelmente poderosos, mas permanecem tão nebulosos que quase não existem. O objetivo deles é controle exclusivo: domínio do mundo, um mundo com um só governo. Para isso, eles nunca se arriscam. Por trás dos bastidores, o dinheiro deles influencia tudo, o partido do governo bem como o da oposição, chefes de Estado, governos, multinacionais, bancos centrais, as indústrias alimentícia e farmacêutica, a mídia e todas as organizações secretas que espionam as pessoas. Sutilmente, as massas serão hipnotizadas num semiestupor pelo sistema educacional, e uma dieta constante de entretenimento destinada a excitar os sentidos até que mesmo a pornografia mais pesada não seja suficiente. Presas nessas distrações, as pessoas não vão perceber que o poder está sendo sistematicamente suprimido e a habilidade de despertar para o seu verdadeiro potencial, destruída. Em menos de cem anos, haverá algo chamado globalização, que irá concentrar ainda mais o poder nas mãos de menos pessoas, até que, no fim, poucos irão controlar muitos. Eles começarão com um governo central para a Europa.

– Espere um minuto – Kasu Marimuthu disse, achando graça. – Por ser você, eu posso até admitir humanos-alienígenas, mas um governo central na Europa, isso é loucura. Eles se odeiam. Você sabe que está havendo uma guerra na Europa justamente para impedir que aconteça uma coisa dessas, não sabe?

– A guerra não passa de uma oportunidade para que as pessoas certas lucrem. O Estado único europeu será criado e então a América irá se fundir com o México e o Canadá.

– Os americanos jamais tolerarão isso.
– Os Estados Unidos da América serão o lugar onde a guerra mundial entre o bem e o mal será travada. A Declaração da Independência, igualdade, liberdade e realização, elaborada pelos Fundadores da Nação, foi o início de uma visão sagrada que um dia deveria transformar o mundo inteiro. Mas forças do mal entraram em ação. Um dia, o filho e o neto de um criminoso de guerra nazista irão se tornar presidentes americanos, e o mundo viverá uma constante batalha econômica; uma política de fornecimento secreto de armas para os dois lados que irá manter o mundo numa guerra lucrativa. E petróleo, ah! O que eles não farão por ele? É quando eles encontrarão uma coisa útil: "terrorismo". Então os homens no poder irão atacar o próprio povo e colocar a culpa nos terroristas. Em nome da segurança, leis draconianas serão promulgadas, transformando o povo americano, amante da liberdade, num dos povos mais maciçamente controlados da Terra, marchando na direção do seu objetivo de um governo global, de um feroz exército global, de uma sociedade de uma só moeda, e o emprego de um sistema de controle com chips inseridos no corpo. A humanidade se tornará um mero rebanho de ovelhas.
– Se vamos ser apenas animais manipulados, que esperança existe para o futuro? – Kasu Marimuthu perguntou, com um terror fingido.
– Para nós, existe sempre a lei do carma, outro bom exemplo de uma lei que não faz nenhuma discriminação. Todas as ações têm consequências. Eles que tomem cuidado. A crueldade sempre traz cinzas. O sistema irá rachar. A escuridão está sempre a serviço da luz. Toda a humanidade está evoluindo para a consciência xamânica, e nós vamos despertar para o nosso poder. Um dia, os homens farão a coisa certa, sem ligar para as consequências que trará para eles, e nesse dia nós todos seremos livres de novo. Talvez não no nosso tempo, mas com certeza antes de terminar o tempo de Rubini nós todos teremos que nos conscientizar ou nos destruir. Porque somos todos um só, todos invisivelmente, mas inseparavelmente ligados, e enquanto houver uma só pessoa perdida, todos nós estaremos perdidos.

DEUS CHEGA

O baú de livros sobre "tudo que é japonês" que Kasu Marimuthu encomendara chegou. Ele pegou os que achava mais importantes e insistiu com Parvathi para que os lesse.

– Conheça o seu inimigo – ele disse.

Mas ela virou as páginas desanimadamente; história. Uma coisa árida sobre imperadores, xoguns, samurais e tratados enfadonhos. Ela os descartou, agachou-se ao lado do baú e escolheu um livro sobre arte japonesa. Ela examinou as paisagens desconhecidas feitas com pinceladas simples, mas, sem a sensibilidade cultural para apreciar aquela austeridade, ela o largou e escolheu outro, folheando as páginas até chegar na fotografia de uma gueixa. Fitou o rosto branco, com apenas metade dos lábios pintada de vermelho. Fascinada, ela tocou na estranha feição. Seu dedo parecia muito escuro em comparação.

Foram os olhos daquela mulher desconhecida, tão frios e distantes, ou foi a ideia de um rosto humano transformado em máscara que a fez sentir uma afinidade com aquela triste criatura? Ela leu o parágrafo abaixo da fotografia. Gueixa anônima, século XIX, dizia simplesmente. Gueixas, o autor fez questão de frisar, não eram prostitutas e sim mulheres extremamente educadas que serviam e distraíam homens em casas de chá. Mas como alguém podia distrair um homem se não com o corpo?

Por fim, ela encontrou uma coleção de cartas de amor que gueixas tinham escrito para seus amantes. Não havia nada de especial nelas, mas foram as primeiras linhas de romance que ela viu escritas num papel, e chamaram, portanto, sua atenção. Parecia que todo mundo que se apaixonava no Japão tinha um final infeliz.

Sempre a gueixa ficava com o coração partido ou cometia suicídio. Parvathi tornou a olhar para o retrato da mulher desconhecida.
– Você também se matou?
No fundo do baú, ela encontrou um livro sobre sexo, eufemisticamente intitulado "vendendo primavera". Estava repleto de quadrinhos de homens e mulheres em poses sensuais. Inteiramente chocada, mas também fascinada, ela os estudou com minúcia. As imagens iam se tornando cada vez mais pornográficas até as páginas estarem cheias de pessoas horríveis, com os olhos revirados para trás, se contorcendo sob enormes órgãos genitais.
Havia uma que era mais horrível do que o resto. Uma mulher abraçada com um polvo gigante, mas esse polvo também estava com a boca entre as pernas dela e parecia devorá-la. Mas o que deixou Parvathi confusa e curiosa foi o fato de a mulher não estar nem assustada nem sofrendo. Na verdade, sua expressão era de puro êxtase. Que raça obscena, ela pensou. Mas então ela arrancou a página, dobrou-a em quatro e a enfiou dentro da blusa.

– Você se lembra de Samuel West? – Kasu Marimuthu perguntou.
– Sim, por quê?
– Grande escândalo, ele está se divorciando.
– Ah!
– Eu achava que ele estava atrás de você. – E quando viu o rosto da esposa, que fora apanhada de surpresa, ele perguntou secamente: – O enredo engrossa?
Mas ela se recuperou, olhou bem no olho dele e respondeu:
– Com farinha talvez, mas não de outra forma.
– De todo modo, ele é capaz de voltar – ele disse enigmaticamente, mas Parvathi não perguntou nada.
Três meses passaram depressa, e, embora Parvathi ainda estivesse se esforçando para aprender o básico, Kasu Marimuthu já tinha um bom conhecimento dos japoneses. Mas ele também estava ficando com uma cor estranha, amarelada. Queixava-se de náuseas, febre, calafrios, vômitos, dor abdominal. O corpo dele

tinha começado a passar mercaptanas diretamente para os pulmões. O médico disse que isso era um sinal tardio de insuficiência hepática, e Maya chamou de "hálito dos mortos". Mesmo assim, o desejo por bebida era às vezes tão forte e tão incontrolável que era impossível alguém se aproximar dele, a não ser Parvathi.

– Segure minha mão. Eu estou com medo – ele murmurava. Parvathi segurava a mão grande e seca entre as dela até ele adormecer.

No andar de baixo, Maya estava sentada em sua cadeira de balanço.

– Ele está dormindo? – ela perguntou.

– Sim – Parvathi respondeu, e se sentou no balanço em frente a ela. Ele balançou suavemente e suas pálpebras se fecharam de cansaço até ouvir um grito. Parvathi abriu os olhos: Kasu Marimuthu estava acordado e precisava de ajuda.

Mas Maya se levantou.

– Eu vou – ela ofereceu.

– Tem certeza? – Parvathi perguntou, já se recostando de volta nas almofadas macias.

Maya abriu a porta e viu o homem suado e inquieto na cama. Ela puxou o cortinado e ele virou o rosto para olhar para ela, grande, calma, sem um fio de cabelo fora do lugar. Suas mãos fortes se moveram na direção do copo d'água na mesinha de cabeceira. Ela mergulhou um dedo na água e umedeceu-lhe os lábios ressecados. Sua língua, coberta com um sedimento branco e amarelo, lambeu o lábio molhado.

– Liberte-se – ela disse. – Você não precisa desse corpo apodrecido no seu novo ambiente.

Ele abriu os olhos e a boca, amedrontado. Uma camada de suor brilhou sobre o lábio superior de Maya quando ela estendeu a mão para a barriga dele e, com movimentos longos e lentos, começou a massagear sua pele manchada com óleo de gergelim e ervas. Sob a solidez e o peso da mão dela, o medo e o sofrimento desapareceram. Ele fechou os olhos.

— Eu sei — ele disse. — Eu não sou como meu avô. Ninguém precisa me alimentar com terra e ouro. Eu estou preparado para deixar tudo isso para trás. Aliás, isso nunca me trouxe felicidade.

Ela balançou lentamente a cabeça e continuou com os movimentos firmes e regulares até ele adormecer.

No dia 25 de agosto, Kasu Marimuthu não se levantou mais da cama. Equipes de médicos vieram, mas nenhum deles pareceu confiar em suas chances de recuperação.

— Parvathi — Kasu Marimuthu chamou.

Parvathi olhou espantada para ele. Ele a tinha chamado por seu nome verdadeiro pela primeira vez.

— Eu quero que você saiba que eu estou contente por ter me casado com você — ele disse. — Eu fui um tolo em correr atrás de beleza. Isso não passa de um punhado de ar. Quando eu partir, não use o sári branco de viúva e não tente dirigir a loja. Venda-a imediatamente ou então a sua família, que não se importou com você o suficiente para defendê-la da minha ira, virá destruir o que eu construí. — Ela manteve uma expressão neutra, ouvindo apenas que ele a tinha amado por pena. Ele segurou a mão dela com insistência. — Não seja tola. Você precisa acreditar em mim. Todos eles virão para roubá-la. Um por um. Prometa que você irá vender a loja imediatamente. Eu deixei mais do que o suficiente para você e as crianças viverem muito bem por muitas gerações.

— Eu prometo — ela disse, e naquele momento ela poderia jurar que aquela era a sua intenção.

— Os japoneses estão chegando. Eles são frios e cruéis. — Ela pensou na mulher com o polvo. — Você vai estar a salvo porque eles não gostam de pele escura. — A gueixa de rosto branco surgiu na mente de Parvathi. — Mas faça o que puder para proteger minha filha. Corte seu lindo cabelo. Azul não é sua cor, então vista-a de azul. Mande o alfaiate fazer roupas largas para ela com panos velhos. Transforme-a num menino e esconda-a o máximo que puder. Não a mande nem para a escola, pois eles estarão lá também. Ensine-a em casa. Instale um enorme retrato de Mahatma

Gandhi na entrada da casa. Eles costumam ser amáveis quando veem o rosto dele.

O principal sacerdote do templo de Pulliar veio com um grupo de sacerdotes brâmanes. Com nós na cabeça e barriga protuberante, eles tinham vindo especialmente da Índia para realizar uma *yagna*. Para aplacar os deuses de forma que eles abençoassem o homem doente, eles se juntaram ao redor de um grande poço de tijolos na entrada da casa e acenderam o fogo solene. O sacerdote principal ergueu sua grande colher de pau. E então a cerimônia começou: entre blocos de manteiga purificada, frutas, sementes, nozes, ervas, pedaços de coco, arroz-doce, flores, raízes, dinheiro de papel, mel, leite e sal foram oferecidos às chamas.

O fogo foi ficando cada vez mais forte, mas eles continuaram a abaná-lo com o canto incessante. Mantras secretos que terminavam com a palavra *swaha*. As vozes deles eram todas diferentes, grossa, fina, aguda, baixa, e, no entanto, o conjunto era bonito e começou a subir num crescendo que tremia com tanta força que até os pelos da mão dela se arrepiaram. Alguém disse: "Jogue uma joia no fogo." Então Parvathi tirou a pulseira e os sacerdotes a ofereceram ao fogo. Eles continuaram a alimentar o fogo por um dia e uma noite. Nuvens negras surgiram, trovões rugiram no céu e choveu torrencialmente, os deuses tinham aceitado as oferendas. Todo mundo, de repente, ficou esperançoso com a recuperação de Kasu Marimuthu.

Até os empregados encontrarem a biqueira de aço de um dos sapatos importados de Kuberan no meio das cinzas. Torcendo as mãos em grande consternação, eles correram para contar para a patroa. Quem poderia ter cometido tal blasfêmia? Parvathi começou a suar nas mãos. Kuberan foi chamado. No início, ele negou, mas então foram buscar Maya na cozinha. Ele tinha medo dela. Ela ficou parada na frente dele de braços cruzados e o olhou zangada até ele confessar. Ele não tinha tido a intenção de fazer nada de ruim. Ele só queria ver o sapato queimar. E só tinha jogado o sapato no fogo depois que os sacerdotes terminaram as preces. Os empregados reunidos ficaram de olhos arregalados com a audácia do menino. Então Rubini saiu e voltou com uma vara. Ela a estendeu para Parvathi.

– Papa está doente demais para castigá-lo, então é você quem tem que fazer isso – ela disse à madrasta.

Parvathi segurou a vara e ficou olhando com um ar infeliz para Kuberan. Ela nunca o tinha castigado antes. Ele olhou de volta para ela sem nenhum remorso. Ela mordeu o lábio. Sabia que todo mundo achava que ele tinha feito algo extremamente desrespeitoso ao profanar uma cerimônia sagrada, mas ela não via assim. Na verdade, ele era exigente e mimado, e podia parar a casa toda se um brinquedo sumisse, mas, para ela, ele era apenas uma criança levada. Fazendo buracos na parede da casinha para ver as empregadas tomando banho, e uma vez saindo da cama no meio da noite para pintar de verde todos os pássaros brancos raros de Kasu Marimuthu. Ela ficou parada na frente dele. Embora ele não tivesse tido essa intenção, ele arruinara a *yagna* e depois mentira a respeito.

– Eu sinto muito, ama – ele disse, com o lábio inferior tremendo.

O coração dela ficou apertado. Mas os empregados estavam assistindo. Algum castigo era necessário. Ela falou com severidade:

– Estenda a mão.

Ele estendeu a mão, que pareceu pequena e indefesa. Parvathi ergueu a vara bem acima da cabeça e ele tirou a mão bem na hora em que ela bateu com ela numa mesa perto, com toda a força. O coração dela estava disparado. Kuberan estava olhando para ela com curiosidade, com os olhos brilhando. O comportamento dele precisava melhorar.

– Você devia ter batido nele – Rubini disse. Então, olhando para o irmão com os olhos brilhando de raiva, ela disse: – E você não devia ter feito isso, Kuberan. – Mas o demoniozinho sorriu para ela.

Por um momento, a irmã ficou olhando para ele, espantada.

– Se alguma coisa acontecer com o papa, a culpa será sua – gritou ela, e saiu correndo aos prantos.

Parvathi mandou que todo mundo saísse.
– Por quê? – ela perguntou ao menino que a fitava destemidamente.
Kuberan pensou um pouco. Depois sacudiu a cabeça.
– Eu não sei por quê – ele disse mal-humorado.
– Mas você sabia que a *yagna* era para o papa, não sabia?
Ele assentiu lentamente. Talvez até com tristeza.
– Você não ama o seu pai?
Os olhos dele se encheram de lágrimas. Ele não tinha pensado nas consequências do seu comportamento.
– Vá para o seu quarto e não desça enquanto eu não mandar.
Na porta, ele parou e se virou para ela.
– Se o papa morrer, não vai ser culpa minha, vai?
– Não – ela disse baixinho. No andar de cima, Kasu Marimuthu enfraquecia lentamente.
Dois dias depois, o inimigo chegou nas praias da Malásia. Vieram notícias das plantações em Málaca de que eles podiam ouvir a vibração das bombas, não dos japoneses, mas dos britânicos destruindo os postos estratégicos que estavam deixando para trás. Os capatazes começaram a deixar seus bangalôs. *Partindo para Johor ponto*, veio o primeiro telegrama. Em pouco tempo, todos tinham partido. Os britânicos tinham abandonado o navio que estava afundando. Os aviões voavam no céu, três de cada vez. Parvathi não sabia se eram britânicos ou japoneses. Só sabia que todos tinham que correr para as escadas do abrigo.
Kasu Marimuthu puxou o braço de Parvathi até o ouvido dela ficar perto de sua boca e perguntou:
– Como se diz "amigo" em japonês?
Parvathi sacudiu a cabeça. Ela não tinha esquecido.
Ele tornou a puxá-la.
– To-mo-dachi – ele murmurou.
– Tomodachi – Parvathi disse, e ele sorriu cansadamente.
– A dor desapareceu – ele disse. Seus olhos estavam cheios de paz e seu rosto brilhava de felicidade. Ele nunca estivera melhor.

Parvathi estava limpando o lampião da sala de oração quando ouviu um tinido, ergueu os olhos e viu que a pequena estátua de Maya tinha perdido outro braço. Por um momento ela ficou ali parada, em choque, e então correu na direção da cozinha, gritando:
— Maya, Maya!
Maya saiu correndo da cozinha na direção da voz de Parvathi. Elas pararam uma na frente da outra.
— Caiu outro braço de Nagama.
— Então está na hora de partir.
— Você não pode nos deixar agora! — Parvathi gritou.
Maya sacudiu a cabeça.
— Não sou eu quem vai partir, é você. Eu apenas vou segui-la.
— Do que é que você está falando?
— Vamos simplesmente esperar para ver o que vai acontecer.

Kasu Marimuthu começou a vomitar sangue. A terra de onde ele veio o queria de volta. Ele não passaria daquela noite. Para facilitar a separação do corpo energético do corpo físico, Maya acendeu uma luz cor de laranja e queimou sândalo no quarto dele.
— Por favor, não nos deixe, papa — Rubini soluçou.
— Não o chame de volta, criança — Maya repreendeu-a delicadamente. — Senão ele vai ficar preso entre dois mundos. A missão dele aqui está terminada e ele precisa deixar o que é velho para trás. Uma porta já se abriu e belos seres estão vindo para levá-lo de volta. Cante durante a passagem dele, minha filha.
De manhãzinha, ele ficou agitado. Com os olhos, ele chamou Parvathi e, quando ela se aproximou, ele a agarrou e a puxou para perto do seu rosto. O rosto áspero roçou o dela e seu hálito quente e fétido soprou no pescoço dela. Eram suas últimas forças. Em minutos, ele deixaria de existir. As palavras dele não passaram de um sussurro:
— *Isto é importante. Não corte o seu cabelo, Parvathi.* — Com essas últimas palavras insondáveis, o homem mais rico de Kuantan se foi, carregado nos braços da morte.

O filho dela recebeu a tocha acesa para carregar ao redor do caixão, e isso a fez chorar. Não porque ela estivesse com o coração partido, mas porque o futuro era triste e incerto. Realmente, o *sati* não existia mais, mas o destino de uma viúva hindu era miserável. Se ela fosse uma brâmane, teria tido que raspar a cabeça também; entretanto, o costume ainda exigia que ela se tornasse invisível, menos que nada. Não podia mais usar *kum, kum*, roupas coloridas ou joias. Aos vinte e sete anos, ela era a mulher que as pessoas não convidavam para casamentos ou ocasiões auspiciosas. E mesmo no casamento dos seus próprios filhos ela não poderia abençoá-los nem tomar parte em nenhuma cerimônia. De fato, uma boa mãe não iria ao casamento, pois ela simbolizava má sorte.

O funeral foi uma cerimônia muito concorrida. A casa ficou cheia de gente, muitas pessoas que Parvathi nunca tinha visto antes. Uma mulher escura, magra, com cinco crianças pequenas agarradas nela, caiu no chão ao lado do caixão e soluçou tão desesperadamente que Parvathi mandou uma criada descobrir quem ela era. O marido dela era um seringueiro, um bêbado miserável, que lhe dava surras. Se não fosse por uma mesada que Kasu Marimuthu tinha concedido, ela e os filhos já teriam morrido de fome. Nas horas seguintes, sete outras mulheres vieram cercadas de filhos para chorar a morte de um generoso benfeitor.

Parvathi tirou seu *thali*, beijou-o e o colocou dentro do caixão. Mais tarde, o amigo mais antigo de Kasu Marimuthu o traria de volta para ela do local da cremação e o colocaria na palma de sua mão. Como era costume, ela doou o medalhão para um templo.

Aquela noite, Parvathi acordou com o som de sinos.

Chum, chum, chum, ouviu-se ao longo dos corredores envidraçados, pelas escadas, atravessando o pátio e indo na direção do escritório, ficando mais fraco e desaparecendo no escritório. Parvathi ficou deitada, sem medo. Ela sabia que eram apenas sinos de dança, os sinos de Rubini, mas o que a menina estava fazendo naquela hora da noite? As primeiras notas de música clássica indiana soaram tão alto que ela levou um susto. As luzes do palco da ilha se acenderam. Parvathi saiu da cama e foi até a sacada.

Rubini estava remando para a ilha. Parvathi pegou o binóculo. Iluminada por luzes brilhantes, a menina foi para o palco e se rendeu imediatamente à música. Ah, Rubini, crescendo, querendo explodir, dançando para o pai. Usando sua roupa de luto, Parvathi assistiu ao último e melhor recital de dança de Rubini.

O retrato de Gandhi chegou ao mesmo tempo que o advogado. Enquanto os rapazes o penduravam em frente à porta de entrada, ela recebeu o advogado com um filho de cada lado. Ele comunicou a ela que o marido tinha deixado tudo para ela, exceto o dote de Rubini, uma grande propriedade e uma casa em Bangsar, Kuala Lumpur, e para pagar a educação do menino, um pedaço de terra. A decisão de dividir a riqueza entre os filhos na hora certa tinha sido confiada a ela. Havia uma conta em Coutts com sessenta mil libras que ia ser automaticamente transferida para ela. Cópias das escrituras de todas as terras e propriedades que agora possuía foram entregues a ela.

Depois que ele saiu, Parvathi escondeu toda a papelada legal atrás dos livros na enorme biblioteca. Naquela mesma noite, ela e Maya tiraram todas as joias que estavam no cofre e as enterraram debaixo de um flamboyant.

No terceiro dia, as visitas pararam de vir.

Usando um sári branco, ela foi alimentar a cobra. Quando se agachou diante do altar para despejar o leite, ela ouviu um som atrás dela, as folhas da mangueira sendo afastadas. Ela se virou, não depressa, mas devagar – quanto tempo tinha esperado por esse momento. Uma enorme cobra, com um lista dourada descendo pela cabeça, estava deslizando pelas vigas e entrando no cercado de madeira. Seu deus era tão grande! Havia anos que ela ia lá para alimentá-lo, e como ele tinha ficado grande e bonito. Ninguém o havia encontrado antes. Ele estava sibilando e era negro como a noite, mas ela não ficou nem um pouco assustada.

Ele não se aproximou para tomar o leite, mas ficou nas sombras, na extremidade do templo, com o corpo enorme enroscado. Vagarosa e majestosamente, ele ergueu a cabeça bem acima do chão, abriu todo o seu capuz e olhou firme para ela, o seu deus. Com as mãos postas, ela caiu de joelhos. Por um longo tempo eles se olharam, até que ele fechou o capuz e se aproximou, passando tão perto dela que seu corpo roçou no dela. Enquanto ela observava, ele tomou o leite e comeu os ovos, enfiando-os delicadamente na boca antes de fechá-la sobre eles. Depois que os ovos terminaram, ele partiu, do mesmo modo como tinha chegado, silenciosamente. Ela se sentou no chão, tonta de alegria. Que privilégio! Deus tinha ouvido suas preces. Ela deve ter ficado horas ali, pensando que agora estava livre de qualquer perigo.

Samuel West chegou naquela tarde. Ele ficou andando, nervoso, de um lado para o outro da varanda. Quando ela apareceu na porta, ele a olhou surpreso.
– Eu nunca a vi assim.
Inconscientemente, ela levantou a mão para cobrir o pescoço nu. Ele sempre a vira pintada e enfeitada.
– Uma viúva não se enfeita.
– Eu preciso falar com você – ele disse nervosamente.
Ela fitou aqueles olhos de mar. Ele tinha conservado toda a sua beleza.
– É claro, sr. West. – E ela o levou para o pátio.
Ele olhou em volta.
– Num lugar fechado – ele disse.
Ela fechou a porta do escritório e se virou para olhar para ele.
– Os japoneses estão chegando – ele disse. – Você precisa sair daqui o mais depressa possível. Eu reservei passagens de avião de Singapura para os Estados Unidos para nós. Eu não sou tão rico quanto o seu falecido marido, é claro, mas posso sustentá-la muito bem.
Ela ficou estarrecida.
– Não – ela disse. – Eu não posso ir com o senhor... Tenho que pensar em Maya e nas crianças.
– As crianças e Maya também podem vir.
– Mesmo assim, não.

— Por quê?
— Não existe segregação na América?
Ele olhou de um modo estranho para ela.
— Eu sou do norte.
— O que eu vou ser no seu país? As pessoas não irão me apontar e rir?
Ele fez um ar envergonhado.
— Eu jamais faria isso com os meus filhos.
Ele olhou para o seu rosto determinado e disse:
— Então eu vou ficar também.
— Não faça isso. Aqui não é seguro para estrangeiros. Eu vou ficar bem. Vá, por favor, sr. West. Nós nos encontraremos de novo depois da guerra.
— Não há nada que eu possa fazer ou dizer para você mudar de ideia?
— Não. — Ela sorriu para suavizar a rejeição.
— Mas nós *vamos* nos reencontrar depois da guerra — insistiu ele com teimosia, e havia tanta determinação naqueles olhos de mar que ela ficou surpresa. Ora, ele gostava dela, afinal de contas. Pelo menos temporariamente.
— Faça uma boa viagem, Samuel — ela disse.
— Mesmo sem nenhum adorno, você é linda — ele disse com uma voz rouca, e saiu sem olhar para trás.

Os japoneses chegaram em Kuantan.
Parvathi encontrou Rubini no quarto dela. Ela estava na escrivaninha e parecia ter chorado, mas olhou firmemente para Parvathi, disfarçando a dor, recusando a compaixão de qualquer pessoa. Ela já deixara muito claro que não aceitaria a autoridade da madrasta.
— Rubini — Parvathi disse —, nós temos que cortar o seu cabelo.
Rubini ficou em pé, usando um vestido largo, azul-claro, e olhou com desprezo para o sári branco de Parvathi.
— Quando meu pai era vivo, às vezes eu tinha que me conter para não dizer exatamente o que eu queria para você, e o esforço

me fazia tremer tanto que eu tinha que sair da sala. Agora, pelo menos, eu nunca mais vou ter que fazer isso. Você não é minha mãe, então não me diga o que fazer. Você tem sorte de não estarmos na África. Lá, as viúvas têm que beber a água que serviu para lavar o corpo de seus maridos mortos.

Parvathi levou um susto.

– Você não compreende, não é? Eles já estão aqui. Não é mais seguro para ninguém. Nós temos que cortar o seu cabelo agora. Era o que o seu pai queria.

– Corte o seu, se quiser. Ah, e outra coisa, pode cancelar minhas aulas de dança. Eu não pretendo dançar nunca mais.

– Por quê?

– Porque odeio dançar. Eu só dançava para agradar ao papá, para ser a filha perfeita e corresponder às expectativas que ele tinha para mim por eu ser filha da minha mãe – ela disse, e saiu do quarto.

Em sua clínica debaixo da árvore, Maya disse a uma mulher que foi mancando até ela sobre calcanhares luxados para pôr os pés de molho na própria urina por quinze minutos.

– Você vai ver que eles vão surgir de repente.

TOMODACHI

Kupu estava sentado no chão afiando o facão, e Parvathi estava na varanda quando o carro entrou no portão. As portas tinham sido arrancadas e três espadas estavam espetadas para fora, a postos. Parvathi se lembrou de ter lido que ninguém que viu uma espada japonesa pode deixar de ficar impressionado com o brilho da lâmina; feitas para decepar cabeças, elas eram para o osso o que a faca é para a manteiga.

O carro parou na entrada e os ocupantes saltaram, o som de suas botas brutal, bárbaro. A conversa entre eles era feita de sons guturais, uma série de latidos.

Parvathi correu para o topo da escada e viu que, no pátio, os criados tinham começado a se juntar como ovelhas assustadas atrás de Maya.

– Onde está Rubini? – ela perguntou.

– Na floresta – Maya disse apenas mexendo com a boca.

E embora estivesse apreensiva a respeito de sua capacidade para enfrentar o futuro incerto sozinha, Parvathi desceu correndo, sem um segundo de hesitação, e se colocou na frente de Maya. Os inimigos entraram, homenzinhos ridículos usando camisetas manchadas de suor, bonés com abas ao redor das orelhas e do pescoço, e botas por cima de calças largas marrons, mas não havia nada de engraçado em seus rostos. Duros, impacientes, furiosos, procurando encrenca, cada um deles uma extensão de sua espada.

Eles pararam subitamente e olharam em volta. De suas bocas abertas saíram sons de admiração: "Oh, hoh, oh ho." Mas eles logo se corrigiram e voltaram a grunhir e apontar. De dentro da moldura, Mahatma Gandhi sorria seu sorriso sereno, benevolente. Resistência sem violência.

Com as mãos para trás, Parvathi fez uma profunda reverência.
– *Ohayoh gozaimasu.*
Gente mal-educada; eles não responderam. Em vez disso, grunhiram e gesticularam com as espadas. Ela ouvira dizer que era melhor que eles fizessem isso, porque era impossível entender o seu péssimo inglês, e eles se enfureciam facilmente quando alguém não entendia o que desejavam. E a incompreensão fazia com que aquelas espadas brilhantes passassem da posição vertical para a horizontal. Mas ela não teve dificuldade em entender o que eles queriam. Era muito simples, realmente: em nome do imperador, eles queriam a casa.

Seu falecido marido tinha adivinhado corretamente que a casa deles seria tomada para o Império. Prevendo isso, ele já tinha tomado providências para que a família se mudasse para um apartamento em cima da loja, a menos que os japoneses quisessem isso também. Nesse caso, havia o plano B: uma casinha no meio de um seringal, na estrada para Pekan. "Leve o carro", ele tinha dito. "Lá, eles jamais irão. Os japoneses têm medo de nossas selvas."

No mesmo instante, ela se metamorfoseou naquela criatura odiosa, concordando vigorosamente com a cabeça, se arrastando no chão para agradar. "*Hai, hai*", é claro, agora mesmo, sem dúvida, senhor. O momento de reivindicação e doação interrompido apenas pela entrada das crianças, o menino soluçando e a menina muito pálida, trazidas por um soldado de ar severo. Parvathi não podia acreditar em seus olhos. Depois de tudo o que o marido tinha dito, não era possível que eles estivessem tão despreparados, tão ingênuos, tão sujeitos à destruição.

– Hum – um dos soldados disse, mas ele emitiu esse som tão no fundo da garganta que pareceu quase um ato de violência.

Um deles foi até Rubini, agarrou-a pelo cabelo e a forçou a levantar o rosto. Torcendo o nariz, ele emitiu sons que podiam ser "oh", "hoh" ou "ho". Uma das empregadas soltou uma exclamação, mas a menina fechou bem os olhos e se recusou a chorar. Parvathi começou a tremer de medo. Não havia nada que pudesse fazer. Aqueles não eram homens. Eles eram animais. Outro soldado se colocou do outro lado de Rubini. Ele não riu nem fez nenhum comentário obsceno, mas lançou um olhar lascivo para a menina. Na excitação da descoberta, nenhum deles ouviu o som de um caminhão se aproximando.

Quando uma porta bateu, os homens se entreolharam, surpresos. Um soldado entrou correndo e ficou em posição de sentido. Imediatamente, os homens empurraram Rubini e ficaram enfileirados, em posição de sentido, com as mãos erguidas em continência. Um homem entrou, com um lacaio trotando atrás dele. Ele usava um uniforme do exército cheio de medalhas e condecorações no peito e nos ombros, e um quepe pontudo. Havia estrelas douradas na sua gola. Ele também tinha uma espada, mas ela estava embainhada, do lado do corpo. Tinha uma postura altiva e um rosto achatado, sério. Ficou claro imediatamente que ele não era um deles. Ele ficou irritado e furioso ao avaliar com rapidez a situação.

Ele foi até a fileira de homens e de uma forma verdadeiramente japonesa esbofeteou um por um, com tanta força que eles cambalearam para trás. Mas ele fez isso com um controle que era mais feroz do que a bestialidade dos seus homens. Eles ficaram com o rosto vermelho, e um deles com um músculo pulsando furiosamente na face, mas todos ficaram olhando para a frente, sem emitir um som. Em poucos minutos ele tinha reduzido a um bando de incompetentes os homens que andavam com cabeças humanas espetadas na ponta de suas espadas.

O ar vibrava com o poder absoluto que esse homem tinha sobre seus homens. Ele disse algo baixinho, e de repente a língua não era mais um conjunto de latidos selvagens, mas um conjunto de sussurros ameaçadores. Ela entendeu uma só palavra, *bakairo*, um xingamento que correspondia mais ou menos a "idiota filho da mãe".

– Sim, senhor – eles responderam todos juntos.

E então esse homem frio e controlado fitou Parvathi com os olhos menores, mais negros e mais gelados que ela já tinha visto. Ela sentiu um medo terrível, como uma garra de metal apertando sua barriga. Ela se inclinou numa reverência. Mais profunda do que a anterior. Quem poderia imaginar que ela se rebaixaria tanto? Mais alguns centímetros e encostaria a cabeça no chão. Sapatos de couro preto bem engraxados – diferentes das botas grosseiras dos soldados – entraram em seu campo de visão. Nada foi dito, então ela levantou a cabeça.

– É considerado desrespeitoso prolongar uma reverência – disse ele num inglês reduzido, mas perfeito.

A fluência dele a surpreendeu e a fez perder o equilíbrio e cair de quatro. A primeira visão completa que ela teve dele foi dessa posição servil. Ele era cor de leite e açafrão, tinha nariz achatado e malares salientes. Seu lábio superior era mais grosso do que o inferior, mas ambos estavam contraídos formando uma linha reta. E quanto aos olhos negros, só havia uma palavra para descrevê-los: impenetráveis. Em resumo, tratava-se de uma máscara viva de um xenófobo compreensivelmente desconfiado.

Ele tinha uma visão do Ocidente como sendo sem bravura, uma civilização frouxa, doentia, corrupta, decadente, que só buscava satisfação pessoal. Comerciantes sem ideais, sem valores morais, sem espiritualidade e sem honra. Mas ali estava ele, usando trajes europeus, influenciado pela arquitetura francesa, empregando estratégias navais britânicas e usando armas ocidentais, querendo erradicar a doença da ocidentalização no mundo.

Mas, de repente, o que os rishis afirmam ser verdade aconteceu: é possível olhar nos olhos de um homem e enxergar sua alma. Ela olhou para os olhos do mate agora e pergunte depois e viu não um tirano fascista, mas uma porta, uma porta que se abriu para admiti-la. Dentro daquela escuridão, estava tudo o que havia sobre ele, pelo menos tudo o que era importante conhecer. Então, embora ela não soubesse o nome dele, nem onde morava, ou como gostava de passar o tempo, soube que um dia ele tinha trabalhado com as mãos, fazendo algo delicado. Soube que ele era rigoroso e duro, mas ela também soube que um dia ele tinha sido gentil e bondoso. Que o seu comportamento cruel e impiedoso não era inato, mas tinha sido aprendido.

Então o momento passou. A porta se fechou. Na escuridão dos olhos dele, como os de um besouro, alguma outra coisa estava sendo preparada.

— Eu peço desculpas pelos meus homens. Soldados não são escolhidos por sua sensibilidade.

— Eles não nos maltrataram.

— Muito bem. Se eles ainda não deixaram claro, vocês têm vinte e quatro horas para deixar a casa. Podem levar seus pertences, mas devem deixar todos os móveis, carros e empregados — disse ele, como se tivesse todo o direito de se apossar da propriedade alheia. Mas não era só isso que ele queria, dava para ver. Ele queria algo mais, algo muito mais precioso.

Ela olhou para Rubini. *Ah, menina, olhe só para você, com esses cachos e esses olhos. Você devia ter ouvido o seu pai. Você devia ter deixado que eu cortasse o seu cabelo. Eu devia ter segurado você e raspado sua cabeça. Agora, o que vamos fazer?*

Ele tinha acompanhado a direção dos olhos dela até a menina que estava no chão, mas as palavras que saíram da boca cortada a faca não tinham a intenção de destruir a criança.

— Se você quiser poupá-la, pode tomar o lugar dela — ele disse suavemente.

Ela arregalou os olhos e abriu a boca, espantada. Os olhos inescrutáveis a encararam.

Sim, ela sabia que ele estava prestes a dar o bote; mesmo assim, não tinha esperado aquilo. Seu marido e as Mamis tinham declarado que a raça deles só gostava de mulheres de pele clara, e mesmo assim só para estuprar e usar uma única vez. Sua cabeça girou. Talvez ela tivesse entendido mal.

— Desculpe, senhor general — ela disse. — Eu não ouvi direito. O senhor poderia repetir?

— Você ouviu. — Nenhuma piedade, nenhum sorriso de encorajamento. Nada. Só uma parede branca pedindo a ela para ser sua *ianfu*, sua escrava sexual. Só fazia uma semana que ela começara a viver com o sári branco de viúva.

— Seja rápida. O tempo é precioso — ele disse com impaciência.

– Eu não posso. Eu sou uma viúva. Meu marido morreu na semana passada – ela disse.

O rosto duro se abriu e ele disse baixinho, com uma voz delicada:

– Não me entenda mal. Isso não foi um pedido. – E ela viu algo nos olhos dele que nunca tinha visto nos olhos do marido nem dos de Samuel West. Por trás de uma falsa frieza, havia desejo, um desejo intenso. Esse homem a queria muito! E não para usar apenas uma vez. Ela entendeu de repente que não havia nada que ele pudesse esconder dela. Eles estavam ligados de uma forma bizarra, num nível primitivo. Ou ela o havia conhecido em outra vida. Já o havia experimentado.

Ela baixou os olhos. O que havia de errado com ela? Ela piscou, e ele se virou para olhar para Rubini, dessa vez de um modo bem significativo. Eles tinham falado tão baixo que ninguém mais tinha ouvido.

Tudo parecia irreal.

– Eu gostaria de lhe pedir um favor, senhor. Seria possível se meus filhos, e os criados... e os meus amigos... a minha comunidade não ficassem sabendo desse... ah... acordo?

Ele fechou a cara.

– Você pede demais. Você quer isso, você quer aquilo. Chega. Quando você conhece um japonês, não pede coisas desse jeito. Você diz de um modo delicado: "Se o senhor permitir, posso fazer-lhe um pedido?" E só uma coisa de cada vez.

– Se o senhor permitir, posso pedir uma coisa, senhor general?

– É claro – ele disse, inclinando a cabeça.

– Seria possível que ninguém ficasse sabendo?

Uma centelha iluminou rapidamente os olhos dele.

– Acho que isso pode ser arranjado.

– Isso seria realmente muita gentileza sua. Muito obrigada, senhor.

Ele fez uma reverência; uma inclinação dura, formal. Não havia nada de debochado ou de grosseiro nela, mas quando os olhos deles tornaram a se encontrar, os dele estavam diferentes, astutos, manhosos. Como se, ao pedir segredo, ela o tivesse convidado para participar de um jogo. Ele era o deserto sorridente que permitia que a caravana dos mercadores passasse. No meio do caminho, talvez ele parasse de sorrir. Os mercadores aceitavam o risco por causa do lucro. Ela o fez pelo bem da menina. Foi um sacrifício. Qual era a alternativa?

– Você vai precisar de ajuda para a mudança?

– Não, senhor – ela respondeu. – Eu vou morar no andar de cima da loja do meu marido, na cidade.

– Você pode deixar alguns pertences pessoais num dos quartos. Toda vez que precisar de alguma coisa, você pode vir aqui e apanhar pessoalmente.

Ela assentiu com um movimento lento de cabeça. Tonta. Com os olhos pregados nele.

– Amanhã à meia-noite eu mando uma pessoa buscar você – ele disse, e o desejo que ela viu no rosto dele era tão intenso que ela baixou os olhos, envergonhada.

– Diga a ele para bater nos fundos da Marimuthu's General Store na Wall Street – ela disse.

Ele a cumprimentou rapidamente e saiu. Os homens fizeram o mesmo depois de pendurar os estandartes na entrada da casa. Os criados começaram a empacotar as coisas enquanto Parvathi ficava na sacada, fitando o mar. Ela já estava ali havia algum tempo quando ouviu um movimento atrás de si. Era Rubini, mas muito pálida e estranha. Seu lindo cabelo estava solto e sem adornos, sem os enfeites coloridos que gostava de usar. Dessa vez ela escapara. O que aconteceria da próxima vez? Talvez ela não sobrevivesse intacta.

– O que é? – Parvathi disse.

Rubini estendeu uma tesoura para ela. Seus olhos estavam cheios de ódio e de fúria.

– Aquele homem – ela disse ferozmente –, eu senti o cheiro de fezes sob as unhas dele. – Ah, pobre criança. Agora ela entendia por que precisava ficar feia.

Silenciosamente, elas carregaram uma cadeira para a sacada e Rubini sentou-se. Parvathi fez uma trança no cabelo dela e em seguida, respirando fundo, cortou-a perto do pescoço.

– Vou ter que aparar mais um pouco – ela disse, entregando a trança grossa para Rubini. A menina colocou-a no colo e pôs as duas mãos sobre ela.

– Sabe – ela disse, com a voz trêmula –, eu tenho que lutar para não reagir toda vez que você me toca. – As mãos de Parvathi ficaram imóveis. A menina continuou falando: – E toda vez que eu vejo você, penso em mim mesma perguntando a minha mãe pelo meu pai e ela respondendo: "Ele foi para casa, para junto da esposa. Nós não podemos ser egoístas. Temos que aprender a dividir." Então eu me lembro daquela noite em que ela supostamente morreu de febre. Eu estava lá. Eu a vi beber o veneno. Eles pensam que eu não sei. Eu não consigo esquecer as queimaduras na boca e no queixo dela, e o modo como rolou no chão. E antes disso, como ela chorava. "Lembre-se sempre disso", ela disse. "Eu não estou abandonando você. Estou fazendo isso para que você não seja a filha ilegítima da dançarina." Para eu poder morar na casa do meu pai. Ela estava sendo generosa. Mas eu teria sido mais feliz como a filha ilegítima da dançarina. Ela não deveria ter feito isso. Não valia a pena.

Ela olhou para Parvathi com o rosto banhado em lágrimas.

– Eu sei que você é uma boa pessoa e que a culpa não é sua. E eu sinto muito, mas sinto tanta raiva de você o tempo todo que às vezes eu tenho que atacar. Eu chegava até a pensar que você tinha arquitetado tudo isso e que tinha roubado o lugar da minha mãe nesta casa e me tirado dela. Mesmo agora, eu às vezes me vejo pensando que se não fosse por sua causa, ela estaria viva nesta casa comigo. Eu tenho me comportado muito mal com você e me sinto culpada e envergonhada porque sei que você não merece.

"Por mais grosseira ou teimosa que eu tenha sido, você nunca levantou a voz para mim. Eu não acho que possa amá-la um dia, mas prometo que vou tentar ser o mais gentil possível com você de agora em diante."

Depois que o último cacho preto caiu no chão, Parvathi fechou a tesoura e a colocou em cima da mesa.

– Eu sinto muito por sua mãe. Eu a vi dançar um dia e ela foi a mulher mais triste e mais bonita que eu já vi. E embora isso possa parecer estranho para você, eu também gostaria que ela ainda estivesse viva.

Rubini foi até o espelho e parou, horrorizada. Era como se ela estivesse olhando para outra pessoa. O rosto dela desabou e ela saiu correndo da sala.

Naquela noite, Parvathi sonhou que estava no funeral do marido. Já tinham fechado o caixão, mas ela pediu para tornarem a abrir. Lá dentro, ela viu que o corpo de Kasu Marimuthu não estava inchado e manchado, mas, sim, saudável e vigoroso como no dia em que eles se casaram. Quando ela olhou para baixo, ele abriu os olhos de repente e se sentou no caixão. Jogando fora os buquês de flores, impacientemente, ele perguntou: "O que há de errado com vocês todos? Eu ainda não estou morto." Então ela acordou e ficou quieta, deitada no escuro.

O general japonês a tinha tocado com os olhos.

Mas ela não podia esquecer que não era nada demais o fato de ele desejá-la. Ela aprendera que os homens tinham "necessidades". Mesmo as autoridades japonesas com seus métodos draconianos tinham tido que aceitar como um mal necessário o fato de os soldados irem para a cama com mulheres estrangeiras. Mas Maya não tinha dito também que, neste mundo, o que você quer quer você? A luz atrai a luz. Uma boa mulher irá trazer para si um bom homem. Quem é belo busca a beleza. O que ela trouxera para si mesma? *Um ladrão procura um ladrão.*

Sem conseguir voltar a dormir, ela se levantou e andou pela casa, cômodo por cômodo, passando silenciosamente sob o luar. Depois foi até a praia e se sentou, vendo a areia escorrer da sua mão. Era assim que ela se sentia. Tudo estava escorrendo. Quanto mais ela agarrava, mais escorria. Ela ficou ouvindo as ondas até que a luz da cozinha acendeu e ela soube que Maya estava acordada.

OS ANGLÓFOBOS

A cidade só tinha duas ruas naquela época, Main Street e Wall Street. Ambas estavam cheias de entulho, mas não obstruídas. A loja ficava na esquina da Wall Street. Tinha painéis de madeira que deslizavam. Nos dias auspiciosos, a entrada era decorada com flores de jasmim. Lá dentro, era escuro e cheio de sacos de ervilhas secas, nozes, lentilhas e arroz. Logo à esquerda, havia uma mesa coberta de caixas de mogno cheias de temperos. Em cada parede, prateleiras que iam do chão até o teto guardavam quantidades de cânfora, sabão, pasta de dentes, latas de comida importada, incenso, palha de aço, água sanitária e lampiões de barro. O balcão era um simples caixote de madeira. Um homem vestindo um *veshti* branco estava sentado ao lado dele somando notas. Sobre ele havia um altar com imagens enfeitadas de flores de Mahaletchumi e Pulliar. Na parte de trás da loja, onde estava escuro, havia grandes pencas de bananas amadurecendo lentamente.

No andar de cima havia dois quartos, uma sala e um banheiro. As crianças estavam quietas e desanimadas. Elas largaram as sacolas e foram olhar pela janela para a rua lá embaixo. De repente, Rubini deu um grito: havia um rato na sala. Os trabalhadores sacudiram a cabeça com um ar infeliz e disseram que não havia como se livrar deles. Eles haviam tentado de tudo, mas hordas iam e vinham à vontade. As baratas eram a mesma coisa. Cabelo humano era o lugar favorito delas. Rubini abriu um guarda-chuva e só o fechou depois que estava dentro do mosquiteiro.

Parvathi queria que Maya dividisse o quarto com ela, mas Maya recusou. Ela iria atrapalhar, pois tinha horários pouco convencionais para rezar e preparar as ervas. Encontrando um banco no andar de baixo, ela disse:

— Isto vai servir — e o colocou no depósito. Então ela entrou na cozinha e ainda a estava limpando às quatro da tarde quando o vendedor de *vadai* chegou com uma cesta de mercadorias na cabeça.
— Ama — chamou-a da porta dos fundos.
Maya foi atendê-lo.
— Hoje eu tenho *vadai* muito bom.
Ela comprou quatro por um centavo e os levou para cima junto com um bule de chá.
Na hora do jantar, um cheiro delicioso estava saindo da cozinha. Os homens na loja ficaram satisfeitos. Eles tinham antecipado corretamente que iguarias deliciosas em breve iriam marcar seus dias.
Não havia eletricidade, mas Maya achou um velho lampião a querosene. Eles o acenderam e se sentaram em volta dele, Rubini sob seu guarda-chuva. A sessão das seis horas no cinema do outro lado da rua terminou e por volta das nove horas a rua estava estranhamente silenciosa. Maya saiu para fazer uma compra, mas voltou às dez. Ela se retirou para o quarto e fechou a porta.
Às onze e meia, Parvathi já estava esperando atrás da porta. Uma tempestade estava se aproximando e os sapos estavam fazendo uma festa nos canos, e ela ficou com medo de não ouvir a porta. Relâmpagos rasgavam o céu. A chuva não ia demorar a cair. Ao ouvir a primeira batida de leve na porta, ela a abriu. O motorista e ela trocaram uma reverência.
Ela entrou na parte de trás do carro. Eles pararam. Nenhuma palavra fora trocada. Ela subiu os degraus da entrada, com o coração na boca, girou a maçaneta e se tornou uma convidada em sua própria casa. Ela era a mesma, entretanto, assim como a chuva muda cada aspecto do deserto, sua ausência a tinha modificado de um jeito sutil. Havia novas sombras e um novo tipo de silêncio nela. Havia imponência também. Ela havia morado ali um dia e não tinha dado à casa o seu devido valor.
Ela foi até o escritório e bateu de leve à porta.
— Entre.

Ele estava sentado atrás da escrivaninha sem o paletó e a espada, usando a camisa branca dos oficiais japoneses. As duas estrelas douradas na gola engomada brilhavam. Havia tinta preta numa vasilha. Um peso de papel de vidro prendia na mesa um mapa preto e branco com pontos e cruzes vermelhas. Ele se levantou e inclinou a cabeça na direção de uma cadeira. Ela foi se sentar.

– Esta casa – ele disse – tem todo tipo de luxos e extravagâncias ocidentais.

Ela não disse nada e ele deixou passar. Ele foi até a janela e, de costas para ela, disse:

– Seu falecido marido deve ter sido um homem muito estranho para não guardar nada além de um monte de papéis sem valor no cofre.

Ela olhou para ele. Ele era o inimigo, um dos homens que seu marido tinha dito que viriam para mostrar aos malaios a diferença entre sangue arterial e sangue venoso. O lado claro e o lado escuro. *Não confie neles. Eles só estão fingindo trazer a luz. Nunca se esqueça de que eles não estão vindo para libertar, mas para tomar sem pedir.* Ele se virou ligeiramente na direção dela. Seu rosto era severo, mesmo na sombra. Eles se olharam nos clarões azulados de luz.

– Qual é o seu quarto?
– É o primeiro na ala oeste.
– E o quarto com as bonecas?
– Aquele era o quarto da primeira esposa.
– Entendo – ele disse, e se aproximou, e ela prestou atenção no modo como ele balançava os braços ao andar; desagradável. Ele parou bem em frente a ela. – Leve-me para o seu quarto.

Não havia nada a dizer que valesse a pena. Ela se virou e subiu a escada na frente dele. Seus pés estavam descalços e não faziam nenhum ruído na pedra, mas as botas dele faziam um barulho oco. Ela se lembraria desse som até morrer. Começou a chover forte. Ela abriu a porta e entrou no seu antigo quarto. Ele entrou atrás dela e fechou a porta. Do lado de fora, um relâmpago mostrou os coqueiros inclinados ao vento, as folhas balançando loucamente. As janelas estavam abertas e a chuva estava entrando. Ela foi fechá-las.

– Não – ele disse. – A chuva abençoa.

– Para nós também – ela disse, e deixou as mãos caírem do lado do corpo.

Ele tirou o quepe. Ó! A cabeça dele era raspada.

– E se eu dissesse que sua filha sempre esteve a salvo, sempre estará a salvo? Você ainda se deitaria comigo?

Ela olhou para ele sem compreender.

– Desculpe, senhor. Eu não entendi.

Ele sacudiu os ombros.

– Eu nunca a quis. Ela é uma criança. Eu preciso de uma mulher. Você pode ficar ou ir embora, tanto faz. Não haverá nenhuma consequência.

– É verdade?

– Você tem minha palavra.

Ela sabia que ele estava dizendo a verdade. Ela estava livre para ficar ou para ir. Parvathi sentiu uma onda de excitação por ter se livrado tão facilmente.

– Muito obrigada – ela começou a dizer, mas ele tinha dado um passo atrás e, com uma cortesia exagerada, segurava a porta para ela passar. Quase sem conseguir acreditar, ela começou a caminhar na direção da porta. Ele a deixou passar. Não havia expressão alguma em seu rosto. Ela correu pelo corredor envidraçado e pela longa escadaria. Mas, no meio da escada, ela parou de repente. De quem ela estava fugindo? Ele a tinha deixado sair sem nenhuma luta. E ela se lembrou do que tinha visto nos olhos dele daquela primeira vez. Ele um dia tinha sido tão delicado, antes de aprender a ser impiedoso. E então ela pensou em Bela com seu rosto em forma de coração e seus olhos cor de esmeralda. Pouco iluminada, esta casa se tornou, em sua cabeça, o lar de Fera. E Fera estava lá em cima esperando que ela o salvasse. Os corredores murmurando o que ele não podia: *Salve-me. Salve-me.* Mas ela estava voltando por um motivo mais obscuro, mais curioso.

Porque queria.

Ela se virou lentamente e subiu a escada. Encontrou-o na janela, com o corpo muito ereto, mãos para trás, contemplando a chuva. Ele se virou; seu rosto não mostrou nem surpresa nem prazer.

– Tire a roupa – ele disse simplesmente. Esse jogo seria jogado com frieza. Ternura implicaria romance, substância, emoções. Ele não queria que ela pensasse que era mais do que um prazer momentâneo. Queria que ela soubesse que depois de ter se aproveitado dela, ele não olharia para trás. Mas o pedido em si a surpreendeu. Ela já vira inúmeros quadrinhos no livro *Vendendo primavera*, e em todos eles, embora os casais estivessem em diversos estágios de seminudez, eles nunca estavam inteiramente despidos.

Ela foi apagar a luz.

– Não – ele disse. As janelas estavam abertas. Qualquer pessoa que estivesse na praia poderia enxergar lá dentro. Às vezes o jardineiro gostava de dormir com as orquídeas, mas estava chovendo e ele devia estar dentro de casa. Não devia haver ninguém na praia.

Mesmo assim, sexo tinha sido sempre feito no escuro. Silenciosamente, rapidamente, furtivamente, como se um pecado inominável estivesse sendo cometido. Aquela sensação era tão convincente que ela ficou parada no meio do quarto. Tirar a roupa? Na frente daquele estranho? Ele fez um som impaciente com a boca.

Ela levou as mãos ao ombro esquerdo. Tateou. Desajeitada. Mas ela já tinha feito isso milhares de vezes. Ela arrancou o broche, que caiu no chão. Desenrolou o sári e puxou as pregas para fora da anágua. Sem nenhum glamour. Não devia ser isso que ele queria ver. O pano caiu no chão, formando um círculo branco em volta dos seus pés. Havia botões na blusa do sári. Por dentro, ela estava nua. Ali ela hesitou. Ele não esperava que ela ficasse inteiramente nua, ou esperava? Nem seu marido jamais havia pedido isso.

Ele a estava olhando com intensidade, mas ela só soube disso pelo modo com que ele estava inclinando a cabeça, num ângulo pouco natural, porque os olhos dele estavam completamente na sombra. O último botão foi aberto e ela tirou a blusa branca. Ela soltou a anágua. Pronto, estava nua. Mas tão envergonhada que o sangue foi todo para o rosto e pulsou com força em suas têmporas. Entretanto, o que ela teve vontade de esconder atrás das mãos trêmulas não foi o corpo, e sim o rosto. Então ele se aproximou dela. Parvathi ficou surpresa com o hálito dele. Não cheirava a álcool. Ele pôs a mão na cintura dela e, talvez por causa da tempestade, ela sentiu uma centelha de eletricidade ao ser tocada. Ele deve ter sentido também. Ele ergueu as sobrancelhas.

Ele tocou o rosto dela.

– Lágrimas?

– Chuva – ela mentiu. Ela não sabia por que estava chorando. Ela olhou para as unhas dele. Elas estavam cortadas e limpas.

Ele não se despiu completamente, só tirou as calças. Então a pôs sobre a cama. Ela observou sua expressão, as narinas abertas, a boca aberta, a respiração ofegante e os olhos com as pupilas dilatadas como túneis sem fim – onde eles iam dar era impossível dizer. Então, antes que ela pudesse entrar naqueles túneis, veio o soluço familiar, para dizer que estava acabado. Tinha sido ainda mais rápido do que com o seu marido. Mas, com este, tinha sentido pena de que tivesse acabado.

Pela primeira vez ela estava gostando da fricção, do corpo de um homem se mexendo dentro dela. Por um momento, ele se deixou cair ao lado dela, respirando com força, apoiado no cotovelo direito, a mão pousada de leve na barriga dela. Acidentalmente, a mão dela roçou o braço dele. Seda oriental e, por baixo, músculos fortes. Foi uma sensação diferente. Ela só conhecia a carne flácida do marido. Instintivamente, ela fechou a mão. Ele olhou para ela. Eles se encararam em silêncio. Sem dizer uma palavra, ele se levantou e se vestiu.

– Volte amanhã – ele disse ao sair pela porta.

Ela ficou deitada na cama, ouvindo as botas dele descendo a escada e saindo pela porta da frente. Ela se levantou, apagou o lampião e foi para a sacada. A lua estava muito brilhante. Ainda estava chovendo, mas ele não tinha guarda-chuva. Ele andava depressa. De repente, ele parou e olhou para ela. O rosto dele estava pálido ao luar. Eles se encararam.

Minutos antes seus corpos tinham se movido juntos, e agora eles estavam em espaços diferentes, em lugares diferentes. O dela era quente, seco e elevado, o dele era frio, úmido e exposto, entretanto a posição dela era fraca e indefensável, e a dele era superior e poderosa. O que ele viu? Não muito, provavelmente, talvez uma sombra, uma silhueta. Estava escuro. Mesmo para ela, ele não passava de uma forma oval, pálida, mas de repente ela entendeu o mistério do palhaço na pintura. Ele estava tão desconcertado em ser apanhado olhando para fora da moldura quanto ela por estar olhando para dentro dela. Era o momento em que o observador se torna o observado, e a linha de observação se torna borrada. Ela quis se encolher para dentro do quarto, mas não conseguiu. Estava paralisada pelos olhos do homem que achava que estava observando secretamente. Era como um desafio. Se ela desviasse os olhos primeiro, perdia.

Ele virou a cabeça e desapareceu na direção da praia. Não foi nenhum estupro. Ela consentira, mas tinha esperado mais dele. Ela sabia que ele tinha feito aquilo com ela de propósito. Ele tinha querido que ela se sentisse suja, como uma prostituta qualquer. Ela saiu da janela e entrou no banheiro. Durante muito tempo deixou que a água caísse sobre ela. Seus gritos foram todos silenciosos. *E agora?* Porque ela perdera a proteção de um homem, devia se tornar automaticamente propriedade de outro? *Mas a escolha foi sua*, uma voz em sua cabeça debochou dela.

Parvathi se vestiu rapidamente, abriu a porta da frente e saiu na noite. O motorista não estava à vista. Havia guardas no terreno, e quando ela se aproximou, eles viraram a cabeça e ergueram as armas, mas quando viram que era ela, olharam imediatamente para o outro lado como se ela não existisse, como se fosse um fantasma.

A chuva tinha parado, mas o chão estava molhado e cheio de poças, e logo a bainha do seu sári estava encharcada. Mas ela não sentiu. Foi até a praia e se sentou na areia molhada. A lua saiu e, para o homem solitário na beira da praia, ela deve ter sido uma triste visão, ali sentada sozinha de cabeça baixa. Para onde estava caminhando? Quem acreditaria que a poderosa Mami Rolls-Royce tinha caído tão baixo? As Mamis escandalizadas ao redor de seus trabalhos manuais, murmurando: "O quê? A viúva de Kasu Marimuthu é a prostituta de um soldado japonês? Ah! O dinheiro que aquele homem tinha."

Uma mão se fechou sobre sua boca, o que foi bom, senão ela teria gritado; a chegada dele tinha sido tão súbita e inesperada. Rapidamente, ele inclinou a cabeça e passou a língua do pescoço dela até a orelha. Ela sentiu uma sensação deliciosa na barriga. E quando seu corpo rígido relaxou, ele a beijou na boca. Ela levou um susto. Nunca tinha sido beijada. Perversamente, ela pensou nas Mamis. Será que alguma delas tinha sido beijada assim algum dia? Ela ficara com os lábios fechados, mas ele os abriu com a língua. Ela esqueceu as Mamis.

Ele a empurrou para a areia e se despiu rapidamente. O corpo dele era pálido e muito liso. De fato, foi um choque ver que ele quase não tinha pelos. Ela tocou a pele dele. Sob seus dedos, músculos de aço se retesaram.

E então ela descobriu que não sabia nada sobre fazer amor. Com um movimento ágil, ela não estava mais debaixo dele, mas em cima. Ela o viu observando-a enquanto a movia contra ele, até que um prazer que ela nunca tinha sentido tomou conta dela. Era chocante pensar que daquele lugar do qual ela só conhecia a inconveniência da menstruação, o desconforto e a dor das investidas do marido enquanto ela ainda estava seca, e a dor do parto, viessem aquelas sensações desconhecidas.

De dentro dela vieram ondas deliciosas que se espalharam até a ponta dos seus dedos e a fizeram achar que tinha perdido o controle e que estava indo embora num vórtice de escuridão, e que devia estar morrendo. Ela ficou com medo. Ele está me matando, ela pensou, e pressionou os joelhos no chão, se afastando dele, abrindo a boca para gritar. Ou ele estava preparado para a reação dela ou era muito ágil, porque segurou sua nuca com uma das mãos e, com a outra, tapou sua boca.

– Se você gritar, os guardas virão, e embora os criados estejam proibidos de sair depois que escurece, eles vão ouvir e você não quer que eles ouçam, quer? – Ela ouviu o sussurro dele, mas como se viesse de muito longe, distante do seu grito abafado e do martelar do seu coração. Os criados, os guardas. Ela já esquecera todos eles. Foi assim, presa, com os olhos arregalados, que ela teve o primeiro orgasmo.

Ainda unidos, ela se deitou sobre ele.

Então... agora ela sabia o que a mulher em êxtase tinha sentido sob os tentáculos do polvo. Agora ela entendia. Então ela percebeu que ele não tinha ejaculado. Ah, o controle daquele homem. Ela se ergueu um pouco e abriu a boca.

Mas ele não deixou que ela falasse.

– Está na hora de você ir – ele disse. Será que ele sabia que a necessidade de amar de uma mulher é tão grande que ela seria capaz de qualquer coisa? Alguém deveria ter dito a ele que quando um homem toca uma mulher do modo como ele havia tocado nela, ela começa a ver, ouvir, cheirar, provar e sentir com o coração. E o coração é cego à humilhação mais vil.

Parvathi entrou na loja sem fazer barulho, como se fosse um ladrão. Ela se sentia culpada e envergonhada com a forma como reagira ao toque dele. Da forma como tinha se aberto para ele com tanta facilidade, com tanta sofreguidão. Cobrindo as faces ardentes com a palma das mãos, ela bateu de leve na porta de Maya. Maya abriu a porta e a deixou entrar. Parvathi sentou-se no banco de Maya sem conseguir encará-la. Mas tinha que desabafar. Ela não podia mesmo guardar um segredo daquela magnitude de Maya.

– Eu aceitei sem hesitar o amor que a vida me ofereceu. Fiz mal?

– Você considerou uma cobra venenosa como sendo um deus. Quem pode culpá-la?

– Mas ele é o inimigo.

— Não é o próprio Deus quem diz "ame o seu inimigo porque ele é eu"?

Antes que Parvathi pudesse responder, Maya encostou o dedo no lábio da jovem mulher e sacudiu a cabeça.

— Lembre-se disto — ela disse. — Se nascemos de novo, e geralmente com as mesmas pessoas, uma vez como filha, outra como mãe, outra como filho, ou tio, para depois voltar de novo como esposa, ou mesmo como amante proibida, isso não tornaria o sexo algo irrelevante no grande esquema das coisas? No final das contas, Da, só o amor importa. O sexo é uma função biológica, como comer. Foi o homem quem impôs todos esses tabus a ele, pois com certeza seria um caos se pai dormisse com filha e irmã com irmão. Tenha paciência com você mesma. Você está crescendo e aprendendo. Todos esses pequenos passos que está dando, e que você acha que são insignificantes, são muito importantes para a sua alma. Cada um deles é um milagre em si mesmo. Use-os para alcançar a grandeza. Pare de perder tempo com remorsos, vença a vergonha, receba com alegria cada experiência. Deixe a sua vida ser uma magnífica celebração. Você não percebe, mas você é um deus experimentando a corporalidade.

O dia seguinte transcorreu como um sonho. Ela não conseguia parar de pensar na noite anterior. Ouviu Rubini reclamar de dentro do mosquiteiro: "Maya, você não pode fazer alguma coisa a respeito dessas baratas horríveis?" E a resposta de Maya: "Eu posso tentar negociar com elas, mas insetos são, de fato, os governantes desta terra e, se elas se recusarem a ir embora, não há muito que eu possa fazer."

E depois ela ouviu o filho dizer: "Ama, você não está prestando atenção." Ele estava falando com ela e ela não tinha ouvido uma palavra do que ele dissera. Ela abriu um sorriso culpado. Pelo menos, ele nunca saberia. Ele não tinha interesse em imaginar se ela poderia ter outras necessidades além de ser uma mãe devotada.

Às dez horas, ela estava na cama, deitada inteiramente vestida sob um fino cobertor, ouvindo os sons da noite. Havia crianças escondidas em esgotos por todo o caminho, até o lugar onde ficavam as sentinelas japonesas. Eles estavam ali para escutar o som temido das botas ou do clique de uma espada na calçada e avisar aos pais que estavam reunidos ao redor de um rádio na casa de alguém. Ela estava esperando para ouvir aquele mesmo som no concreto do lado de fora para ir o mais depressa possível para junto do amante.

Adari estava totalmente às escuras quando ela chegou. Ela foi procurá-lo no escritório, que estava iluminado por dois lampiões a querosene. Ele estava usando um quimono. Uma vestimenta leve. E sobre ele um paletó branco de seda até a altura da coxa. Seus braços pálidos estavam escondidos dentro das mangas largas e, aos olhos dela, ele estava muito bonito.

– O que houve com as luzes?
– Tem alguma coisa errada com o gerador.

Parvathi disfarçou o riso com uma pequena tosse. Ela havia morado ali por dez anos e o gerador nunca falhara. Era a pequena revolta de Kupu contra os novos patrões.

– Tem peixe na cozinha. Cozinhe para mim. – A paixão não se alimentava de palavras doces e belas canções.

Ela pegou um lampião e foi para a cozinha. Os peixes estavam embrulhados numa folha de jornal ao lado da pia. Com a ponta dos dedos, ela os desembrulhou. Eles fediam muito. Ela não conseguia imaginar como a raça dele conseguia comer aquilo cru. Ficou enjoada enquanto tirava as tripas dos peixes e os lavava, mas foi até o fim. Ela não sabia onde as coisas estavam guardadas e teve que procurar o arroz, os temperos e o óleo. Sabia que os japoneses não estavam acostumados com pimenta, então só usou açafrão e sal para temperar os peixes. Enquanto o arroz cozinhava, ela foi até a adega para procurar uma garrafa de saquê. Eles tinham planos para a adega; todos os compartimentos de madeira tinham sido empurrados para os lados das paredes. O lugar estava vazio e horroroso.

Ela arrumou a mesa com uma tigela e pauzinhos de madeira. A casa estava muito silenciosa. A porta da biblioteca estava fechada quando ela passou por ela. Na cozinha, ela fez um chá para si mesma e se sentou para esperar o arroz cozinhar. Quando ele estava quase pronto, ela começou a fritar o peixe. Depois levou a comida para a mesa de jantar e bateu de leve na porta fechada. Não houve resposta. Ela já ia bater de novo quando ele abriu a porta e saiu. Ele caminhou na frente não para a sala de jantar, mas para a sala de música, de onde a mobília tinha sido toda removida, e onde só havia uma mesa baixa e algumas almofadas sobre um tapete. Ele se sentou numa das almofadas e ela ficou ali parada, sem saber bem o que fazer.

– A comida – ele resmungou com impaciência.

Silenciosamente, ela trouxe a comida e a serviu na mesa baixa. Ela encheu o copo dele de saquê.

Ele ergueu as sobrancelhas ao vê-lo, mas quando provou, disse:

– Horrível. – Ele indicou a almofada ao lado dele. Ela se sentou. Ele pegou a garrafa para servir um copo para ela.

– General – ela disse. – Obrigada, mas eu não bebo.

– Não recuse – ele disse educadamente, e serviu o saquê. Ele ergueu o copo. – À sua saúde.

Ela bebeu. (Ah! Bebida forte aquela.) Ele fez um sinal para a comida. Ele queria que ela comesse com ele.

Ela fez uma reverência.

– Eu sou vegetariana.

– Eu gostaria de vê-la comer – ele disse gentilmente, e colocando um pedaço de peixe na sua tigela, empurrou-a na direção dela.

Ela olhou para aquilo e na sua mente viu o peixe inteiro, com os olhos mortos. Ela olhou para ele. Ele parecia levemente curioso. Ela pegou o pedaço de peixe com os pauzinhos e levou à boca. O cheiro de peixe era tão desagradável que ela não conseguiu colocá-lo na boca. Ela o pôs de volta na tigela.

Vagarosamente, ela ergueu os olhos para ele. Ele a observava com uma expressão sádica, e ela sentiu uma dor, uma emoção que não conseguiu definir. Ela devia ser a noiva que não usou flores no próprio casamento.

Partindo um pedacinho, ela o levou à boca. O cheiro lhe deu ânsias de vômito, mas ela o pôs na boca assim mesmo. Pronto, estava feito. E aquela expressão que ele tinha nos olhos desapareceu. Mas ela viu que mastigar o peixe era outra coisa. Ela sentiu o gosto oleoso e o cheiro que emanava das fibras do animal. Devia ter engolido sem mastigar. O estômago revirou e ela teve que correr para o banheiro. Ela lavou a boca e contemplou seus olhos cheios d'água no espelho sobre a pia. Ele tinha escolhido a mulher errada para desafiar. Ela ia mostrar a ele. Isso era guerra.

Quando ela voltou para a sala de jantar, ele tinha acabado de comer e desembrulhado um pouco de gelatina.

– Coma uma sobremesa comigo – ele convidou cordialmente.

Sustentando o olhar dele, ela pegou a gelatina com os dedos e a colocou na boca, os dedos roçando os lábios, os lábios se fechando sobre os dedos, os dedos acariciando os lábios. Madame Regine ficaria orgulhosa da performance dela. Ele ficou imóvel. Ela mastigou lentamente a gelatina, embora fosse insossa e pouco apetitosa, sem desviar os olhos dos dele. Ela lambeu o lábio inferior. Sim, isso era guerra.

– Venha – ele disse, levantando-se, e ela o seguiu sem uma palavra.

Depois, ela ficou deitada ao lado dele, tão exausta que não conseguia nem se mexer. Quantas vezes ele tinha trepado com ela? Preguiçosamente, ela tentou lembrar. Três, não, quatro. Um dia ele iria voltar para o país dele, onde voltaria a fingir que todos os estrangeiros eram bárbaros e mal-educados, e ninguém adivinharia o quanto ele era insaciável, como ele não conseguia saciar o desejo por uma estrangeira inculta. Seus olhos se fecharam. Ela estava cochilando. Havia um salgueiro-chorão ao lado de uma ponte na estrada que eles estavam percorrendo.

– Que perfume é esse que você usa no cabelo? – ele perguntou baixinho. Os olhos dele estavam fechados. Ele também estava exausto, não inteiramente acordado. Ela derrotara um guerreiro.

– Eu o defumo com mirra. Senão ele leva muito tempo para secar – ela disse. A voz dela soou doce, diferente até para ela mesma. Ele abriu os olhos e confessou que não sabia o que significava aquela palavra. Ele tinha estudado na América, mas o inglês ia ser sempre uma segunda língua pronta para surpreendê-lo, fosse na gramática ou no vocabulário. Eles procuraram a palavra no dicionário dela.

– Ah – ele disse, com um breve sorriso. – É claro. Agora eu estou reconhecendo o cheiro.

De repente ela se sentiu próxima dele. Sim, ela então teve certeza; essa era a bela alma que ela tanto desejava. Ela sorriu de volta, um sorriso aberto, confiante.

Mas isso pareceu fazer com que ele caísse em si. Ele se afastou dela.

– Eu tenho esposa e filha em Tóquio – ele disse a ela.

Sem saber por quê, ela chorou. Uma tolice.

Ele tocou no ombro dela, sem jeito.

– Isso é estranho para mim também – ele disse.

Ainda estava escuro quando ela partiu. Nos jardins onde Kasu Marimuthu tinha dado tantas festas, soldados usando túnicas brancas estavam se reunindo para o treinamento matinal sob a bandeira do sol nascente. De volta ao apartamento, ela se deitou dentro do mosquiteiro e percebeu que não havia barulho de ratos nem de baratas por ali. O apelo de Maya tinha sido atendido.

DESEJO

Enquanto as outras Mamis estavam vendendo suas correntes de ouro, uma polegada de cada vez, para comprar óleo e arroz, Apu estava lucrando com as coisas que as pessoas vinham vender na loja no florescente mercado negro. Parvathi, entretanto, permanecia ignorante de suas habilidades comerciais e da saúde das contas que ele lhe mostrava toda quarta-feira à tarde, e que ela devolvia no dia seguinte sem ter conferido. Como ela poderia cuidar disso, se vivia apenas para as noites?

Durante o dia, enquanto as crianças estavam na escola, ela dormia ou ficava sentada na janela de cima, sonhando com ele, imaginando cenários improváveis. Eles se encontravam na rua e entravam num beco e faziam sexo furiosamente entre dois portais escuros. Eles se viam por acaso num lugar público e ele ia até ela, acariciava sua mão abertamente e dizia: "Você é minha. Eu matarei qualquer homem que se aproxime de você." Ela se arriscava cada vez mais para vê-lo. Sabia que era perigoso, mas não se importava.

A única vez que ela sentiu um arrepio de medo foi quando pegou seu guarda-chuva preto e atravessou a cidade para visitar as outras Mamis. Lá, ela foi obrigada não só a ouvir, mas também a se juntar a elas nos xingamentos furiosos. Animais. Monstros. Estupros, assassinatos. E agora as criaturas nojentas estavam urinando nas ruas! Imundos. Odiosos.

Padi Mami tinha olhado astutamente para ela.

– Você deve ter uma estrela brilhante. Eles nunca foram incomodá-la, nem à sua loja, não é? Nem mesmo os bandidos (naquela época os comunistas eram chamados assim) assaltam a sua loja.

Fez-se um silêncio no grupo.

Parvathi respondeu a Padi Mami, mas ela sabia que estava se dirigindo a todas elas. Elas eram todas da mesma opinião.

– Os japoneses tomaram nossa casa, nossas terras, nossa padaria e nossos carros. Não é o suficiente? Quanto aos bandidos, todo mundo sabe que eles nunca vêm à cidade.

As mulheres balançaram a cabeça pesarosamente, mas, por dentro, estavam bem satisfeitas com o fato de que a ocupação tivesse acabado com o desnível financeiro entre elas.

Kundi Mami se levantou, puxou a ponta do sári por cima do traseiro que não parava de crescer e tirou a cobertura de uma bandeja de bolos de tapioca.

– Venham – ela disse amavelmente –, não vamos mais falar sobre aquela raça que só sabe comer arroz com açúcar.

Mas ela estava errada quanto a isso. Arroz e açúcar não eram a dieta comum do homem japonês. Parvathi sabia disso porque cozinhava para um deles. Ela costumava observar Maya depenar uma galinha e imaginar como, sendo vegetariana, ela conseguia fazer aquilo. Galinhas depenadas costumavam fazê-la lembrar de bebês, impossíveis de cortar. Ela costumava dizer que sua consciência jamais permitiria que ela matasse uma galinha. Mas agora ela sabia que era capaz disso porque seu amante gostava de ensopado de frango, desde que não fosse muito apimentado. E isso não era tudo, ela também preparava as outras coisas de que ele gostava, tubarão, jacaré, cordeiro (embora ela ainda não conseguisse suportar o cheiro enquanto a carne estava cozinhando), e outro dia, como Kamala ficaria chocada se soubesse, ela cozinhara carne de vaca.

Havia outras coisas de que ele também gostava – o sambar de manga de Maya que ele tomava como se fosse sopa, numa tigela com uma colher. Ou aquela peculiaridade japonesa, chá-verde despejado numa tigela de arroz frio e comido com pauzinhos. A princípio, Parvathi tinha achado aquilo sem graça e amargo, mas ele lhe tinha assegurado que era um prato muito apreciado pelos japoneses. Ela aprendeu que aquilo era um gosto adquirido, e que ela gostava sim, especialmente junto com grãos de soja.

E quando o jardineiro colheu batata-doce, eles tinham cozinhado as batatas também.

– Isso ficaria muito bom com polvo grelhado – ele disse, devorando-as frias.

Seus pensamentos foram interrompidos por Apu subindo a escada para anunciar, sem fôlego, que um general japonês queria falar com ela.

– Não admita nada. Eles não podem provar nada – murmurou ele, piscando violentamente. Ele imaginou que sua travessura no mercado negro tinha chamado a atenção de um general.

– Mande-o subir – ela disse, e ouviu Apu descendo ruidosamente a escada. Maya tinha ido ao mercado, as crianças estavam na escola, e ela estava sozinha. Mas eles não deviam se encontrar durante o dia. Isso era contra as regras, proibido. Ela ficou parada, esperando, com as mãos cerradas ao lado do corpo.

Ele se aproximou, de uniforme, todo elegante. Sem dizer nada, soltou o cabelo dela.

– Eu sonhei com você – ela murmurou, e o general a tomou como um homem toma uma mulher a quem deseja intensamente. A viúva gozou arqueando as costas, com as mãos do amante segurando seus quadris. Virando-a, ele acariciou seu rosto. Ele não soube que toda a paixão dele não a comoveu tanto quanto a mão dele no seu rosto. Ela fitou os olhos oblíquos. – Por que você veio hoje?

– Eu queria ver o seu lindo rosto – ele disse.

– Eu sou escura demais para ser bonita – ela respondeu; ela não tinha esquecido o rosto branco da gueixa.

– Sim, no meu país o branco é venerado, mas eu aprendi que uma flor não é menos bonita porque está na sombra.

Ela olhou para o homem; por fora, uma fera, por dentro, uma luz ofuscante. Ela estendeu a mão, agarrou seu cinto e o puxou para si. Ele veio de boa vontade. Com a outra mão, ela puxou sua boca e a beijou com violência, capturando sua língua, chupando, desesperada, gulosa, querendo algo que não podia ter. Ele dei-

xou. Quando ela se afastou, sua boca estava latejando. Ela soltou o cinto dele.
– Não se esqueça de mim – ela disse, e virou de costas.
Ele a puxou com tanta força que o corpo dela trombou com o dele. Ele a beijou com força, esmagando seus lábios contra os dentes. Chegou a doer, mas ela não queria que aquela violência terminasse. Sem aviso, tão repentinamente quanto tinha começado, acabou. Ela sentiu gosto de sal e sangue na boca.
– Nem você de mim – ele disse bruscamente, e saiu.
Escondida atrás das cortinas, ela viu sua figura ereta entrar no jipe que estava esperando. Ele não olhou para cima. Ela foi até a frente do espelho. Quem era essa mulher descabelada, inchada, desejável, no espelho? Ela fitou os próprios olhos. Realmente, quem era essa devassa? A mulher sorriu, um sorriso sedutor, astucioso. Era preciso manter algum controle. Com as mãos trêmulas, Parvathi arrumou o cabelo.

Na porta dos fundos da loja, Maya, que tinha voltado do mercado, estava dizendo ao pai de um viciado em drogas:
– Quando a vontade chegar, salgue rodelas de cebola e dê para ele comer, e o desejo irresistível irá desaparecer, eu garanto. – E, olhando bem nos olhos dele, concluiu: – Faça o mesmo sempre que você precisar ficar sóbrio depois que beber.

CABELO

Confortavelmente vestido com um quimono de algodão branco, ele estava sentado na sala de música, em paz consigo mesmo e com o mundo. Olhou para ela e, imediatamente, ela ergueu a jarra de saquê quente da mesinha e tornou a encher a tigela quase até a borda. Não que ela quisesse incentivá-lo a se embriagar, mas ele normalmente agia segundo normas de conduta tão rigorosas que quando bebia era com a intenção de ficar inteiramente bêbado, pois isso desculpava tudo, permitia que ele sentisse emoções humanas. Libertado de sua doutrina de constante conformidade e disciplina, ele contava coisas a ela, às vezes até segredos militares. Coisas que não deviam ser mencionadas no dia seguinte. Uma vez ela cometeu o erro de se referir a algo que ele tinha dito na noite anterior e o rosto dele tinha expressado um desagrado profundo.

– Nós podemos vencer essa guerra. A disciplina irá sempre se sobrepor à decadência. Temos relatórios secretos de 1935 encomendados pelo governo britânico a respeito das condições de suas Forças Armadas. O governo concluiu, mesmo então, que o Exército e a Força Aérea estavam em condições ruins, e o orgulho deles, a Marinha, foi considerada incapaz de defender adequadamente as cidades inglesas de um ataque, quanto mais o resto do Império. E o relatório recomendava que se evitasse uma guerra simultânea contra o Japão, a Itália e a Alemanha.

– Que glória existe então em matar os indefesos? – perguntara ela.

Ele tinha olhado para ela com desprezo. Como ele era orgulhoso.

— Os mais famosos samurais sentiram o cheiro do sangue de centenas, às vezes de milhares de homens. Eles não tinham nenhum sentimento de misericórdia.

Ela o olhara sem dizer nada. A princípio, tinha ficado surpresa em ver um ser humano que era capaz de matar sem titubear. Mas agora ela sabia que os japoneses tinham aprendido a venerar homens impiedosos. E o dever lhes propiciava uma consciência limpa. Nem uma vez ele acordou à noite com pesadelos. Era o treinamento recebido no exército japonês. Todo mundo era tratado com brutalidade até se tornar brutal, e mesmo que ele tivesse chegado odiando a violência, teria saído aceitando-a como a única forma de tratar o inimigo, o estrangeiro, o desconhecido.

O dever lhes dava também a consciência de impor as sentenças mais desproporcionadamente severas para ofensas sem gravidade.

Uma vez Parvathi tinha ouvido um longo gemido vindo das profundezas do porão e ficara gelada, mas o som tinha parado tão subitamente quanto começara, então ela fingiu que imaginara aquilo. Prisioneiros de guerra. O que ela podia fazer? Esperar a hora em que ele estivesse cheio de comida e bebida para perguntar:

— Por que essa tortura é necessária?

— É a guerra — ele respondia imperturbável, como se isso explicasse tudo. Como se fosse natural um homem roubar de outro, torturá-lo e ser tão descuidado com suas mulheres porque ele tinha conquistado esse direito com a ponta da espada. Mas era isso que a guerra fazia com os vitoriosos. Tornava-os mais poderosos do que era aconselhável para eles.

Mas havia aqueles momentos raros em que ele mostrava facetas extravagantes da sua personalidade. Como aquela vez que disse:

— Nós as amamos porque elas caem.

— Mulheres? — ela perguntara.

— Flores de cerejeira.

E ela teve a sensação de tentar se agarrar em algo que estava escorregando.

Ou aquela vez em que ela o levou até o quadro do palhaço e disse:

— Diga-me por que essa pintura me perturba tanto.

— Pela mesma razão que ela perturba todos os que olham para ela.

Ela fitou seu perfil rígido.

— Ela não perturbava o meu marido. Ele gostava dela.

— Então ele era um mentiroso, o seu marido. Ele a comprou porque ela o perturbou e ele a colocou aqui, numa sala onde a cadeira dele ficava de costas para ela e a cadeira de suas visitas ficava de frente. Ele queria ver a reação delas, o seu desconforto. Ele queria saber que não sentia medo sozinho.

— Mas eu conheço uma mulher que não mente, e ela me disse que não sentia nada quando olhava para esse quadro.

Ele olhou para ela.

— Então ela é uma mulher de sorte. Ela não tem desejos mundanos dos quais se envergonhar.

— Eu não entendo.

— Quem olha para o quadro se vê no palhaço, infeliz com os desejos que sente. Quando eu olho para esse quadro, eu sou o palhaço e você é o cisne, mas quando você olha para ele, você é o palhaço e eu sou o cisne. Quando nós tomamos alguma coisa, sempre perdemos a liberdade. Eu tomei de você o que não deveria ter tomado, mas você também me aprisionou.

Com novos olhos, os olhos dele, Parvathi olhou para o quadro. Sim, é claro, não era certo uma criatura tão orgulhosa e corajosa estar subjugada pelas mãos de um homem. Era isso que a tinha incomodado. Mais ainda do que a desolação nos olhos do palhaço que sabia o custo que tinham os seus desejos.

— Na realidade, faz tempo que eu queria dizer isto para você — ela comentou. — Eu sou muito grata pelo que você fez por Rubini. Se você não tivesse chegado quando chegou...

— Os homens a teriam usado — ele disse, e ela estremeceu.

— Por que você me escolheu?

— Por causa do seu cabelo. Foi a primeira coisa que eu vi. Tão comprido que ia até os joelhos. Os fabricantes de peruca dizem que cabelo chinês é bom, mas que cabelo japonês é melhor. Eles não viram nem tocaram no seu.

Ela olhou espantada para ele.

– Meu cabelo. Mas ele é liso. Não é cacheado e lindo como o de Rubini.

Foi a vez de ele ficar espantado.

– Nós temos macarrão no Japão igual àquilo.

Que estranho que aquilo que a cultura dela considerava bonito uma outra cultura considerasse indesejável. Ele pegou o cabelo dela, deixou-o escorregar entre seus dedos, suspirou e ficou calado.

– Ele era tão lindo que eu tive que ir na direção dele como se o meu passado estivesse me chamando. Sabe, meu pai foi um famoso cabeleireiro no bairro das Gueixas de Gion. Ele costumava dizer que houve um tempo em que você podia saber tudo sobre uma pessoa só de olhar para o cabelo dela. Que tipo de trabalho ela fazia, de que parte do país ela vinha. Havia até um estilo de penteado diferente para cada classe.

– O que você teria feito se eu não tivesse voltado naquela primeira noite?

– Eu só queria uma mulher, mas quando você chegou vestida de branco, com o rosto sem enfeites, eu fiquei com medo, o medo que um homem sente de algo que pode destruí-lo. Se você não tivesse voltado, eu teria achado outra e ela teria me bastado, e o mesmo homem que chegou a essas praias as teria deixado.

Muito mais tarde, ela entrou pela janela de baixo e se dirigiu à cozinha, onde havia uma luz acesa. Na porta, ela parou, fascinada com a cena com que se deparou. Rubini, de camisola e descalça, estava encolhida no colo de Maya. Havia um prato com *apam* de leite de coco e feijão-verde na mesa. Com a cabeça no peito de Maya, a criança estava olhando para o rosto da mulher, e Maya estava cantando para ela numa voz que Parvathi só tinha ouvido uma vez antes; aquela noite na praia, quando soube que sua mãe tinha morrido. Ela se esquecera completamente da voz até agora;

ao tornar a ouvi-la, lembrou-se. O que tinha realmente acontecido ali em cima do rochedo? Fragmentos lhe vieram à memória: o vento, as ondas chamando-a, a lua sobre a água e a tristeza terrível, infinita, que fez com que ela quisesse se afogar na água fria e escura, até que aquela mesma voz tinha vindo tirá-las daquelas profundezas, murmurando: "Durma, vai ficar tudo bem." Ela examinou a memória. O que mais foi dito? Nada mais emergiu.

Calmamente, Maya olhou para ela e disse:

– Rubini teve um pesadelo e, como você não estava na sua cama, ela entrou em pânico, embora eu tenha dito a ela que você costuma sair à noite para caminhar e que sempre volta sã e salva para casa.

Rubini desceu do colo de Maya e, por um segundo, pareceu confusa ou perdida, olhando de uma mulher para a outra. Então ela se virou, zangada, para Parvathi.

– Você não sabe que é perigoso sair à noite? Alguma coisa pode acontecer com você, e então o que vai ser de todos nós? Mas você não liga, não é? E como foi que você entrou? Você não usou nem a porta da frente nem a dos fundos, porque eu estava prestando atenção.

– Vem cá – Parvathi disse e, impulsivamente, ainda rescendendo ao cheiro do amante, ela abraçou o pequeno corpo, tão raivoso. Primeiro, a menina ficou dura em seus braços, e logo em seguida começou a se contorcer, aflita. Parvathi largou-a e ela rapidamente se afastou. Ela precisava sempre manter uma grande distância entre ela e seus sentimentos.

– Eu estou aqui agora, e nada vai acontecer comigo nem com você – Parvathi disse delicadamente.

Rubini ficou olhando para ela, mordendo o lábio inferior, enquanto emoções desencontradas passavam pelo seu rosto. Mas sem conseguir expressar nenhuma delas, ela se virou com um soluço e subiu correndo a escada.

Maya empurrou o copo de leite que estava sobre a mesa na direção de Parvathi e disse:

– Toma, não esqueça de levar isso para ela.

O QUIMONO

Ele empurrou uma caixa que estava sobre a mesa na direção dela.
– Para mim?
Ele assentiu com a cabeça. Então ela abriu a tampa. Um papel feito à mão estava amarrado com fitas azuis. Cuidadosamente, ela as desamarrou. Ela sabia que os japoneses levavam muito a sério a troca de presentes. Uma atitude indiferente era um insulto a quem estava oferecendo o presente. Dentro, outra camada de papel fino. E então – um quimono de seda, uma peça linda, em tons de cinza. Ela passou a mão e sentiu a seda mais fina, mais elegante, tão fina que chegava a ser quase transparente. Ela tirou o quimono da caixa. Grama branca; a costura perfeita e a textura de um animal vivo. Ele tinha um simples *obi* lilás.

– Exceto no palco, uma gueixa não deve ser espalhafatosa – disse ele.

– É lindo – ela disse, e encostou o rosto na seda.

– É um quimono muito especial – ele continuou com seriedade. – Ele é estampado de grama de outono, mas é feito da seda mais leve para ser usado no verão. Tradicionalmente, uma gueixa escolhe um quimono com as flores, plantas, insetos ou pássaros da estação. Brotos de pinheiro sobre fundo roxo em janeiro; flores de ameixeira em fevereiro; flores de cerejeira na primavera; sapos, chuva ou pequenas trutas em junho; cigarras no alto verão; folhas de bordo no outono; rosas sobre azul em outubro; e flocos de neve no inverno. Sem dúvida, nenhuma gueixa sonharia em usar gramíneas de outono durante o verão, essa roupa só pode ser usada por uma estrangeira.

Ele a fez tirar toda a roupa. Mas ela aprendera a ficar nua. A princípio, foi estranho. Ela era de uma cultura que achava o cor-

po sem roupas indecente, a menos, é claro, que fosse morto. Mas agora ela não precisava nem queria mais cobrir o corpo. Ele foi para trás dela e bem devagar, meticulosamente, lambeu-a do pescoço até o final da espinha. Ela quis se virar para ele, mas ele suspirou baixinho e disse:
— Não se mexa. — Ela o ouviu se afastar dela. Ela ficou parada no meio do quarto como um pintinho, vulnerável, exposta, trêmula e molhada.

Ela o ouviu voltar. Uma coisa fria tocou suas costas. Com o canto dos olhos, ela viu um pincel cheio de tinta branca. Com pinceladas lentas e precisas, sentiu o pincel desenhar algo que se parecia com a forquilha da língua de uma serpente na base do seu pescoço.

Então ele foi para frente e aplicou uma camada grossa em seu rosto, pescoço e peito. O rosto dele era uma máscara de concentração. Isso se chamava *kata*, o modo certo de fazer as coisas. O objetivo, fosse um jardim, um poema ou uma pintura, era sempre a perfeição. Com pinceladas leves, ele deixou as sobrancelhas dela tão pretas e retas quanto asas de traças. Então ele contornou os olhos dela de vermelho, estendendo a linha nos cantos, e espalhou blush cor-de-rosa ao redor do seu nariz. Com um bastão de pasta de açafroa vermelha, ele pintou uma meia-coroa de um vermelho intenso no seu lábio inferior. Muito desconcertante.

— Apenas o lábio inferior pintado é a marca de uma noviça. O mundo vai ver que você ainda é um bebê — ele explicou.

Em seguida, ele passou para o cabelo dela.

— O seu cabelo é tão comprido e farto que eu nem vou precisar de pelo de iaque para segurar tudo no lugar — ele disse, e usou ferro quente no cabelo dela até ele ficar macio, brilhante e incrivelmente liso. Enquanto passava óleo de camomila num pequeno pente de tartaruga, ele explicava que aquele era o mesmo óleo usado por lutadores de sumô para manter firmes os coques. Ele passou mais creme no cabelo, alisando-o com o segundo dedo e o dedo médio, de uma maneira experiente e profissional. Era isso que aquelas mãos tinham sido feitas para fazer.

Quando o cabelo dela ficou inteiramente liso, ele arregaçou as mangas.

— Preparada? — disse, e separando uma porção de cabelo no alto da cabeça dela, puxou com tanta força para fazer um rabo de cavalo que ela gritou. — Eu sei, *Anata* — ele disse. — O alto da cabeça de toda gueixa é careca exatamente por essa razão. — Cuidadosamente, ele enrolou o cabelo num rolo de papel. Empurrou isso para a frente para formar o coque central. Então o cabelo da parte de trás da cabeça foi erguido e passado por cima, formando um laço duro e preso no lugar com um pauzinho de madeira laqueada. Depois veio o toque que tornava o coque japonês diferente de todos os outros, as duas asas laterais, esticadas com cera e amarradas com um fio no coque central para ficar de cada lado do rosto.

A parte da frente foi enrolada, presa e papel preto foi inserido nela para manter a forma bufante. A cabeça dela estava esticada e pesada, e ela sentia uma dor que começava no alto da cabeça.

— Enfeites de cabelo — ele anunciou, e enfiou travessas pretas nas asas e algumas atrás das orelhas. As contas penduradas nelas iam até o queixo dela. Algumas chegavam a roçar seus ombros.

— No Japão não há mais gueixas. Elas estão usando túnicas sobre calças azuis de camponesa e trabalhando em fábricas de paraquedas. — Havia tristeza na voz dele.

Finalmente, ela sentiu o tecido em sua pele. O subquimono era cor de pêssego, leve e fresco. Um alívio. Ele passou a peça pela frente do corpo dela, embrulhando-a. E então o quimono de verdade, pesado e incômodo, com uma cauda ondulante em volta dos seus pés, parecendo água. Ele o amarrou de modo que o subquimono ficasse visível na manga e na bainha. Para o homem japonês, a sensualidade estava ligada ao mistério, à sugestão do que havia debaixo das camadas de tecido. As mangas iam até os quadris.

Depois de puxar, ajeitar o traje no lugar, ele começou a enrolar o *obi* — pesado e mais comprido do que um sári — ao redor da cintura dela, o tempo todo enfiando acolchoados para manter o pano esticado e uma almofada nas costas para dar um volume extra. O trabalho era pesado e ele começou a respirar com força. Seus braços brilhavam de suor, os músculos retesados enquanto ele a amarrava. Ele só parou quando ela estava toda enrolada, enxugando a testa e anunciando:

– Pronto.

Para o toque romântico final, ele acrescentou um estreito cordão de seda branca cujas pontas caíam até o chão. Ele deu a ela um leque de papel na forma de uma folha de gingko, com lindos caracteres em nanquim preto.

– O que está escrito? – ela perguntou.

– Fumiko – ele disse.

Fumiko? A dona daquele traje suntuoso e daquele lindo leque de papel? Uma antiga amante? Mas ela não perguntou mais nada. Para que se o bambu estava desbotado, seus pauzinhos comidos por inseto na base? Ele se agachou ao lado dela, calçou um par de *tabi*, meias brancas de algodão com o dedão separado, nos pés dela, e colocou no chão os tamancos de madeira. Ela enfiou os pés neles. Óleo de camélia foi passado atrás de suas orelhas e ele se afastou dela.

Ele apagou as luzes, acendeu algumas velas e a examinou minuciosamente na luz suave, antes de aprovar com a cabeça e apontar para o espelho. Ela levantou a cauda do quimono.

– Com a mão esquerda – repreendeu-a severamente.

Os tamancos eram desconfortáveis para andar. Eles batucavam no chão. Mas ele queria que ela desse passinhos curtos como se, por baixo das roupas, ela tivesse algo bem apertado que terminasse no meio das canelas. Ele disse que, mesmo ao abrir uma janela, uma mulher não deve permitir que seus joelhos fiquem separados mais do que alguns centímetros.

– Ajoelhe-se, sente-se sobre os calcanhares, incline-se a partir da cintura para servir, faça o que precisar, mas mantenha sempre os joelhos juntos.

No fim, ela saiu arrastando os pés, com o *obi* balançando pesadamente atrás dela. Uma coisa humilhante naquele mundo de fantasia que ele tivera tanto trabalho para criar.

— *Mutae, mutae*, espere, espere. Você tem que deslizar os pés. O quimono e o modo normal de andar não combinam. – Ela parou e esperou. Ele voltou com um pedaço de barbante. Ele abriu o quimono, escorregou a mão por suas pernas e amarrou seus joelhos.

– Agora ande – ele disse. Ah, sim, agora era possível deslizar. Vagarosamente, de um lado para o outro, como a gueixa mais bonita, mais imponente de todas. E foi como se ela estivesse, de repente, numa sacada do bairro dos prazeres, olhando por cima das ruas sinuosas, cheias de casinhas de madeira com telhados trabalhados, até o coração de uma cidade onde havia templos de colunas esguias, palácios vermelhos, teatros e jardins cheios de amantes contemplando a lua. Havia pessoas misturando incenso, e outras misturando arte e beleza. Exatamente como nas gravuras do século XIX que Parvathi tinha visto nos livros que estavam no baú.

O espelho. Ah, mas essa mulher não era ela! Ela contemplou a si mesma com perplexidade. Olhe só para ela, toda amarrada. O rosto e o pescoço brancos que pareciam sair da escuridão eram os de uma boneca ou de uma mulher-borboleta, distantes, altivos, misteriosos e, no entanto, extremamente eróticos. Uma fantasia criada para deixar um rei ou um grande guerreiro louco de desejo. Essa mulher sabia como acariciar intimamente, mas nunca perdia a cabeça ou o coração. Ele a tinha deturpado de propósito, mas ela gostou, e compreendeu que essa criatura sedutora era feita só para a escuridão ou a luz difusa.

Parvathi ergueu uma das mãos. Até seus movimentos estavam mais lânguidos, charmosos e refinados. O que tinha acontecido com ela? Tornara-se parte daquelas histórias apaixonadas de guerreiros samurais, vilões e lindas mulheres tentadoras – nas quais quase sempre o herói e a heroína morrem?

Seus olhos se encontraram no espelho.

– Está vendo como você está linda? – ele disse, acariciando a pequena região sem pintura na base do seu pescoço.

Escondida sob aquele traje suntuoso, ela podia fingir todo tipo de coisas. Afinal de contas, este tempo não tinha repercussões; ela sabia que não havia passagem para o mundo real. O sol sem dúvida volta todo dia para degolar a noite escura. Com um olhar de soslaio, ela murmurou o nome dele. Até sua voz estava diferente – mais aguda, um arrulho. Parecia que ela não estava mais falando a mesma língua.

– Temos que achar um novo nome para você – o general disse.

E a gueixa assentiu timidamente. Sim, ela gostaria de um novo nome. Para quando ela deslizasse pelas ruas iluminadas de cada lado por lanternas de papel.

– Sakura.

– Sim, eu gosto.

– Venha, vamos tomar chá.

O *obi* era duro e a fez sentar-se bem ereta. Ele preparou o chá, uma série de movimentos minuciosamente coreografados, executados com uma estranha mistura de concentração e economia de movimentos, dando a impressão de imobilidade. Ele largou o misturador de bambu. Ela levou a tigela de chá-verde aos lábios e bebeu devagar.

Ela se apoiou nos joelhos e, colocando as mãos no chão à sua frente, encostou a cabeça nelas e ficou imóvel. E assim se preparou para servir o seu senhor.

No quarto do meio da torre redonda, Kupu estava deitado no chão e contemplava as estrelas pela vigia. Ele imaginava onde estavam, do que seus corpos eram feitos e quem habitava nelas. Ele fechou os olhos e deve ter cochilado, mas de repente percebeu luz do lado de fora de suas pálpebras fechadas. Luz? No meio da selva? À noite? Ele correu para a janela, para assistir à cena mais improvável do mundo.

Um grupo de cerca de vinte homens usando túnicas marrons com capuz e carregando tochas acesas estava reunido num círculo ao redor da pedra de comunicação. Não era possível ver os rostos deles, mas sua completa imobilidade era sinistra. E havia mais alguma coisa neles que também não estava certa – eles não pareciam completamente sólidos; seus contornos eram incertos, trêmulos.

Uma das figuras fantasmagóricas saiu do círculo e foi até a parede da torre onde a escada começava e bateu. Então ele olhou para a janela onde Kupu estava e fez um sinal para ele. Não havia rosto, apenas sombras lançadas pelo capuz. Kupu sentiu um arrepio percorrer o seu corpo. A figura voltou para o grupo e retomou o lugar. Então todos eles desapareceram lentamente.

Por um instante, Kupu ficou na janela, chocado com o que tinha visto, e então ele se virou e viu o próprio corpo ainda adormecido no chão. Por um momento ele achou que estava morto. Vagarosamente, caminhou, bem, flutuou, na direção do seu corpo e, ajoelhando-se ao lado de si mesmo, contemplou o próprio corpo. Ele nunca tinha se visto desse ângulo antes, e ficou ainda menos satisfeito consigo mesmo do que nas raras ocasiões em que teve a chance de ver sua imagem num espelho ou refletida na água. Quando tentou tocar no seu corpo inerte, ele se viu sugado, dolorosamente, de volta para dentro do corpo. Ele se levantou até estar sentado no chão, confuso, tonto. Teria sonhado aquilo tudo?

Rapidamente, ele desceu correndo a escada íngreme e sem corrimão e foi até o lugar onde tinha visto a figura bater à parede. Ele bateu com a mão e o bloco inteiro começou a ecoar como se fosse um diapasão. Ele cambaleou para trás, atônito. Parecia que um bando de aves estava batendo as asas preparando-se para voar, e ele soube instintivamente que o som simbolizava voar em direção ao desconhecido. Era como Maya tinha dito: não existia uma só pedra que não tivesse um objetivo ou um segredo.

Maio chegou e Maya, ignorando as cabeças amarelas de alho no chão do mercado, só levou para casa as mais brancas, e então aquele ano passou e janeiro tornou a chegar.

O PRESENTE

Adari, janeiro de 1943

Ela se aproximou dele, parado na sacada, contemplando o mar, e por um longo tempo simplesmente olhou para ele, para suas costas retas como uma vara. Por fim, ela o chamou e ele se virou, amargo e cheio de ódio.

— Nós vamos matar muitos americanos — ele disse rispidamente, mas sua voz deixava perceber um imenso cansaço interno. Ele também deve ter ouvido o cansaço em sua voz, porque repetiu o que tinha dito, e dessa vez ela ouviu apenas a declaração sem nenhuma emoção que qualquer general seguindo a estratégia politicamente simples de uma raça "dominante" faria. Eles já tinham conseguido fazer isso na Coreia.

Ele estendeu as mãos com violência para ela, com as palmas viradas para cima, os dedos aberto.

— Eu matei tantos. — Com delicadeza, com a ponta do sári, ela começou a limpar as mãos tensas como se estivesse removendo uma mancha, enquanto ele olhava para ela, primeiro com raiva, depois com tristeza. Ele encostou a testa no ombro esquerdo dela. — Eu tenho um presente para você — ele disse.

Era uma caixa comum, desembrulhada.

A raiva foi instantânea, incontrolável. Ela nunca tinha sentido nada parecido antes. A caixa caiu no chão enquanto seus olhos acusadores o encaravam.

— Onde você conseguiu isso? É roubado, não é? Você não sabe que eu já tive muito mais do que isso e nunca liguei a mínima? — ela disse. Ela atirou o colar longe, com tanta força que ele bateu na parede e quebrou.

— É claro — ele disse calmamente. Mas viu a mágoa que tinha causado.

No mesmo instante, ela pôs os braços ao redor do pescoço dele e disse:

— Desculpe, desculpe. Eu só não quero que você manche sua reputação por causa de quinquilharias. Não se torne igual aos outros. — Ela enfiou a mão dentro do uniforme dele e sentiu seu coração batendo. — Isso, eu quero isso. Nada mais — ela murmurou com emoção. Ela pegou a mão dele e, juntos, eles correram para a praia. Ambos querendo desesperadamente apagar o que tinha acabado de acontecer. Ambos precisando se perder um no outro. Sentir o prazer invadi-los de novo. Saber que nada tinha se perdido na briga. Desejando voltar a ser um só de novo.

Eles nadaram no escuro, seus corpos roçando um no outro. Suas risadas abafadas, suas mãos cortando a água como remos, silenciosamente na escuridão.

O ar ficou frio, enquanto seus corpos ficavam quentes e maravilhosos. Eles fizeram amor sob a chuva, deitados nas algas que tinham sido trazidas à praia pelo mar. A chuva parou. O céu se encheu de milhares de estrelas e de uma lua quase cheia.

Depois, secos e aquecidos na cama, ela se virou preguiçosamente para ele.

— Você está bem?

— Hum. — A voz dele era sempre severa, mas ele sabia que aquele era o jeito dele, mesmo na cama. Uma vez, só uma, ele tinha dito: *"Suki desu."* Mas isso queria dizer apenas: "Eu gosto de você", uma expressão pobre de afeto, e mesmo isso o tinha deixado sem jeito. Ele preferia comunicar seus sentimentos com o corpo.

Ela olhou para o teto.

— Eu queria que você pudesse conhecer Maya.

— Eu a conheci.

Ela se apoiou num cotovelo, uma expressão de surpresa no rosto.

— Você a conheceu! Quando?

– Naquela primeira noite, antes de você vir até mim. Eu tinha saído e quando voltei ela estava esperando atrás da porta. Foi um ato reflexo apontar a espada para o estômago dela. Mas o que mais me lembro a respeito desse incidente foi que eu a feri, havia sangue na ponta da minha espada, mas ela nem piscou. "Se você machucá-la, eu o cortarei em pedacinhos quando você estiver dormindo", ela disse. De onde foi que aquela mulher analfabeta tirou a ideia de ameaçar um soldado japonês? Se tivesse sido um dos meus companheiros, ele teria cortado a cabeça dela ali mesmo. Depois de fazer essa declaração extraordinária, ela recuou devagar, mas sem tirar os olhos de mim. Um tanto assustador, na verdade.

Parvathi ficou sem fala. Ela pensou em Maya sentada humildemente no chão da cozinha tirando o tutano de ossos de carneiro com um grampo, e seu filho abrindo a boca para comer aquela coisa vermelha pendurada no grampo. Aquela mulher era feita de aço. Era como se ela não tivesse visto as cabeças apodrecendo, penduradas em varas, pela cidade inteira, nem ouvido falar da brutalidade impiedosa dos soldados japoneses.

Quando voltou para o apartamento, ela perguntou a Maya sobre o episódio da espada.

– O que é uma espada na minha barriga? A morte não é nada. Eu não sou apegada a este corpo. Ele é apenas um veículo de que minha alma precisa para alcançar níveis mais altos de consciência e luz. Os seres humanos não entendem; sem morte, como a alma irá continuar sua jornada?

UM NOVO THALI

Eram os últimos dias de outubro de 1944. Enquanto Parvathi vestia o costumeiro sári branco, Rubini entrou. Sentou-se na cama e disse:
— Mami, você sempre ficou tão bem de vermelho. Por que não usa um sári vermelho só em casa? Ninguém vai ver, exceto nós.
Naquela noite, Parvathi foi até ele com flores no cabelo e um sári colorido. Ele olhou surpreso para ela.
— Eu estou usando um sári de casamento, para falar a verdade — ela disse baixinho, mas o rosto dele mudou e ele virou para o outro lado. Ela tocou de leve nas costas curvas que a rejeitavam. Os músculos tremeram sob as mãos dela.
— Por quê? — ela quis saber.
— Eu não sei. Tive a impressão de que você estava debochando de mim. Dizendo que nunca será minha esposa. — Ele suspirou profundamente. — Isso tudo é mesmo uma charada. A sede do Império tem nos enganado. Nós estamos perdendo a guerra. — Ele tornou a suspirar. — Que grande confusão tudo isso!
As palavras dele causaram uma dor imediata. Ela sabia que isso iria acontecer, e seria como ele disse. Os Aliados venceriam, e ele teria que voltar para o Japão coberto de vergonha. Ela queria que a guerra terminasse, queria que seus filhos frequentassem uma escola decente e que a sanidade voltasse a imperar, mas a ideia de se separar dele era intolerável.
Eles se sentaram na praia para o lanche da meia-noite. Depois se deitaram um ao lado do outro. O silêncio foi quebrado por uma súbita agitação no estábulo. Ela se virou e viu Kupu correndo para fora do alojamento de empregados em direção ao estábulo. Deitada com o queixo apoiado no pulso, ela o viu do seu esconderijo.

Um soldado gritou para Kupu, que parou e esperou. Eles trocaram algumas palavras e, em seguida, Kupu foi para o estábulo.

– O que está acontecendo? – perguntou o general, sem um pingo de preocupação na voz.

– Uma das vacas deve estar parindo – ela murmurou.

Através da fumaça, ela viu Kupu acender um lampião, todos os seus movimentos fluidos e concisos. Ele inclinou a cabeça na direção das vacas e, oculto pelas tábuas de madeira, desapareceu de sua vista. Ela tentou imaginá-lo falando com a vaca, incentivando-a delicadamente, e aquele momento na selva, quando ela o achara lindo e quisera tocá-lo, voltou-lhe à lembrança. Ela ainda o achava lindo, mas agora aquele desejo não precisava ser satisfeito.

– No que você está pensando?

– Em nada – ela respondeu, voltando à posição antiga.

Ele se sentou.

– Diante dessa garrafa vazia de saquê, desses pauzinhos e desses restos de comida, você quer se casar comigo?

O rosto dele estava cheio de sombras. Ela não podia ver a expressão de seus olhos. Para o exército japonês, não era o sexo que era tabu, mas o amor. Essa era a regra não expressa. Eles não podiam se casar. Eles não podiam deixar descendentes.

– Isso não vai destruir a sua carreira?

– A beleza de uma mulher deve ser avaliada pelos homens que ela destrói.

Ela fechou os olhos. Mas as lágrimas escorreram assim mesmo.

– Sim – ela disse. Foi só um sussurro.

– Venha, nós iremos ao seu templo esta noite. Vamos deixar que os seus deuses sejam testemunhas de que você é a mulher que eu escolhi.

– Mas eu não tenho nenhum *thali*.

Ele tirou o anel de brasão que usava.

– Este aqui serve?

Naquela noite, eles viajaram para um templo distante. Tão distante que a existência de Kasu Marimuthu ou sua viúva era ignorada ali. Era um pequeno templo de Murugan, a divindade preferida de sua mãe. Quando entrou no templo, Parvathi reparou que o chão estava sujo e ficou envergonhada. Nós deveríamos manter nossos templos mais limpos, ela pensou. Deveríamos abrigar melhor os nossos deuses, e ela olhou para Hattori San. Sem dúvida os templos dele eram mais limpos.

Eles acordaram o sacerdote e ele apareceu vestindo apressadamente um *veshti*, o cabelo desarrumado, com uma expressão apavorada. Os olhos dele fitavam de vez em quando a espada pendurada no cinto do general japonês.

Sua mão tremia quando ele apanhou a cânfora ardente. O casal trocou guirlandas de flores. O general passou pó vermelho na testa de Parvathi. O sacerdote avivou o fogo e o trouxe até eles para que pudessem estender as mãos sobre ele. Sob a luz da cânfora, o rosto dele brilhava. Ele sorriu para ela, mas ela chorou. Por quê? Porque não era real. Nada do que acontecia à noite, em segredo, era real. Só tolos e pessoas apaixonadas faziam isso.

Com os polegares, o general limpou as lágrimas do rosto dela, mas ela não parou de chorar, então ele encostou um dedo em seus lábios trêmulos. Ela olhou para ele; as lágrimas se tornaram pedras em sua garganta. Perdida em seu olhar, ela viu um desejo triste e impossível pelo amanhã, por mais lembranças, de que aquilo fosse só um começo. Impetuosamente, ela disse à estátua de pedra: "Eu o amo. Eu o amo de verdade."

Ela não sabia que a estátua tinha visto tudo aquilo antes. Amantes que apostavam tudo em nada. As mãos dela tocaram na guirlanda de jasmins. Ela estava casada. Entretanto, isso não era um casamento, não de verdade. Eles eram os amantes condenados das histórias japonesas: quando os sinos tocassem anunciando o amanhecer, eles se matariam.

– Eu estou feliz em ser seu marido. – Os olhos dele brilhavam de alegria quando estendeu os braços para enlaçar a cintura dela.

Seu marido! Sim, marido. Esse homem que devia cheirar a sangue, como ela o amava. Quem ousaria dizer a ela o contrário?

Isso também não era um sonho. Não, as pedras sob seus pés descalços machucavam.

Ela olhou para trás uma última vez. A serpente sorriu. *Tudo o que você pediu.* No entanto, e a parte que dizia *para sempre*? Será que ela entendera mal?

O sacerdote se despediu, mas quando eles estavam no meio do caminho, ele veio correndo.

– Esperem! Vocês esqueceram o guarda-chuva.

Os sapos ainda estavam coaxando, mas tinha parado de chover.

– Pode ficar com ele – disse Parvathi. Estava quase amanhecendo, eles precisavam se apressar. Ela contemplou os olhos curiosos dele. Era um homem bom. Ele queria voltar para dentro, onde havia calor e segurança. – Reze por mim – ela disse.

O sacerdote olhou para ela com compaixão.

– É claro – disse ele em tâmil. – Você se sacrificou pela comunidade.

Ela quis dizer a ele que não, que ela amava aquele homem, mas as palavras ficaram presas em sua garganta. Seu amor não era a coisa maravilhosa que ela imaginava, afinal de contas. Ela balançou a cabeça e se virou para ir embora.

– Vão com Deus – ele disse. Até chegarem no carro, ela não reconheceu a culpa, mas quando a porta foi aberta para ela entrar, ela disse ao marido:

– Espere um minuto por mim.

O sacerdote era uma silhueta parada na porta do templo.

– Não é um sacrifício. Eu o amo – ela disse para o rosto sombreado. Pareceu importante dizer isso. Pelo menos para o sacerdote, ela não queria ser hipócrita. Não se deveria precisar mentir para um representante de Deus.

– Eu sabia disso – admitiu ele –, mas, em consideração ao seu amor-próprio, fingi.

– Abençoe-me, eu o amo – ela disse.

– Você está nas mãos de Deus agora, minha filha.

Ela correu de volta para o carro.

O marido olhou para ela.

– O que foi, *Anata*?
– Eu só queria agradecer a ele mais uma vez – ela disse.

No apartamento sobre a loja, Maya estava acordada e vigiando uma panela de barro no fogo. Lá dentro havia uma poção medicinal que ela estava cozinhando já fazia dois dias.
– Quanto tempo falta? – perguntou Parvathi.
– A qualquer momento a panela vai quebrar e a poção estará pronta.
Parvathi assentiu distraidamente.
– Maya, se eu estivesse procurando uma bela alma para me apaixonar, por que eu não me apaixonei por Kupu? Não existe alma mais linda do que a dele.
– Como se chama aquele jogo cheio de peças de formatos diferentes que você tem que juntar para formar uma imagem?
– Um quebra-cabeça.
– Sim, esse mesmo. Cada um de nós veio para esta terra com algumas peças de um quebra-cabeça do tamanho deste universo. Cada vez que conhecemos alguém, nós inconscientemente mostramos nossas peças para ver se eles têm peças que se encaixam com as nossas. Se eles não tiverem, seguem seu caminho, e nós não temos mais nada a ver com eles. Mas se tiverem, ah... é então que a atração, o ódio, o ciúme, o amor, as decepções amorosas e as lições começam. Kupu não tem as peças de que você precisa. Mas não o subestime. Ele tem outras peças, outras coisas a fazer, coisas importantes. Ser um caseiro comum não é uma delas. Embora pareça ser uma pessoa simples, às vezes mais animal selvagem do que homem, ele é complexo, muito complexo, com pensamentos inesperadamente amplos e eternos.
– Eu me casei hoje com o general – Parvathi disse de repente.
– Bem! Você está feliz?
– Sim, mas não vai durar, não é?
– Não há nada neste lugar decadente que possa durar. Até as pedras vão virar pó. Tudo muda. O truque é mergulhar completamente no momento, vivê-lo e, quando ele passar, não ter um

pingo de remorso nem olhar para trás. Saber que ele vai passar e não lamentar. Deixar rolar – disse Maya.
– Esse é um truque difícil de aprender – Parvathi disse.
– Sem dúvida – Maya murmurou.
Parvathi escondeu o *thali* no armário. Não porque estivesse envergonhada, ela disse a si mesma, mas porque era especial demais para ser maculado por um olhar invejoso.

Embrenhado na selva, sob o luar, Kupu estava sentado sozinho nos degraus do templo, com uma expressão de grande tristeza no rosto. Uma leve brisa levantou uma mecha de seu cabelo. As folhas tremeram. Ele ergueu os olhos para não olhar para a pilha de abelhas mortas a seus pés. Seus olhos atordoados buscaram a pedra de comunicação.
Ela estava desenterrada e virada para baixo. Ele pensou nos soldados japoneses que tinham feito aquele estrago. Uma raça totalmente enigmática, suas almas cobertas pela escuridão da noite; homens perigosos e insatisfeitos que derrubam uma árvore para apanhar um coco e destroem uma colmeia inteira para pegar um favo de mel. Hoje eles tinham vindo desenterrar as tigelas prateadas, do tamanho dos sinos do templo, e levá-las embora em carroças.
Mas eles não faziam ideia do que tinham feito.
Ele estremeceu; a pedra sob ele estava comunicando severidade e rejeição. Ela não queria suportar o seu peso. Ele se levantou devagar, com cansaço. Não podia sobrecarregar ainda mais a pedra. Então levou um susto e ficou imóvel: conhecia esta selva e seus habitantes intimamente, e não podia imaginar de onde teria vindo aquele único soluço de tristeza.
Ele se lembrou de Maya dizendo: "O homem quase não tem amigos entre as outras formas de vida da Terra porque ele as usou muito mal." Sentiu uma inquietação agitá-lo por dentro. De fato, depois daquele som, o lugar tinha se enchido de uma atmosfera de medo e angústia. Maya tinha razão. As tigelas tinham afastado os maus espíritos, e agora, sem elas, a energia que era propícia e protetora tinha se tornado "negra". Kupu podia sentir uma ameaça silenciosa, preparando-se para destruir.

DERROTA

As crianças tinham pegado catapora e estavam muito rabugentas. Maya amarrou folhas de amargosa e, quando a pele delas coçava, Parvathi as esfregava com as folhas. Para fazer as cascas caírem, ela e Maya esfregavam óleo de rícino no corpo delas. Os dias e as noites passavam lentamente. Parvathi ficou uma semana sem conseguir sair. Quando o carro se aproximou da casa, ela viu que os imponentes portões de ferro tinham desaparecido, presumivelmente para serem derretidos em fábricas de munição no Japão. A casa estava às escuras, mas dessa vez a culpa não era de Kupu. Já não havia quase óleo para o gerador. A guerra estava indo muito mal.

Ela observou as velas queimando lentamente. Algumas noites ele quase não falava, mas ela aprendera a não fazer perguntas mesmo quando ansiava por ouvir sua voz. Aquela noite, entretanto, ela desejou que ele tivesse ficado calado.

– Eu hoje matei uma cobra – ele anunciou. – Uma enorme cobra negra. De mais de treze palmos de comprimento. Eu decepei a cabeça dela.

Parvathi achou que estava sendo cortada em pedacinhos, mas ele pareceu não notar que havia algo errado.

– Chocante, não é? Pensar que um animal enorme desses vivia nesta região.

Para disfarçar o horror na voz, ela murmurou:

– Onde você a encontrou?

– Bem, isso é o mais estranho. Eu a vi da janela do nosso quarto, simplesmente estendida no gramado. Corri para baixo e, a princípio, nem sabia se ela estava viva ou morta, porque, mesmo com o barulho das minhas botas no chão, ela não se preparou para se defender nem para fugir. De fato, ela não se mexeu. Ficou

ali *olhando* para mim, como se entendesse o que eu ia fazer e desejasse que eu o fizesse. – Ele sacudiu a cabeça. – Foi realmente estranho. Depois eu fiquei com pena. Ela era muito bonita. Deus estava morto. Mas isso ter sido feito por ele! Agora a força divina que o trouxera até ela e que os tinha protegido esse tempo todo tinha desaparecido. Então ela soube que tinha chegado a hora de ele partir para longe dela.
– O que foi? – ele perguntou.
– Nada. Eu tenho pavor de cobra.
– Bem, agora ela está morta.
Parvathi forçou um sorriso, embora estivesse morrendo por dentro.
No dia seguinte, ela foi até o ferreiro e pediu a ele que fizesse uma estátua de cobra para ela, enroscada e com o capuz aberto.
– Em ouro? – ele perguntou.
– Ouro puro.
Ele a olhou com curiosidade por baixo das sobrancelhas grisalhas. Até onde sabia, não havia mais ninguém rico na cidade.
– De que tamanho?
– De umas seis polegadas.
– Isso vai custar muito dinheiro – ele avisou –, e eu não posso aceitar dinheiro japonês. Tem que ser moeda inglesa. – Embora ele soubesse muito bem que era proibido negociar em qualquer moeda que não fosse o desvalorizado dinheiro japonês.
– Eu tenho dinheiro – ela disse.
– Vou precisar receber adiantado.
Numa semana estava pronto. Ele trouxe a estatueta do fundo da loja e a colocou sobre o mostruário de vidro.
– Sim, está perfeita – ela disse, e a levou para casa. Enquanto Maya observava, ela tirou todas as outras imagens que tinha no oratório. Ela ia doar aquilo tudo. Assim, a pequena cobra de ouro ficou sozinha no oratório.

Quando Parvathi chegou em Adari aquela noite, havia alguém com ele no escritório. Ela se sentou na sala de música e prestou

atenção à conversa na sala ao lado. Então ouviu uma voz de homem dizer:
— O que foi que você disse? Você quer morrer? — Não foi um grito, mas uma ameaça velada. Depois que partiram, ele foi procurá-la. Parecia exausto.
— Aquele era o Kempetai — ele disse. — O Japão está correndo sério perigo. Não pode ser ajudado por comandantes subalternos como eu. Eu agora sei que o meu país entrou numa guerra que não temos nem a tecnologia nem o efetivo necessário para vencer. O Japão é uma terra próspera e os japoneses são nobres, mas essa guerra é errada. Não tem nada a ver com "coprosperidade": os campos de prisioneiros estão infestados de doenças tropicais e os nativos nos odeiam. Não, tudo isso deveria acabar. Por isso eu soltei todos os prisioneiros de guerra. Os Aliados devem vencer, mas se isso acontecer eu não posso ficar aqui nem levar você comigo. — Ele passou a mão na cabeça raspada, num gesto de exaustão e derrota.
— Só nos resta ficar bêbados — ele disse. E foi o que fizeram, bebendo o ordinário *toddy* local. Agora ela sabia exatamente o que o marido queria dizer quando falava "Eu preciso beber".
— Finalmente eu compreendo — ele disse tristemente.
— O quê? — ela perguntou.
— Aquele estranho poema:
"Um velho lago,
O barulho,
Quando um sapo pula nele."

"Um velho lago, o barulho... quando um sapo pula nele", repetiu ela devagar. Com precisão e economia, era o que ela teria esperado daquela raça. Rapidamente, ela fora levada para a água verde agitada. Mas enigmático — com que objetivo?
Ele fixou os olhos nela.
— O sapo é dado para o velho lago. — Ele parou, ficou pensativo. — Não, não é dado. É temporariamente emprestado. É isso que o poema quer dizer. Apesar do barulho do sapo sendo engo-

lido, o sapo temporário vale realmente a perda da imobilidade? *Você* vale isso? De verdade?

Ele caiu dormindo nas almofadas e Parvathi ficou acordada, vigiando-o.

Sem conseguir dormir, ela foi ficar na janela e viu Kamala sentada na varanda do alojamento dos empregados. De repente ela teve vontade de ouvir a sua conversa incessante, os erros cômicos que cometia. Ela atravessou o gramado sem fazer barulho e pôs a mão bem de leve no ombro de Kamala. A mulher deu um pulo e gritou:

— Ama! O que você está fazendo aqui?

— Shh — Parvathi disse, disfarçando um sorriso. *Há anos que eu venho aqui, só não deixei que você me visse até agora.* Mas o que ela disse foi: — Eu vim ver a casa.

— Ama, não se preocupe com a casa. Eu sei que todos os parapeitos das janelas de cima estão cheios de fezes de pombo, mas em breve o homem branco vai vencer a guerra e a senhora vai voltar, e então os rapazes valentes vão poder limpar, não é? No momento, as meninas e eu estamos fazendo o melhor que podemos.

Parvathi sentou-se na beirada da varanda.

— Como vai Maya? Ela está bem? — Kamala perguntou. — Outro dia eu tive uma dor aqui. — Ela pôs a mão no joelho direito. — E desejei que ela estivesse aqui. Ela teria me curado na mesma hora. Eu sinto muita falta dela.

— Maya vai muito bem.

— E as crianças, como vão?

— As crianças tiveram catapora, mas agora estão quase boas. E você, como vai?

— Eu sinto falta de broa de milho. Desde que a padaria fechou, nós só compramos os pães que chegam de trem, e são sempre duros e velhos. É difícil para mim, com os meus dentes, sabe?

— Como estão tratando você aqui?

— Ah, eu tenho medo deles. Eles são tão ferozes. Eles nunca riem ou conversam, e às vezes brigam comigo quando eu não consigo entender imediatamente os gestos deles. Eles cuspiram a minha comida da primeira vez, apimentada demais para eles, então eu passei a colocar um pouco de leite de coco, e eles não cospem nem reclamam mais. – Ela fez uma pausa e sacudiu a cabeça. – Mas coisas terríveis estão acontecendo no porão. Pessoas estão sendo torturadas lá. Às vezes a porta do porão fica aberta e eu ouço gritos. Cheh! Eles carregam cadáveres lá de dentro, mesmo em plena luz do dia. E agora espíritos inquietos se mudaram para a casa e eu tenho medo de entrar lá à noite. Às vezes eu ouço o som fantasmagórico de uma mulher cantando, e uma vez eu acho que a vi. Ela era muito bonita e branca como arroz. Usava um vestido comprido e tamancos de madeira, e carregava um leque de papel. Estava parada na praia olhando para o mar. Ama, eu nunca tive tanto medo na minha vida. Eu corri e me escondi no meu quarto. Mas não tenha medo. Quando a senhora voltar para cá, Maya vai saber o que fazer para se livrar desses fantasmas. Fora isso, está tudo bem – ela disse, e abriu um sorriso desdentado para Parvathi.

Parvathi deixou sua velha empregada e caminhou na praia durante horas; então, seguindo um cheiro de podre, encontrou uma tartaruga morta. Ela a iluminou com a lanterna. Sua boca estava cheia de sangue preto, areia e moscas. No dia seguinte ela desaparecera. Os pescadores devem tê-la enterrado.

PARA MUDAR UMA PRECE

Ela se ajoelhou e se sentou sobre os calcanhares cruzados, enquanto ele punha um disco na vitrola e ia para junto da janela. O vento balançou seu quimono branco. A voz de uma mulher cantando num tom agudo, acompanhada de um único instrumento de corda, encheu o aposento. Estranha e, para o seu ouvido pouco treinado, desagradável.

– Eu não tenho um bom ouvido para música – ela disse. – Meu primeiro marido foi obrigado a desistir de mim.

Ele se aproximou dela.

– Ouça, mas dessa vez não use os ouvidos. – Ele enfiou o indicador dela na boca. Depois ergueu o dedo úmido acima da cabeça dela. – Ouça com a pele. Esqueça o que você é. Abra a boca e prove a música com a língua. Ela tem drama. Apaixone-se por ela. Deixe que tome conta de você. Seja possuída por ela. Ouça – murmurou ele. – Está ouvindo este som? É o *shamishen*. É um instrumento que exige grande habilidade. Nenhuma *maiko* sorridente pode tocar isso. Só as gueixas mais velhas e mais competentes são capazes de tocar assim.

Ela escutou o som fanhoso. Oco. Triste. Solitário. Sem acordes melodiosos. A famosa moderação japonesa?

– Ele é feito de pele de gato. Só a pele de uma gata virgem é usada porque se a gata for coberta uma única vez por um macho, ele irá deixar arranhões em sua pele que irão afetar a perfeição do som.

O som solitário continuou, arranhado, mesmo sem o macho.

– Você precisa ouvir com o coração ou rejeitá-lo para sempre. – Ele olhou para ela. – Você ouviu?

– Não – ela disse. Ele voltou para a janela e ficou ali parado, de costas para ela.

— Está quase tudo terminado. Em negociações secretas com os Estados Unidos via Vaticano, na primavera passada, nosso imperador já concordou com os termos de rendição. Mas os Estados Unidos estão adiando e, enquanto isso, estão destruindo Tóquio com B-29s. Eles nos incitaram a fazer um movimento errado ao atacar Pearl Harbour, e agora eu acho que eles *querem* invadir o Japão. Experimentar aquela nova bomba atômica deles num alvo vivo — ele disse.

Ela não disse nada. O que poderia dizer?

E então ela fitou as costas dele, horrorizada enquanto ele explicava numa voz sem expressão, sem emoção alguma, que morrer era um destino muito melhor do que render-se. No Japão, os honrados samurais caíam do modo puro como caem as flores de cerejeira. O ato de se agarrar à vida em vez de escolher a morte em nome de grandes ideais era um covarde hábito burguês. Os códigos de honra dos antigos guerreiros instruíam seus membros que, quando em dúvida entre viver e morrer, era sempre melhor morrer. Ele mesmo havia instruído seus homens com as palavras: "Nada de meias medidas agora. Todos vocês voltem mortos."

E havia outra boa razão para escolher a morte. Ela permaneceu sem palavras enquanto ele falava de *giri*, honra, uma obrigação totalmente cega e intransigente em relação à família, ao grupo, ao patrão. Em silêncio, ela aprendeu outra palavra, *girininjo*. A obrigação para com a esposa, os filhos, os pais. Em comparação com essa obrigação, o amor era algo trivial. Eles nunca poderiam ficar juntos.

Houve uma pausa. Então: ela gostaria de se juntar a ele num suicídio duplo? *Shinju*. Como Hitler e Eva, mas não como um ato de guerra ou rebelião, mas como uma forma de expiação.

Mas ela vira uma foto desse duplo suicídio a que ele se referia. Era horrível. O homem deitado sobre a mulher. Uma espada saindo das costas dele e ela aberta de orelha a orelha, como se estivesse sorrindo em triunfo, uma coisa macabra. Panos encharcados de sangue ao redor do casal morto. Uma imagem terrível, mas o certo é que, nas melhores histórias, todos os amantes condenados cometiam suicídio.

O culto do suicídio honroso era uma faceta da cultura *dele*; mas como ela poderia tirar a própria vida? O que seria dos filhos dela? Eles jamais se recuperariam dessa desgraça. Boas famílias não os receberiam em casamento. "Genes ruins", diriam, sacudindo a cabeça. E quanto à sua alma? Ela a imaginou vagando quem sabe por quanto tempo, um espírito ou um demônio, perdido e atormentado.

Ela olhou para ele com um olhar suplicante. Ela abriu a boca e, rápido como um relâmpago, ele a tapou com a mão. Ela arregalou os olhos, surpresa com aquele movimento súbito e violento. Os dedos dele se moveram; ele acariciou o rosto dela, massageando delicadamente a região ao redor da boca. Ela fitou a calma nos olhos dele, a severidade em sua boca. A música parou. Ele retirou a mão.

– Não se preocupe. Não é importante, afinal. Descanse um pouco – ele disse, com uma voz rouca. Essa era a sua versão mais terna. Mas era também a palavra final. Ela poderia acompanhá-lo ou não. Mas ele tinha que morrer. Esse era o único caminho para ele. Ele sorriu para ela. Ela não retribuiu o sorriso. Embora chocada, ela compreendeu que era por isso que tinha rezado. *Permita que ele esteja disposto a pôr a mão no fogo por mim, permita que ele esteja preparado para dar a vida por mim.*

O deus-cobra tinha atendido.

E o que faz uma mulher quando percebe que não quer o que pediu? Ela deve curvar-se e aceitar? O que aconteceria se aquela mulher mudasse de ideia e não quisesse aceitar?

Ela ficou deitada ao lado dele, sem dormir, até de madrugada, e então voltou para casa. Ela não sabia o que fazer. Sua pele estava pegajosa de suor. Ficou um longo tempo meditando, com a testa apoiada na ponta dos dedos. E então ela decidiu. *Se aquela mulher não aceitar, ela deve voltar ao oratório.* Ela fitou a serpente enroscada e disse: "Eu era uma criança antes. Não sabia o que estava pedindo. Perdoe-me. Sou uma mulher agora, e peço que ele seja poupado. Peço que nenhuma de suas ataduras tenha o meu nome. Permita que ele viva, mesmo sem mim. Abençoe-o. Deixe-o viver."

Ele se juntou a ela dentro do mosquiteiro tingido com hena.

– Eu estaria vivendo na estação dos crisântemos se estivesse no Japão agora – ele disse baixinho. Ela levou um susto. Ele já a tinha deixado para trás e voltado para sua terra natal? Ela largou o livro que estava lendo e ouviu o barulho que ele fez ao cair no chão. Uma brisa fresca soprou em sua pele quente e úmida. Ela pôs a mão com força no ombro dele. O cheiro do lampião era forte. Do lado de fora, um pavão gritou. O vento agitou as árvores. O gerador estava silencioso. Ela se lembrou de tudo. Cada pequeno detalhe capturado como uma fotografia viva, respirando. Ela possuía milhares delas. Eram todas lindas, segredos preciosos, como tesouros enterrados.

8 de maio de 1945. A guerra na Europa terminou e Londres, o rádio disse, estava fervilhando com desfiles patrióticos e festas de rua. No alto, aviões de combate americanos estavam passando a caminho de Singapura. As Mamis disseram: "Que bom. Os japoneses não ficarão por aqui muito tempo."

6 de agosto de 1945. A BBC anuncia que a primeira bomba atômica atingiu Hiroshima. O general Hattori foi para a sacada e ficou fitando o mar com o rosto pálido e os olhos vazios.

8 de agosto. A segunda bomba. A cidade de Nagasaki tornou-se um mar de escombros. Parvathi se lembrou do vendedor de doces no Ceilão que tinha, inesperadamente, enlouquecido. Ele saiu correndo pela rua com o cabelo desgrenhado, distribuindo doces. Quando os filhos vieram buscá-lo, ele estava sentado na porta comendo uma cebola, rindo sem motivo.

15 de agosto. O imperador Hirohito foi obrigado a negar no rádio que era Deus. O Japão tinha "suportado o insuportável e sofrido o inimaginável", ele disse.

2 de setembro. O Japão se rendeu ao general Douglas MacArthur. A guerra terminou, mas não na península malaia, onde só terminou no dia 13 de setembro de 1945. Os oficiais japoneses puseram bandeiras brancas nos seus automóveis. A multidão vaiou, mas os oficiais não reagiram. O documento de rendição foi assinado por ambas as partes. À medida que os nomes dos oficiais eram chamados, eles executavam o ritual de entregar as espadas para indicar o desarmamento total do exército imperial japonês.

Maya disse para a mulher que a procurou com TPM: "Jogue fora o calendário gregoriano que você tem em casa. O seu corpo está simplesmente confuso porque sabe que há treze meses num ano, e não doze. Siga simplesmente os ciclos da lua, reconheça a lua nova como sendo o primeiro dia do mês, a lua cheia como sendo o meio do mês, e a lua escura como sendo o último dia do mês, e nunca mais você sofrerá dores ou depressão antes, durante ou depois dos seus períodos menstruais."

SEM

As gavetas dela estavam cheias de dinheiro japonês. Ela o deu para as crianças, Rubini brincava de loja com ele, e Kuberan, aquele monstrinho destrutivo, queimava dinheiro aos montes. Queimando dinheiro! Isso deveria causar-lhe arrepios, mas ela ficou contente de não lucrar com ele. Era dinheiro sujo. O que as Mamis iam fazer com o delas?, ela pensou. Com lágrimas nos olhos, transformá-lo em flores e cachorrinhos de origami? Adari. Ela sabia que a casa tinha sido bombardeada, é claro, esperava encontrá-la muito avariada, mas aquela silhueta recortada com que se deparou... Todo o vidro tinha sido estilhaçado, o telhado afundado, e o que permanecia em pé projetava longas sombras. No meio da ruína estava a gaiola de metal de Kasu Marimuthu. Só ela sobrevivera intacta. Ela recordou o medo dele de ficar preso ali se houvesse um incêndio. Estranho o que o havia preocupado.

Parvathi pensou nos milhares de livros empoeirados ardendo no fogo, e de repente se lembrou – era atrás dos livros que tinha escondido os papéis, as escrituras das propriedades. O advogado deveria ter cópias, disse a si mesma. Na ilha, um pavão solitário abriu a cauda e dançou para ela. Os outros não estavam à vista. Ela o observou até ele se afastar, com a cauda varrendo o chão.

Ela se dirigiu para a sala do gerador. Estava caindo aos pedaços, mas Kupu saiu de repente lá de dentro, descalço e esfarrapado.

– Ama – ele disse, espantado, e caiu aos pés dela. Pobre homem, ele devia estar vivendo da terra agora, ela pensou, e tirou sua corrente do pescoço para dar a ele. Mas ele sacudiu a cabeça com violência. – Para que, Ama? A floresta e o mar irão me alimentar, e vão ser também o meu túmulo.

Ela olhou na direção da casa.

– O que aconteceu?
– Foi horrível, horrível, mas nenhum de nós pôde fazer nada.
– Os lábios dele tremeram. – Começou depois que os soldados japoneses roubaram as tigelas de prata que estavam sob o chão do templo. Depois disso, "aquilo" se abateu sobre nós, vindo do leste e do oeste. "Aquilo" veio disfarçado de revoltosos comunistas com rifles, granadas e carabinas. Eles nos cercaram e puseram fogo na casa. Os assoalhos de madeira queimaram com facilidade e, no meio daquele calor infernal, as vidraças começaram a explodir. Nós fomos empurrados cada vez mais para trás até ficarmos dentro do mar, enquanto as grandes armações de ferro iam desmoronando uma por uma. O barulho era ensurdecedor, e as chamas erguiam-se centenas de metros no ar. Estou surpreso por saber que a senhora não tenha visto da cidade. Quando a árvore em chamas no meio da casa finalmente caiu, eu chorei. Eu sabia que nunca mais veria algo tão arrasador.

Olhando para ele, Parvathi se deu conta de que seu tique desaparecera. Deve ter sido uma manifestação, um meio de se defender do insuportável. Agora que ele tinha devolvido à terra, estava glorioso outra vez.

– Eu tenho que ir ver o templo – ela disse.
– Ama – ele disse com tristeza –, eu tenho más notícias. Um dia depois de eles terem matado a cobra, o templo foi bombardeado pelos ingleses. Eles devem tê-lo confundido com uma base japonesa. Mas venha comigo assim mesmo para ver o que restou.

Ela contemplou em silêncio a devastação e, em silêncio, Kupu a conduziu para fora da floresta e de volta para a casa, onde se despediu dela. Ela o viu caminhar no meio do mato, com a cabeça baixa como um tigre, e uma grande tristeza tomou conta dela. Nunca mais tornaria a vê-lo, seu coração estava dizendo. Ela lhe doaria aquele pedaço de terra sagrada. Ele tinha direito a ela. Parvathi estava indo embora quando o ouviu chamar o nome dela e se virou. Ele estava parado na beira da floresta.

Ela gritou:
– O que foi?

Por um momento ele não respondeu e ela pensou que o vento tivesse levado a voz dela para o outro lado. Mas então o mesmo vento trouxe a resposta dele como se ele estivesse bem pertinho, e disse:

– Eu amei você desde o primeiro momento em que a vi. E aquele dia na floresta, eu passei três noites sem dormir porque não tinha o direito de tocar em você.

Ela deixou os braços caírem. Eles olharam um para o outro de longe. De tão longe que ela não conseguiu sequer distinguir suas feições.

– Espere – ela gritou, mas Kupu já tinha passado pelo grande muro verde e se tornado mais uma vez parte da floresta. Ela esperou mais um pouco, embora soubesse que ele não voltaria.

Parvathi andou no meio dos escombros, passou pelo coto enegrecido da árvore e foi até a ala oeste. A parede norte da sala de baile estava destruída e o vento soprava por ela. Seu aparecimento assustou um iguana, que fugiu. Ela subiu a escadaria. Os degraus rangeram sob seus pés, instáveis e perigosos. Ela parou, fechou os olhos, sentiu gosto de salmão em lata e ouviu o chamado de um *shamishen*. Uma boca estava percorrendo sua espinha com beijos. *Beije-me mais uma vez. Não vá embora tão depressa. Tudo sem você é agonia.* Ela abriu os olhos. Ele precisava deixar vago o seu trono, este deus da sensualidade, e devolver a saúde ao seu coração.

Ao longe, os pescadores estavam chegando; figurinhas longínquas. Suas mulheres esperavam com as fogueiras já acesas. Gente trabalhadora, abençoada. Ela ficou horas ali enquanto eles cozinhavam o peixe, comiam, guardavam as coisas e iam embora. O sol estava se pondo e a casa começou a se encher de sombras hostis. Todas as pessoas que tinham sido mortas no porão enquanto ela fazia amor no andar de cima apareceram, apontando para ela, implacáveis. Ela ficou com medo. Soube que nunca mais poderia morar ali. O vento assobiou através do vidro quebrado. Um animal gemeu. Ela saiu correndo.

O motorista estava sentado numa pedra ao lado do carro. Ele tinha comido peixe; as espinhas estavam espalhadas pelo chão.

Ele se levantou ao vê-la, mas ela ergueu a mão e ele tornou a sentar. Ela foi até a praia. Seu marido tinha ido embora sem ela. Ela estava parada na beira do mar, uma das mãos protegendo os olhos, contemplando o horizonte, quando ouviu o som de um jipe. Ela se virou, o coração aos saltos. Ora, ele tinha vindo buscá-la, a proprietária de um palácio em ruínas.

Ele estava segurando uma caixa comprida e achatada, e estava com o mesmo traje que usava no dia em que ela o vira pela primeira vez. Formal, orgulhoso, um general. Ele ficou parado, olhando para ela, com o sári esvoaçando em torno dela de um jeito que um quimono jamais faria. E ela soube que ele a estava guardando na memória. Porque é claro que ele não tinha vindo para levá-la nem para ficar. Aquilo era um adeus.

Ela deu um passo à frente e ele começou a caminhar em sua direção, com um braço balançando ao longo do corpo, mas seus passos eram lentos e cansados. Ele estava prolongando o momento.

Parvathi parou. De repente sentiu-se cansada demais para fazer a viagem. Ele que viesse quando pudesse. Tantas noites solitárias a aguardavam. Um vento frio soprava do mar, e ela abraçou a si mesma. Ele tirou o quepe e parou na frente dela. Ela fitou seu rosto destroçado. A guerra, a guerra, ele tinha perdido mais do que a guerra.

– Você encontrou coragem para me deixar? – Mas ela não disse isso.

– Disseram-me que você estaria aqui – ele disse. Seu rosto estava tenso.

Os lábios dela estavam virados para baixo, mas ele entendeu que aquilo era um sorriso.

– Você vai ficar bem? – ela perguntou.

Ele sacudiu os ombros.

– Você vai?

– Sim, acho que sim.

Mas quando viu a expressão dele, ela enfiou o rosto desesperadamente em seu peito. Sentiu o metal do uniforme marcando-lhe o rosto. Ele estava com um cheiro diferente. Almíscar – medo.

Do futuro incerto. Da mudança. Da desonra. Um destino pior do que a morte. Em seus sonhos, ele enfiava o punhal que trazia na manga no próprio corpo. Isso era uma derrota, mas, segundo esta nova forma de pensar, encarar o dia seguinte e o castigo que viria exigia mais coragem ainda. E quando ele abriu a boca para falar, não foi sobre desespero ou perda, mas sobre esperança:

– Eu vou voltar para você, Sakura. Eu prometo. Você vai esperar por mim?

– Eu vou esperar na loja até o dia em que você voltar – prometeu ela, embora as palavras de Kasu Marimuthu soassem em seus ouvidos. *Venda a loja. Ela irá arruiná-la.*

Ele sorriu com tristeza.

– E eu voltarei. Você tem minha palavra.

Ela sorriu.

– E você tem a minha.

– Se por qualquer motivo nós perdermos contato e não conseguirmos encontrar um ao outro, lembre-se de que no dia em que este país ganhar sua independência dos ingleses eu encontrarei você na estação principal de Kuala Lumpur, digamos ao meio-dia na plataforma onde os trens partem para Kuantan.

– Eu estarei lá – ela disse.

– Você estará usando branco ou azul?

– Branco debruado de azul.

– Eu vou sonhar com isso.

– Os amantes infelizes. – Ela sorriu ironicamente. – Só está faltando a ponte de bambu.

– Eu preciso ir.

– Sim, você precisa ir. – Baixinho; quase inaudível. *Vá, seus antepassados estão assistindo.*

Em vez de beijá-la, ele a empurrou, deu meia-volta com elegância, energicamente, com as costas retas, como se estivesse executando uma manobra militar, e saiu marchando. Homem ridículo. Como ele podia marchar para longe de uma amante? Entretanto, ela não chorou nem reclamou. Ela compreendeu. A queda do herói tinha sido muito rápida. Ela pensou em todas as coisas que eles não disseram um para o outro. Gerações de silêncio e contenção estavam tão imbuídas nas células dele que ele não podia demonstrar emoção, e muito menos esse tipo de sofrimento feroz, arrasador. Até ela podia ver que isso seria inapropriado numa praia solitária, varrida pelo vento.

O motorista abriu a porta; ele entrou no carro e a fechou. O motorista entrou do outro lado e ligou o motor. Os pés dela... ah, como eles queriam correr atrás dele! Ele virou um rosto paralisado para ela. O motor do jipe pegou. Ele estendeu a mão. Na mesma hora, o corpo dela respondeu, lançou-se para a frente. Ele abriu a boca para soltar um som trágico, o nome dela talvez, mas o vento o levou, e o veículo partiu com ele.

Ela ficou ali parada um bom tempo, contemplando o vazio.

Dentro da caixa Parvathi encontrou um guarda-chuva. Um guarda-chuva? A lufada de vento carregou a caixa vazia para o mar. Ela abriu o guarda-chuva e, segurando-o longe dela, estudou a estampa. Flores de cerejeira. Ela o segurou sobre a cabeça. Ele não voltaria, não tão cedo. Mas um dia. Ele tinha prometido, e ele era um homem de palavra.

Ela espiou detrás do guarda-chuva e viu uns jornais velhos enterrados na areia. Tirando a areia que os cobria, ela os usou para embrulhar o presente. Mesmo agora havia o perigo de alguém ver e comentar: "Então era você."

Ela tocou nos dois envelopes enfiados dentro da blusa. Um deles era de Samuel West, mas o encanto pela Europa tinha passado. Ela o rasgou em pedacinhos, que o vento levou embora antes mesmo que tocassem o chão. O outro era de casa. O que quer que fosse não podia ser bom. Ela examinou a letra malfeita do irmão no envelope ordinário, azul. Mais tarde, ela pensou, e o colocou de volta dentro da blusa.

Então foi até o balanço, sentou-se e deu um impulso para a frente, na direção do céu, cada impulso levando-a mais alto, enquanto em volta dela as sombras iam ficando cada vez mais compridas.

O verdadeiro amor sabe esperar.

RUBINI

Ele contemplou a garota que vinha rebolando em sua direção. O cabelo dela estava cortado rente ao crânio, mas ela o tinha enfeitado com uma quantidade de travessas e enfeites baratos. E é verdade que uma túnica é uma túnica, até que uma menina de doze anos usando os sapatos altos da mãe a encurte com alfinetes de segurança, quando ela se torna o pano que envolve o corpo da própria Jezebel. No belo rosto, a boca se destacava, pintada de vermelho.

Que deveria ter havido mais controle e moderação na sua forma de vestir e agir estava claro pelos olhares que ela estava atraindo, mas o rapaz entendeu; a guerra tinha terminado, os japoneses tinham ido embora e ela estava aproveitando a feminilidade que lhe havia sido negada por quatro longos anos.

Quando ela se aproximou, seus olhos fitaram a pessoa dele por pouco tempo, desdenhosamente, e, não encontrando nada de interessante, desviaram-se para um ponto maravilhoso à frente. Depois que ela passou por ele, mastigando chiclete como uma americana, ele se virou e olhou com desejo para os quadris que se afastavam. O desprezo dela era real, ele sabia. Entretanto, ela tinha *olhado* para ele. Tinha realmente olhado para *ele*. Os olhos dela tinham fitado a pessoa dele. E isso era suficiente, porque o rapaz estava totalmente apaixonado por ela, desde que a vira pela primeira vez, uma criança na escola, dando cambalhotas do alto de uma pirâmide humana no Dia do Esporte. Ele estava no último ano. Ao assisti-la cair, foi como se alguém tivesse gritado: "*Luz, cor, música!*"

E embora ele tivesse prestado atenção a toda fofoca sobre a família dela e a tivesse seguido a distância, fora sempre sem esperança; ela permanecera sempre fora do seu alcance, a filha do grande Kasu Marimuthu. Mas isso foi antes da guerra. A guerra tinha mudado as coisas e agora, era possível dizer, a garota estava quase em suas mãos. Ele ia visitar a bela e discreta viúva, antes conhecida como Rolls Royce Mami e agora chamada simplesmente de Kadai (Loja) Mami. Ele tinha ouvido dizer que ela não cortava o cabelo desde a morte do marido e que agora ele ia até o chão. Uma ou duas vezes ele a tinha avistado na janela de cima. Um dia, talvez não naquele dia nem no outro, mas um dia ele iria sentar-se diante dela para pedir a garota em casamento. Até então ele ia esperar. Seu amor não era passageiro nem amorfo.

O verdadeiro amor sabia esperar.

Em algum lugar ao longo da rua, um solitário soldado Gurkha tinha apreciado a ousadia dela e tinha começado a bater palmas. Outro par de mãos juntou-se às dele. A mulher-menina ficou vermelha, sorriu e ergueu um pouco mais o queixo. Outros acompanharam, até que a rua inteira estava aplaudindo.

Parvathi se levantou de sua cadeira e foi até a janela para ver que comoção era aquela. Ah, Rubini. Ela sorriu tristemente. A vida estava mudando todo dia. Ela ainda não tinha contado à filha que todas as escrituras das inúmeras propriedades do pai dela tinham se perdido no incêndio, e que as cópias que tinham ficado com o advogado não se sabia onde estavam. O homem estava morto, decapitado, e todos os papéis dele tinham sido levados quando os japoneses encontraram um rádio em seu escritório. Como ela não sabia onde ficavam as terras, era impossível localizá-las, especialmente as que ficavam além-mar. Parecia quase impossível que uma coisa dessas pudesse acontecer – que ela possuísse terras que não podia reclamar porque não sabia onde ficavam.

Outro advogado que ela contatou disse que esse era o caso, e acrescentou que havia muita terra em situação semelhante. Ele disse que passado algum tempo o governo ficaria com tudo. Ele só podia aconselhá-la a tentar lembrar onde ficavam as propriedades do marido. Parvathi não precisava tentar. Ela nunca soubera. A única que ela sabia da existência era o seringal em Málaca, porque o marido tinha contado a ela, e isso só porque ele queria que eles se abrigassem lá caso tivessem problemas em Adari. O marido nunca tinha confiado a ela questões relacionadas a negócios e finanças. Para ele, ela não passava de uma camponesa ignorante.

Parvathi voltou para a cadeira e tornou a ler a carta do irmão mais velho. Ela não devia vender a loja – ele tinha sublinhado duas vezes a palavra "não". Ele ia ajudá-la a administrá-la. Ela compreendeu o que significava "ajudar" e sabia que devia ter escrito para dizer a ele que o marido tinha deixado instruções para ela vender a loja. Mas e a promessa que ela fizera a Hattori? Não tinha importância. Ele podia vir. Podia ficar com a loja. Ele era da família e ela já tinha mais do que ela e os filhos precisavam.

Quando Parvathi anunciou que o irmão estava vindo tomar conta da loja, Maya disse:

– Quem pode saber quanta água o sapo no poço irá beber?

Mas Kuberan exigiu imediatamente um aumento de mesada para compensar a perda de privacidade e espaço ao ser obrigado a colocar outra cama no quarto dele. Seu irmão chegou mais velho e com uma expressão mais dura no rosto.

– Administrar uma loja é tarefa de homem – ele disse. – Você deve ficar no andar de cima e tomar conta das crianças.

Seu irmão não gostou de Maya, chamava-a de "cracko" com roupas malaias e queria que Parvathi se livrasse dela.

– Ela é da família – Parvathi disse, tão decididamente que ele abandonou o assunto. Mas o pobre Apu foi logo destituído de suas tarefas por ser "incompetente". Assim seu irmão tomou conta de tudo, enquanto Parvathi foi banida para o andar de cima, onde ficou reclusa, exatamente como costumava ficar no quintal da casa do pai.

Ela acordava todas as manhãs, tomava banho, se vestia e recitava as orações. Ela só descia na hora das refeições; o resto do tempo ficava confinada naqueles quatro cômodos, sem ver nem mesmo os membros do Clube do Guarda-Chuva Preto. Ficava relembrando o passado, imaginando Kalichan recostado no muro do jardim, banhado de sol, Kupu caminhando no meio do capim alto, e sempre Hattori San imóvel na sacada, contemplando o oceano banhado pelo luar. Quando as crianças voltavam da escola, elas contavam as histórias e ela ouvia, sorria e balançava a cabeça nos momentos apropriados, e às vezes fazia algum comentário. Mas elas estavam crescendo e se afastando dela, especialmente Kuberan, e não havia nada que pudesse fazer a respeito. Então o tempo passava do lado de fora da janela daquele pequeno apartamento, quase sem tocar na vida dela.

1953

Parvathi foi até a janela e recordou os primeiros dias depois que Hattori partiu, quando ficou deitada na cama estreita, infeliz e só pensando em sua perda, com medo até de dormir, temendo que Rubini pudesse tornar a sacudi-la para fazer perguntas que ela não queria responder, como tinha feito daquela vez: "Quem é Hattori? Por que você está chamando por ele?"

"Um velho amigo do seu pai", ela respondera imediatamente, mesmo tonta de sono. E aquela astúcia instintiva, inesperada, tinha feito o seu coração doer.

Até a manhã em que Maya veio sentar-se na cama dela.

– O amor é uma coisa maravilhosa – ela disse. – Nós provamos diversas vezes da sua glória, e muitas vezes nos esquecemos de que estamos apenas de passagem. Nada pode durar para sempre. As tragédias virão bater à nossa porta, mas os afortunados só se lembrarão delas como hóspedes. Cacos de vidro só cortam se roçarmos em suas pontas. O amor, qualquer amor, não importa o quanto dure, é um presente. E se eu dissesse que posso fazer sua dor desaparecer, mas em troca você vai ter que desistir das lembranças que tem dele?

Parvathi tinha se sentado na cama, pensando.

– Não há um só momento que eu queria mudar. Tudo foi precioso. Eu não posso desistir de nada. – Ela se levantou da cama e as duas foram para a cozinha, onde separaram um saco de flores de hibisco de suas hastes e as misturaram com mel e suco de limão.

– Ama! – o menino que ajudava na loja chamou da escada. Ela se afastou da janela. – Sim, Krishna?

– O diretor da escola está aqui. Ele quer falar com a senhora.

Parvathi franziu a testa.

– Mande-o subir – ela disse.
– Sim, Ama – ele disse. Ela ajeitou o sári, acendeu a luz do hall e esperou. O diretor da escola subiu com cautela a íngreme escada de madeira. Quando chegou ao topo, ela o cumprimentou amavelmente.
– Venha sentar-se – ela disse, indicando o sofá.
Ele se recostou no sofá e observou o espaço modesto.
– Como vai a senhora? Já faz muito tempo que não nos vemos. Não é segredo que eu era um grande admirador do seu marido, o que torna isso ainda mais difícil. – Ele parou e pareceu sem jeito. – Eu vim falar do seu filho. Ele sempre foi difícil, mas nós tentamos discipliná-lo o melhor que pudemos sem incomodar a senhora. Até daquela vez que ele colocou excremento no armário do faxineiro e arranhou palavrões na tampa da carteira dele.
Parvathi arregalou os olhos.
– Kuberan? O senhor tem certeza?
– Ele confessou.
– Ele confessou?
– Sim, depois que os amigos o delataram, é claro. – Houve um breve silêncio enquanto o homem organizava seus pensamentos. – Mas infelizmente eu hoje estou aqui porque dessa vez ele foi longe demais. Uma de suas colegas o acusou de tentar estuprá-la.
– O quê? – A voz dela saiu rouca. Ainda bem que ela estava sentada, porque sentiu uma tonteira, como se fosse desmaiar.
– Não me resta escolha a não ser expulsá-lo. Ele é um rapaz excepcionalmente inteligente, e apesar de não ligar para os estudos, suas notas sempre foram altas. Há outras escolas que poderiam aceitá-lo, ou a senhora pode contratar um professor particular para ele. Eu posso fornecer nomes de alguns excelentes.
Parvathi exclamou:
– Espere um instante! Eu preciso saber o que aconteceu. O que foi que ele fez exatamente?
O diretor da escola de Kuberan se remexeu no assento, um tanto sem jeito.

— Ele aparentemente a arrastou para trás da cantina. Se não fosse pelo vendedor de macarrão que veio em socorro da menina, ele a teria violentado. Ele já tinha rasgado sua roupa de baixo e mordido... o... peito dela. Também havia arranhões...

Parvathi ficou vermelha.

— Entendo — ela disse, mas não conseguia entender. Kuberan deitado em cima de uma garota, mordendo e arranhando. Ela perguntou: — E quando foi que isso aconteceu?

— Ontem à tarde.

Ela pensou no filho na hora do jantar, na véspera, comportando-se normalmente. Comprimindo os lábios para manter a calma, ela se levantou.

— Eu quero agradecer sinceramente tudo o que o senhor fez por ele. Obrigada por ter vindo até aqui. Meu marido sempre dizia: "Que homem fino, aquele Thuraisingam."

O diretor da escola se levantou com um ar de pena no rosto. Como que pais tão bons puderam ter tido um filho como aquele?

— Vindo do seu falecido marido, esse é um grande elogio. Eu também quero que a senhora saiba que esse assunto foi e será tratado por mim com a maior discrição possível. Até logo, sra. Marimuthu.

Ela não estendeu a mão para ele nem o acompanhou até o topo da escada, mas ficou ali parada, tão chocada que sua mente tinha ficado vazia. Assim que os passos dele desapareceram, ela ouviu as sandálias do irmão, duas vezes maiores do que os pés dele, batendo nos degraus da escada. Ela fechou os olhos em desespero. Ah! Não agora, quando ela estava tão exposta, tão desamparada! Ela respirou fundo e caiu sentada na cadeira atrás dela.

O irmão enfiou a cabeça pela porta.

— O que o diretor da escola queria?

— Ele veio me dizer que teve que expulsar Kuberan.

— O quê? — O irmão entrou na sala. Os olhos dele estavam arregalados. — Por quê?

— Houve um problema com uma garota.

— Que tipo de problema? Ele a engravidou?

– Não, não, não chegou tão longe.
– Então qual foi o problema?
Ela pôs a mão na garganta e esfregou o rosto. Ele ainda estava olhando curioso para ela, e ela se lembrou do comentário que Maya tinha feito assim que pôs os olhos nele: "Eu conheço esse tipo", ela disse, "ele disse à mulher que levaria ouro para casa."
– Olha – Parvathi disse, constrangida –, eu... eu estou um pouco cansada agora. Podemos conversar mais tarde?
– Onde está o garoto agora?
– Não sei. Podemos conversar mais tarde? Por favor.
– Como quiser – ele disse mal-humorado, e foi para o quarto dele. Ela tapou o rosto com as mãos. Maya tinha saído e ela deve ter ficado ali sentada por muito tempo. Finalmente, ela foi até a janela.

Ela não sabia o que ofendia mais a sua sensibilidade, se o horror do próprio crime ou a naturalidade insuportável que Kuberan tinha demonstrado depois. Ela tentou encontrar circunstâncias atenuantes para ele. E se não fosse estupro? E se fosse uma paixão juvenil levada ao extremo? E se fosse tudo um engano? Mas no fim o que a incomodou mais foi a falta de consciência dele. Ela ficou olhando, abatida, para o homem que vendia frutas picadas para os transeuntes na porta do cinema. Pensou na vida dele, se ele era feliz, se era realizado. Ele devia ter filhos e uma esposa em casa.

Ela ouviu um som atrás dela. Kuberan estava encostado na porta, com um ar despreocupado.
– Suponho que você queira falar comigo – ele disse, entrando na sala.
– Sim – ela disse devagar, e se virou de frente para ele. A luz caiu sobre ele e ela viu que jamais haveria espaço para remorso naquele rosto bonito e mimado. O que ele fez foi errado e cruel, e se ele fosse mais velho, teria ido para a prisão, mas mesmo assim ela não conseguiu falar duramente com ele. Quando olhou para ele, foi com uma expressão de pena. Ela não sabia o que o futuro reservava para ele, mas temia que não fosse ser tão cor-de-rosa quanto ela imaginara. Ela tivera tantas esperanças com relação a ele.

— O que o seu pai diria se estivesse vivo?
— Ele não poderia me censurar, já que também teve uma filha ilegítima.
— Como você pode se comparar a ele? Você tentou *violentar* uma garota.

Ele se sentou na poltrona em frente a ela com um suspiro impaciente.

— Acontece que ela estava muito a fim – ele disse. – O que você e aquele imbecil imaginam que ela estava fazendo nos fundos da loja sem blusa quando fomos tão grosseiramente interrompidos? E para ser franco, ela deu todas as indicações de estar gostando tanto quanto eu, bem, pelo menos até o finalzinho, quando ela quis parar e eu não. Acho que não consegui avaliar devidamente o recado dela naquela altura do jogo. Mas não faz mal...

— Não faz mal? Você está sendo expulso da escola, Kuberan!

— Isso não é uma grande perda. Escolas servem para educar empregados fiéis, e eu não pretendo ser um deles. E, de todo modo, a ideia do diretor de um professor particular me parece muito boa. Depois disso eu posso estudar direito em Londres.

— Estudar direito em Londres? Que loucura é essa? Nós não temos dinheiro para isso. Pelo menos, neste momento.

— Nós teríamos, se usássemos as sessenta mil libras em Coutts.

Ela teve um flashback deles três, Rubini, Kuberan e ela, entrando no escritório para ouvir o advogado. Kuberan ainda usava calças curtas, não tinha nem cinco anos. Parecia que tinha sido séculos atrás. Ela se lembrava dos olhos dele, tão grandes, tão inocentes, fitando o advogado com um ar sério enquanto este lia o testamento de Kasu Marimuthu, o que para ela era um complicado jargão legal. Nunca ocorreu a ela que o filho tivesse não só entendido, mas encontrado utilidade para a informação recebida.

— Está combinado?

Parvathi fitou o filho.

— E durante esse período de aulas particulares eu posso confiar que você irá se *comportar?*

Ele riu.

– Bem, essa é uma palavra nova para se referir ao assunto.
Ela ficou olhando para o filho e imaginando qual seria o instinto inato que o levava a tratar tudo com desprezo e a achar defeito em tudo. Seria para ver até onde ele conseguia ir?
– Está bem. Eu vou... *me comportar.*
– Você sabe que vai ter que alcançar as notas necessárias para entrar numa universidade britânica?
– Eu podia passar sem isso, mas sim, eu sei.
– Não me decepcione de novo.
– Você não vai se arrepender disso, mamãe – ele disse, e dando um pulo para a frente, como um cãozinho desajeitado, ele a abraçou. Ela ficou tão espantada com essa demonstração espontânea de afeto que por um segundo ficou parada. Quando finalmente o abraçou, ela notou que o corpo dele tinha crescido, tinha ficado mais duro, mais esbelto, mais comprido, diferente do que ela lembrava. Seu lindo menino tinha se tornado um estranho.
Ele a largou e se dirigiu para a porta.
– Em todo caso, você tem que admitir que gastar dinheiro com a minha educação deve ser melhor do que deixar que o meu tio ladrão e mentiroso roube o que restou da nossa herança – ele disse casualmente por cima do ombro ao sair.
Ela voltou para a janela. Pela fila na porta do cinema, dava para saber que era um filme em tâmil que estava passando. O tempo tinha perdido o significado para ela, mas ela deduziu que devia ser ou o dia 7 ou o dia 21 do mês, quando os trabalhadores recebiam os pagamentos e procuravam filmes tâmeis para assistir. Como eles pareciam ansiosos, entrando pelas portas abertas do cinema. Antigamente esta hora do dia costumava enchê-la de magia e excitação também. Agora ela significava apenas uma cama vazia, com o irmão roncando no quarto ao lado. Seu filho tinha razão, é claro, o irmão dela era um mentiroso, dizendo que não houvera nenhum lucro desde que mandou Apu embora, alegando que ele era incompetente e passou a cuidar sozinho da loja.
– São os tempos – ele dizia sacudindo os ombros. – Estes são tempos difíceis. Ninguém tem dinheiro para gastar. – A loja mal

estava se equilibrando, mas todo mês ele mandava dinheiro, ela não se interessou em saber quanto, para sua esposa e filhos. Ele estava, de fato, construindo uma casa novinha com tijolos e cimento.

Chegou a hora em que ele disse a ela que voltaria para casa, mas que ela não precisava se preocupar porque o segundo irmão viria tomar conta dos interesses dela. Ela concordou. Afinal de contas, o que importava para ela o dinheiro?

Kuberan cumpriu a palavra, comportou-se de forma impecável, estudou muito com o professor que a mãe tinha contratado e passou nos exames com notas excelentes. Ele partiria com o filho de Kundi Mami, que também tinha sido aceito pela mesma instituição que ele.

— Eu mando um cartão-postal quando chegar lá – gritou Kuberan alegremente do táxi.

AS CHAVES DO PARAÍSO

Junto com a primeira carta de Oxford, Kuberan mandou um pacote de bolos de Jaffa. Parvathi os saboreou devagar, reservando a parte do meio, onde ficava a geleia de laranja, para o fim, deixando que derretesse na língua.

Quando Kundi Mami veio visitá-la, ela lhe ofereceu os bolos.

– Ah, estes – a visitante disse. – Sim, meu filho diz que eles são muito baratos na Inglaterra. Você conhece os de boa qualidade porque vêm em latas. Como os chocolates que ele mandou para mim. Quality Street.

Parvathi baixou os olhos. Que importa que eles fossem baratos? Ela gostava deles. Era a intenção que contava.

– Eu fiz uma promessa de ir descalça até o templo toda sexta-feira até meu filho passar nos exames – Kundi Mami continuou, toda prosa.

– Ah – Parvathi disse, e estendeu a travessa de bolos de Jaffa para ela de novo. A mulher pegou dois.

– Estou vendo que ainda mantém aquela criada indiana com você.

– Maya é mais uma dama de companhia.

Kundi Mami franziu a testa.

– Ela antes não trabalhava para você como criada?

– Não, não exatamente. Na realidade, ela é uma curandeira, e bem famosa. Toda tarde as pessoas fazem fila no portão dos fundos para falar com ela.

– O quê? Você a deixa usar sua casa desse jeito! Todas essas pessoas doentes vindo na sua casa... Que audácia dessa mulher, fazer isso com você. Você é muito ingênua, minha querida. Essas indianas de classe baixa têm que ser colocadas no lugar delas. Elas só servem para ser empregadas, e mesmo assim têm que ser vigiadas de perto para não fazerem as coisas de qualquer jeito nem roubar.

Parvathi se levantou abruptamente.

— Foi muito gentil de sua parte aparecer, mas eu acabei de lembrar que prometi visitar uma amiga.

Kundi Mami olhou atônita para ela e então levantou o traseiro, que os anos pareciam ter tornado ainda mais notável, da cadeira de sua anfitriã. Tremendo de humilhação e raiva, ela se dirigiu para a porta. Ela sabia que Parvathi não tinha compromisso nenhum. Todo mundo sabia que ela não saía mais de casa.

Parvathi desceu e foi até a cozinha. O rádio estava ligado e Maya estava preparando massa de chapatti. Ela examinou o rosto de Maya para ver se ela ouvira alguma coisa, mas a mulher apenas sorriu calmamente e perguntou:

— Sua visita já foi embora?

— Sim. — Parvathi examinou a cozinha impecável. — Eu resolvi que de agora em diante nós vamos cozinhar juntas.

Maya parou de amassar e olhou para a patroa.

— Eu gosto de ser sua empregada. Sinto prazer em servi-la. Fere o orgulho de algumas pessoas admitir isso, mas estamos todos aqui para servir. Do mais humilde criado ao mais ilustre rei, num nível ou noutro, estamos todos servindo alguém. Por favor, não mude nada entre nós por causa do que aquela senhora disse.

— Então você ouviu.

— Foi impossível não ouvir.

— Eu sinto muito. Ela é assim mesmo, só diz maldades. Por favor, não se fique ofendida.

— Por que eu ficaria? Mulheres como ela são uma dádiva: elas têm nas mãos as chaves do paraíso. Embora à primeira vista possam parecer nossas inimigas, na realidade elas nos fornecem valiosas oportunidades de sermos gentis e pacientes. De agir com amor. Elas fazem isso com grande prejuízo para si mesmas; todas as lágrimas que eu chorar, elas irão enxugar dos próprios olhos. É a lei do universo que se você estender a mão para dar a outro, você estará dando a si mesmo. Se hoje ela olha com desprezo para mim, amanhã ou depois, no ano que vem ou daqui a uma década, quando até ela tiver esquecido o que fez um dia, ela irá ser alvo do mesmo olhar de desprezo.

– Mas eu fico tão zangada quando alguém menospreza você.

– Uma vez eu trabalhei numa fábrica de bonecas. Primeiro, eles fazem o corpo macio, de pano, e depois costuram os delicados pés e mãos de porcelana. O cabelo entra depois que os rostos são pintados e colocados. Em seguida, eles vestem a boneca e ela está pronta. Se você pensar, nós somos iguais. Passo a passo, nós vamos sendo refinados. Todos nós estamos em estágios diferentes de perfeição. Você é melhor que a sua amiga porque ela ainda não recebeu o cabelo, e você, já? Nunca desprezes nem julgue ninguém. A condição humana é difícil, mas aqui vai o pedaço bom, ninguém é deixado de lado. Todos irão conseguir alcançar a perfeição. Deus não me ama mais do que a você ou a ela. Nós todos somos filhos Dele.

Maya voltou a trabalhar na massa e após algum tempo Parvathi disse:

– O que você está pensando agora?

Maya abriu um amplo sorriso.

– Na verdade, eu estava imaginando o que você gostaria de ter como acompanhamento do seu chapatti esta noite. Lentilhas ou batatas fritas misturadas com ervilhas em lata.

– Batatas com ervilhas em lata, eu acho.

– Eu concordo – Maya disse, e elas sorriram uma para a outra, e no sorriso delas havia um amor imortal que já tinha muitos séculos de idade.

Na frente da loja, o segundo irmão de Parvathi estava sentado na caixa olhando para a rua. Ele já tinha roubado mais do que o outro irmão, mas ainda queria mais. Ele sabia que estava arruinando a loja, mas não se importava. Como representante do pai e para reerguer a loja, ele insistiria para Parvathi vender a plantação de borracha em Málaca.

A princípio Parvathi ficou relutante.
— Ela pertence às crianças — ela disse.
Então o pai escreveu para ela, ordenando que ela a vendesse. Ela vendeu.
— Por que você está deixando que eles acabem com tudo o que papai deixou para nós? — Rubini perguntou, magoada.
Parvathi sacudiu a cabeça.
— Eu sinto muito, mas não posso desobedecer ao meu pai.
Foi uma semana antes do dia marcado para o segundo irmão voltar para casa e o terceiro irmão chegar que ela soube que o filho tinha se casado com uma mulher branca. Chocada, porque ele nunca tinha mencionado isso, ela escreveu a ele, para perguntar. Ele respondeu num cartão-postal.
Sua fonte está defasada, ele escreveu. *A esposa já foi embora, e, na minha opinião, já foi tarde.*
Ela foi atrás de Maya, que estava mexendo alguma coisa no caldeirão preto.
— Ah, você está aí — ela disse a Parvathi. — Você pode ajudar. Traga-me aquelas ervas. Parece que vamos ter um dia quente hoje, então eu pensei em preparar isso aqui para secar depois.
Parvathi despejou punhados de ervas no leite fervendo.
— É verdade, Maya. Ele se casou sem me contar.
— Hum... — disse Maya, mas os olhos dela eram poços de compaixão.

KUPU

Kupu ficou parado, prestando atenção na selva que tinha ficado mortalmente quieta. De repente, sete grandes esferas de luz cintilaram no céu: brilhantes bolas cor de laranja com circunferências luminosas. No entanto, ele viu que podia enxergar através delas como se fossem vidro colorido e olhou diretamente para o centro delas. Elas estavam se movendo sem pressa e majestosamente, mas de um modo fluido, como os peixes se movem na água. Quando chegaram mais perto, ele viu que tinha a sensação não só de que estavam vindo na sua direção, mas que o estavam percebendo.

Nas árvores ao redor, ele primeiro ouviu chamarem seu nome, e depois o som improvável de vozes infantis. Sem agir conscientemente, como se guiado por alguma antiga lembrança guardada em suas celas, caiu de joelhos e, num gesto ancestral de aprendizagem e submissão, cobriu a boca com a mão.

As esferas responderam ao mesmo tempo; elas ficaram imóveis. Por um tempo, não houve nem som nem movimento por parte de homem ou esfera. Então ele piscou os olhos e todas as esferas espontaneamente se apagaram e tornaram a acender. Ele riu, convencido de que elas estavam exibindo um senso de humor. Ficaram mais algum tempo paradas e depois começaram a ir embora, lenta e majestosamente.

Ele queria que elas voltassem, mas de repente sentiu-se exausto a ponto de desmaiar. Deitou-se e diante dele apareceram figuras altas, alongadas, algumas com asas, umas poucas com feixes de luz saindo de trás dos seus pescoços, mas todas com cores vivas, iridescentes. Elas não pareciam ser nem machos nem fêmeas. Cada uma delas falou com ele, mas sem palavras. Maravilhado, ele ouviu suas ordens sagradas. Algumas vezes as palavras vinham na forma de bolas de luz branca que pairavam sobre sua cabeça antes de se desfazerem sobre seu corpo, penetrando em sua pele, seu sangue, seus ossos; abençoando, instruindo, transformando-o para sempre.

    Quando partiram, já estava claro, e a selva estava cheia de sons outra vez. Kupu sentou devagar. Seu coração batia descompassadamente, mas ele não sentia medo. As figuras pediram a ele que recuperasse as tigelas de prata e reconstruísse o templo sobre elas. Ele franziu a testa. O objetivo delas era obscuro para ele. Talvez elas não tivessem contado a ele ou talvez tivessem e ele simplesmente tivesse esquecido. Ele olhou em volta. O mundo estava exatamente como era antes que as esferas de luz tivessem aparecido para ele, e ele só conseguia se lembrar dos seres celestes como de um sonho maravilhoso. Mas, ao contemplar as pilhas de entulho, ficou espantado ao perceber que sabia exatamente onde cada pedra tinha que ser colocada para reconstruir o templo. Precisava ser construído com novas especificações, uma vez que o modo antigo não podia mais ser entendido por seres humanos, não enquanto eles estivessem acordados, pelo menos. E no lugar da pedra de comunicação, uma divindade que a mente humana pudesse identificar tinha que ser instalada. Na sua mente, a imagem da divindade estava clara como água.

    De uma bolsinha de couro amarrada na cintura, Kupu tirou uma pérola. Colocando seu corpo cor de manteiga na palma da mão esquerda, ele a acariciou e tornou a pensar em quem lhe dera aquele tesouro. Na mesma hora, aquela ocasião em que ele a tinha visto dançando sob luzes cintilantes com o general japonês lhe voltou à mente. Ele tivera medo de ser descoberto, mas tinha chegado o mais próximo possível das portas de vidro e permanecido ali, hipnotizado, enquanto eles dançavam pelo enorme salão de baile, inteiramente absorvidos um no outro.

    Normalmente, ele gostava de viver da terra, usando apenas sua habilidade e seu instinto para prover o sustento numa solidão absoluta, mas a lembrança dela com o outro o fez sentir como se tivesse feito a escolha errada. Ele nunca tinha entendido por que não respondeu a ela daquela vez na floresta quando cada célula do corpo dele o tinha empurrado para ela, mas ficara imóvel, com o rosto inexpressivo, e tinha permitido que ela escapasse dele. Agora ele sentia a necessidade de chamar por ela, de ouvir a própria voz dizer o nome dela.

O chamado foi em vão. Uma lágrima rolou pelo seu rosto. Ele a limpou com violência e endireitou os ombros. Quando as vacas ficavam agitadas, ele lhes dava óleo de semente de algodão. Será que deveria dar a mesma coisa para si próprio? Que sensação de desespero e derrota era essa que estava envenenando sua mente? Que importância tinha se não fosse mais haver novas aventuras com ela, só as antigas revisitadas, e tantas vezes que tinham se transformado e aumentado, com novos diálogos e momentos imaginados de afeto e paixão.

Ele não arrancaria a parte dela que tinha ficado, é claro que não, mas precisava podar aquelas raízes inquietas ou elas o estrangulariam. No fim das contas, elas não passavam de ecos. Tudo fingido. Um grande truque. Agora ele entendia que vida significava sacrifício, não satisfação. Abnegação era a única maneira.

Um macaco pequeno se agitou aos seus pés. Ele o pegou no colo. – Haimo – ele disse, na língua que tinha inventado morando sozinho na floresta. O macaco subiu no ombro dele e conversou amavelmente. Kupu estava indeciso. Precisava ir à cidade, por mais que detestasse a ideia de sair da sua linda floresta. Fazia anos que não saía de lá. Ele já tinha quase esquecido como lidar com os carros, o barulho, as pessoas, mas havia trabalho a ser feito, a obra de Deus. Ele soprou no rosto do macaco e o bicho saltou para uma árvore. Os dois galinhos de pescoço dourado que ele alimentava com as próprias mãos, que estavam dormindo nas árvores, acordaram e começaram a cacarejar. Num velho tronco, ele encontrou uma camisa rasgada que pendurou nas costas, e por cima do tapa-sexo ele enfiou um par de calças. Elas lhe deram uma sensação estranha. – Haimo – ele tornou a dizer, e foi para a cidade.

Em troca da pérola, ele encomendou as tigelas de prata. Em duas semanas elas estavam prontas. Ele sempre tivera o olhar aguçado, próprio de quem vive na selva e tem que observar antes de ser observado. Agora isso fez com que ele soubesse instintivamente onde colocar as tigelas brilhantes. Depois ele voltou para a selva, para um lugar perto do rio onde os seres do sonho disseram a ele que cavasse. Lá, encontrou barro e começou a fazer o seu deus.

Ele trabalhou durante horas. Quando a noite chegou, acendeu um lampião e continuou trabalhando. Nem cansaço nem dor conseguiram atrapalhá-lo. Mesmo quando suas mãos ficaram dormentes e feridas, ele não parou. Elas se moviam de modo próprio, incansavelmente, sem hesitação ou dúvida. Quando sua criação ficou mais alta, ele subiu numa pedra e continuou trabalhando.

Kapu desceu da pedra e, com dor nos braços e nas costas, recuou para olhar para o seu trabalho. Ainda precisava de pintura. Ele sabia onde as frutas, as folhas, a seiva e os insetos que precisava apanhar e esmigalhar para fazer as cores estavam, mas iria procurá-los depois.

Quando se afastou o suficiente para olhar para a sua criação iluminada pelo lampião, em todo o seu esplendor, caiu de joelhos e contemplou sua divindade com admiração. Ele não era um artista, mas ali estava concretizada a visão exata que os anjos tinham revelado para ele. Algo deslizou nos arbustos; ele não prestou atenção. Juntando as mãos, inclinou a cabeça e começou a rezar com fervor para o milagre diante dele.

BALA

Parvathi olhou intrigada para o jovem sentado diante dela. Bala. Feio, escuro e pobre, mas estava ali sentado para pedir a mão de Rubini. Por que alguém como ele imaginava que seria capaz de atrair o interesse de Rubini foi o motivo pelo qual Parvathi concordou em recebê-lo, embora soubesse que ele seria rejeitado. Ele explicou que estava apaixonado por sua filha. Tão apaixonado que a aceitaria mesmo sem dote. Planejava sustentá-la com seu salário de professor.

– Eu acho – interrompeu Parvathi delicadamente – que a minha filha não está interessada em se casar por enquanto.

Mas isso não desanimou nem um pouco o rapaz. Ele sorriu bondosamente para ela, como se estivesse lidando com uma criança ou com alguma imbecil.

– Eu estou disposto a esperar.

Por um momento, Parvathi ficou calada. Apesar de Rubini ter a reputação de moça mimada e exigente, rumores acerca de sua beleza e do dote generoso deixado pelo pai tinham se espalhado, e pedidos de casamento chegavam de toda a Malásia. Médicos, advogados, contadores, empresários. Mas ela rejeitara todos eles: baixo demais, escuro demais, gordo, pele ruim, feio, careca, burro.

– Bem – Parvathi disse –, acho melhor você saber que até esta data minha filha já rejeitou trinta e dois homens.

Por trás dos óculos, o rosto dele permaneceu calmo.

– Quem espera sempre alcança – declarou sabiamente o pretendente.

Parvathi suspirou.

– É claro, você pode esperar o quanto quiser, mas eu tenho obrigação de avisar que minha filha está determinada a se casar com um médico.

– Mãe – ele disse amavelmente –, eu já disse o que vim aqui para dizer. Se algum dia, por alguma razão, ela mudar de ideia, a senhora se lembrará de mim?
Ela imaginou se ele seria um tanto doido. Não, apenas estudioso, provavelmente um chato também.
– Está bem – ela disse, só para se livrar dele.
Ele foi embora. Mas todo mês mandava flores e chocolates para Rubini, e ela, é claro, ignorava completamente. Uma vez Parvathi perguntou a ela a respeito dele, e Rubini ergueu o queixo orgulhosamente e, com a voz mais arrogante do mundo, disse que ele era um idiota.
– Eu o desprezo – ela disse. – Como se eu fosse me casar com alguém igual a *ele*. Não sei como ele teve a ousadia de perguntar!
E as propostas continuavam chegando e indo embora tão depressa quanto chegavam, mas quando Parvathi estava começando a desanimar, apareceu um médico: alto, bonito, claro e ainda por cima com cílios tão longos e escuros que pareciam deitar sobre o rosto dele quando olhava para baixo, o que frequentemente fazia. De fato, ele mal falou durante o tempo em que esteve na sala com ela, mas Parvathi teve a impressão de que era um rapaz bom e bem-educado. Ele ainda estava fazendo residência médica em Johor, mas, como até o casamento já teria terminado, ficou decidido que o casal se mudaria para Kuala Lumpur e moraria na casa que Kasu Marimuthu tinha deixado para Rubini.

Não era prático, e seria motivo de falatório, se Parvathi, uma viúva sozinha, permanecesse em Kuantan. Ela vendeu a loja e usou o dinheiro para comprar uma casa de três quartos em Kuala Lumpur, na rua próxima à linda casa de dois andares de Rubini. Os novos donos da loja tinham prometido enviar sua correspondência, mas Parvathi sentiu uma sensação tão grande de desespero ao fechar a porta do apartamento pela última vez que quase não conseguiu responder a uma pergunta do motorista de táxi.

Entretanto, no momento em que atravessou a porta de sua nova casa, pelo menos o seu corpo estava calmo e resignado. Não era uma casa ruim. Havia a sala de estar na frente, e, no meio, uma área de ventilação para deixar entrar a luz; um bom lugar para Maya secar os ingredientes dos seus remédios. Um corredor ao lado ia dar nos três quartos. Ela ficou com o quarto mais próximo da sala e Maya com o mais próximo da cozinha. As mulheres se instalaram rapidamente e começaram os preparativos para a grande festa de casamento. Foi calculada a data mais auspiciosa: 15 de fevereiro, às duas da manhã. Oitocentas pessoas foram convidadas para assistir ao casamento da filha de Kasu Marimuthu.

O CASAMENTO

Uma coisa de grande beleza e grande valor, o sári de casamento tinha sido feito sob encomenda e depois trazido da Índia por um portador. Meses de preparação culminaram num salão cheio de gente. Num pequeno quarto nos fundos, Rubini estava sentada, cercada pela costumeira multidão de mulheres admirando seu traje. Eram 13:30 quando Parvathi entrou e pediu que todas saíssem por um minuto. Rubini fitou os olhos da madrasta e viu algo neles que a fez encolher-se de medo.

O bonito rapaz era um covarde que tinha finalmente, uma hora antes do casamento, decidido confessar que já era casado, em segredo, com uma mulher malaia. Ele tinha um nome muçulmano e um filhinho. Rubini baixou a cabeça e ficou assim por um longo momento. Quando levantou a cabeça, ela era uma pessoa diferente. Afastando um cacho de cabelo do rosto pálido, ela perguntou numa voz inexpressiva:

– Aquele rapaz das flores e chocolates mora aqui perto agora, não é?

– Sim – Parvathi respondeu, franzindo a testa. – Acho que divide uma casa em Brickfields com alguns outros rapazes solteiros. Por que você pergunta?

– Mande dizer a ele que, se ele ainda me quiser, pode tomar o lugar do meu noivo.

– O quê? Você despreza o homem. Você nem sabe o nome dele.

Rubini torceu uma conta do seu traje.

– E qual é o nome dele?

– O nome dele é Bala, mas isso é desnecessário. Nós encontraremos outra pessoa. Você é jovem e bonita. Haverá muitos outros.

Rubini ergueu os olhos, grandes e mortos. Ela sacudiu a cabeça com lentidão, implacavelmente.

— Ou eu me caso com ele ou com mais ninguém — ela disse baixinho. Em silêncio, elas olharam uma para a outra. Então Parvathi se virou e desceu a escada.

— Esta é a coisa certa a fazer? — ela perguntou a Maya.

— Nós devemos respeitar as lições que ela escolheu aprender nesta encarnação.

O amigo que Parvathi mandara procurar Bala com a proposta de Rubini voltou com ele. Com os olhos brilhando, Bala correu para se prostrar aos pés de Parvathi.

Ela tocou de leve no ombro dele.

— Não é a mim que deve agradecer. Eu não teria escolhido você para a minha filha, mas serei sempre grata por você ter vindo em socorro dela. Venha, vamos ver se achamos no armário uma roupa do meu filho que caiba em você.

— Não precisa — retrucou Bala. — Eu já tenho uma pronta há dez anos.

— Ah — Parvathi disse tristemente, e se afastou.

Sozinho, Bala enfiou na cabeça o arranjo creme e dourado. Meticulosamente, ele limpou os óculos antes de colocá-los de volta no nariz. Então se olhou no espelho e não pôde conter uma gargalhada vitoriosa. Mergulhado na sua boa sorte e na sua felicidade, ele não tinha ouvido ninguém entrar, e deu um pulo quando viu outro rosto aparecer subitamente no espelho.

Quando se virou, ele deu de cara com uma mulher grande. Sabia que era a criada da família, mas, quando fitou os olhos dela, aquela expressão batida, o tempo parou, realmente se tornou realidade. Então ele fez o que todos os homens fazem quando se veem na presença de uma força superior à deles: ele se curvou a ela enquanto parte dele tentava desesperadamente identificar a fonte daquela força para se apoderar dela.

Ela sorriu de repente, com os dentes e as gengivas tingidos de vermelho, e ele soltou o ar, envergonhado. Estava enganado, ela era apenas uma criada, afinal. Mas então ela abriu a boca e disse algo tão lindo que ele aproveitou pelo resto da vida:

– Filho, o caminho do casamento é cheio de espinhos e só pode ser percorrido descalço, mas toda vez que um espinho espetar a sua carne, alegre-se, pois ele teria machucado ainda mais o pé macio dela. Então, um dia, você vai olhar para a frente e ver que os espinhos desapareceram e que a estrada termina num arco-íris.

Sem fala, ele ficou olhando para ela.

– Seja bom para ela.

Ele assentiu com um movimento de cabeça.

– Bem, então vá – Maya sorriu –, seu grande sonho o espera.

Bala sorriu, feliz.

Assim que Bala foi tomar seu lugar ao lado do irmão de Rubini no palco do casamento, um murmúrio se elevou da multidão. Na confusão que se seguiu, alguns dos convidados da família do noivo se levantaram e começaram a sair. Bala não se importou. Ficou olhando orgulhosamente para a frente. Ninguém poderia tirar dele a mágica daquele dia.

– Ah, o rapaz das flores e dos chocolates vence – Kuberan falou ao lado dele. – Não é espantoso que toda essa gente tenha saído da cama para ver minha irmã se casar? Eu aposto que três vezes mais teriam aparecido se soubessem que iam ver a filha de Kasu Marimuthu se humilhar tanto.

Bala ficou tão horrorizado com a ironia de Kuberan diante da vergonha de sua irmã que se virou para olhar para ele. Kuberan não retribuiu o olhar, mas disse alegremente:

– Não precisa se preocupar, rapaz, ela vai se recuperar. Eu concordo com Nietzsche quando ele diz que todos os votos de amor eterno não passam de exercícios de autoilusão.

Bala entendeu então por que tanto os professores quanto os alunos odiavam esse rapaz na sua antiga escola. Ele se lembrou da ocasião em que seu antigo diretor tinha dito: "Aquele menino é incorrigível. A única diferença que o fato de frequentar a escola traz para a vida dele é que ele come sua merenda na cantina e não na mesa de jantar da casa da mãe."

— Embora eu defenda a filosofia como substituta da religião, Nietzsche, eu creio, só deveria ser citado com muito cuidado – disse Bala friamente. – O pensamento dele tem por base a amargura.

— Entra a noiva envergonhada – Kuberan disse ironicamente. Bala olhou para a entrada do salão e, na mesma hora, esqueceu tudo a respeito de Kuberan e suas palavras ofensivas e más. Ele ficou olhando maravilhado para a noiva. Ela nunca estivera mais linda ou mais gloriosa. Ela manteve os olhos baixos até chegar no palco do casamento, onde os ergueu para ele. No entanto, não havia nada de tímido ou coquete naquelas profundezas, e ele sentiu as palmas das mãos começarem a suar.

Rubini tomou o lugar cedido pelo irmão, e Bala sentiu o seu perfume. Parecia caro. Isso o fez pensar, e ele não soube por quê, já que nunca tinha estado lá, em Paris. Ele fitou as mãos e os dedos dela pintados de hena, pousados em seu colo até a hora de ele prender o *thali* ao redor do seu pescoço.

Mais uma vez ele ficou desconcertado como os olhos dela fitando os seus sem nenhuma expressão. As mãos dele tremeram e ele deixou cair uma das pontas da corrente. Os olhos curiosos da matrona parada atrás deles encontraram os seus olhos nervosos. Ele lhe deu um sorriso trêmulo. Enfiando a mão nas costas da blusa da noiva, ela achou a ponta e entregou a ele. Agradecido, ele conseguiu prender o *thali* sem mais problemas. Rubini desviou os olhos desanimadamente enquanto caía arroz sobre eles.

Depois disso, tudo ficou confuso no meio de parentes, amigos e conhecidos. Ele mal se lembrava do resto. E os recém-casados foram levados para sua nova casa em Bangsar. Ele passou por aposentos decorados em estilo ocidental e pensou no quarto humilde que dividia com outro professor.

Finalmente, ele se viu batendo de leve à porta do quarto de casal, esperando e, em seguida, entrando, embora não tivesse havido resposta lá de dentro. Sua noiva estava sentada na beirada da cama. Ela trocara de roupa e vestira uma camisola macia que parecia toda feita de pequenas flores de renda. Ela olhou para ele sem dizer nada. Por um momento ele a olhou de volta, sem saber o que fazer. Essa não era a garota que ele conhecia. Aquela garota era feita de fogo e paixão; esta, de gelo e pedra. Mesmo assim, ele se aproximou dela.

– Você está bem?

A donzela de gelo balançou a cabeça afirmativamente.

– Você está cansada?

Ela respondeu que não com um movimento de cabeça.

– Quer uma fruta ou um pedaço de bolo? – ele sugeriu, dirigindo-se para a bandeja cheia.

Outro movimento frio de cabeça indicando que não.

– Você tem certeza de que está bem?

Ela assentiu.

Ele fitou a curva dos seios dela por baixo da renda. Ela observou passivamente o movimento. Ele apagou a luz da mesinha de cabeceira. O quarto ficou escuro. Só por um momento. A luz iluminou os cantos do quarto. Ele fitou os olhos dela. Ela olhou para ele sem expressão alguma.

– Está bem – ele disse calmamente, mas as mãos que a empurraram de leve para trás estavam tremendo. Seu corpo caiu para trás, sem oferecer nenhuma resistência.

Ele teve que erguê-la um pouco da cama para despi-la, e custou a conseguir desabotoar o sutiã. Foi quase uma surpresa quando os seios dela saltaram para fora. Surpreso com o modo como balançaram, ele parou para fitá-los. Depois enfiou os dedos no cós da calcinha branca, ah, renda – mas escolhida para outro homem. Ele puxou com força e ela rasgou, o que lhe causou um certo prazer.

Ela estava nua.

Por alguns minutos ele foi obrigado a parar para admirar a beleza que estava contemplando. Então separou os joelhos dela, que não ofereceram a menor resistência. Ele não queria fitar os olhos dela, que sabia que estavam abertos e observando, mas o fez sem querer, e viu que ela o olhava calmamente, pior, impessoalmente.

Nervoso, ele tentou montar nela, mas não conseguia encontrar um buraco para penetrar. Não era assim que ele tinha imaginado que as coisas fossem acontecer. E o que era pior, estava começando a perder sua ereção. Apoiando as mãos dos dois lados dela e fechando os olhos, ele a viu de novo descendo a rua vestida para matar. Orgulhosa, consciente da sua sensualidade e sem nenhum medo dele.

Com os olhos bem fechados, Bala fez sexo com o corpo inerte, impassível, belo, de Rubini.

Quando terminou, ele saiu de dentro dela e, ainda sem fitá-la nos olhos, sentou-se na beira da cama com a testa apoiada nas mãos. Ao conseguir realizar seu maior sonho, ele o tinha destruído. Sua humilhação era completa; sua decepção, insuportável. Ele nunca mais poderia olhar para ela. Todo aquele amor não correspondido de tantos anos tinha desaparecido em poucos minutos. Era verdade – a expectativa podia ser definida como uma decepção prestes a acontecer.

Ninguém seria capaz de corresponder à ilusão que ele tinha alimentado durante tantos anos de desejo solitário.

Ele esfregou os olhos, cansado. A culpa era dele, por concordar em ser um substituto. Mas o que fazer agora com os olhos acusadores dela? Ela amava outro homem, e iria sempre castigá-lo por não ser o outro. Ele sentiu o coração endurecer no peito. Como ela podia amar um covarde daqueles? Ele não a imaginara capaz disso. Moveu ligeiramente o corpo e o pé dela entrou em seu campo de visão. Ele o contemplou mais de perto. Parecia tão macio e branco que seu coração tornou a amolecer, e ele o tomou nas mãos. Ele o acariciou de leve e o ergueu até o nariz. Sim, ele era perfumado como o resto do seu corpo. Bala ainda estava apaixonado por ela. Ele o roçou em seu rosto.

Com a outra mão, ele acariciou a pele sedosa de sua perna. Os músculos não reagiram. Ele suspirou. Não havia como escapar. Mas ele não queria escapar. Abaixou a perna dela delicadamente e a apoiou sobre o colchão. Depois se levantou e foi para o outro lado da cama. Ela não se mexeu; só seus olhos – secos, impassíveis, não afetados pelo que ele tinha feito com o corpo dela – o seguiram. Sentando-se ao lado dela, ele tomou o corpo inerte nos braços. Segurando o rosto dela perto do peito e com a boca encostada em seu perfumado cabelo, ele disse:

– Durante muitos anos eu achei que faria qualquer coisa para ter esta noite com você, mas agora eu sei que, de fato, eu faria qualquer coisa para não ter tido. Eu sinto tanto. Não posso desmanchar o que aconteceu, mas posso prometer uma coisa: nunca mais tocarei em você, a menos que você me peça.

A princípio ele achou que não tinha havido nenhuma reação às suas palavras nem ao modo como ele embalava, suavemente, o corpo dela. Então ele sentiu o peito ficar molhado. Ela estava chorando sem fazer nenhum som ou movimento. Ele a abraçou por um longo tempo, mesmo depois que o corpo dela relaxou e ela adormeceu de exaustão. As mãos dele começaram a doer, mas toda vez que ele pensava em deitá-la na cama, lembrava que esta deveria ser a última vez, então continuou embalando-a nos braços até o dia começar a amanhecer por entre as frestas da cortina.

Finalmente, relutando, ele a deitou na cama e ficou olhando para ela, indefesa, vulnerável, machucada e linda de cortar o coração. Sentiu um aperto no peito. Ele não podia falhar para com ela. Precisava conseguir que ela voltasse a ser a criatura maravilhosa que um dia tinha feito a rua inteira começar espontaneamente a aplaudi-la. Ele se inclinou e beijou-lhe o cabelo. Ela não se mexeu. Ele beijou de leve suas pálpebras, sua testa, e, com muita, muita delicadeza, seus lábios ligeiramente abertos. Nem assim ela se mexeu. Ele endireitou o corpo. Tinha pisado no seu primeiro espinho, e era suportável.

– Durma bem, sra. Bala – ele disse e, apagando a luz, saiu. Vestiu-se rapidamente em outro quarto. Seu papel de última hora de noivo significava que ele não tinha tido tempo de conseguir um substituto e que precisava ir trabalhar. No andar de baixo, ao lado do telefone, ele deixou um bilhete e, no caso de uma emergência, o telefone da escola. Ainda não tinha clareado completamente quando abriu a porta da frente e encontrou a faxineira sentada nos degraus, esperando para entrar. Sem querer perturbar o silêncio da manhã, empurrou a motocicleta até a rua antes de ligar o motor. Ele não podia sujeitar a esposa à indignidade de andar na garupa de uma moto. Possuía algumas economias. Ele compraria um carro.

Com o ar fresco da manhã batendo no rosto, Bala fez o que não fazia desde a adolescência. Ergueu os dois braços acima da cabeça para sentir o vento no corpo, e riu com a pura alegria de estar vivo. Que coisa maravilhosa, mágica, era a vida.

Bala estava no meio da segunda aula do dia quando o office boy veio avisar-lhe que havia um telefonema urgente para ele. Com o coração disparado, ele correu para o escritório do diretor. O diretor se virou quando ele entrou, mas, sem cumprimentá-lo, Bala agarrou o telefone e ficou tão aliviado ao ouvir a voz da esposa que levou algum tempo para entender que a emergência consistia num almoço arruinado e a sugestão de que ele comesse fora.

– Não se preocupe, eu vou comer mesmo que esteja um completo desastre – ele disse, apoiando-se na escrivaninha. – Sim, eu tenho certeza – insistiu, e desligou o telefone.

– Está tudo bem? – o diretor perguntou com um sorriso manhoso.

– Tudo ótimo – ele respondeu distraído.

Ela serviu a comida para ele e ficou olhando.

Sorrindo para ela, ele pôs a comida na boca, mastigou, depois a olhou com uma expressão de surpresa.

– Não é nenhum desastre. Está muito gostosa!

Ela ficou espantada.

– Sério? Se você não gostar, não tem importância. Eu não vou ficar ofendida. É só minha primeira tentativa.

– Não, não, é a mais pura verdade. Eu adorei – ele afirmou, e comeu toda aquela mistura horrorosa de arroz mal cozido, pedaços de frango boiando numa água marrom, um legume desmanchado que ele não conseguiu identificar, mas achou que podia ser repolho, e iogurte aguado.

Quando o prato ficou vazio, ele bateu no estômago e subiu para descansar um pouco, e Rubini desceu a rua na direção da casa da madrasta.

– O que tem aqui para comer? – ela perguntou, levantando a tampa das vasilhas de comida que estavam sobre a mesa e espiando lá dentro.

– Você não comeu com o seu marido?

– Bem, eu tentei cozinhar hoje. Arroz, ensopado de frango e aquela berinjela que Maya faz. E achei que não tinha ficado muito bom, mas Bala pareceu realmente gostar. – Como ela estava fazendo um prato para comer, não viu o olhar que Parvathi e Maya trocaram.

– Ah, e eu resolvi prestar serviço voluntário num asilo de crianças. É horrível como aquelas pobres crianças são obrigadas a viver. Tem uma então que eu sinto uma pena danada. Ela é só um bebê, mas ninguém vai adotá-la porque tem algo errado com o pé dela. Não consigo imaginar como alguém tem coragem de abandonar um filho, muito menos uma criança tão adorável como aquela.

– Por que você não a adota?

Rubini ficou passada com a sugestão.

– Ah, não, não, isso seria muita responsabilidade.

Maya falou, quebrando o silêncio:

– Já que você vai estar ocupada durante o dia, vou cozinhar uma quantidade maior de comida, suficiente para você e Bala.

– Não, são apenas poucas horas por dia. Eu acho que posso dar conta. Além disso, Bala adora a minha comida. Isso está delicioso, Maya.

SRI NAGAWATI

Chegou a notícia de que Kupu tinha morrido, e junto com ela uma carta para Parvathi. Ela fitou o envelope sujo, sem endereço, tocou as marcas de dedos que havia nele e imaginou se seriam dele. Ela não o abriu imediatamente, mas o colocou sobre o oratório, e o dia todo, enquanto cumpria suas obrigações, sentia um vago prazer ao pensar nele, esperando por ela. Era como se ele mesmo, cheio de boa vontade, estivesse esperando por ela. Por fim, quando todos estavam dormindo, ela tomou nas mãos a sua tristeza.

A carta estava escrita numa folha de caderno. Ele devia ter usado um galhinho afiado para escrever. Ela observou a tinta grossa. Não era tinta, ela percebeu ao olhar mais de perto, era sangue. De um animal? Dele? Ela levou um bom tempo para decifrar as palavras – a caligrafia era igual à de uma criança, um garrancho torto, difícil de entender, e era cheia de erros –, mas era incrível que o homem soubesse escrever. Ela jamais imaginara. Mas ela só conhecia um sexto dele, se tanto. Havia muito mais.

Parvathi,
    Minha deusa está chamando. Eu estou muito mal, mas queria que você soubesse que enquanto estou aqui deitado, ardendo e tremendo, meu único desejo é ouvir o som da sua voz. Ouvi-lo uma última vez antes de partir. Eu me pergunto se ele ainda é igual aos primeiros raios de sol que brilham por entre as folhas. Venha logo visitar o meu templo, porque ele não foi feito para durar. Vai ser um alívio deixar a febre vencer desta vez.
    Kupu

— O que ele quer dizer com isso: o templo dele não foi feito para durar?

— Eu não sei — Maya disse, pensativa —, mas sei que ele era uma alma muito evoluída que estava aqui numa importante missão, e se ele diz que o templo não foi feito para durar, é porque não foi.

— Por que alguém construiria um templo temporário?

— Ou ele terá cumprido seu objetivo em pouco tempo, ou ocasionará uma mudança vital pela própria destruição.

Parvathi queria fazer a viagem com Maya, mas Rubini foi decisiva — elas não eram capazes de fazer uma viagem daquelas sozinhas.

— Vocês duas sabem ao menos como chegar lá?

Maya sorriu humildemente.

— Não, você tem razão. É melhor você nos levar. Nós agora somos duas velhas.

Então as três fizeram a viagem de volta a Batu Tujuh. Era meio-dia quando o mar cinzento apareceu. Parvathi fechou os olhos e por um momento teve a impressão de que estava no Rolls de Kasu Marimuthu, dirigindo-se para Adari pela primeira vez, e, quando abrisse os olhos, ela avistaria uma joia maravilhosa brilhando ao sol.

— Uau! Vejam! — Rubini gritou, e Parvathi abriu os olhos.

Um hotel novinho de onze andares.

Rubini deixou o carro com o guardador e elas entraram num lugar todo feito de aço escovado e mármore.

No quarto, elas encontraram ar-condicionado, duas camas e uma caminha de armar de metal, que Maya tomou para ela. Parvathi foi até a sacada. Tudo tinha mudado, até a praia. A terra fora tomada pelo mar para formar uma lagoa azul-esverdeada, em forma de U, cercada de palmeiras. Não havia ninguém na praia, mas as piscinas lá embaixo tinham crianças brincando e estrangeiros tomando sol nas cadeiras do deque. Ela contemplou o mar e, de repente, tinha voltado no tempo. Quantas vezes tinha ficado bem ali fitando o mar e esperando, sempre esperando pela chegada do grande amor. E então, um dia, ele tinha chegado.

No meio de uma porção de folhetos arrumados na forma de leque, Parvathi encontrou o templo de Kupu. Embaixo havia uma breve descrição dele como sendo um Tarzan moderno que, por intervenção divina na forma de sete círculos brilhantes de luz, reconstruiu um antigo templo que havia sido destruído durante a guerra.

A selva tinha recuado muito, e havia placas dirigindo os visitantes para o templo. Ele estava cercado por um alto muro de tijolos, de modo que foi um choque passar pelos portões. Pensar que Kupu, o vaqueiro e catador de mel, tinha sido capaz de construir um prédio tão bonito! E o que ele quisera dizer quando escreveu que ele não iria durar? Parecia excepcionalmente sólido, as pedras tão bem encaixadas que era impossível imaginar que tinham feito parte de uma estrutura diferente antes.

Parvathi subiu os degraus e caminhou por um espaço aberto na direção de um vestíbulo interno, e lá encontrou seu deus. Uma cobra de dois metros de altura sentada sobre o corpo enroscado, e, emoldurado no interior do capuz aberto, um rosto humano.

– "Sri Nagawati" – Rubini leu alto a inscrição no topo da entrada para a antecâmara da deusa-cobra, antes de se dirigir para a velha árvore onde a família de Siamangs um dia tinha morado. Mas agora não havia mais Siamangs. Embaixo da árvore havia muitas oferendas de leite e ovos e bonecas, de pessoas que oravam por fertilidade.

Parvathi olhou surpresa para a deusa. O rosto era muito familiar, e então ela percebeu: aquele era o rosto *dela*, o mesmo pescoço longo, os olhos espaçados, até a mesma pedrinha azul no nariz. Chocada, ela se virou para olhar para Maya e viu que ela notara a semelhança.

– Será que Kupu enganou todo mundo com uma falsa deusa? – ela perguntou.

– Silêncio, filha – Maya disse, e olhou significativamente na direção de Rubini. Ela acenou de leve, e Parvathi acompanhou-a até uma das diversas colunas que tinham sido construídas com as pedras brancas da torre original. Ela arrancou um fio de cabelo da cabeça e provou que as pedras estavam tão bem encaixadas que o cabelo não entrava na fenda. Tentou em outro lugar. E outro. Sempre com o mesmo resultado. Ela se virou para Parvathi.

— Você acha mesmo que Kupu poderia ter feito *isto* sozinho? – ela perguntou.

Parvathi sacudiu lentamente a cabeça.

— Exatamente. Tudo que ele viu e sentiu aconteceu, mas lembre-se, o maravilhoso deve coexistir com o normal. É assim em todas as religiões feitas pelo homem. Quando a divindade passa pela consciência humana, uma parte dela fica contaminada por lembranças, costumes, crenças terrenas e pelos desejos mais profundos de seus fundadores, de modo que se torna metade mito, metade verdade. O paraíso de uma religião do deserto falará em árvores, sombra fresca e o som delicioso de água correndo. Um paraíso criado por um príncipe que desistiu de tudo para se tornar mendigo será, naturalmente, todo coberto de pedras preciosas. Uma raça de pessoas escuras encontrará um deus de pele negra, e uma raça de pessoas brancas terá um deus de olhos azuis. É esse viés de egoísmo pessoal que torna todas as religiões diferentes em sua natureza, mas iguais na essência. Toda religião diz: *Eu sou Deus, Eu existo. Aqui está mais um dos Meus rostos. Ela é linda, não é?* Kupu simplesmente reconheceu Deus em sua bem-amada. Eu já disse isso para você antes, não disse? Você não é a pequena escrava de Deus. Você *é* Deus.

Parvathi tornou a olhar para a deusa e se lembrou de Kupu no meio da névoa, com um gato do mato no ombro lambendo o sal dos seus dedos.

— Eu tenho que entrar na selva para procurar uma certa planta que espero que não tenha desaparecido como tantas outras coisas. Vejo você mais tarde no quarto – Maya disse.

Parvathi concordou com um movimento de cabeça, e Maya se afastou.

Um homem magro, de meia-idade, o responsável pelo lugar, se aproximou dela.

– A senhora me parece muito familiar. Tenho certeza de que já nos vimos antes, embora não me lembre de onde – ele disse, franzindo a testa. – A senhora não mora por aqui, mora?

– Não, nós moramos em KL. Viemos só para passar o fim de semana. Eu conheci Kupu há muito tempo.

Ao ouvir isso, o homem se atirou no chão e tocou os pés dela com a testa. Muito envergonhada, Parvathi pediu que ele se levantasse.

Ele se levantou e enxugou os olhos cheios de lágrimas.

– Ele era um homem tão fantástico que eu sempre fico honrado em conhecer alguém que o tenha conhecido. A senhora deve tê-lo conhecido quando ele era jovem. Como ele era? – perguntou ansiosamente.

– Delicado, bom, honesto e capaz de se comunicar com qualquer criatura que encontrasse.

O homem balançou a cabeça aprovando aquelas suas belas palavras.

– O que é isso? – ela perguntou, apontando para uma parede coberta de coisas.

– São oferendas que as pessoas trazem quando suas preces são atendidas. Ela é extremamente poderosa, esta deusa, e a cada dia este templo se torna mais famoso, e cada vez mais gente vem de toda a Malásia para pedir favores. Uma vez, até uma dama muçulmana veio aqui porque era estéril. Aqueles brincos de ouro que a deusa está usando foram presenteados por ela no primeiro aniversário de seu filho. E aquela corrente grossa foi dada por um chinês que pediu um número para jogar na loteria e tirou o segundo prêmio.

– O senhor pode me falar sobre o templo e alguma coisa sobre Kupu?

– Bem, a senhora sabe, é claro, que, exceto pelo muro que foi erguido pelo hotel, ele construiu tudo isso com as próprias mãos em sete dias, não parando nem para comer nem para descansar.

– Mas por que um hotel tão imponente se interessou em construir esse muro, anunciar o templo em seus folhetos, ou trazer os hóspedes até aqui por um caminho pavimentado e iluminado? Não se trata exatamente de uma atração turística.

– No início, o dono do hotel, um chinês, ficou furioso por não conseguir comprar isso aqui de Kupu, embora tivesse aumentado em dez vezes a oferta inicial. Eu acho que eles estavam planejando construir um campo de golfe e este lugar ficava bem no meio. Os nativos não ousavam fazer nada contra o templo, então eu acho que ele trouxe operários de Johor. Eles começaram derrubando as árvores. Kupu avisou que eles não derrubassem esta aqui – ele disse, apontando para a velha casa dos Siamangs –, onde ele disse que morava um espírito sagrado. Mas eles vieram de noite, enquanto ele estava tomando banho no rio. Entretanto, com o primeiro golpe de machado, começou a escorrer sangue da árvore e os operários fugiram gritando. No dia seguinte, o próprio empresário foi falar com Kupu. Kupu disse a ele que este hotel ia ser muito próspero se ele não mexesse no templo. A senhora sabe como os chineses são, basta prometer a eles um bom lucro que eles farão qualquer coisa. O homem construiu imediatamente esse muro como um gesto de apoio e remorso. Acho que os negócios vão muito bem.

A EXPLICAÇÃO DO INFIEL

– Certo – Bala disse com rapidez –, vamos começar com o mais fácil, as figuras balançando tochas que Kupu viu. Como você e Maya já tinham notado, a região inteira era atravessada por linhas de força, e um fenômeno muito comum quando diversas linhas se juntam num ponto é a captura de imagens de uma pessoa ou pessoas, objetos ou eventos, como um holograma que se repete automaticamente. Nesse caso, a reunião dos construtores ou usuários originais do templo.

"A outra explicação é tão simples quanto uma experiência visual alucinatória. Aparentemente, esses lugares de anomalias geomagnéticas emitem frequências de rádio, ou energias de micro-ondas que penetram no cérebro e interagem com suas células nervosas, causando poderosas imagens alucinatórias. Ouvir chamarem seu nome é um efeito subclínico comum de impulsos elétricos no cérebro. Tanto a música quanto o som, especialmente um ruído ritmado e constante, como água correndo numa caverna, ou um som repetido ecoando num espaço oco, têm essa capacidade. Lembre-se, Kupu estava ouvindo o som do vento. Você mesma não ouviu esse mesmo som durante uma tempestade?"

Parvathi balançou lentamente a cabeça.

– Bom. Agora quanto ao fato de Kupu enxergar o próprio corpo adormecido sobre a pedra. Isso é chamado de estado "ecsomático", ou, em linguagem mais simples, uma experiência extracorpórea, regularmente praticada por monges e xamãs, mas que, às vezes, ocorre acidentalmente com pessoas comuns como você e eu, pouco antes de elas adormecerem ou assim que acordam. No caso de Kupu, essa é uma grande possibilidade, já que ele passou muito tempo naquele campo magnético onde correntes elétricas muito fortes deviam estimular constantemente seu lobo parietal.

"Em seguida, as sete bolas de luz que apareceram para ele. Essas luzes são, na realidade, uma ocorrência natural na Terra. Elas já foram observadas nas Américas, em partes da Inglaterra e da Escócia, e na China. Mesmo quando essas aparições parecem mostrar uma 'consciência', ou parecem 'interagir' com seres humanos, elas ainda são apenas espirais de energia causadas pela liberação de tensão sísmica e condições eletromagnéticas.

"Um pouco mais difícil, mas ainda explicável, são os anjos altos. Existem ciclos universais que fornecem energia e vida a todos os organismos da Terra: a respiração de todos os seres vivos, as batidas de um coração, as marés, as ondas de luz e som. Tudo, até a menor das partículas, é um ciclo repetitivo. Esse ciclo é uma constante, e nós todos somos parte dessa ressonância. Nosso planeta também tem a própria música, na verdade o acorde em fá sustenido na escala musical. Há lugares especiais na Terra onde isso é mais abundante do que em outros. Embora ela exista em frequências muito abaixo do alcance do ouvido humano, nossos antepassados tinham consciência dela e de seus efeitos, e por isso construíram todos os monumentos megalíticos, pirâmides, locais de oração e de peregrinação nestes lugares. Por meio da meditação, do jejum, do isolamento, da dor, dos tambores e do uso de drogas alucinógenas, o homem pode treinar a mente para alcançar um estado semelhante a esse da Terra, levando assim a pessoa a ficar mais apta para acessar o que ele ou ela acreditam ser Deus.

"O efeito disso é a sensação de 'iluminação', fazendo a pessoa acreditar que está em contato com Deus ou com seres divinos. E nesse ponto a capacidade especial que tem o homem desde que nasce de reconhecer um rosto num recorte de papel entra em ação. Essa capacidade de ver representações de si mesmo significa que ele pode estar na areia, na água, nas pedras, na fumaça... até nas nuvens. Como ele sabe que aquilo não é um homem, ele deduz que deve ser Deus. E há um nome para esse fenômeno. Ele é chamado de antropomorfismo. No caso de Kupu, ele atribuiu

características humanas a uma cobra e a chamou de sua 'deusa'. Isso vem acontecendo há séculos, ritualizando a fábula maravilhosa numa religião que pode ser acreditada."
— Mas — Parvathi começou a protestar.
Bala levantou a mão, interrompendo-a:
— Deixe-me terminar primeiro. Com relação às pedras que se encaixaram tão bem que nem mesmo um fio de cabelo de Maya pode passar entre elas. Você mesma não disse que Kupu era o maior imitador que havia, e que seus poderes de observação eram inigualáveis? Como ele foi a principal pessoa a escavar o local e conhecia o lugar intimamente, eu sugiro que você considere a possibilidade razoável de que ele apenas tornou a colocar as pedras na posição original.

Parvathi queria dizer que o templo tinha sido reconstruído numa forma inteiramente distinta, mas Bala estava a mil e ela não quis interromper suas palavras grandiosas.

— Estou certo de que se você e Maya tivessem testado todo o prédio com o fio de cabelo, teriam encontrado diversos lugares em que o fio iria passar com folga. Quanto a realizar o trabalho em sete dias, sabe-se de várias mulheres que ergueram automóveis muito mais pesados do que elas para tirar os filhos que estavam presos sob eles. Feitos de uma natureza sobre-humana são realizados por seres humanos quando eles estão num estado alterado de consciência ou quando estão convencidos da correção de suas ações.

Bala não parou nem para tomar fôlego.

— Muito bem, então: a árvore que sangra. Ela não é a primeira; há numerosos relatos disso. Eu acho que se as pessoas estudassem o fenômeno com menos histeria, veriam que poderia muito bem tratar-se simplesmente de seiva de árvore. Seiva marrom sob luz de lampião à noite tem não só a cor, mas também a consistência de sangue.

"Finalmente, vamos tratar da sua própria experiência no antigo lugar sagrado. Toda evidência aponta para uma falha na crosta da Terra naquele ponto. Tanto antigas quanto novas falhas podem produzir fissuras na camada rochosa que provoquem a subida de gases, como sulfato de hidrogênio, etileno e metano, que estavam retidos lá dentro. Esses gases causam falta de ar, desorientação, alucinações, eles afetam as emoções, diminuem ou aumentam os batimentos cardíacos, causam formigamento nas mãos e nos pés, exaustão súbita, fome voraz, precipitação do período menstrual, crises de pânico, alívio da dor e perda da noção do tempo. Esses efeitos eram chamados pelos gregos antigos de *atmos entheos*, ou 'ser possuído por Deus'. Sendo que o mais famoso foi, é claro, o Oráculo do templo de Delfos. Tudo bem, terminei. O que você estava querendo dizer ainda agora?"

Parvathi abriu a boca e tornou a fechar. Às vezes a melhor resposta era o silêncio.

INDEPENDÊNCIA

31 de agosto de 1957

No recém-construído estádio, estava acontecendo o momento de maior orgulho da história da nação: a bandeira da Inglaterra tinha sido baixada e a bandeira da Malásia, com sua lua, estrelas e listras, estava sendo erguida pela primeira vez. Tunku Abdul Rahman, o primeiro primeiro-ministro da Malásia, levantou a mão e proclamou sete vezes: *"Merdeka!"*, Independência.

Ninguém reparou em Parvathi, a pé, usando o sári branco debruado de azul, e meio escondida debaixo de um guarda-chuva preto. Sem dúvida, ninguém que notasse seu passo firme e calmo teria adivinhado o quanto estava nervosa, como estavam suadas as mãos que seguravam o guarda-chuva. Alguns dos desfiles comemorativos deviam ter acabado, porque as pessoas começaram a encher as ruas, sacudindo bandeiras, rindo alto. Pareciam bêbadas de alegria e excitação. Era um grande dia.

Já era quase meio-dia quando ela entrou na estação de trem. Quantas vezes estivera ali antes, encenando esta cena sem parar em sua mente. A plataforma onde eles tinham combinado de se encontrar estava vazia, exceto por um homem sentado de costas para ela. Ele estava com a testa apoiada na palma da mão. Algo naquele gesto... Ela começou a caminhar na direção dele, hesitante a princípio, depois cada vez mais depressa. Então ela parou.

O homem, ela percebeu, era jovem demais. Ela deveria estar procurando alguém mais velho. E então ela soube, com certeza absoluta: *nunca mais iria vê-lo*. Embora ele nunca tivesse escrito, ela encontrara desculpas para ele e tinha se recusado a considerar a possibilidade de ele ter esquecido a promessa que fizera. Ela seria realmente apenas uma das muitas mulheres abandonadas daquela época?

Havia um banco de madeira perto de onde ela estava, e ela se sentou nele, com as pernas bambas. Foram feitos anúncios de destinos de trens, plataformas e horários, enquanto ela olhava de modo fixo para um pedaço de céu. Nuvens passaram pelo seu campo de visão. Vagarosamente, ela foi percebendo que estava sendo observada. De maneira intensa. E se virou, sem medo. Uma boneca de porcelana, perfeita sob todos os aspectos, estava equilibrada em tamancos de madeira e olhando para ela. Ela a reconheceu imediatamente: a esposa de Hattori. Elas se encararam.

Parvathi ficou em pé, e a mulher se aproximou com passos delicados. Parvathi enxugou o suor da testa. Ela se sentiu grande e desajeitada diante daquela figura de manequim. Sem dúvida, ela devia estar imaginando o que tinha dado em seu marido para dormir com uma criatura daquelas. Em seguida, a terrível compreensão. Se ela estava ali, então...

— Por favor, sente-se — a esposa dele disse numa voz musical. É claro que ela falaria assim.

Parvathi sentou-se pesadamente, e a mulher se sentou ao lado dela. Por um tempo, ninguém falou.

Então:

— Ele ficou doente no campo para onde foi mandado. Eles só o deixaram voltar para casa dois meses antes do fim. Antes de morrer, me pediu um último favor. Ele tinha perdido o seu endereço e não tinha conseguido entrar em contato com você. Ele me pediu que comparecesse a este encontro.

Você em mim e eu em você. E agora morte em você? Parvathi virou a cabeça para fitar o rosto coberto de pó de arroz.

— Por que ele quis que você viesse? — A voz dela estava tensa.

— Para entregar-lhe isto. — A mulher estendeu uma caixa retangular, e ao vê-la o coração de Parvathi doeu no peito. Então aquilo estava voltando para ela. O presente trocou de mãos sem que suas peles se tocassem.

— Ele pediu para dizer que você estava errada. Ele não roubou isso. Esse presente custou-lhe três meses de salário.

Parvathi não conseguiu se controlar. Ali mesmo, na frente daquela mulher bonita, de porte altivo, ela começou a chorar. A mulher não tentou consolá-la. Ela ficou ali sentada, imóvel, uma presença dura e fria, uma adversária depois de todo aquele tempo. Ainda assim, Parvathi não a culpou. Ela estava suportando bem, mas devia ser uma indignidade intolerável sentar-se ao lado da amante do marido. Por que a boneca tinha vindo? Talvez por isto. Para ver a dor que causaria à outra.

– A princípio, eu quis jogar isso fora. Eu o odiei pelo que tinha feito, mas não consegui me desfazer disso. E quanto mais ficava no guarda-roupa, mais me assombrava. Eu queria ver você, a mulher que o tinha deixado daquele jeito. Agora que eu sei, posso voltar em paz. – Após essas palavras, ela se levantou e foi embora, seus sapatos de madeira produzindo um som surdo, solitário.

Do lado de fora, ondas de calor subiram do asfalto e atingiram o rosto de Parvathi. Ela caminhou às cegas até que um homem bebendo uísque barato diretamente da garrafa num ponto de ônibus atraiu sua atenção. As pessoas estavam paradas um tanto afastadas dele e o fitavam com desagrado, mas ele não parecia ligar. Ela imaginou por que ele precisaria beber ao meio-dia. Talvez tivesse sofrido um golpe. Assim como ela. Contemplou seu rosto vermelho e pensou em Hattori e em todas as coisas que eles não disseram um ao outro.

Naquela época, como agora, ela desejava que ele não fosse tão complicado, que gerações de silêncio não tivessem tornado impossível para ele mostrar emoção ou vulnerabilidade. Só quando se tornava completamente impossível para ele ocultá-las é que ele recorria à bebida. Mesmo o amor era assim para ele. Alguma coisa que tinha que passar pelas portas de ferro da sua alma quando ele estava embriagado.

Os olhos enevoados do homem cruzaram com os dela. Havia sofrimento neles. Ele gritou alguma coisa confusa para ela, e ela desviou os olhos e apertou o passo.

Quando chegou em Bangsar, ela entrou num pub. Estava escuro. Só havia uma pessoa lá dentro, um velho indiano sentado num canto, lendo um jornal. O barman, um rapaz chinês de cabelo espetado, olhou interrogativamente para ela. Ele supôs que ela tivesse entrado para pedir informações. O que uma mulher como ela podia querer num pub?

Ela pediu um uísque.

Ele a serviu sem mudar de expressão. Ela olhou para a dose que ele tinha servido com a ajuda de um medidor. Em sua mente, ela viu uma mão menos amarela, mais cor de creme, servir sem medidor, com generosidade, e de repente se sentiu velha e perdida. Ele se foi, ela pensou. Aquele momento se foi para sempre.

– Mais um pouco, por favor – ela murmurou.

O rapaz nem piscou. Com a ajuda do medidor, encheu seu copo. Ela fitou os olhos pretos daquele rapaz de cabelo espetado que não poderia de modo algum conhecer sua dor, e sorriu agradecida. Eles não tinham nada em comum, mas naquela tarde, enquanto o patrão não estava olhando, ele provou o que Maya uma vez tinha dito: *Nós todos somos ligados uns aos outros. Sempre que você notar que aconteceu uma tragédia com alguém, entenda que ela aconteceu com você. Pois nós todos somos células do mesmo corpo. Fique sabendo que nenhuma célula do seu corpo pode morrer sem a permissão expressa do seu corpo inteiro.*

Naquela tarde, o rapaz fazia parte do corpo saudável que contemplava uma célula moribunda. Embora ele tivesse dado permissão, um pedaço dele sofria ao assistir àquela destruição.

A casa estava deserta quando ela entrou. Foi para o quarto, fechou a porta e encostou a testa nela por alguns momentos. Em frente ao espelho, ela pôs o colar. Estava amassado num ponto por causa do impacto com a parede. Com os dedos apertando a beirada da penteadeira com tanta força que suas articulações ficaram brancas, ela chorou em silêncio.

A milhares de milhas de distância, seu filho acordou na cama de uma estranha. Exceto por um espelho veneziano sobre a lareira, tratava-se de um quarto mobiliado modestamente. O sol entrava pelas janelas altas e caía no assoalho de madeira. A cabeça dele doía, mas isso era de esperar. O que era preocupante era a dor aguda que ele estava sentindo no meio do corpo. Sabia que havia algo muito errado com ele. Até sua pele estava ficando cinzenta. Ele precisava parar de beber ou morreria como o pai.

Ele se levantou com cuidado, sem querer acordar a mulher, e se vestiu rapidamente. Pretendia se dirigir para a porta, mas acabou indo até o espelho de moldura dourada, como que atraído por uma força misteriosa. Já fazia anos que ele não se olhava de verdade no espelho, e teve medo do que veria. Fitou o espelho e piscou os olhos, surpreso. Aquele homem gordo, pervertido, com olhos cheios de desespero que falavam de problemas financeiros, de negócios malsucedidos, aquele fraudador de fundos da empresa não podia ser ele.

Um criminoso.

Das profundezas da sua alma subiu um grito de desespero, e ele agarrou o ferro pendurado na lareira e atingiu o espelho com violência. A mulher acordou assustada e olhou em volta, com uma expressão de terror. Quando viu o que ele tinha feito, ela saltou da cama e voou em cima dele, os olhos vermelhos e furiosos e a boca gritando xingamentos.

Sem pensar, ele levantou o ferro e atingiu a cabeça dela. Ela caiu sentada, ficou assim por alguns segundos e então tombou de lado. Não havia sangue. Ele fitou aquele corpo nu, estirado no chão, com uma certa surpresa. Os olhos dela ainda estavam abertos. Com que naturalidade ele tinha agido. A única vez que ele tinha feito aquilo fora com o passarinho no ninho, e só porque ele sabia que o pai estava olhando.

Ele fitou a si mesmo no espelho quebrado. Um assassino. Calmamente, abotoou um botão da camisa que desabotoara e saiu. Ele não viu ninguém no corredor, nem no pátio lá fora. Caminhou por um longo tempo até chegar ao Cinema Odeon, e de repente ele se lembrou do cinema que ficava em frente à loja deles. Sentou-se nos degraus e, apertando o estômago dolorido, sentiu as lágrimas escorrendo pelo rosto. A festa tinha acabado. Só lhe restava uma alternativa.

A VOLTA DO FILHO PRÓDIGO

1967

– Você sabe que ele está voltando para cá para morrer, não sabe, Da? – Maya perguntou calmamente.
– Por que você não o cura?
– Eu posso segurar a doença por um tempo, mas câncer é energia. Ele é algo vivo e consciente. Se você pudesse vê-lo, veria uma mortalha cinzenta que cobre completamente a pessoa enquanto extrai toda a sua energia. Ele ataca pessoas que, num momento ou em outro, rejeitam a vida. E ele sempre voltará, a menos que essas pessoas aprendam a aceitar a vida de forma plena e voltem ao estado de espírito, de pura alegria. Alegria, eu devo dizer, não é felicidade. A felicidade depende de fatores que estão fora de nós mesmos. A alegria vem de dentro, sem nenhuma razão.
O carro de Bala entrou pelos portões abertos da casa e Parvathi foi até a porta para observar o filho, tão mudado que estava quase irreconhecível, ser ajudado a saltar do carro como se fosse um velho. Quando ela o viu, magro, exausto, encostado no carro, correu até o quarto para buscar a velha bengala de prata do marido. Kuberan aceitou a bengala e sacudiu a cabeça, espantado.
– Você a guardou por todos esses anos.
O nó na garganta não permitiu que ela respondesse.
Ele tentou endireitar o corpo, tossiu, tornou a se encostar no carro, e então tornou a se endireitar. Apoiando-se na bengala, ele sorriu.
– E ficou perfeita – ele disse, e ela sentiu uma pontada de dor. Este era o seu filho, afinal de contas. Apenas preso dentro deste estranho quase à morte.

Ele caminhou devagar até os portões de ferro e bateu suavemente com a bengala nas grades. O barulho a assustou. Ele se virou para olhar para ela.

– Leva você de volta ao passado, não leva?

Ela concordou. Já fazia tanto tempo. Kasu Marimuthu andando por ali, sua bengala batendo na barra de metal atrás da cadeira de rodas.

Aquela noite, Kuberan dormiu no quarto ao lado do poço de ventilação, mas no dia seguinte foi internado no hospital.

Uma enfermeira se apresentou como sendo Mary.

– Uma cristã – Kuberan disse.

– Sim – ela confirmou alegremente.

– Você ainda não soube, o seu Deus morreu numa cruz – debochou Kuberan.

Por um momento, ela pareceu chocada. Depois ela endireitou as costas e olhou friamente para ele.

– Eu sou uma cristã renascida. Nós não rezamos para a figura na cruz. Nossa enfermeira da noite, irmã Madalena, é católica. Fale com ela sobre isso, se quiser.

– Vou falar, sim – Kuberan prometeu, e a enfermeira saiu de cara amarrada.

– Por que você precisa aborrecê-las? – Parvathi perguntou. – Elas estão aqui para ajudá-lo.

– É bom para a alma delas – ele disse e, ignorando Parvathi, olhou mal-humorado pela janela.

Na hora do almoço, Rubini enfiou a cabeça pela cortina do cubículo onde estava Kuberan.

– Olá – ela disse. – Posso entrar?

– Pode.

– Trouxe uma coisa para você. – Da bolsa, ela tirou um soldado de chumbo usando um uniforme vermelho e um chapéu militar e portando um sabre.

– Meu Deus, onde você o encontrou? – Kuberan perguntou, aceitando o brinquedo e o equilibrando na palma da mão.

— No seu velho quarto, quando estávamos nos mudando. Eu sabia que era o seu brinquedo favorito. Papai o trouxe de uma viagem aos Estados Unidos. Ele veio direto da vitrine na Quinta Avenida, não foi? Eu me lembro de papai assistindo quando você os arrumava em fileiras para a grande batalha, os Cavaleiros de Agincourt contra os corajosos hussardos.

Kuberan colocou o brinquedo sobre a mesinha de cabeceira.

— Mas ele gostava mais de você. De fato, eu sempre tive ciúmes de você. Acho até que a odiava.

— Eu sei que você tinha ciúme, mas você tinha pai e mãe de verdade.

— Você não entende. Não é uma coisa biológica. Eu adorava papai. Eu nunca amei ninguém tanto quanto o amei. — Ele fez uma pausa. — Bem, com uma única exceção. Ela, eu a amo mais do que amo a mim mesmo.

Rubini ergueu as sobrancelhas.

— Quem é essa?

Ele olhou para ela, pensativo, antes de tirar a carteira da mesinha de cabeceira. Lá de dentro, ele tirou um retrato que passou para a irmã. Ela levou um susto, olhou para ele e disse:

— Onde foi...

Mas ele ergueu a mão direita e disse:

— Não diga nada. Não vamos mais falar sobre ela.

Ela tornou a fitar o retrato, e dessa vez tocou nele de leve com o indicador. Quando o devolveu, ele o jogou displicentemente na gaveta, e seguiu-se um silêncio tenso. Um velho a duas camas de distância tossiu forte e longamente, e no corredor crianças riam e brincavam. Kuberan virou a cabeça para observar uma viúva solitária que olhava com tristeza pela janela.

— Lembra quando você tinha cinco anos e papai comprou um Jaguar novinho em folha de aniversário para você? — Rubini disse.

— Sim, eu me lembro — ele disse. — O que aconteceu com ele?

— Os japoneses o requisitaram.

— É claro. Mas nunca vou me esquecer do dia em que aqueles brutamontes apareceram. Se aquele general não tivesse chegado...

— É engraçado, mas eu não fiquei com medo aquele dia. Talvez eu fosse inocente demais para entender o horror que eles tinham em mente, ou talvez fosse Maya. Eu olhei para ela e ela sorriu, e eu soube que nada daria errado.

— Como era feio aquele filho da mãe, não era? Você chegou a descobrir o que ele disse para Ama? Por um momento pareceu que alguém tinha dado um soco na barriga dela.

Rubini sacudiu os ombros.

— Eu nunca perguntei a ela. — E então, cheia de curiosidade: — Você acha mesmo que ele era tão feio assim?

— Acho sim. Por quê? Você não acha?

— Não. Eu sonhei uma vez com ele. Nós estávamos todos num lanche ao ar livre em Adari. Papai estava no seu lugar habitual, perto do palco, com um copo de uísque na mão, quando o general pegou minha mão e disse para papai: "O senhor já conheceu minha filha?" E então eu acordei.

— Você sempre foi esquisita. O que você acha que aconteceu com ele?

— Eu não sei, mas espero que esteja bem, onde quer que seja — ela disse baixinho, com uma expressão sonhadora.

— Mas que ironia, ganhar um Jaguar de aniversário aos cinco anos e terminar na enfermaria de um hospital de terceira classe aos trinta e cinco.

Rubini ficou séria.

— Você não deveria dizer isso. Sua mãe vendeu a casa para pagar suas dívidas e suas contas de médico na Inglaterra, Kuberan. Ela não tem mais nada.

— Mas continua sendo irônico, não acha? Mas não vamos falar de mim. E você? Você está feliz?

— Sim, acho que sim.

— Mas como pode? Você se casou com um homem que lê Flaubert.

Rubini riu.

— Pare, ou serei obrigada a defendê-lo.

— Mas ele deve ser indefensável.

Rubini parou de rir.
– Vamos, Rubes – Kuberan disse, sacudindo a cabeça, espantado. – Não me diga que você está apaixonada pelo homem.
– Não seja tolo. Você conhece as circunstâncias do meu casamento.
– Isso é verdade. – Ele suspirou e revirou os olhos para o teto. – Que droga. Isso aqui é um tédio.
– Eu me demorei muito? Quer que eu vá embora?
– Não é você. Você sempre foi rápida em desaparecer.

Depois que ela saiu, Kuberan fechou os olhos e recordou uma noite em que tinha ido a uma boate em Londres. Lustres azuis e brancos no teto, marcas de dedos nas paredes espelhadas, e um bar com uma loura num vestido prateado... e o que ele mais gostava: pernas nuas. Olhe só para ele, gingando até ela. Que estilo. Que classe. E ela fingindo ignorá-lo. Honestamente, ela não tinha nenhuma chance.

– Ah, *que* pernas – ele diz travessamente.

Ela ri (bobinha) e olha enviesado para ele.

– Aposto que você gostaria de saber onde elas terminam, não é? – O sotaque não é bom (ele sabe disso), duro e vulgar, mas ele nunca ligou muito para isso.

– Pode apostar que sim.

– Então vá pegar uma bebida para nós.

– O que você quer beber?

– Vodca e suco de laranja. Duplo.

– Benzinho!

Kuberan ergue a mão para chamar o barman e escuta em sua mente aquela famosa frase: *"Deem-me mulheres, vinho e pó até eu gritar 'Agora chega!'"* Claro, para você no Dia da Ressurreição; para mim nem nesse dia, cara, ele pensa. E mais tarde, no banco de trás do seu conversível verde-escuro...

Um som irritante vem do alto, interrompendo seus pensamentos... Mas ele não tinha gritado "Agora chega!". Relutantemente, ele abriu os olhos. Uma enfermeira corpulenta estava parada ao lado da cama, segurando um copinho de plástico transparente com o remédio lá dentro. Ela olhava para ele impassivelmente. Aquela atitude santarrona aborreceu-o. Ele quis chocar, até mesmo enojar.

– Sabe, irmã – ele disse –, eu sinto *realmente* falta daquelas putas brancas. Especialmente as que mordiam o travesseiro enquanto eu estava transando com elas. – Irmã Madalena não alterou a expressão do rosto, e ele suspirou e estendeu a mão desanimadamente. Ela virou as pílulas na palma da mão dele e ficou olhando de cara feia enquanto ele as engolia.

Na cozinha de Parvathi, Maya falava com uma mulher que tinha sido informada pelos médicos de que precisava tirar o baço.

– O baço distribui *prana*, força vital, para o corpo inteiro. Se você permitir que o extraiam, a sua imunidade vai ficar comprometida e você vai se tornar suscetível a muitas doenças. Eu tenho um plano muito melhor para o seu baço...

MEDO

Kuberan voltou do hospital três semanas depois não parecendo ter tido nenhuma melhora. Maya não estava em casa no dia seguinte, então Parvathi preparou o café da manhã e esperou o filho acordar. Mas, no meio da manhã, não havia nem som nem movimento em seu quarto. Primeiro, ela ficou parada no corredor perto das janelas do quarto dele. Depois, não conseguiu mais aguentar e espiou para dentro por uma fresta da cortina. Conseguiu enxergar a parte de baixo das pernas dele. Ela chamou por ele. As pernas não se mexeram.

Parvathi bateu à porta e experimentou a maçaneta, mas estava trancada por dentro. Sacudiu a maçaneta, bateu com força à porta e chamou bem alto, mas quando olhou pela abertura, ele continuava imóvel. Correndo para o telefone, em pânico, ela quase tropeçou no tapete do hall. Suas mãos tremiam tanto que mal conseguiu discar o número da filha.

Bala atendeu.

– Tenho certeza de que não é nada – ele disse sensatamente –, mas vou já para aí.

Ela voltou para a porta do filho e chamou por ele, mas sua voz soou medrosa e fraca até aos seus próprios ouvidos. Nervosa, ela ficou andando no corredor. Se ao menos Maya estivesse ali.

– Ó Deus, ó Deus – ela murmurava, e, com o peito apertado de medo, foi até o portão para ver se Bala estava chegando. Quando avistou a figura dele correndo pela rua, quase chorou de alívio.

– Rápido, rápido! – ela disse. – Acho que ele pode estar inconsciente.

Bala gritou do lado de fora do quarto de Kuberan, mas lá dentro nada se mexeu.

— Para trás — ele disse a Parvathi, e bateu com o ombro na porta. Era uma porta ordinária e abriu ao primeiro golpe, fazendo com que ele voasse para dentro do quarto e caísse de costas na cama de Kuberan. Ele virou a cabeça e viu o corpo de Kuberan se sacudindo incontrolavelmente. Ele ria tanto que estava dobrado ao meio. Ele se fingira de morto! Bala se levantou e ficou olhando incredulamente para o cunhado.

Quando Kuberan conseguiu finalmente parar de rir, Bala disse com calma:

— O seu herói, Nietzsche, declarou que quando um homem solta gargalhadas, ele supera todos os animais com sua vulgaridade. Eu não concordava com ele, porque me parecia claro que o oposto era verdadeiro. Quando um homem ri, ele fica *acima* de todos os outros animais na sua humanidade. Olhando para você agora, no entanto, eu entendo o que ele quis dizer.

— Ah, pelo amor de Deus — Kuberan disse, enxugando os olhos e jogando as pernas para fora da cama. — Essa montaria não é um pouco alta demais para você? Eu só queria ver como todo mundo reagiria depois da minha morte. Vocês não sentem uma certa curiosidade quanto a isso? — ele perguntou, com as mãos apoiadas na beirada do colchão, de cada lado do corpo.

Ignorando-o completamente, Bala se dirigiu a Parvathi, que não tinha se mexido nem falado. Ele sorriu gentilmente para ela.

— Um infeliz resolveu usar o único poder que ainda lhe resta, o de causar sofrimento aos outros. E essa é a sua diversão. Eu não vou contar nada a Rubini. Esta noite nós viremos aqui para ver você. Está tudo bem? — Ela assentiu com a cabeça, ele a beijou na testa e saiu.

Parvathi continuou a olhar para o filho.

— Você teria feito essa brincadeira se Maya estivesse aqui? — ela perguntou.

— Não — ele confessou.

— Por que não?

— Porque eu sei o que ela vai fazer quando eu morrer.

Parvathi ficou olhando para o filho, que olhou para ela, sério.

– Ela vai fazer o que fez por papai. Vai sentar no chão e olhar para o vazio até sair deste mundo e entrar no mundo dos mortos, e lá ela vai guiar-me com as palavras: "Você está confuso e assustado, mas não há nada a temer. Vá para a luz. A luz vai ser o seu lar. A luz vai ser você. Você vai ser luz."

Kuberan deitou de volta na cama e ficou olhando para o teto, e Parvathi entendeu pela primeira vez que ele não tinha voltado para casa para passar seus últimos dias com ela, e sim com Maya. A ironia era apenas uma fachada. Ele não passava de um garoto assustado.

Como fizera muitas vezes quando ele era pequeno, Parvathi foi até a cama dele, e ele virou a cabeça para olhar para ela com uma expressão suplicante, pedindo-lhe algo que ela não imaginava o que era, mas, ainda assim, ela ajoelhou-se ao lado da cama e tocou ternamente no braço do filho. Com um movimento de puro desespero, ele encostou o rosto na mão dela e soluçou como uma criança.

– Uma vez eu ouvi Kamala dizer que quando pessoas más estão prestes a morrer elas começam a ver gatos pretos. Eu vi três só nesta semana.

– Isso é ridículo. Esta região é cheia de gatos de rua e quase todos são pretos. Acho que eu vi uns cinco nos últimos dois dias. De todo modo, Kamala tem umas ideias esquisitas. Quando cheguei aqui neste país, ela tentou me convencer de que morangos davam em árvores.

A sombra de um sorriso passou pelo rosto de Kuberan.

– Foi mesmo? Bom para ela.

Aquela noite, Kuberan ficou deitado na cama com a luz apagada, observando a luz por baixo da porta do quarto da mãe. Mesmo depois que o quarto dela ficou escuro, ele continuou deitado e esperou mais dez minutos. Então se levantou devagar para a cama não ranger e foi na ponta dos pés até a cozinha, onde Maya estava sozinha sentada no chão preparando remédios. Ela ergueu os olhos quando ele entrou e balançou a cabeça silenciosamente para ele.

Ele puxou uma cadeira e se sentou, mas achou errado estar mais alto do que ela, então foi até a geladeira e se sentou no chão com as costas apoiadas nela. Ele esticou as pernas finas à frente do corpo e então, respeitosamente, desviou-as para que não ficassem apontando para ela.

– Como você está se sentindo hoje? – ela perguntou, erguendo brevemente os olhos do que estava fazendo.

– Hoje eu estou bem.
– Fico feliz em saber.
– Maya?
– Sim.
– Por que eu?
– Pergunte a si mesmo. Você é o criador de tudo o que acontece na sua vida.
– Não é verdade. Eu nunca desejei isso.
– Existe uma lei cósmica que diz que uma coisa só pode ser conhecida quando ela contempla o próprio reflexo. Portanto, nós estamos sempre criando reflexos para nós mesmos. As pessoas em nossas vidas e as nossas doenças servem para isso. Nossa percepção limitada faz com que vejamos a doença e o sofrimento como sendo maus, mas, de fato, eles são simples reflexos de nossas percepções de nós mesmos. Por exemplo, se a pessoa se sentir sem apoio, ela pode desenvolver uma doença nos ossos; se ela se sentir desprezada, irá desenvolver problemas de coração; se tiver uma baixa autoestima, irá desenvolver problemas de pele. A doença exprime autoconhecimento e é um tempo de grande crescimento espiritual. Pense, meu filho, o que o está atormentando?

– Nada – Kuberan disse depressa. – Eu não me arrependo de nada do que fiz, mas já que estamos conversando, seria interessante saber sua opinião a respeito do castigo que me aguarda.

Ela colocou uma tampa na garrafa e a apertou com força.

– Não há nenhum castigo aguardando você. Ninguém mandou você para cá, para um planeta no meio do nada. Nós todos somos centelhas de luz que escolhemos ganhar densidade, não só para *experimentar*, mas também para transceder a terceira dimensão, e para entender que não nos resumimos aos nossos pensamentos, emoções e corpos, mas que somos pura consciência: eternos, imortais, oniscientes. Só então a roda da reencarnação irá parar. E como você é o arquiteto do seu próprio despertar, irá escolher voltar para a mesma situação, muitas e muitas vezes, até se corrigir.

Kuberan ergueu as sobrancelhas.

– É isso! Eu volto mais ou menos para o mesmo tipo de vida, e se mesmo assim não conseguir melhorar, então eu vou tendo outras chances.

– É a ideia de voltar como filho de um homem rico que lhe agrada? Lembre-se, sua situação pode ser a mesma, mas as circunstâncias podem ser totalmente diferentes. Se, por exemplo, uma das lições que sua alma resolveu aprender durante este período de vida foi resistir à tentação de conseguir dinheiro fácil, você pode voltar e ser, ainda, responsável por muito dinheiro, mas se você roubá-lo, dessa vez será apanhado e vai sofrer tremendamente na prisão. Você está vendo, a cada repetição, as consequências por não ter aprendido vão ficando piores.

Kuberan fitou a pia, pensativo.

– Talvez – Maya disse brandamente – pudesse ser mais fácil se você pensasse no tempo passado na Terra como um ato sagrado de amor. Se você usasse as restrições impostas pela forma física para aprender a transformar as condições negativas do homem, carência, dor, raiva, ganância, ódio e perplexidade, em amor. Nós estamos aqui com uma missão a cumprir, amar a nós mesmos, não de uma forma narcisista, mas com compaixão, incondicionalmente.

– É possível que a minha alma esteja irremediavelmente coberta de pó e de pecado – ele disse tristemente. Já fazia muito tempo que ele não sonhava com aqueles olhos sem vida. Ele cometera assassinato e não fora apanhado.

– Não se sinta especialmente culpado. Em primeiro lugar, a ideia de que alguém comete um crime e não é apanhado é uma ilusão. A lei é justa. Toda ação tem uma consequência. Se não pagarmos por nossos pecados nesta vida, então pagaremos na próxima. Além disso, a sombra está em todos nós. Eu creio que até Jesus teve que passar quarenta dias sozinho no deserto enfrentando os seus demônios, não é verdade? – Ela olhou para Kuberan, que confirmou com um movimento de cabeça. – Não há dúvida de que você pecou, e embora explicações e desculpas não sejam necessárias, a expiação é essencial.

– O que uma pessoa faz para expiar seus pecados?

– Há milhares de maneiras de beijar o chão. Há até uma entrada especial para o céu oculta na sola dos pés de uma mãe. Desfaça o sofrimento que você causou a ela.

– Ó não – ele gemeu, encostando a cabeça na geladeira. – Isso não.

– Neste mundo, o amor de uma mãe é o mais próximo que você tem da divindade. Deixe-me contar-lhe uma história sobre a natureza desse amor. Uma vez, na Índia, viveu uma mãe que amava muito o seu filho, embora ele fosse um criminoso odiado. Um dia, por causa de uma aposta, por uma pequena quantidade de ouro, ele a matou e arrancou seu coração. Mas ao passar pela porta com ele nas mãos, ele tropeçou e quase caiu. Felizmente, conseguiu segurar-se na porta, mas o coração que levava nas mãos tinha sentido o impacto e gritado: "Meu filho adorado, você se machucou?"

Kuberan olhou para Maya com um sorriso cínico.

– Acho que também existe uma história sobre outro modelo de virtude que amava tanto o filho que não o corrigia, nem mesmo quando soube que ele estava no mau caminho. Quando ele foi preso e condenado à forca, seu último pedido foi falar com ela. Quando ela chegou para vê-lo, ele pediu que ela chegasse mais perto para ele poder sussurrar diretamente no ouvido dela suas últimas palavras. Chorando, ela se aproximou e ele arrancou a orelha dela com uma dentada, dizendo: "Se você tivesse me amado o bastante para me corrigir, eu hoje não seria um condenado à morte."

Maya riu.

– Meu filho, suas palavras sempre voaram com asas, e quando

não voaram, faziam os peixes voltarem a nadar. Quando você era mais jovem, eu podia dizer que você era imaturo, mas agora você é apenas um tolo. Deus sempre coloca pelo menos uma alma sábia perto de uma alma jovem. Aquela pessoa é o acesso do jovem a uma vida melhor. Só um tolo recusaria os conselhos dela. É verdade que a sua mãe poderia ter sido mais severa, mas ela sempre o educou para que distinguisse o certo do errado.

– O que eu posso dizer? Só que ela me amou tanto que se tornou uma das chateações da vida.

– O coração da mãe está se derretendo de amor e o do filho é duro como pedra. Você acha que as emoções das pessoas comuns são insignificantes e indignas de você. Do meu ponto de vista, você não se distingue daqueles dos quais quer se distanciar; mesmo agora, quando está quase na hora de voltar e prestar contas, você, como a maioria da humanidade, vai deixar para a próxima vez um simples ato de humildade.

Fez-se um silêncio. E então Kuberan disse, sem nenhum traço de sarcasmo na voz:

– Como é Deus?

– Você já amou, amou de verdade, tanto alguém que teve a impressão de amar mais a essa pessoa do que a si mesmo?

Ele tornou a pensar naquele coração cujo amor era inocente e uma expressão de dor cruzou seus olhos. Era verdade o que ele tinha lido: o mais frio assassino é capaz de sofrer e chorar a perda de um animal de estimação. Esse coração inocente era o seu ponto fraco.

– Sim – ele disse.

– Então você já conheceu Deus. Deus não é uma força que está no alto, Ele é um aliado. Sempre que você age por amor, você não se torna divino, você se torna Deus. Pare de sentir tanto medo. Mesmo que a mesa não concorde que o carpinteiro é o seu criador, o carpinteiro irá sempre considerar a mesa como sua criação. Você está apenas voltando para casa, onde irá entender seu verdadeiro valor, como você é grande, eterno e poderoso, e como você se tornou pequeno para caber neste corpo humano. Agarre-se ao conhecimento de que você vem da bondade, da força e da infinita beleza, e que com toda a certeza você irá retornar de novo para lá.

Maya continuou a engarrafar silenciosamente os remédios, e, após algum tempo, Kuberan se levantou. Na porta, ele parou e se virou para ela.

– Quando eu morrer, você vai acender a lâmpada cor de laranja e rezar por mim?

– Filho – ela disse –, não haverá luz cor de laranja para você, mas lembre-se de que não sou eu quem decide para onde você vai. Nós vamos para os lugares que se adaptam à nossa vibração terrena no momento da nossa partida. Se você partir confuso, na escuridão, você vai permanecer confuso e na escuridão.

Ele ficou com os olhos marejados de lágrimas e se virou para sair. Ele tinha morrido havia muito tempo. Ele sabia disso agora.

Ele foi colocado na última cama da enfermaria.

Dois dias depois, Parvathi o encontrou segurando com tanta força a bengala do pai que suas juntas estavam brancas.

– Maya não veio? – ele perguntou nervosamente, respirando com dificuldade.

Ela cobriu suas mãos frias e brancas com as dela e rezou.

– Meu Deus, leve de volta o Seu filho. Eu agradeço o tempo que com ele passei. Ele foi um bom filho e eu o amei muito. Guarde-o em segurança até nos encontrarmos de novo. Ele tem medo do escuro. Acenda uma luz se houver escuridão onde o Senhor o levar. Permita que ele seja luz. Que a luz seja ele. – E enquanto ela rezava, a resistência desapareceu e ela viu o rosto dele relaxar e se cobrir de um brilho suave.

As enfermeiras reunidas no posto de enfermagem estavam rindo de alguma piada. E ela recordou como as vacas tinham chorado quando ele nasceu, e agora, quando estava morrendo, ouviram-se risadas. De repente, ele sorriu, e ela se lembrou de Maya dizendo que o sentido da audição é o último a desaparecer e que, sem os outros sentidos, a audição se torna tão aguda que você consegue escutar muito longe. Kuberan estava participando da brincadeira das enfermeiras. O sorriso desapareceu devagar e suas pálpebras foram fechando até quase fechar completamente. Ele estava calmo agora. Ela não tentou checar para ver se ele ainda estava respirando. E não chamou as enfermeiras. Uma delas ia acabar aparecendo.

O que ela fez foi sentar numa cadeira ao lado da cama e simplesmente olhar para ele naquele sono profundo. *Se Deus manda filhos e depois os leva embora quando deseja, por que chorar por isso?* Ele algum dia lhe pertenceu? Será que aquele corpo acabado era mesmo o seu filho?

Logo apareceu uma enfermeira.

– Olá, tia. Ele está dormindo? – ela perguntou animadamente.

– Sim – Parvathi respondeu.

A enfermeira fitou o paciente imóvel e olhou rapidamente para a mulher sentada muito quieta na cadeira, mas Parvathi olhou para ela sem nenhuma expressão no rosto. Com rapidez, a enfermeira fechou a cortina em volta da cama, com um ruído metálico. Profissionalmente, ela tomou o pulso dele.

– Sinto muito, tia, mas seu filho faleceu.

Parvathi assentiu com a cabeça, e a enfermeira cobriu a cabeça dele com o lençol. E foi tudo.

Do lado de fora do hospital, ela parou. O sol estava cor de manteiga. Um bando de pombos voou sobre sua cabeça. Ela olhou para as asas batendo, cinzentas, pretas, marrons e brancas, e pensou que eles pareciam muito alegres. Desceu da calçada e um carro freou bruscamente. Virou-se e viu um chinês de rosto vermelho. Ele gritou grosseiramente: *"Loo mau mati kah."* "Você quer morrer?" em malaio.

Quando chegou em casa, Parvathi evitou Maya dando suas consultas, e foi para o quarto do filho. Sentando-se na cama dele, ela examinou suas coisas. Havia tão pouca coisa reunida durante uma vida inteira. Nenhum livro, umas poucas roupas, um isqueiro de plástico, um pente, apetrechos de barbear, umas quinquilharias e uma carteira. Ela contemplou a velha carteira. Moldada na forma do corpo dele, trazia muito dele. Timidamente, ela estendeu a mão para tocar nela, e depois a acariciou. Pegou-a e apertou contra o peito. Finalmente, ela a abriu.

Havia uma foto lá dentro: Kuberan, já com marcas de uma vida desregrada em volta do queixo e da boca, mas ainda muito bonito, carregava uma garotinha de cabelos escuros, de uns quatro ou cinco anos.

Não havia nada dele na menina, tão branca, atrevida e estrangeira, e, no entanto, Parvathi soube, sem sombra de dúvida, que aquela era sua neta. Ela virou a foto, mas não havia nenhuma anotação. Nem ele tinha deixado qualquer pista no meio de suas coisas.

Mesmo assim, ela ficou tão fascinada ao descobrir que o filho tinha deixado aquela prova, que ele poderia tão facilmente ter destruído, de sua vida secreta, para ela encontrar (enquanto ela própria já tinha enterrado tudo o que dizia respeito ao seu furtivo passado) que não se sentiu ofendida com a decisão dele de privá-la da alegria de saber que tinha uma neta. Ele devia saber o quanto ela ficaria feliz com a existência da criança. Havia pouca chance de ela vir a conhecer a menina, mas em algum lugar no mundo a sua linhagem estava viva. E por causa disso, ela perdoou sua última traição.

Seu genro disse:

– Mami, seu filho está morto, mas não pense que não haverá ninguém para acender a pira no seu funeral. Eu a enviarei pessoalmente para o seu Deus.

Quando a filha veio tocar de leve no seu ombro, ela disse:

– Sabe, Rubini, eu também não conseguia ter filhos, até Maya encher meu corpo com as ervas medicinais e torná-lo fértil. Você não gostaria que ela a ajudasse também?

Rubini ficou vermelha.

– Não, não, tudo vai se ajeitar sozinho – ela disse, desviando os olhos.

13 DE MAIO DE 1969

Bala entrou correndo na casa das mulheres, com um saco pesado pendurado nas costas.
— A luta começou — ele disse ofegante, largando o saco no chão.
— Os malaios estão matando os chineses nas ruas de Kampung Baru. Muitos já foram mortos e espera-se que muitos mais morram. Lojas e casas estão sendo incendiadas, e a polícia e o exército... — Ele parou subitamente e perguntou: — Onde está Maya?
Por alguns segundos, Parvathi ficou muda de espanto, e então, recuperando-se, disse:
— Ela está lá fora, nos fundos.
— Graças a Deus. Fiquei com medo de que ela estivesse procurando ervas ou raízes em algum lugar. Rubini está em casa, a salvo, mas eu vim deixar estas coisas aqui. — Ele mostrou o saco. — Mantimentos. Quem sabe quanto tempo vai durar essa briga e essa matança?
— Como foi que aconteceu isso, tão subitamente? — perguntou Parvathi.
— Ninguém sabe ao certo ainda. Vou tentar saber mais amanhã. Por ora, não saia de casa e não abra a porta para ninguém — ele avisou antes de sair.
Às oito horas da noite daquele mesmo dia, a rebelião já se estendera por todo o estado de Selangor, mas Bala, vestido da cabeça aos pés de preto, saía todas as noites para percorrer as ruas, usando carros estacionados e vegetação para se esconder, para relatar às mulheres os boatos ouvidos na rua. Histórias horríveis de metralhadoras disparadas contra cidadãos comuns, corpos flutuando nos rios, crianças assassinadas e necrotérios tão cheios de

cadáveres que os novos que chegavam tinham que ser colocados em sacos plásticos e pendurados em ganchos no teto.

No dia 15 de maio, o rei proclamou um Estado Nacional de Emergência. O Congresso foi fechado e o exército entrou com força total. Parvathi e Maya se agacharam ao lado do rádio e ouviram o primeiro-ministro culpar os terroristas comunistas pelos ataques.

Passados dois dias e com as noites ainda iluminadas pelos incêndios de casas e veículos, Bala chegou lá para contar que o problema, de fato, não tinha nada a ver com atividades comunistas, e sim com o resultado das eleições. O partido malaio que estava no poder tinha perdido muito terreno para a oposição. Essa era a maneira de eles reagirem.

– Por toda a Malásia, jovens malaios estão usando braçadeiras brancas para indicar sua aliança com a morte e carregando lanças de bambu para demonstrar sua intenção de matar os chineses ou qualquer um que tente tirar o poder político deles.

– Não – disse Maya. – Existe algo estranho em tudo isso. Os amáveis malaios estão sendo pintados como um bando incontrolável, mas o verdadeiro malaio detesta vandalismo. É verdade, ele pode ficar cego pela paixão, mas essa organização de bandos de criminosos com braçadeiras agindo simultaneamente em diferentes partes do país parece mais uma manobra política. Forças ocultas estão em ação. A população malaia está sendo usada pelo partido do governo para restaurar sua posição política dominante e ao mesmo tempo expulsar os Tunku do poder. – Ela fez uma pausa. – Quem quer que fique com todo o poder quando isso terminar terá sido responsável por este massacre.

Quando o toque de recolher era suspenso por duas horas durante o dia para permitir que as pessoas tratassem de suas coisas, Bala trazia novos mantimentos e uma história ou outra, como a de uma galinha que escapou de uma cesta no Mercado Central e causou pânico e correria, ou a notícia de que os líderes ainda estavam culpando os comunistas, embora quase todos os mortos fossem chineses.

Então Bala chegou dizendo que Maya tinha razão – que tinha sido um golpe. O vice-primeiro-ministro, Razak, tinha usado o Estado de Emergência não só para se estabelecer como líder, mas também para formalizar a legislação malaia.

– Parece que estamos mesmo ferrados. Agora eles podem usar a maioria de dois terços para modificar à vontade a Constituição e implementar políticas racistas discriminatórias que irão anular os não malaios e promover a dominação malaia – Bala disse.

Mas Maya apenas sorriu e disse:

– Não há nada de errado com a legislação malaia. Afinal, eles estavam aqui antes dos chineses e dos indianos.

– Na realidade, os aborígenes estavam aqui antes – Bala disse zangado.

– Filho, em que lugar do mundo o povo indígena, usando sarongues de casca de árvore, se tornou senhor da sua própria terra? Embora sejam muito ligados à terra, eles não têm o menor desejo de governá-la. Fique grato pelo fato de serem os malaios a raça dominante neste país e não os chineses. É uma questão de tolerância. O homem malaio não despreza sua pele escura, ele a chama de *hitam manis*, doce preto, com certo afeto. Os chineses, que reverenciam a brancura, veem pele escura e dizem preto *hak sek*. E nessa cor eles veem sujeira, escuridão, baixeza.

Mas, no dia seguinte, Bala chegou visivelmente aborrecido. Ele tinha ouvido o boato de que alguns indianos tinham sido pagos para executar a ação desprezível de atirar excrementos numa mesquita.

– Como podem esses indianos ser estúpidos a ponto de fazer o trabalho sujo dos chineses, sem dúvida por um pouco de bebida ordinária? – ele disse, furioso. – Eles não têm um pingo de orgulho? Não veem que não desgraçaram apenas a si mesmos, mas a toda a comunidade? Esta luta não é nossa, mas agora todos os indianos deste país vão sofrer as consequências desse ato vergonhoso. Idiotas. Malditos idiotas.

– Sim – disse Maya –, hoje é um dia negro para todos os indianos, porque agora mais do nunca parece que o indiano é uma criatura desprezível. Realmente, ele não tinha nem poder político nem financeiro, e agora ele não tem sequer orgulho. Mas lembre-se de que ele chegou a isso porque ouviu o tempo todo que não era bom, e acabou acreditando. É por isso que ele vai continuar sendo um barbeiro enquanto o chinês se estabelece como cabeleireiro e ganha dez vezes mais. E se ele não escolher a tesoura, ele vai se contentar com o trabalho insignificante de varrer rua, lavar banheiro ou cortar grama. Décadas se passarão dessa forma. Até o líder eleito para representar e proteger os direitos dos indianos irá oprimir e roubar os mais pobres. Nos seringais, haverá comunidades de indianos ignorados, marginalizados, vivendo na miséria, como ratos, tendo negados até os direitos mais básicos.

"A desgraça dos indianos será tamanha que nascer indiano neste país será equivalente a nascer com vergonha e odiando a si mesmo. Todo mundo o desprezará: escuro, sujo, analfabeto e pobre; um mendigo. Acreditando em sua desgraça, ele irá considerar as outras raças superiores à dele e irá sempre preferir servir a elas a servir à dele próprio.

"Eu sei que atirar excrementos num lugar de oração é vil e indesculpável. E você tem razão em estar aí parado com ódio pela vergonha que isso lhe causou, mas espere um pouco e vai chegar o dia em que este mesmo indiano irá aprender que apenas a cor da sua pele não o torna inferior, e que todos aqueles que disseram isso a ele por meio de palavras ou ações estão errados. Nesse mesmo dia, ele aprenderá a moderar sua natureza apaixonada (pois o indiano recebe temperos picantes diretamente do leite materno) e a usá-la com inteligência e esperteza para tornar a erguer-se. No fundo, o indiano é um lutador."

Parvathi manteve os olhos baixos para que ninguém visse que ela não estava convencida. É claro que tinha acreditado em Ponambalam Mama quando ele disse que um dia os indianos mereceram a admiração de todos, mas ela não conseguia ver como eles sairiam do fundo do poço onde tinham caído.

O ILUMINADO

Parvathi triturou os ingredientes num socador, embrulhou-os meticulosamente numa folha de bétele, enfiou-a na boca de Maya e a viu mastigar lentamente.

– Quando minha alma for chamada de volta, você não deve chorar – ela disse de repente.

– Vou fazer o possível – Parvathi respondeu, acariciando ternamente a cabeça grisalha em seu colo.

– Não, você tem que prometer que não vai chorar. – Os olhos de Maya eram poços da água mais transparente.

– Tudo bem, eu prometo.

Escureceu e a luz da televisão ficou azul.

– É melhor eu acender a lâmpada do oratório – Parvathi disse, pondo uma almofada sob os pés de Maya e um cobertor sobre seu corpo. Depois de acender o lampião, ela foi para a cozinha preparar ovos mexidos. Quando a manteiga estava borbulhando, despejou na frigideira os ovos batidos.

Depois ela aqueceu um pouco de leite numa panela. Começou a chover. Parvathi pensou nos coqueiros balançando violentamente na praia. Tudo sempre acontecia durante a estação das chuvas. Na sala, começou o noticiário. Ela despejou o leite cuidadosamente numa caneca e o colocou numa bandeja junto com os ovos.

Sua audição sempre fora aguçada, mas naquele dia ela ouviu a queda do lampião como se fosse uma trovoada. Ela correu para o quarto. Maya estava prostrada no chão diante do oratório, as mãos estendidas sobre a cabeça. Poderia estar rezando, se não fosse pelo querosene do lampião virado espalhando-se com rapidez por suas roupas. Ajoelhando-se ao lado dela, Parvathi puxou um dos pesados braços de Maya e o rosto dela escorregou para o chão. Delicadamente, segurando com cuidado o rosto inerte com uma das mãos, ela devolveu Maya à antiga posição. Mas quando tentou mover a perna de Maya, viu que ela era pesada demais para ser movida. Parvathi trouxe toalhas de papel e conseguiu enxugar quase todo o querosene. Depois ela foi até a sala. O portão de ferro já estava trancado, então ela fechou as portas de correr e as trancou. Depois de apagar as luzes, foi até o armário de rouparia, onde apanhou cobertores e os espalhou ao redor de Maya para fazer uma cama para si mesma. Ela tocou os dedos da mulher morta, sujos de tinta das folhas de índigo, e sacudiu a cabeça.

– Foi-se tão cedo – ela sussurrou, e se abraçou com sua grande aliada pela última vez. – Está vendo, eu não chorei. Vou dormir um pouco agora. Bala irá providenciar tudo amanhã de manhã. Ele é bom nisso.

Quando o funeral terminou, Bala se aproximou dela e disse:
– Mami, você não pode morar aqui sozinha. Não é seguro e isso deixa Rubini nervosa. Você sabe como ela é com você. Nós já conversamos sobre isso, e depois que terminarem os trinta e um dias de preces, nós queremos que você venha morar conosco. Afinal de contas, temos quatro quartos vazios. – Ele sorriu. – Além disso, seria um prazer tê-la conosco.

Ela fitou seus olhos bondosos. Seu genro era como uma rocha; inabalável em força, paciência e determinação. Ela sentiu uma onda de gratidão invadi-la. Sabia exatamente o que podia fazer por ele. Ela podia se mudar para a casa deles e cozinhar para ele. Já fazia vinte anos que ele fingia gostar da comida da esposa. Estava na hora de ela dizer à filha a verdade e este pobre homem comer refeições gostosas, para variar.

– Acho que vou me mudar para aquele depósito que vocês têm no andar de baixo, e, se eu puder, gostaria de levar comigo o estrado de madeira de Maya.

– *O depósito?*

— Acho que eu não aguentaria subir e descer aquelas escadas todos os dias, Bala — justificou.

— Não, de jeito nenhum. Que ideia ridícula! Você pode trazer o estrado de Maya, mas eu não vou permitir que você se mude para o nosso depósito.

Trinta e um dias depois, ela foi morar no depósito da casa de Bala e Rubini. Ele acomodou perfeitamente o estrado de Maya. Agora que Parvathi tinha visto Maya partir tão calmamente, ela não temia mais a morte.

SEM MAYA

Durante o dia, enquanto Rubini estava no orfanato, Parvathi cozinhava, e quando Bala voltava de suas aulas particulares na hora do almoço, eles comiam juntos. Ele parecia apreciar aquela hora que passava com ela. Eles tinham um relacionamento fácil, ao contrário do campo minado que era o seu casamento. Ao longo dos meses, Parvathi tinha notado que eles nunca se tocavam, embora estivesse bem claro que Bala amava profundamente a esposa e que ela gostava dele muito mais do que estava preparada para admitir. Quando ela estava em casa, havia sempre uma leve tensão no ar, a tensão de sentimentos não resolvidos. Se ao menos Rubini baixasse a guarda, então o pobre Bala não teria que se tornar uma sombra, movendo-se em silêncio pela casa.

Mas, durante o almoço, ele era uma fonte de informações, umas divertidas, outras tão obscuras que a sogra ficava imaginando como e onde ele as tinha conseguido, e algumas tão importantes que ela ficava surpresa que mais pessoas não soubessem daquilo. Depois dos longos e agradáveis almoços, Bala saía de novo para dar aulas e ela começava a preparar o chá, que tomava com a filha. Uma refeição rápida e silenciosa, em comparação. Mas não desagradável. Depois, Rubini subia para trabalhar. Ela gostava de levar para casa o que chamava de projetos – planos que tinha para os órfãos. Parvathi cuidava um pouco do jardim antes de começar a preparar o jantar. Este, eles comiam quase em silêncio. Quando falavam, era brevemente, sobre coisas do dia a dia, e nunca tocavam em nenhum assunto importante. Às vezes, Bala ligava a TV e um silêncio completo descia sobre o pequeno grupo. Depois, Rubini lavava a louça, e Parvathi deixava o casal sozinho e se retirava para os seus aposentos.

O depósito era muito pequeno e quase vazio, mas ela gostava dele assim. Ali havia a escuridão silenciosa de algo eterno e imutável. Como os rostos curtidos dos pescadores do mundo inteiro. O tempo não parecia fazer diferença. A luz do poste da rua entrava pela janela e caía diretamente na sua estátua de cobra, fazendo-a brilhar com uma benevolência protetora. Parvathi sentava-se na cama e recordava que, quando era jovem, ficava impaciente para ter um tempo sozinha na janela, observando o movimento das pessoas entrando e saindo do cinema. Agora que seu corpo estava velho, seu cabelo todo branco e seu instinto sexual adormecido, ela aprendera a apreciar a solidão e o vazio de sua vida. No fim, as grades que prendem o prisioneiro se tornam preciosas para ele.

Toda noite, ela ansiava por aquelas horas mortas. Sozinha, naquele silêncio cheio de sombras, só tinha que fechar os olhos e um mundo rico e irrecuperável voltava em ondas para ela. Sua mãe penteando seu cabelo. Maya chamando por ela. Kupu sob a luz suave da manhã, cercado de pássaros coloridos. Parado na sacada, odiando a primeira luz do dia, Hattori. E esses fantasmas não apenas se viravam para sorrir para ela, não, eles se moviam, às vezes corriam para ela, com os rostos iluminados como que pela luz de um lampião. Quando eles chegavam bem perto, ela os capturava e segurava com força em seus braços finos, onde pretendia guardá-los para sempre, ao lado do coração. E assim ela pensava passar o resto dos seus dias no seu mundo secreto, esquecendo que um dia tinha perguntado a Maya: "Mas se todo mundo nasce com um objetivo, qual é o meu? Eu não fiz nada. Nos meus últimos minutos nesta terra, do que eu vou poder me orgulhar?"

E Maya tinha respondido: "Da, o dia virá quando você inspirar alguém a fazer algo pelos indianos deste país. Pois este é um processo muito longo, devolver o orgulho a um povo abatido."

Trinta e cinco anos depois

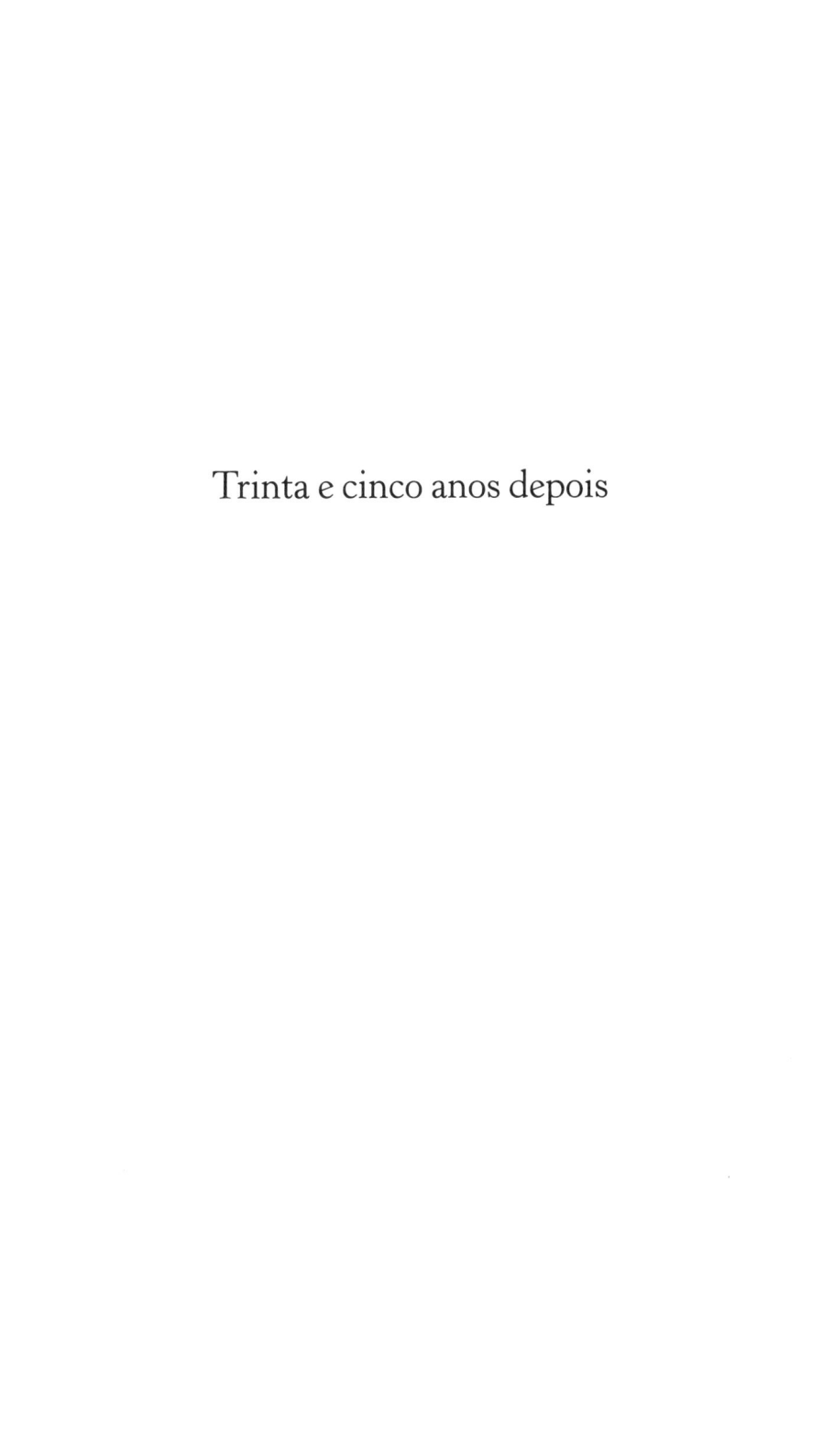

HINDRAF

Kuala Lumpur, dezembro de 2007

– Uma menina nova foi trazida, uma daquelas crianças mongóis – a cozinheira do orfanato dizia quando Rubini entrou.
– Nunca deixa de me surpreender a crueldade desse povo. Depois que a mãe da pobrezinha morreu, quatro anos atrás, o tio a manteve acorrentada a um poste de madeira, como um cachorro, para tirar dinheiro da avó dela, mas a velha morreu na semana passada e ele abandonou a menina aqui esta manhã. Pobrezinha, acho que ele bateu nela com tanta força que ela ficou surda do ouvido direito.
Rubini atravessou o longo corredor onde ficavam guardados os sapatos e as mochilas das crianças. Na porta da sala de Mãe Moses, ela viu a menina, uma criatura agachada no chão, embora houvesse cadeiras vazias atrás dela. Seu cabelo era um emaranhado e o vestido estava imundo. Tinha feridas nos braços e nas pernas. Ela virou com desânimo a cabeça ao ouvir passos, mas quando viu Rubini, arregalou os olhos, espantada, e então seu rosto redondo e sujo se abriu num sorriso.
– Vovó! – ela gritou alegremente.
E Rubini pensou: Ah, meu Deus, o que eu vou fazer com você? Ela se agachou ao lado da menina. Ela fedia. De repente, aquela infeliz, que tinha ficado quatro anos amarrada a um poste, enlaçou o pescoço de Rubini com seus bracinhos finos e perguntou:
– Você veio para me levar para casa?
Rubini se soltou e sacudiu lentamente a cabeça. A menina olhou para ela sem entender, então Rubini encostou a boca em seu ouvido surdo e murmurou:

– Não posso. Eu sempre perco as coisas que amo, e sei, mesmo agora, que não aguentaria perder alguém como você.

Mas a criança afastou o rosto de sua boca, ainda sem entender. Inesperadamente, ela sorriu, abriu a mão e mostrou uma abelha morta lá dentro. Rubini sentiu uma emoção incompreensível, tão forte que a deixou chocada. Ela se levantou e atravessou com rapidez o corredor escuro até chegar na varanda ensolarada. Abriu o portão e desceu a rua num passo rápido.

Seria muito difícil cuidar daquela criança. *Não seria não*, uma voz falou em sua cabeça. Mas o trabalho extra; não seria justo com sua madrasta. E a vozinha debochou dela: *E por que não seria? É óbvio que você cuidaria dela quando estivesse em casa e a traria com você para o trabalho.* Isso tiraria o sossego de Bala. *Mentirosa, você sabe que ele vai ficar louco por ela. Ele adora crianças.*

Rubini parou abruptamente.

– Não – ela disse com tanta decisão que a voz resolveu não discutir. Ela deu meia-volta e retornou ao orfanato.

Bala entrou na cozinha enquanto Parvathi estava na pia, despejando o excesso de água de uma panela de arroz cozido.

– Está precisando de ajuda? – ele perguntou, aproximando-se dela, mas ela sacudiu a cabeça e, ao virar-se, viu que ele estava tão excitado com alguma coisa que quase não conseguia se conter. Ela largou a panela quente e, com as costas apoiadas na bancada, perguntou:

– O que aconteceu?

Ele se deixou cair na cadeira mais próxima.

– Lembra que muito tempo atrás, durante os conflitos de 13 de maio, Maya disse que os indianos deste país iriam reorganizar-se para consertar as coisas?

Parvathi assentiu.

– Bem, embora eu não dissesse nada na época, duvidei muito disso, mas sabe de uma coisa? Acho que ela estava com a razão.

– Ah – Parvathi disse, indo sentar-se ao lado dele.

– A princípio, eu não liguei os diferentes eventos que têm acontecido com o que ela disse. Uma organização chamada Hindraf lavrou uma ação judicial a favor dos indianos da Malásia no Royal Courts of Justice em Londres, processando o governo britânico e pedindo uma indenização de quatro trilhões de dólares, um milhão para cada indiano malaio, por ter contratado indianos para trabalhar na Malásia, explorando-os, e depois, quando a independência foi concedida, deixando de proteger os seus direitos na Constituição Federal.

"Pretendiam apresentar à rainha da Inglaterra uma petição pedindo para ela indicar um conselho para examinar a causa deles. Para submeter sua petição ao Alto-Comissariado britânico, planejavam uma grande passeata pacífica, mas a polícia não autorizou. Apesar das ameaças do governo publicadas em todos os jornais, mais de vinte mil indianos compareceram, de toda a Malásia. Eles carregavam um retrato de Mahatma Gandhi para mostrar a natureza não violenta da manifestação, mas cinco mil policiais atiraram gás lacrimogêneo e dispararam canhões de água com substâncias químicas contra eles. Muitos foram presos, e o próprio primeiro-ministro assinou os mandados de prisão contra os líderes, mas eu decidi me juntar à causa."

Quando Rubini voltou para casa aquela noite, ela ouviu com enorme atenção enquanto Bala repetia rapidamente tudo o que havia contado a Parvathi mais cedo, mas quando ela ouviu que ele queria se juntar ao movimento e marchar junto com eles, ela disse:

– Você não pode estar falando sério.

– Por que não? Quando Maya disse todas aquelas coisas sobre indianos e sua baixa autoestima, eu pensei: sim, e como poderia ser diferente, pois eu vi o modo como as outras raças olham para os indianos. Mas tentei me distanciar, dizendo: "Eu não sou um indiano de verdade, eu sou do Ceilão." Mas ela estava com a razão; se você olhar bem para trás, irá encontrar escondido dentro de você um indiano humilhado. Sabe, eu também acho que os chineses são melhores do que nós. Sempre admirei a disciplina deles, a objetividade, a dedicação, o prazer em perseguir seus objetivos, e, embora eu deteste admitir isto, a brancura de sua pele. Nascer num país onde o sol é violento significa correr atrás dessa raridade, a brancura.

"Mas, na quinta-feira passada, eu estava passando de carro pela Abdullah Street e vi uma moça indiana no jardim de sua casa colhendo flores para o oratório. Numa das mãos ela segurava uma bandeja de metal, na outra um guarda-sol, sem dúvida para não ficar queimada de sol, de modo que só pude ver suas mãos e pernas. Ela não era uma dessas pessoas com tons diferentes no corpo. Ela era toda marrom e, honestamente, do marrom mais uniforme que eu já vi. E, de repente, descobri que dentro do cálice envenenado existe vinho sagrado. Pela primeira vez na vida, eu pensei, Meu Deus, como é bonito o marrom."

Bala se inclinou para a frente apaixonadamente.

– Você tem a pele muito clara e eu sempre amei isso em você, e é claro que eu não mudaria nada em você, mas agora sei que estava errado. Uma pele escura pode ser linda. Porque ela fala de um coração que sofreu preconceito e, nesse processo, se tornou compassivo e misericordioso. Fala de uma pessoa que ainda precisa aprender a achar sua pele bonita, alguém que, quando puder escolher, sinta vontade de escolher o marrom porque ele não é inferior às outras cores. Imagine ser a pessoa que possa ensinar isso a outra. Imagine o rosto dessa outra pessoa quando ela descobrir isso.

"Sabe, eu agora entendo que não são as outras raças que têm culpa da nossa queda, mas sim a nossa mentalidade inferior. Elas são apenas espelhos do que secretamente achamos de nós mesmos. Uma mãe acha que está melhorando o filho quando diz a ele: 'Veja os chineses, veja como eles são bem-sucedidos. Seja igual a eles.' Ela não percebe que o que o filho ouve é: 'Você não é assim. Finja ser assim porque o que você é não é bom.'

"Mas como Maya disse, os indianos um dia iriam acordar. E esse dia chegou. Os indianos se juntaram e se fizeram ouvir sabendo que poderiam ser presos, feridos ou mortos.

"O governo vem incitando o ódio racial de propósito, numa estratégia de dividir para governar, mas, durante a demonstração, os feridos correram para as casas próximas. Era uma vizinhança malaia, mas todos ajudaram. Os malaios não são nossos inimigos. Nós podemos fazer isso se nos mantivermos unidos."

Mas Rubini tapou a boca e virou a cabeça.

— Não vire a cabeça para mim, Rubini. Eu não estou fazendo isso apenas pelos pobres indianos, mas por mim também. Eu preciso tomar parte nesta mudança. Você se lembra de quando Maya disse que *todo mundo* vem à Terra com um objetivo específico a cumprir durante a vida, um objetivo que só a pessoa está equipada para cumprir de uma forma toda especial? Foi para isso que eu vim. A vida inteira eu me preparei para isso, para ensinar o resto de nós a pensar assim. Vou fazer isso também com as crianças do orfanato. Para o futuro delas. Você não quer algo diferente para elas?

Rubini fechou os olhos e não respondeu.

— Não, você não consegue entender, consegue? Você não sabe o que é sentir autodepreciação. Você sempre foi clara e linda. Onde quer que fosse, os homens a olhavam com admiração, e as mulheres observavam disfarçadamente as suas roupas, bolsas e sapatos. Você pode parecer mais eurasiana do que indiana, Rubini, mas essa gente é o seu povo.

— Espere um instante — interrompeu-a Rubini, zangada. — Eu não tenho vergonha das minhas raízes, mas você não acabou de dizer que o governo está jogando gás lacrimogêneo e usando canhões de água contra os manifestantes? E quando eles não morrem nesses combates são jogados na prisão sob acusação de terrorismo? Você não tem medo de que algo de ruim lhe aconteça? E se acontecer?

Bala sacudiu a cabeça, desapontado.

— Rubini, você é o meu dia, minha noite, meu certo e meu errado. Você sempre foi tudo para mim, ainda é, mas será que não pode pelo menos tentar entender que eu tenho que fazer isso? Eu sou apenas um homem, mas se puder transformar o destino do meu povo, estou disposto a dar a vida por isso. Ele precisa de mim — disse ele com tristeza. — Você não.

Rubini se levantou com tanta violência que a cadeira virou. O rosto dela estava pálido. Ela abriu a boca, mas as palavras não saíram. De fato, ela parecia estar sem ar. Quando conseguiu, finalmente, falar, a voz dela saiu rouca e distorcida:

– Você acha que só você tem ideia do que é autodepreciação. Você acha que eu não sei o que é isso. Abra as gavetas da minha penteadeira e você encontrará um monte de cremes para clarear a pele. Todo, *todos*, os indianos são obcecados com tom de pele. A mínima nuança é notada e faz diferença. E esse é um exercício implacável; ele fere, porque sempre haverá alguém mais claro do que você, mas nós o fazemos assim mesmo, e regularmente, porque essa lâmina tem dois lados. Nós esperamos para ferir aqueles que são mais escuros do que nós para podermos nos sentir melhor de novo. E fingimos esquecer que, para as outras raças, nós sempre seremos negros.

Parvathi se lembrou da ocasião em que ficou diante de uma foto de lorde Krishna e gritou: "O senhor é escuro e todos o amam. Eu sou escura e até o meu marido me despreza. Por que eu não nasci branca?"

Mas Bala ficou tão surpreso que só conseguiu olhar fixamente para a mulher. De repente, grossas lágrimas começaram a rolar pelo rosto tenso dela. Mas sua amada não chorava. Nem mesmo em enterros. Ele ficou atônito. Ela era tudo para ele. Ele não podia vê-la chorar.

– Está tudo bem – murmurou ele baixinho. – Não chore, por favor, não chore. Eu não vou me juntar a eles nem vou participar das manifestações.

Ao ouvir suas palavras, o rosto dela desabou.

– Eu sinto tanto pedir isso a você, mas eu não suportaria se... – Sem conseguir terminar a frase, ela ficou parada, triste e perdida no meio da sala. Bala deu um passo em sua direção, para consolá-la, mas ela subiu correndo as escadas. Ele a ouviu trancar-se no banheiro e abrir as torneiras. Vagarosamente, como homem idoso que era, ele voltou para o quintal. Parvathi estava no balanço. Ele se sentou ao lado dela e ficou olhando para a frente, com os olhos parados. Ela pôs a mão delicadamente no braço dele.

– Você sabe como ela é.

Bala assentiu com a cabeça. Ele não confiou em sua voz para falar.

– Você ainda pode ajudar o movimento. Estou certa de que eles precisam de auxílio financeiro ou de consultoria administrativa em seus escritórios. Com o conhecimento que você tem, estou certa de que ajudará muito mais sentado atrás de uma mesa.

Ele tornou a balançar a cabeça, concordando. Durante algum tempo nenhum dos dois falou nada, e então ele disse:

– Tem outra razão para eu querer me juntar a esse movimento. Você sabe que eu não acredito em árvores sangrando e coisas assim, mas acredito que é nosso direito ter nossa religião. Eu queria me juntar ao movimento para expor a política não oficial de destruição de templos do nosso governo. – Ele fez uma longa pausa, e Parvathi se virou para olhar para ele. – O templo de Kupu foi derrubado ontem – ele disse de repente.

– O quê? Como eles tiveram coragem de fazer uma coisa dessas! Aquela terra é legalmente minha, e eu a cedi para Kupu. Eles não tinham esse direito.

– Eles disseram que ela foi adquirida de modo ilegal. Ao que parece, os papéis não estavam inteiramente em ordem.

– As escrituras originais foram queimadas no incêndio, mas eu cuidei disso anos atrás.

– Sim, mas havia controvérsias sobre ele estar ou não dentro dos limites da propriedade de Kasu Marimuthu.

– Eu sei que estava. Meu marido não era nenhum tolo. Se ele disse que o templo estava em suas terras é porque estava.

– De todo modo, eles justificaram suas ações dizendo que assim que ficou estabelecido que fora feita uma descoberta de importância nacional na propriedade as autoridades deveriam ter sido alertadas. Mas isso é apenas uma desculpa. Esta não é a primeira vez que eles fazem isso. Milhares de templos foram desfigurados, incendiados ou destruídos com base em desculpas inconsistentes. Um templo de 120 anos foi demolido para dar lugar a um prédio da polícia. E dezessete anos depois o lugar ainda está vazio. Outro foi desmontado e reconstruído ao lado de um local de tratamento de esgoto. O nível de desrespeito é intolerável.

Parvathi tirou a mão do braço de Bala.

— Maya uma vez disse que para um povo ser saudável ele precisa dos seus mitos e tradições. Precisa saber que em seu sangue corre a inteligência e a força dos seus antepassados. E esse legado fornece a ele a plataforma da qual ele se lança ao mundo. Tanto os chineses quanto os indianos podem se orgulhar de um longo e ilustre passado, com antepassados que realizaram grandes invenções, fundaram novas religiões e conquistaram terras estrangeiras. Os malaios não têm isso. A única maneira de os malaios se sentirem superiores às outras raças é vê-las como criaturas sem Deus.

— Há muito de hinduísmo na cultura malaia. Um olhar para a cerimônia tradicional de casamento malaia mostra o quanto de influência indiana foi absorvida por suas tradições e costumes. É difícil mudar uma cultura, é muito mais fácil destruir cada templo que sugira esse passado infiel. Para eles, esta destruição não é errada: o Profeta não disse que era dever de todo bom muçulmano transformar em pó cada ídolo que encontrasse em seu caminho?

Bala ficou pensativo.

— Você me conhece, eu não sou ligado a templos e religiões, mas já faz muito tempo que me dei conta de que as autoridades tinham começado a reescrever a história nos livros escolares, e a retirar do museu nacional os "artefatos que não faziam parte da herança", mas quando eles derrubaram o templo de Kupu, isso me abalou mais do que qualquer outra coisa.

— Sim. Maya disse que a destruição do templo de Kupu traria grandes mudanças. Kupu sempre soube que seu templo não iria durar, ele não queria começar uma nova religião, seu objetivo era mais profundo, entende? Talvez a destruição do seu templo sirva para levar os indianos a entender que vale a pena preservar sua cultura e seus costumes. Talvez, em vez de invejar outras raças, nós finalmente possamos aprender a apreciar e a admirar a nossa. Ensinaram-nos a odiar a cor de nossa pele, mas nós temos muito o que valorizar, muito. Esse será o começo.

Quando escureceu, Bala se levantou e estendeu a mão para a sogra. Ela deu a mão a ele e, juntos, eles foram para dentro de casa.

O FIM

Parvathi estava contemplando o céu azul pela pequena janela do seu quarto quando Rubini bateu de leve à porta e entrou. Toda dura, como se fosse feita de pedaços de madeira, ela foi até a cama e olhou para a figura encolhida em volta do saco de água quente. Tinha sido uma noite muito fria. Ela devia ter dado um cobertor extra para a velha senhora. Agora era tarde demais. Ela não tocou na figura nem chorou, mas ficou parada, com o corpo ereto, ao lado da cama. E de sua posição na janela, Parvathi mais uma vez fitou a filha com admiração, pensando como ela conseguia ser imponente e digna mesmo diante da dor.

Após algum tempo, Rubini foi até o esconderijo de Parvathi, aquele que a velha senhora achava que ninguém conhecia, e tirou lá de dentro o embrulho. Colocando-o sobre a cama, ela começou a despir a madrasta. Cuidadosamente, e com carinho, ela esticou os membros gelados. Ossos, ela não tinha mais do que ossos. Lágrimas caíram sobre a mulher morta e, com o pretexto de limpar essas gotas, ela acariciou o corpo magro, sua mão se demorando na única parte que o tempo não conseguiu fazer murchar. E Parvathi ouviu a voz do seu primeiro marido, dizendo: "Mostre-me seus calcanhares."

No pé da cama, sua filha desamarrou o barbante que amarrava o embrulho. Delicadamente, muito delicadamente, ela desembrulhou o quimono da madrasta. E Parvathi sentiu um grande consolo ao ver que, dentre todas as pessoas, era a sua enteada quem conhecia o seu segredo. Rubini não fez um trabalho muito bom ao vestir a morta. O quimono, alguém deveria ter dito a ela, precisa da mão firme de uma matrona ou de um homem. Mas ela percebeu que o *obi* era demais para ela e não tentou amarrá-lo. Em vez disso, ela o dobrou e o colocou sobre o estômago da madrasta. Ele não ficou ruim arrumado desse jeito. E então ela deitou a cabeça no peito da mulher morta e, pela primeira vez na vida, chamou Parvathi de "Mãe".

– Ah, Ama – ela repetiu várias vezes, chorando, como se ao fazer isso pudesse se redimir por aqueles anos todos em que quase a tinha chamado de mãe, mas não o tinha feito. Parvathi quis consolá-la, mas não tinha mais um corpo para falar ou tocar, então ficou ali parada perto da janela, sem saber o que fazer, até que uma voz, familiar e muito querida, disse: "Dirija os pensamentos amorosos para as têmporas dela." Então ela fez isso. "Eu amo você", ela disse, e Rubini de repente levantou a cabeça e olhou em volta. Depois ela pôs a mão sobre o coração e sorriu de leve.

Havia uma luz brilhante à esquerda de Parvathi, mas Rubini não podia vê-la, e por isso ela fitou o rosto da madrasta. Parvathi fitou a luz ofuscante. E lá estava ele. Hattori. Sorrindo, sem dizer nada. Ele tinha vindo buscá-la. Era só um sonho. Mas que sonho maravilhoso tinha sido aquele.

Quando começou a caminhar na direção dele, ela viu os outros esperando mais atrás e soube que Maya tinha razão. *Estes seres nasceram da felicidade, eles são mantidos na felicidade, e para a felicidade são devolvidos.* Você não perde nada. Nem marido, nem filhos, nem amantes. Você leva todos eles com você. Só o amor existe além da morte. Agora ela sabia. O amor é a única razão pela qual tudo é criado e tudo existe.

Bala entrou no quarto e, soluçando, Rubini se atirou em seus braços. Ele a abraçou com força.

– Eu amo você – ela soluçou. – Há anos que eu amo você. Eu só não sabia como dizer isso. E sinto muito não termos mais feito amor depois daquela primeira noite. Eu tinha medo de sofrer de novo.

Perplexo, Bala beijou o cabelo dela. Rosas inglesas.

– Não lamente – ele disse. – O que você me deu foi mais do que suficiente.

Ela se afastou dele e contemplou ansiosamente aquele rosto querido, coberto de rugas.

— E eu sinto muito não termos tido filhos, mas se você não se importar, eu vou trazer para casa uma menininha. O nome dela é Leela. O tio a manteve amarrada a um poste por quatro anos.

Bala sorriu.

— Esta casa ficaria muito melhor com uma Leela morando nela.

— Obrigada, meu amor. E eu não vou mais atrapalhar você. Pode ir fazer do mundo um lugar melhor. De fato, talvez eu vá com você – ela disse, e sorriu para ele por entre as lágrimas.

Ele a abraçou. Tinha retirado o último espinho do pé. A estrada se estendia à frente, reta e de uma beleza indescritível.

Parvathi se virou e olhou para o toca-fitas. Por um momento, ficou confusa. Ela não se lembrava de ter gravado nenhuma fita, mas devia ter gravado, já que cada cassete fora retirado do plástico e usado. Então ela compreendeu: eles todos tinham se reunido em Adari por uma razão, Maya era a curandeira; Kupu, o profeta; e ela era a escriba, a guardiã da história. E não tinha falhado em seu trabalho. Ela o tinha feito bem. Ela sorriu.

A luz branca estava ficando mais brilhante. No ar luminoso, Parvathi viu que a dupla hélice que o genro chamava de DNA era, de fato, energia da serpente. A base de toda a vida. Então a religião era uma ciência, afinal de contas. Qual a surpresa? Ela desvendou os segredos. Não havia isso de detrito de DNA. Ela desejou poder contar a ele sobre a consciência maravilhosa que vivia dentro do DNA, dos milhões e milhões de anos de lembranças que moravam em cada um dos pequenos átomos. Era por isso que a mesma proteína que existia numa vagem podia, com uma mudança na sequência do código, se tornar humana – e amar, odiar, rezar, pecar, destruir, criar, rir, sentir alegria, raiva, tristeza, ciúme, prazer, desespero e lutar por aquilo que era certo. Tudo: doenças, ameaças e instintos eram preservados para sempre. O destino não era uma coisa cruel, impiedosa. E os seres humanos não eram seres frágeis, afinal de contas.

Nós somos seres de luz. Somos colocados na vida e ficamos temporariamente cegos da nossa própria luz, sem saber que vamos nos encontrar na volta, antes de tornarmos a sair, sempre com uma alegria inimaginável. Porque nossa luz é imensa e linda.

Cheia de felicidade, Parvathi se dirigiu para os seres de luz que a esperavam.

Ouroborus
Cada final não passa de um novo começo.

GLOSSÁRIO

Abhishekam – banho ritual hindu para imagens sagradas
Ama – mãe, madame
Apa – pai
Apam – um bolo feito de farinha de arroz
Arathi – o ritual em que a cânfora acesa é girada da direita para a esquerda na frente de uma divindade ou de uma pessoa
Asura – demônio
Bhagavad-Gita – a canção de Deus; sagrada escritura hindu: parte do épico *Mahabharatha*
Carma – a lei de causa e efeito. Também o efeito das ações de uma pessoa em outras vidas
Dei – um modo grosseiro de se dirigir a um menino ou a um homem
Devas – semideuses celestiais
Dhobi – homem encarregado de lavar roupas
Dhoti – pano branco pendurado ao redor do pescoço e dos ombros de um homem
Fakir – mendigo religioso
Hantu – fantasma/demônio
Jambu – uma fruta local
Kajal – delineador de olhos
Kasu – dinheiro
Kempetai – polícia secreta japonesa
Kolumbu – caril
Ladhu – bolinhos coloridos fritos, feitos de farinha de lentilha e calda de açúcar
Lidi – vassoura feita com folhas de coqueiro
Mama – tio
Mami – mulher casada, tia ou termo respeitável para mulher mais velha
Muram – peneira rasa, geralmente redonda, usada pelas mulheres para separar grãos de arroz de pedrinhas e cascas

Muruku – bolinho frito de arroz
Panchangam – almanaque
Pandals – tendas e outras estruturas decoradas
Pottu – o pontinho usado na testa
Pulliar – outro nome para Ganesha, o deus-elefante
Rishi – uma alma elevada que renunciou ao mundo material
Rongeng – uma dança popular malaia executada em feiras onde dançarinas profissionais sentam-se num palco e esperam que os homens as tirem para dançar
Sambar – sopa grossa de legumes
Santhanam – pasta de sândalo
Sivarathri – a noite considerada sagrada para adoração ao deus Shiva
Swaha – "ofereço a você esta oferenda; que a minha luz se una à sua luz"
Tantra – uma das ciências de adoração contidas no *Vedas*
Thali – pingente sagrado usado em volta do pescoço pelas mulheres para simbolizar seu status de mulher casada
Thulasi – uma erva sagrada
Toddy – água de coco fermentada
Vadai – um bolo chato, arredondado, de legumes
Vahana – veículo celestial
Varuval – ensopado grosso
Veshti – um pano amarrado em volta da cintura dos homens
Vibuthi – cinzas sagradas
Vipala – uma medida de tempo
Yagna – sacrifício de fogo
Yemen – arauto da morte

Este livro foi impresso na Editora JPA Ltda.
Av. Brasil, 10.600 – Rio de Janeiro – RJ,
para a Editora Rocco Ltda.